혁명, 율도국
-광해와 허균, 홍길동과 대마도-

**혁명, 율도국**
광해와 허균, 홍길동과 대마도

©신용우, 2014

1판 1쇄 인쇄__2014년 10월 05일
1판 1쇄 발행__2014년 10월 15일

지은이__신용우
펴낸이__양정섭
펴낸곳__작가와비평
　　　등록__제2010-000013호
　　　블로그__http://wekorea.tistory.com
　　　이메일__mykorea01@naver.com

공급처__(주)글로벌콘텐츠출판그룹
　　　대표__홍정표
　　　편집__노경민 김현열 김다솜　디자인__김미미　기획·마케팅__이용기　경영지원__안선영
　　　주소__서울특별시 강동구 천중로 196 정일빌딩 401호
　　　전화__02-488-3280　팩스__02-488-3281
　　　홈페이지__www.gcbook.co.kr

값 12,800원
ISBN 979-11-5592-122-7 03810

革命韋島國

# 혁명, 율도국

광해와 허균, 홍길동과 대마도

신용우 역사소설

작가와비평

**\*일러두기**

이 글을 읽는 독자들의 이해를 돕기 위해서, 이 글에서 쓰이는 지명을 비롯한 용어들은 현재 사용하는 것들을 원칙적으로 쓰기로 한다. 다만 옛 이름을 써도 무방한 것은 그대로 표기했다. 문맥상 역사 속에서 사용되었던 것이나 혹은 서로 다른 표기로 전해져서 독자들에게 혼돈될 수 있는 것은 이해를 돕기 위해 (괄호)나 혹은 서술을 통해서 부기했다. 아울러 이 작품의 기초가 되는 조선왕조실록이 지금 우리가 흔히 음력이라고 부르는 날짜들을 기초로 적은 것이기에 여기에 등장하는 연, 월, 일은 음력으로 표기된 것임을 밝힌다.

# 역사는 과거가 아니라 미래다

우리는 역사가 도는 것이라고 한다. 그리고 되돌아올 때는 교훈을 수반하고 오기 때문에, 역사는 과거가 아니라 미래를 설계해주는 자산이라고 한다. 그럼에도 불구하고 정작 그 역사가 지금 내 곁에 돌아와 있다는 것은 알아채지 못한다.

그것이 문제다.

'율도국(聿島國)'은 백성사랑을 최우선으로 하는 개국 이념하에 홍길동과 뜻을 같이 하던 이들이 '대마도'에 세웠던 나라로 광해와 허균이 함께 꿈꾸었던 나라다.

1할도 안 되는 양반이 90%도 넘는 백성들을 노예 부리듯이 부려오던 버릇을 버리지 못하고, 임진왜란으로 인해 백성들의 삶은 피폐해질 대로 피폐해졌건만, 자신들의 배 불리기에 급급해 부와 권력을 휘둘러 백성들의 고혈을 짜던 광해 시절과 지금의 우리 시대는 무엇이 다를까? 상위 1할의 부자들이 90%도 넘는 부를 거머쥐게 된 것이 과연 그들이 열심히 노력한 대가라고만 할 수 있을까? 그 배경에 정치하는 사람들이 쏘인 입김이 포함되지 않았다고 할 사람이 얼마나 있을까? 정녕 백성들을 위한 정치를 하고 싶은 정치인이 있어도 그 상위 1할이 벌이는 무슨 일이 방해하는 것은 아닌지 궁금하다. 비단 정치뿐만 아니라 사정기관은 물론 언론과 사회 곳곳에 뿌리내리고 있는 1할의 입김과 발이 두렵기조차 하다. 그들만의 유착으로 새로운 상위 1할이 그대로 굳어 갈 것만 같다. 심지어는 자기 사람을 심기 위해서 같은 정당에서조차 파당을 나누어 쌈박질하는 꼴을 보면 어찌도 그리 한심한 모습을 그 시절과 똑같이 되풀이하고 있는지 애처롭기조차 하다.

우리는 허균이 역모로 능지처참 당했다는 잘못된 역사를 배우고 가르쳐왔다. 그 역사의 진실은 허균이 역모를 꾸민 것이 아니라, 백성을 사랑하는 마음으로 서로 하나가 되었던 광해의 지시에 의해 백성들을 위한 혁명을 하고자 했던 것이다. 진정으로 백성들이 조선의 주인이 되고 행복하게 살 수 있는, 백성들을 위한 정치를 하고자 혁명을 단행하려 했던 몸부림에 대한 종막(終幕)은 허균이 혁명의 책임을 역모라는 누명으로 갈아입은 채 죽고, 훗날 광해가 용포를 벗는 것으로 막을 내린다. 허균은 백성들이 주인이 되어 행복하게 사는, 홍길동이 세운 '율도국'이 그리워 『홍길동전』을 쓰고, 광해와 함께 조선을 그런 나라로 만들기 위해 목숨을 바쳤다. 백성들 모두가 살기 좋은 나라를 만들기 위해 광해와 허균이 그리도 노력했건만 이미 기득권을 굳힌 상위 1할의 장벽은 너무나도 두껍기만 했던 것이다.
『조선왕조실록』「광해군일기」는 그 이야기를 전하고 싶어서 몸부림치건만 우리는 그걸 읽지 못하고 있다.

『홍길동전』은 실존했던 인물의 이야기다. 홍길동이 억압받는

백성들을 이끌고 집권자의 폭거에 맞서 싸우다가, 결국은 신분 차별 없이 백성들 모두가 주인이 되어 행복하게 사는 나라인 '율도국'을 세운다는 내용의 한글소설이다. 이 소설을 훗날 한자를 맹종하는 이들이 한자로 번역하면서 자기들 마음대로 '율도국(栗島國)'이라고 썼다. 개념 없는 자들이 쓴 그 한 글자가 오늘날 우리가 대마도를 수복하는 데 기여할 수 있는 근거 중 하나를 없앤 것이다. 홍길동이 세운 율도국은 대마도의 삼국시대 이름인 진도(津島[つしま: 쯔시마])의 나루 진(津)에서 삼수변(氵)을 제외한 붓 율(聿)자를 써서 만든 '율도국(聿島國)'이다. 홍길동이 세운 '율도국(聿島國)'은 '대마도(對馬島)' 전역에 걸쳐 세워진 나라다.

'대마도'가 우리 땅이라는 확실한 증거 중 하나가 '율도국'과 얽힌 섬 이름이다.

왜놈들은 멋도 모르면서 '대마도(對馬島)'라고 쓰고 '쯔시마(つしま)'라고 읽는다. 하지만 원래는 대마도의 삼국시대 이름인 진도(津[つ]島[しま])를 '쯔시마'라고 읽는 것이다. 대마(對馬)는 마한(馬韓)을 마주하고 있는 땅이라는 의미로 마한에서 이주한 우리 선조들이 마한을 그리워하면서 붙인 이름이다. 거기에 섬 '도(島)' 자가 붙어서 '대마도(對馬島)'가 된 것이다. 그렇다면 시마(しま)는 일본어로 섬 도(島)를 일컫는 말이니 대마(對馬) 두 자를 '쯔(つ)'라고 읽는 것인데 본디 일본어에는 그런 말이 없다. 그것을 숨기기 위해서 '대마(對馬)'라고 단 두 자만 써 놓고 '쯔시마'라고 읽는다면 그건 더 웃기는 말이다. '대마'가 '쯔시마'가 되는 것은 일본어 표기에도 어긋날 뿐만 아니라 섬이라는 의미의 '시마'라는 말은 쓰면서 섬 '도(島)' 자를 제외시키고 만들어 낸 신조어라는 것을 부인할 수 없을 것이다.

1869년 일본 메이지유신 당시에 판적봉환을 하면서 대마도를 무력으로 강제 병합한 왜놈들이 섬 이름의 유래조차 모르는 채 지금도 '대마도'라고 쓰고 '쯔시마'라고 읽는 것일 뿐이다.

홍길동은 '아버지를 아버지라 부르지 못하고 형을 형이라 부르지 못해' 대마도에 '율도국'을 세웠건만 우리는 그 땅을 내 땅이라고 부르지 못하는 영토 홍길동이 되어 목 메이고 있다.

진정으로 백성들이 잘사는 조선을 만들기 위해, 혁명을 하려다가 양반 사대부들의 힘에 밀려 능지처참을 당한 허균과 그를 지원하다가 왕위까지 찬탈당한 광해의 백성사랑이 그리운 시대다. 신분 차별 없이 백성 모두가 잘 사는 나라를 만들기 위해, 조정에서 던져주는 온갖 유혹을 떨쳐 버리고 대마도에 '율도국'을 세웠던 홍길동과 용상을 박차면서까지 백성사랑을 실천하고 싶어 하던 광해가 더 없이 그리워지는 세상이다.

아울러 대마도가 우리 땅이라는 것을 알기에 대마도를 돌려 달라고 할까 봐 독도를 가지고 선수 치며 집요하게 달려들어 억지를 부리는 왜놈들에게 대마도의 진실을 알려주고 싶다. 아니, 그 전에 우리 백성들 모두가 대마도가 우리 땅이라는 진실을 알고 왜놈들이 독도를 가지고 장난치는 의미의 진실도 알았으면 좋겠다.

역사는 우리에게 그 진실을 전해 주고 있건만 우리는 외면하고 있다.

그리움과 진실에 대한 아쉬움들이 이 글을 쓰게 만들었다.

글을 쓰면서 가장 가슴 아팠던 것은 역사의 목소리를 그대로 듣지 못하는 현실이라는 것이다.

그나마 그 시절에는 광해와 허균이나마 있었다.

그러나 그 역사가 돌아와 보니 지금은 광해도 허균도 없다.

정치도 재벌도 끼리끼리 나누어 갖는 새로운 방법으로, 신분 세습이 고착되어 가는데 그 틀을 깨 줄 사람이 없다.

돈과 권력만 있으면 무엇이든지 이룰 수 있다는 잘못된 관념을 깨트려 줄 인물이 없다.

백성들은 갈 길을 잃고 있는데 앞장서 나가는 이가 없다.

가슴을 저미는 아픔을 담아 이 글을 썼다.

항상 글의 시작과 마침에 함께해 주시는 하느님께 감사드리며, 목숨 바쳐 백성을 사랑한 광해와 허균의 혁명과 함께, 반드시 수복해야 할 우리 땅 대마도에 홍길동이 세웠던 '율도국'을 그려 본다.

환기 9211년.
396년 전에 광해와 허균이 마지막 달구경을 한 음력 8월 16일.
아차산 자락에서
신홍우

**차 례**

**광해**: 조선 15대 왕. 임진왜란 당시 세자로서 전란의 수습에 힘쓰고 훗날 왕이 되어
서는 백성들을 위한 정치를 편다. 하지만 양반 사대부들의 횡포가 있는 한 백성들
이 사람다운 삶을 살 수 없다는 것을 인지하고 허균과 함께 백성이 주인이 되어
모두가 행복하게 사는 대혁명을 준비한다. 백성을 자신의 목숨보다 더 사랑하던
조선의 왕.

**허균**: 조선 중기의 최고의 학자이자, 기개 있는 정치가이며, 『홍길동전』의 작가.
양반가문에서 태어나 남부럽지 않은 권세를 누리며 뛰어난 재주가 있으면서도,
성격이 자유분방하여 탄핵으로 인한 파직과 복직을 수 없이 반복한다. 인간은
모두가 평등한 존재라는 사상하에 실제로 홍길동이 대마도에 세워서 존재했던
'율도국'의 내용과 서출로 왕위에 오른 광해에 대한 음해에 맞서서 서자라도 능력
있는 이들이 얼마든지 있다는 내용의 『홍길동전』을 펴낸다. 그 책을 펴낸 후
광해와 함께, 조선을 백성이 주인으로 모두가 잘 사는 나라인 '율도국' 같은 나라
를 만들기 위해서 혁명을 계획하고 실행에 옮기기 위해 준비한다. 백성사랑을
정치 이념의 최우선으로 하는 인물.

**기자헌**: 조선 중기의 정치가. 광해 시절의 영의정으로 광해와 허균이 혁명을 준비하
는 것을 알아낸다. 자신과 붕당의 권력을 지키기 위해서는 수단 방법을 가리지
않는 인물. 광해를 왕위에 앉힐 때 세운 공 덕분에 누리는 권세를 잃지 않기
위해서 백성들의 행복보다는 자신의 이익을 위해서 정치를 하는 인물.

**이이첨**: 조선 중기의 정치가. 한때는 허균과 함께 영창대군 폐위와 사사에 뜻을
모으기도 한다. 하지만 세자의 후궁 간택문제로 인해서 허균을 경쟁자로 여기기
시작하면서 기자헌과 함께 허균을 몰아내려는 인물로 간교하기 이를 데 없다.
정치는 나라나 백성을 위해서가 아니라 자신의 부와 권력을 위해서 하는 것임을
스스럼없이 보여주는 인물.

**기준격**: 기자헌의 아들. 허균과 광해의 혁명을 눈치 챈 기자헌이 소성대비 폐위 사건으로 유배당하여 허균을 제거하기 위해서 실제로 움직일 수 없게 되자 아버지 지시에 따라 허균을 없애기 위해 행동하는 인물.

**이억정**: 이이첨의 일가로 서출 출신의 한을 담아 무예를 연마하고 임진왜란 때 승군에 가담하여 혁혁한 공을 세운다. 그 덕분에 보덕 스님의 휘하에서 승군을 훈련시키는 역할을 맡고 혁명의 내용을 알게 된다. 출세에 눈이 먼 것이 아쉬운 인물.

**보덕 스님**: 서산대사와 사명대사 밑에서 수련한 조선 중기의 스님. 임진왜란 때 승군을 이끌고 나라를 구하는데 일조할 뿐만 아니라 광해와 허균이 혁명을 꿈꾸고 일을 시작하자 적극적으로 가담하여 승군을 양성한다.

**현응민**: 광해의 별감인 현응천의 동생으로 광해의 추천에 의해 허균과 함께 살기 좋은 나라를 만드는 혁명을 위해 생사고락을 함께 하는 의리의 인물.

**강변칠우**: 조선 중기의 서자들의 모임. 대단한 권력을 가진 이들의 서자들로서 돈이나 능력, 기타 아쉬울 것이 없는 이들이지만 다만 서자라는 이유로 벼슬길에 나서지 못할 뿐이었다. 허균과 교분을 맺은 이후로 실사구시에 입각한 학문에 몰두하여 대단한 경지에 이른다. 광해와 허균이 혁명을 이루기 위한 정책과 대안을 맡길 정도로 학식이 뛰어났다.

**홍길동**: 역사 속에 실존했던 영웅. 허균의 소설에서는 조선 세종조의 사람으로 나오지만 실존시대는 그 이전일 수 있다고 한다. <활빈당>을 조직하여 백성들의 시주를 걷어서 고리대금업으로 재산을 불리는 사찰과 백성들의 고혈을 짜내는 부자와 탐관오리들의 재산을 털어서 가난한 이들을 도와주었다는 이야기 등은 실제 존재했던 역사적인 사실이다. 뛰어난 능력이 있지만 서자라는 신분 때문에 출세하지 못한다. 그렇지만 자신의 신분타령이나 하면서 주저앉지 않는다. 자신이 신분 때문에 뜻을 펴지 못한 것을 후대에는 물려주지 않기 위해서 새로운 나라를 세우기 위해 추종자들과 함께 조선을 떠나지만 결국 조선의 땅 중 일부인 대마도에 정착하게 된다. 대마도에 '율도국'을 세우고 백성이 주인이 되고 모두가 행복한 나라를 만들어 백성들과 더불어 잘 살다가 말년에는 자신의 모든 것을 백성들에게 되돌려 주고 산에 들어가 신선처럼 살다가 죽는, 인간의 가장 아름다운 삶 중 하나를 살았던 인물.

조선 중반에 쓰인 것으로 추정되는 『인조반정사(仁祖反正史)』는 얼핏 읽어 보아도 대단한 역사적 가치를 지녔다. 그럼에도 불구하고 단 한 번도 논쟁의 중심에 서지 못했다. 그 안에 역사적으로 분석해야 할 많은 의문들이 존재한다는 것을 알면서도 굳이 외면했다. 그 책이 중요하지만 천대받은 이유가 그럴싸해 보이기는 한다.

첫째로 사람들은 『인조반정사』가 한글로 쓰였다는 이유를 들어 정통성 있는 역사기록이 아니라고 했다. 허균(許筠)의 『홍길동전(洪吉童傳)』 같은 '언문소설(諺文小說)' 중 하나라고 치부했다. 『홍길동전』이 그랬듯이 '언문소설'이라는 것은 시대의 뜻을 거스르고 유학의 전통적인 가르침에 반기를 드는 자들이 쓰고 읽는 것이라고 차갑게 외면했다.

다음으로는 비록 미완성된 것처럼 보이기는 하지만 인조반정에 대한 이야기는 단 한 줄도 나오지 않는다는 것이다. 인조반정 이전의 이야기에서 멈춘 기록이기에 『인조반정사』라는 제목이 아무런 의미를 갖지 못한다고 했다.

그러나 그 책이 우리에게 주고자 하는 의미를 안다면 제목이 아무런 의미를 갖지 못한다는 주장은 억지다.

『인조반정사』를 외면한 이유를 자세히 들여다보면 '언문소설'로 치부한 까닭도 아니고 제목을 트집 잡아 내세운 이유도 아니다. 그 책이 외면당한 진짜 이유는 간단하다.

제목만 '인조반정사'지 그 내용을 들여다보면 '인조반정'이 과연 옳았던 반정이냐를 따지고 들듯이 광해(光海)가 펼치고자 했던 정치에 노골적으로 동조한다. 게다가 한술 더 떠서 광해가 하고자 했지만 이루지 못한 일들에 대해 너무나도 아쉬워한다. 그뿐만이 아니다. 광해 당시 역모를 일으키려 했다는 죄명을 쓰고 능지처참을 당한 허균의 죽음을 부당한 처사라고 신랄하게 비판하고 있다. 허균 같은 인재가 죽지 않고 살아 있었다면 '인조반정'은 결코 일어나지 않았을 것이라는 냄새를 강하게 풍기고 있다.

그런 책에 대해 왈가불가를 논한다는 것은 자신의 목숨을 담보로 정권과 맞서겠다는 것과 진배없는 짓이었다. 더 이상 관심을 두고 사실을 규명해서 가치를 밝히고자 했다가는 화를 자초할 수도 있었다. 자칫 잘못해서 그것이 간직하고 있는 내용의 진실을 밝히고자 하는 것으로 오해를 불러일으킨다면, 자신은 물론 가문과 붕당의 안위에까지 영향을 미칠 것이라는 것을 잘 알고 있는 까닭이었다.

당대를 벗어나서도 마찬가지였다. 선왕조의 업적에 거슬리는 짓을 하는 것은 대를 이어 내려오던 조선왕조 내에서는 허락될 수 없는 일이었다.

사람이 본디 권력을 지향하는 동물로 태어나는 것인지는 밝혀지지 않았지만, 직위라는 것을 얻고 나면 권력을 지향하는 것은 확실하다. 그러기에 권력을 잡고 있는 자들이 반기지 않는 『인조반정사』를 그 시대 학자들이나 훗날의 식견 있는 자들도 굳이 외면하려 한 것이다. 그 책이야말로 자칫 잘못 건드리면 인조 이후의 정권에 직접적인 도전이 되거나, 아니면 권력이 추구하는 것에 반기를 드는 꼴이었다. 그 책은 최고 권력자는 물론 그 주변을 둘러싸고 있는, 권력이라는 테두리에 안에 있는 이들은 아주 싫어할 수밖에 없는 이야기들이었다. 그런 까닭에 자신의 삶을 벼슬과 명예에 걸기보다는 진실을 알고자 하는 몇몇 사람들만이 위험을 무릅쓰고 그것의 진가를 알아내기 위해 노력했었다.

그들은 먼저 작가에 대해 알아내려고 했다. 그러기 위해서『인조반정사』가『홍길동전』처럼 한글로 쓰인 점에 주목했다. 다음으로는『홍길동전』에서 백성들이 주인이 되어 모두가 행복하게 사는 '율도국'이라는 나라를 세워 그곳으로 떠난 홍길동이『인조반정사』에서도 중요한 인물 중 하나로 거론된다는 점에도 주목했다. 홍길동이라는 인물이 소설에서 시대와 행위가 각색되기는 했지만 실존인물이었다는 점도 간과하지 않았다.

홍길동이 조선 세종조의 사람이라는 시대적 배경과 변신을 하거나 주술을 부려 자신을 여러 명으로 만들어 내는 등의 이야기는 시대와 영웅을 만들어 내기 위해 묘사된 허구다. 특히 홍길동이 주술을 부리는 등의 무용담은 그를 영웅으로 만들기 위해 묘사한 장면일 뿐이다. 시대적 배경을 조선 세종조로 잡고 홍길동을 서자로 묘사한 것 역시 신분 차별이 극심하고 부패한 조선사회를 꼬집어 알기 쉽게 풍자하기 위한 수단이다.

그러나 홍길동이 천한 신분으로 태어나는 바람에, 신분에 가로막혀 자신의 재능을 펼 수 없는 세상을 한탄하면서, 함경도에 〈활빈당〉이라는 본거지를 두고 의적으로 활거했던 사실은 백성들 사이에서 구체적인 내용까지 전해져 오고 있었다.

소설이라는 장르의 편의상 시대와 인물을 적당히 묘사한 것을 제외하고는 실화다. 그런 홍길동이 조선을 떠나 '율도국'이라는 태평성대의 나라를 세웠던 점을 주시하여, 소설에서가 아니라 실제 역사 안에서의 활약상을 찾아보기도 했다.

전해지는 기록을 바탕으로 홍길동이 추구하던 이상향의 나라가 어디에 존재했으며 그 나라의 권력 구조는 어땠는지에 대해서도 다각도로 연구 검토했다.

홍길동이 일행과 함께 나라를 세우기 위해서 새 땅을 찾는 데 해류의 흐름을 이용했다는 것을 알아냈다. 그리고 그들이 도착해서 나라를 세운 곳이 대마도라는 결론을 내렸다. 권력구조 역시 홍길동이 추구했던 그대로 백성들이 주인으로 신분 차별이 없는 정치가 이뤄지던 나라라는 것도 밝혀냈다. 『인조반정사』에 적힌 그대로라는 것을 확인한 것이다.

'인조반정'이 허균 생존 시에 일어난 일이라면 작가는 빤히 눈에 보였다. 의심할 여지없이 허균이다. 홍길동에 관한 것은 물론이고 광해와 허균 사이에서 일어났던 일들을 상세하게 적은 것만 봐도 틀림없다.

그러나 '인조반정' 자체가 허균이 세상을 떠난 뒤에 일어났다. 허균이 역모를 일으키려 했다는 죄목으로 능지처참을 당하고 나서도 무려 5년이라는 긴 세월이 지나서 일어났다. 또 그 책 안에는 허균이 능지처참을 당했다는 이야기까지 기록되어 있다.

결국 허균을 몹시 존경했던 훗날의 누군가에 의해서 『인조반정사』가 쓰인 것이라는 정도의 추측 이상으로 더 이상 규명할 수가 없었다. 그럴 수밖에 없던 이유는 그들이 작가를 더 이상 알아 낼 수 있는 방법이 거의 없었다. 당시만 해도 기록이라는 것은 권력의 중심부에 있는 사람들만이 접하는 독점물이었다. 일반인들은 학문에 관한 서책들만을 접할 수 있었다. 그런 상황에서 면밀한 분석을 해도 찾아내기 힘든 작자미상 작품의 저자를 몇몇이 뜻만 가지고 알아낸다는 것은 아주 어려운 일이었다.

조선왕조 권력의 중심에서 외면당한 그 책은 세월이 흐르면서 점점 사람들의 기억에서조차 지워지기 시작했다.

조선왕조가 끝나고 잠깐의 대한제국 시대를 거쳐 왜놈들의 강점기에서는 당장 잃어버린 나라를 찾는 일이 더 급한 불이기에 차마 신경 쓸 겨를이 없었다.

왜놈들을 몰아내고 광복을 맞았지만 사정은 마찬가지였다. 두 동강난 조국의 허리 때문에 동족상잔의 비극에 헐벗고 굶주리는 나라가 되어 그런 것에는 신경 쓸 틈도 없었다.

겨우 정신 차리고 다시 쳐다봤을 때는 이미 다시 접하기 힘든 이야기가 되어 있었다.

경제발전이라는 기치 아래 조국은 한 방향으로만 달리고 있었다. 그 이야기를 꺼내는 것은 금기로 여겼다. 권력의 중심에 선 자들은 그 책이 경제발전에 해가 될 뿐만 아니라 국제외교상, 특히 일본과의 문제를 불러올 수도 있다며 일체 입 밖으로 내는 것을 금했다. 그 책이 추구하는 본질을 이야기하자면 정경유착에 의해 재벌들이 독점하는 부의 분배문제와 대마도 영토문제가 거론되지 않을 수 없는 까닭이다. 자신들의 권력과 부를 지키기 위해 비겁한 선택을 했다. 노동자로 대표되는 백성들에 대한 분배 문제는, 논의는커녕 말만 꺼내도 강하게 탄압했다. 반드시 수복해야 할 땅으로, 수복만 하면 나라가 부강해지는데도 일본 눈치를 보느라고 대마도 문제는 덮어버리기에 급급했다. 오히려 조선시대에

'언문소설'로 취급한 것만도 못하게 작자는 물론 시대조차 불분명한 가치 없는 것으로 치부하고 말았다.

한 번 지워지기 시작한 기억은 다시 되돌리려는 의지가 없이는 되돌려지지 않는다. 그러나 한 번 고개를 든 진실은 아무리 지우려 해도 지워지지 않는다. '손바닥으로 하늘을 가릴 수 없다'는 진리는 영원한 것이다.

근자에 와서 한자로 쓰인 책들이 번역되면서 『인조반정사』가 얼마나 사실에 근거한 책인지 그 진가가 톡톡히 드러나기 시작했다. 특히 『조선왕조실록』 「광해군일기」를 보면 광해가 허균을 얼마나 아꼈는지를 자세히 적고 있다. 그리고 허균이 주모해서 일으키려 했던 혁명에 광해가 박수를 보낸 것을 적고 있다. 사관은 허균이 억울하게 죽음을 당했음을 개탄하고 있다. 광해는 허균을 정형하지 않기 위해 시간을 끌려했으나 중신들의 협박을 받고 어쩔 수 없이 정형했다고 한다. 또 이이첨이 친국을 통해서 밝혀질 자신들의 흉모가 드러날까 봐 '하고 싶은 말이 있다'고 외치는 허균의 입막음을 위해서 서둘러 죽였다고 공공연하게 적었다.

이렇게 『조선왕조실록』까지 보다 보면 『인조반정사』의 작가는 당시 왕조실록을 기록한 사관 중 한 명일 수도 있다. 하지만 자세히 들여다보면, 『조선왕조실록』은 물론 그 누구도 알 수 없는 광해와 허균의 대화 내용과 감정표현까지 적혀 있다. 그 안에 허균이 체포되고 능지처참을 당하기까지의 기록은 불과 서너 줄뿐이다. 그 짧은 기록과 제목은 책을 적은 이가 아니더라도 훗날 붙일수도 있다. 그런 점들을 간과한 채 작자미상이라는 결론을 내렸다는 것이 아쉽기만 하다.

그렇다고 그 책의 작가를 알아내지 못한 것을 탓하고자 하는 것은 아니다. 이미 말했듯이 그들이 작가를 알아내지 못한 것은 당연한 일인지도 모른다. 그들은 권력의 중심에 있는 사람들이 아니기에 『조선왕조실록』을 볼 기회를 얻지 못하였을 것이다. 왕조실록을 보지 못하였으니 당연히 두 기록을 비교하지 못하였고 작가를 찾느라고 애만 쓰다 만 것이다. 그러기에 탓하는 것이 아니라 다만 아쉬움을 적자는 것이다.

『인조반정사』는 작가조차 밝혀지지 않자 시대가 흐를수록 날조된 것으로 취급되었다. 점점 더 관심 밖으로 밀려나고 그에 대해 알고자 하는 사람은커녕 그런 것이 있었다는 사실마저 인지하는 사람도 드물게 되었다. 그런 연유로 지금에 와서는 그런 기록이 있었는지조차 알려고 하는 사람들마저 찾아보기 힘든 실정이다.

노파심에서 한 마디 덧붙이면, 『인조반정사』를 자세히 읽다 보면 그 글이 쓰인 시대를 의심할 수도 있다. 제목과는 다르게 멀리 떨어진 뒷시대의 이야기들이 등장하는 것처럼 느껴지기도 한다. 자신도 모르게 반계(磻溪) 유형원(柳馨遠)의 『반계수록(磻溪隨錄)』과 다산(茶山) 정약용(丁若鏞)의 『전론(田論)』을 떠올리게 된다. 『반계수록』이나 『전론』은 이보다 훨씬 뒤에 성립된 이론인데 그 향기가 난다. 특히 토지, 그중에서도 농사를 지을 수 있는 농토의 사유화를 부정하여 국유화해야 한다는 두 이론의 공통적인 향기가 흠씬 배어 있다. 반계의 '균전론(均田論)'이나 다산이 주장했던 '여전론(閭田論)'의 모습이 그대로 드러나면서 풍겨오는 백성들에 대한 사랑의 향기가 무성하게 피어오른다. 그 향기 속에서 반계가 왜 부안으로 이사를 해서 『반계수록』을 저술했는지 어림할 수 있다.

『반계수록』은 효종 대에 시작해서, 집필을 시작한지 17년 만인 1671년 마무리되었으나 발간되지 못하고, 완성된 지 백 년 만인 1770년에 영조의 명으로 발간되었다. 『반계수록』에 실린 '균전론'이야말로 양반 사대부들이 가장 싫어할 수밖에 없는 제도로 너무나도 혁신적이었다. 아울러 다산이 주장했던 '여전론' 역시 당시 양반 사대부들의 반대에 부딪혀 실행되지는 못했지만 가히 혁명적인 것이라 할 만하였다.

그 제목을 『인조반정사』라 했지만, 내용면에서는 인조반정은 한 줄도 다루지 않고 광해가 이루지 못한 개혁을 아쉬워하는 책 속의 숱한 가르침, 그 가르침이 정말로 필요하던 시대마다 빛을 보지 못하고 사라진 것이라는 생각을 지울 수가 없다.

백성들이 가장 바라는 정치, 백성들이 가장 살고 싶은 나라. 그 두 모습이 함께 담겨진 『인조반정사』가 지금에 와서는 그런 것이 있었다는 사실조차 사람들의 기억 속에서 사라져가고 있다. 그 책의 진가가 가장 빛을 발해야 하는 바로 이 시대에, 정작 그에 대한 관심마저 사라져 가는 것이 아쉬워 이렇게 몇 자 적는 것임을 밝혀 두고자 한다.

# 1. 광해와 홍길동의 만남

광해 11년(1618년) 음력 8월 스무나흘.

초가을이라고는 하지만 밤바람은 싸늘하기 그지없었다.

광해는 차가운 밤바람에도 아랑곳하지 않고 대전 뜰에 서서, 하늘에 걸린 채 그 모습을 잃기 직전까지 기울어가는 달만 하염없이 쳐다보고 있었다.

"전하, 저녁 수라도 아니 드시고 벌써 몇 시각이 지나도록 이렇게 서서 계시오면 어찌 하옵니까? 밤바람도 차가운데 공연히 옥체 상하실까 두렵사옵니다. 안으로 드셔서 저녁 수라도 드시옵고 쉬셔야 하옵니다. 무슨 영문인지 모르오나 행여 어심이 상한 일이 있으시면 말씀을 해주셔야 바로잡을 것 아니옵니까? 옥체를 보존하셔야 무슨 일이든지 도모하실 수 있사옵니다."

상선은 머리를 조아리며 아뢰었다.

"정녕 상선도 짐의 마음을 몰라서 그러는 게요? 아니면 알면서도 모르는 체 한다는 말이오?"

"전하, 감히 소인 주제에 어찌 어심을 헤아릴 수 있겠습니까만 전하께서 그리 어심을 상하신다고 돌이킬 수 있는 일이라면 얼마나 좋겠사옵니까? 돌이킬 수도 없는 일로 공연히 옥체만 상하실까 두려워서 드리는 말씀이옵니다."

"돌이킬 수 없는 일이라?

하긴 그렇소. 돌이킬 수 있는 일이라면 무슨 고민이 있겠소? 돌이킬 수 없는 일이니 이리 허무한 것 아니오? 기울어가는 저 달은 그믐이 지나고 나면 다시 살을 붙여가면서 둥글어지겠지만 한 번 간 사람의 목숨은 돌이킬 수 없으니 그게 짐을 이리도 안타깝게 만드는구려.

무능한 군주를 만나서 애꿎은 인재들이 목숨만 잃고 말았으니 이 얼마나 원통한 일인가?

죄를 짓지도 않은 이를 죄인이라 몰면서 짐과 마지막 이야기를 하고 싶다는 것마저 묵살한 채 형장으로 몰았으니 이 얼마나 원통한 일이오?"

"전하! 전하의 말씀을 이 미천한 것이 어찌 제대로 알아들을 수 있겠습니까만 신은 그저 전하의 옥체가 걱정이 될 뿐이옵니다."

"옥체라? 군주가 제 나라의 올바른 백성 하나 지켜 주지 못하는데 무슨 옥체? 차라리 옥체라는 이 몸이 대신 가지 못한 것이 한이 될 뿐이오."

"전하! 무슨 받잡기 민망한 말씀을 그리하시옵니까? 신, 차마 이 자리에 서 있기도 두려운 말씀이오니 거두어 주시옵소서."

상선은 광해의 말이 너무 민망해서 어쩌지를 못하고 쩔쩔 매었다.

그때 누군가가 저 먼 곳에서 기다리고 있는 상궁에게 무어라 속삭이는 말이 들렸다. 딴에는 낮은 목소리로 속삭였지만 초가을 조용한 밤공기는 그 속삭임마저 허락하지 않았다.

"짐이 이 근처에 아무도 얼씬하지 못하게 하라 일렀거늘 감히 웬 소란이냐?"

광해는 아무 것도 아닌 일처럼 보이는 속삭임에 대노하면서 그

쪽을 바라보았다. 광해의 서슬에 놀란 이들은 일제히 오금마저 얼어 꼼짝도 못하고 그대로 얼어버렸다.

"네 놈은 누구냐?"

"…."

"네 이놈. 짐의 목소리가 들리지 않더냐?"

"예, 예…. 소, 소인은…."

대노한 광해의 목소리를 듣자 속삭이던 군복차림의 사내는 입마저 얼어 말을 잊지 못했다.

"정녕 네 놈이 짐의 명을 어기고 여기 들어섰으면서도 그 이유를 물었더니 대답을 하지 않겠다는 것이냐? 좋다. 네 놈이 무슨 짓을 했는지는 내 금방 알 수 있는 터.

상궁은 아뢰어라. 그 놈이 무슨 말을 지껄였는지."

"전하! 소인이 지금은 전하께서 심기가 어지러우시니 아무 말 하지 말고 가라 했사오나 이이첨 대감의 전언이니 후에라도 전해 달라 하면서…."

날마다 광해를 대하고 광해의 곁에서 누구보다 광해의 일거수일투족을 잘 아는 대전 상궁 역시 입술마저 얼어 말도 제대로 못했다.

"그랬거늘 뭐라 했다는 말이야?"

"역도들을 모두 처형했다고…."

"역도들을 모두 처형했다고?"

광해는 노기 가득한 목소리로 부르짖듯 한 마디하고는 주먹을 쥐면서 부르르 떨었다.

"역도라? 역도…?

그래. 그 역도들을 처형했으니 상이라도 내려 달라는 말이더냐? 그 말이 그리도 중요해서 짐이 아무도 근처에 근접하지 못하게 하라 했거늘 짐의 말을 무시하고 그 놈을 들였더란 말이야? 별감은 어디 있느냐?"

광해는 당장 누구의 목이라도 칠 듯이 노한 목소리로 별감을 찾았다.

별감은 날아오듯이 재빠르게 광해 앞에 나타나 한쪽 무릎을 꿇고 고개를 깊이 숙였다.

광해는 아무런 말도 없이 별감의 허리에 차고 있는 칼을 빼어 들더니 별감의 목을 내리칠 기세로 말했다.

"네 이놈! 네 놈이 하는 일이 무엇인지 정녕 모르더란 말이냐? 짐이 아무도 근처에 얼씬하지 못하게 하라 일렀거늘 저런 놈들이 짐의 곁에까지 다가오도록 막지 못했다면 네 놈이 하는 일은 도대체 무엇이더란 말이냐? 짐을 호위하고 짐의 목숨을 지키는 것이 네 놈의 임무이거늘, 짐의 명을 어기고 짐에게 근접하는 저런 놈들을 그냥 놓아두는 것이 네 놈이 할 일이더냐?"

"전하! 죽여주시옵소서. 신은 익히 전령의 보직으로 자주 소식을 전하던 자가 이이첨 대감의 전언이라 하기에 급한 용무로 착각을 하고 허락을 하였습니다. 전하의 어심을 헤아리지 못한 죄인을 죽여주시옵소서."

별감은 죽여 달라고 했다. 왕이 그 누구도 근접하게 하지 말라고 했는데 그 말을 어긴 것은 분명히 어명을 어긴 일이다. 평소에 이이첨의 전언이라면 화급히 왕에게 전하고 연결하였으나 지금은 그런 상황이 아니라는 것을 별감은 미처 깨닫지 못했던 것이다.

별감이 그저 죽여 달라고 하면서 머리를 숙인 채 목을 늘어뜨리자, 광해는 무슨 생각이 들었는지 높이 쳐들었던 칼을 이내 땅바닥에 집어 던지고는 허무한 목소리로 되뇌었다.

"허기는 별감이 무슨 죄가 있겠느냐? 모든 것이 다 짐의 부덕의 소치일 뿐 더 이상 무슨 말을 할 수 있겠느냐?

물러가라. 별감 너도 물러가고 저 놈도 물리거라. 짐이 네 두 놈 모두의 목을 베고 싶지만 그리했다가는 상감이 미쳤다는 소리를 들을까 두렵구나. 오늘 같은 날 역도들을 모두 처형했노라고 전언하라 이른 이들의 속내를 빤히 알면서 차마 일을 벌일 수는 없는 일이다. 도대체 짐이 무슨 짓을 하고 있는지 짐도 모르는데 어찌 너희들이 알 수 있겠느냐?"

"전하! 죽여주시옵소서."

광해가 물러가라 일렀지만 별감은 차마 일어서지 못하고 다시 한 번 고개를 늘어뜨리며 죽여 달라고 했다.

"물러가라 하지 않았느냐? 별감은 짐의 명을 두 번 어길 셈이냐? 한 번은 봐 줄 수 있지만 두 번을 어기면 참을 수 없을지도 모르는 일이다. 더 이상 시간 끌지 말고 어서 물러가거라."

광해의 누그러진 목소리에 별감은 어쩔 줄 모르면서도 바닥에 떨어져 있는 칼을 들어 칼집에 꽂을 새도 없이 사라져 버렸다.

별감과 전언을 왔던 이들이 사라지는 뒷모습을 보면서 광해는 아주 작은 목소리로 중얼거렸다.

"역도라…?

목적이 무엇이고 과정이 무엇인가는 중요하지 않고 역도라?

백성을 위하는 이들이 자신들의 눈에 거슬리면 그게 역도라?

자신들의 붕당과 개인의 치부를 위해 서로 물어뜯고 뜯기는 정치를 하는 자들은 역도가 아니고, 백성들이 살아갈 길을 마련하기 위해 온몸을 다 바친 이들은 역도라?"

광해는 발걸음을 옮기기 시작했다.

자신이 이렇게 서 있는다고 돌아올 이도 없고 되돌릴 수도 없는 일이다.

침전으로 돌아온 광해는 아무도 들이지 말라면서 수저 두 벌과 잔 두 개를 놓아 주안상을 들이라 했다. 아무도 들이지 말라면서 겸상을 차려오라는 것이 이상했지만 그 누구도 감히 이유를 물을 수는 없었다.

겸상한 주안상이 들어오자 광해는 먼저 반대편에 놓인 잔에 오른손으로 술을 채웠다. 다음으로 자신의 앞에 있는 잔에는 왼손으로 술을 채웠다. 그렇게 술을 채우더니 자신의 앞에 있는 잔은 오른손으로, 자신의 반대편에 있는 잔은 왼손으로 들고, 오른손과 왼손에 들린 술 두 잔을 연달아 비웠다.

똑같은 방법으로 세 번, 잔으로는 여섯 잔을 마신 광해는 역시 같은 방법으로 잔을 채워 자신의 앞과 맞은편에, 처음 술잔이 놓여 들어오던 그 모습대로 놓은 채 허망한 눈으로 초점 없이 앞을 바라보았다.

허균이 『홍길동전』을 끝내 책이 나오고, 얼마 지나지 않아 유배에서 풀린 후 자신이 그를 불러서 독대하던 그 밤을 그리기 시작했다.

"그동안 고생 많이 했소."

"전하! 고생이라니 가당치도 않사옵니다. 신이 불충하여 전하의 성심을 어지럽게 한 죄인이온데 그렇게 하명하시면 몸 둘 바를 모르겠사옵니다."

"아니오. 대감을 유배까지 처한 것은 분명히 과인의 힘이 부족한 탓이었음을 자인하는 바요. 과인의 허물이라 여기고 그냥 넘어가 주오. 대감이 전시(殿試)의 대독관(對讀官)의 한 사람으로 조카와 조카사위를 부정으로 합격시켰다는 것을 믿었겠소? 대감의 성품을 모르는 바도 아닌데 어찌 그런 말을 믿었겠소. 하지만 이 나라 국왕이 가질 수 있는 권력이라는 것이 한계가 있다는 것은 대감도 익히 아는 바가 아니오?

사실 그동안 대감이 고생한 것도 고생한 것이지만 나로서는 대감이 가지고 있는 재능을 썩힌 것 같아 그것이 더 안타깝소."

광해의 얼굴에는 진심으로 미안해하면서 아쉬워하는 표정이 역력했다.

"황공하옵니다. 전하. 신이 미흡하여 공연히 용안에 그림자가 지게 했사옵니다. 모든 것이 신의 불충의 소치이옵니다. 하오나 그 덕분에 유배지에서 비록 부족하오나마 『홍길동전』을 저술할 수 있었던 것이옵니다. 조정에 출사를 했다면 못했을지도 모르는 일을 해냈으니 오히려 다행이라고 생각해 주시면 성은이 망극할 것이옵니다."

"아니오. 자기 아집과 자기 권익 지키기에 급급한 이들이 학문이라는 껍데기를 씌워 포장하여 내세우는 공연한 수를 막지 못한 짐이 군주로서 한스러울 뿐이오. 대감은 조정에 출사를 했다고 해도 이런 글을 얼마든지 썼을 것이오."

"전하. 그리도 신을 과신해 주시니 정말로 몸 둘 바를 모르겠사옵니다."

허균이 비록 앉은 채로지만 머리를 깊이 숙이며 다시 한 번 감사의 뜻을 전하자 광해는 허균에게 머리를 들라고 하면서, 흡족한 것 같으면서도 무언가 아쉬운 표정으로 다시 입을 열었다.

"하기야 그들이 보기에는 허 대감이 눈에 들어앉은 가시 같았을 거외다. 선왕 때 김종직론(金宗直論)을 집필해서 말로는 백성들을 위하는 정치를 한다면서 정작 백성은 뒷전에 놓아두는 사람들에게 일갈을 하지 않았소. 그들이 군왕보다 더 받드는 김종직을 기회나 엿보며 입으로만 정치를 하는 천하에 쓸모없는 인물로 만들었잖소.

거기다가 한술 더 떠서 절을 드나들며 승려들과 어울리지를 않나, 불교를 믿는다며 불공을 드리기도 하니 오죽이나 그들의 비위에 거슬렸겠소?"

"전하. 송구하옵니다만 그 당시 신이 절에 갔던 것은 불공을 드리기 보다는 참선을 하기 위한 것이었습니다. 참선을 하면 욕심이 멀어지고 마음이 맑아진다 하여 해보았는데 정말 좋아서 몇 번 갔었사옵니다. 서로 반대 당의 흠이나 잡으려고 사랑에 모여 앉아 있지도 않은 말을 만들어내는 것보다는 자신을 위해서 훨씬 좋은 일이었사옵니다.

아울러 신의 좁은 소견이오나, 신의 생각으로 우리 조선은 불교를 홀대해서는 안 된다는 생각이옵니다. 선대왕 시절, 왜놈들이 이 나라를 짓밟고 파죽지세로 몰고 들어오던 임진왜란 당시 서산대사와 사명대사를 비롯하여 이 나라의 많은 승려들이 불현듯이 일어나 승군의병을 조직하여 싸웠습니다. 대부분의 유생들이 글은 읽어도 무예가 형편없다는 핑계로 웅크리고 숨어 있을 때 승군들은 결연히 나섰습니다. 공식적인 조사에 의한 것만도 만여 명에 달했고 그 숫자나 규모 면으로 볼 때 너무 작아서 다른 의병들에게 흡수되어 일어난 이들까지 합한다면 3만여 명에 달한다고 하옵니다. 그런 승군들에게 감사 인사를 드리러 간 것에 탄핵을 당한다니 어처구니없기도 하고 오히려 탄핵을 당하는 소신이 스님들에게 송구스러울 뿐이었습니다.

스님들은 백성의 한 사람으로서 풍전등화인 나라를 구하기 위해 목숨을 바치며 싸우고 있을 때 양반 사대부 가문의 자식들은 죽을까 봐 겁이 나서 왜군의 손이 닿지 않는 곳으로 피해, 나오지도 못하고 웅크리는 이가 더 많았습니다. 물론 모두가 그런 것은 아니라지만 실제로 승군은 물론이고 의병에 참여했던 노비나 상민 혹은 평민의 숫자에 비하면 양반 사대부의 수는 헤아릴 것도 못 된다는 것은 조선 천지가 다 아는 이야기이옵니다.

게다가 절에는 적서의 구분도 없사옵니다. 스님이 되기 위해 적손이어야 한다는 규정도 없고 서손이 출가하면 받아들이지 않는다는 규정도 없으니 제가 가기에는 딱 좋은 곳이라서 갔던 것이옵니다."

"알아요, 알고 말고. 내 당연히 대감의 본심을 이해하고도 남지만 다른 관리들이야 그렇겠소?

유학이라는 학문을 자기들 유리하게 해석해서 권력의 도구로 써야 하는 그들에게, 자비를 가르치는 불교가 얼마나 가시 같은 존재였는데 용납할 수 있었겠소? 더더욱 대감이 절에 드나들면서 그곳에서 서자들과도 허물없이 어울리는데 얼마나 꼴 보기 싫었겠소. 그래서 파직을 시키려고 누차 상소를 올렸건만 대감을 아끼시는 선왕께서는 듣지 않으시다가 마지못해 두어 달 쉬게 하시고는 곧바로 배려해 공주목사로 부임시켰잖소?

목에 걸린 가시 같아서 빼 버리려고 온갖 수를 부렸는데 빠지기는커녕 오히려 공주목사라는 자리에 가 있으니 얼마나 시기가 났소. 그러던 차에 공주목사인 허 대감이 양반가의 서자들은 물론 서자들의 자손들인 얼손(孼孫)과도 같이 어울렸다 하니 어떤 양반 사대부들이 좋아하겠소? 그들이 가진 것이라고는 양반의 적손(嫡孫)이라는 아무짝에도 쓸데없는 허황된 꼬리표뿐이었거늘.

그래서 또 파직을 당했지만 허 대감은 그런 것들에는 아랑곳하지 않고 산천을 유람하며 기생을 만나고, 천민으로 시를 쓴다는 유희경과도 만나고 풍류를 제대로 즐기고 사니 얼마나 배가 아팠겠소?

자신들 스스로 옭아매 놓은 양반이라는 테두리에 갇혀서 그들은 하고 싶어도 못하는 일을 허 대감은 그 테두리를 벗지 않고도 여유자작하게 즐기고 있으니 그게 더 부럽고 자신들 스스로를 화나게 했을 거요. 그러던 차에 마침 허 대감이 전시 대독관 중 한 사람이 되었는데 같은 시험에서 조카와 조카사위가 함께 급제를 했으니 때는 이때다 하고 모함을 시작했겠지요. 그 참에 정말로 뽑아버리고 싶었었겠지요.

짐이라고 그걸 모르는 바가 아니었소.

하지만 그들의 공격을 막아낼 방어막이 짐에게는 너무나도 부족했소. 정승 판서 할 것 없이 자신들의 앞가림에만 정신이 없었지 어느 누구도 무엇이 옳고 그른지에는 신경도 쓰지 않고 귀도 기울이지 않았소. 대감에 관한 일로 짐을 도와주는 이가 하나도 없었단 말이요. 심지어는 대감이 속한 붕당에서조차 누구도 나서지 않았소. 이렇게 전례 없던 일이 일어나는 것은 대감을 시기하는 이들이 그만큼 많다는 소리일 게요.

그동안의 일만 보아도 대감만큼 탄핵으로 인한 파직도 많이 당하고 복권도 많이 된 관리도 드물 거요. 대감이 그만큼 많은 이들의 경계의 대상이자 부러움의 대상도 될 수 있다는 이야기 아니오? 어찌 보면 선왕이나 과인의 신임에 대한 질투이겠지만 어찌 보면 자신들은 할 수 없는, 정말 백성들을 위한 생각을 하는 대감이 두려워서일 수도 있소. 대감의 능력이나 강직함을 알기에 자칫하면 대감이 일순간에 그들을 뛰어넘을까 봐 두려운 거지.

아마 모름지기 이번에 허 대감이 지은 이 책을 보고도 무언가 허 대감을 옭아 넣을 준비를 하고 있을지도 모르오."

광해는 허균이 유배지에서 지은 『홍길동전』의 필사본을 들어 보이면서 말을 이었다.

"이 책의 내용이야말로 그들이 가장 싫어하는 것 중 하나가 아니오?"

허균은 광해가 지금 자신에게 무슨 말을 하고 싶은지 짐작할 수 있을 것 같았다. 하지만 섣부르게 입을 열 수 있는 자리도 아니다.

"그래서 짐이 하는 이야기요만, 유배는 해제가 되었지만 일단 근신하는 척하며 조용히 지내시오. 금년 12월 명(明)나라에 주청할 일이 있어서 진주사(陳奏使)를 보내야 하오. 그 일을 대감에게 맡길 것이니 그때 다시 세상으로 나오시오. 대감은 짐이 보위에 오르던 해에 명나라에 사절단의 일행으로 다녀온 적도 있고 또 짐이 즉위하고 3년차가 되던 해에 천추사(千秋使)로 연경(燕京)에 다녀온 적도 있으니 충분한 자격을 갖추었소.

아니지. 자격을 갖춘 정도가 아니지. 연경에 다녀온 후 다시 한 번 천추사로 보내기로 했는데 대감이 거절을 하는 바람에 탄핵이 끊이지를 않았었지. 남들은 명나라에 가서 명나라 황태자와 고관들에게 눈도장이라도 찍으려고 안달을 하는데 대감은 지병을 이유로 상소를 올려 거절을 했소. 그것도 한두 번이 아니라 여러 번 상소를 하는 바람에 짐이 어쩔 수 없이 명을 거두었지. 그 바람에 짐은 사헌부에서 대감을 탄핵하는 상소를 귀찮을 정도로 받았지만 끝내 모른 체 했었소.

이번에는 그리하지 마시고 진주사를 보낼 때 세상으로 나오시오"

"전하. 성은이 망극하옵니다. 신이 그때에는 생각이 짧아서 경거망동한 것이옵니다. 하오나 앞으로는 전하의 성심을 어지럽히는 일이 결코 없을 것이옵니다."

"아니오. 짐은 대감이 천추사를 거절했던 이유를 백 번 이해할 수 있소. 그렇기에 사헌부에서 상소를 올려도 짐이 모르는 체 했던 것이오. 대감의 성품상 어쩔 수 없는 일이라는 것을 알고 있었소.

짐이 즉위한 이후 계속되는 가뭄에 민심은 배고픔으로 흉흉해지고 짐을 배척하는 무리들은 호시탐탐 기회만 엿보며 민심을 동요하게 만들고 있었소. 그런 상황에 명나라 황태자 생일을 축하하기 위한 사절로 가라는데 대감이 갈 사람이 아니지. 명나라에 빌붙어서 그 입김이라도 쏘여 출세를 하고자 하는 이라면 모를까! 백성을 하늘처럼 아는 대감이 백성들은 배고파 울고, 왕은 그 자리보전이 어찌 될지도 모르는 상황인데, 황태자 생일잔치에 가서 술잔이나 기울일 마음이 내키지 않았겠지요. 짐이 비록 아직까지는 나약한 군주라지만 어찌 그런 것까지 판단하지 못하겠소?

알 것은 다 알면서도 모르는 척 하기도 하고 모르면서도 아는 척을 해야 한다는 것이 얼마나 답답하고 힘든지 아시오?"

"전하. 소신이 어찌 전하의 성심을 헤아리겠습니까만 실로 성은이 망극하다는 말씀밖에는 아뢸 수가 없사옵니다. 그 모든 것을 헤아리신다는 것이 얼마나 힘든 일이옵니까? 혜안을 가지신 전하의 성심에 그저 감복할 뿐이옵니다."

헛말이 아니다. 진심으로 광해가 위대하다고 다시 한 번 느꼈다.

자신을 천추사로 파견하고자 했던 바로 그 즈음이 광해 스스로 주변의 모든 눈을 무시하고 혈혈단신 북한산에서 기우제를 지내던 때다. 가뭄으로 굶주리는 백성들을 위해서 목숨을 내놓고 기우제를 지내는 군주의 기개가 살아 움직이던 때다. 백성들은 배고파 울고 있는데 왕이라고 권좌를 지키고 목숨만 보존하면 안 된다고 스스로 나서던 때다. 그리고 대신들에게 하늘의 뜻을 스스로 실천하는 모습을 보이자고 앞장서던 바로 그때다.

"짐의 욕심 같아서는 대감을 당장 곁에 두고 싶소만 그리되면 대감에게 이로울 것이 하나도 없다는 것을 잘 아오. 물론 대감도 알겠지만….

아쉽고 섭섭하더라도 조금은 틈을 두는 것이 좋을 듯하오."

허균은 광해가 자신을 아낀다는 것은 익히 알고 있었지만 저리도 뼛속 깊이 자신을 아끼는 줄은 알지 못했다. 그때 광해가 섭섭하다는 투로 물었다.

"그런데 이 책에서 홍길동도 결국 왕이 됩디다. 인간은 누구든 왕이 되고 싶은가 보오."

"아니옵니다. 전하. 홍길동은 왕이 된 것이 아니라 다만 대표가 되어 백성들을 이끈 것뿐이옵니다. 신이 그 책에 왕이라 표현한 것은 그리 표현하지 않으면 그 책을 읽는 그 누구도 이해할 수 없을 것 같아 그리 적었을 뿐이옵니다. 실제로 홍길동은 왕이 되지 않았사옵니다. 무릇 왕이라 하면 모든 이들 위에 군림하고 그 권좌를 후손에게 물려주어 대대로 세습하게 하옵니다. 그런 까닭에 왕이 집권하는 세상에서는 사람을 구분하는 신분이 생길 수밖에 없는 것이옵니다. 그런데 신분을 구분하는 제도를 가장 싫어하는 홍길동이 그런 짓을 하였겠사옵니까?"

허균은 순간적으로 말을 했지만 속으로는 아차 싶었다. 자신의 진의를 이야기하기는 했지만 지금은 왕이 앞에 앉아 있다. 그런데 왕이 지배하는 전제정권이 바로 신분제도를 만들어내는 것이라고 했으니 이건 큰 잘못이다. 그러나 그런 걱정을 하는 것도 순간이었다. 광해는 허균의 걱정에는 아무런 상관도 하지 않는다는 듯이 얼굴 가득히 흥미롭다는 표정을 하며 다시 물었다.

"그럼, 왕이 아니면 무엇이라는 말이오. 대표라는 것이 왕이나 진배없는 것 아니오?"

허균은 대답을 망설이지 않을 수 없었다. 지금 왕정과 신분제도가 갖는 병폐를 말해야 하는 순간이다. 듣기에 따라서는 조선 국가 기조에 대한 도전을 하는 것으로 받아들일 수도 있는 일이다. 그러나 그 망설임도 잠시였다. 광해가 트집을 잡을 것이라면 이미 얼마든지 잡을 수 있었다. 비단 『홍길동전』뿐만 아니라 지금까지 나눈 대화 내용들이 모조리 트집을 잡고도 남을 내용들이었다. 어차피 내친걸음이다.

"황송한 말씀이오나 그렇지 않사옵니다. 전하. 어차피 나라가 있는 한 규율이 있어야 하옵니다. 그러기 위해서는 누군가가 지도자로 나서야 하옵지요. 그러나 지도자가 혼자가 아니라 대표를 중심으로 여럿이 모여 서로 좋은 의견을 모아, 그걸 바탕으로 백성들을 다스린다면 백성들에게 이익이 되는 일을 도모할 것이옵니다. 더더욱 지도자가 신분이나 태생에 얽매이지 않고, 능력 있고 심성이 고른 이라면 누구든지 할 수 있게 허락된다면, 백성들에게는 그보다 좋은 일이 없을 것이옵니다. 또 백성이라면 누구라도 자유자재로 말할 수 있는 권한을 부여해 준다면, 지도자로 나선 사람 중 누군가 자신의 사리사욕을 탐하느라 그릇된 일을 하면 즉각 세상에 밝혀질 것이고, 그게 두려워서라도 탐관오리라는 말은 존재하지도 않을 것이옵니다. 게다가 한술 더 떠서 백성들이 자신들을 대신해 줄 수 있는 지도자를 천거할 수 있게 허락된다면 더 바랄 것이 없을 것이옵니다. 또 대표자리 역시 그 자식에게 세습을 하는 것이 아니라 지도자로 나선 이들 중 가장 신뢰받는 이를 지도자들이 선출하는 것이옵니다. 그리고 그 자리는 죽을 때까지 유지하는 것이 아니라 몇 해를 주기로 새로이 선출하는 것이옵니다. 그리되면 그게 바로 백성들을 위한 일을 하는 진정한 지도자들이 될 것이라는 생각이옵니다.

능력이 있는 자들이 자리를 차지하고 있다면 왜 서로 중상모략을 일삼겠사옵니까? 자신의 능력을 발휘하여 더 나은 일을 하기도 바쁠 것이옵니다. 능력이 없어도 자신이 명문가의 태생이라는 것 하나로 권력의 최고에 오르려다 보니 서로 헐뜯고 중상모략을 일삼는 것이옵니다. 일을 잘해서 인정받을 수 없으니까 어떻게든 반대파를 옭아 넣고, 그걸 이용해서 더 좋은 자리에 앉아 부를 거머쥐기 위한 일로 시간을 보내다 보니 백성들은 점점 어려워만지는 것이옵니다. 서출입네, 상민입네 하고 차별을 하는 것 역시 능력 있는 인물들이 자신들의 영역 안으로 들어오는 날에는 그만큼 자리가 줄어드니까 그 자리를 지키기 위해 궁여지책으로 만들어 낸 법도 중 하나밖에 더 되겠사옵니까? 신은 그런 세상이 아니라 백성들이 정말로 살고 싶어 하는 그런 나라를 소설에서나마 쓰고 싶었사옵니다. 서자인 홍길동이 최고 지도자가 되어 백성들이 평화롭게 사는 이야기를 쓰고 싶었사옵니다. 하지만 왕이 아니라 단순히 지도자가 그렇게 어려운 일을 했다고 하면 아무도 믿지 않을 것은 당연한 일이고, 우리가 사는 이 세상과 너무나도 동떨어진 세상이 될 것 같아서 굳이 홍길동을 지도자가 아니라 왕으로 표현했을 뿐이옵니다. 그렇게나마 써서라도 적자가 아닌 서자도 능력 있는 이들이 얼마든지 있다는 것을 이야기하고 싶었사옵니다. 사람은 출생신분이 아니라 그 능력에 의해 쓰일 곳에 쓰여야 한다는 이야기 하나만이라도 쓴 것을 다행으로 여길 뿐이옵니다.”

허균은 광해가 무언가 아쉬워하는 것 같아서 자신의 속내를 있는 그대로 드러내기는 했지만 마음이 불안한 것은 사실이다. 신분제도와 절대 왕권이 지배하고 있는 지금의 제도가 얼마나 치졸한 것인지를 이야기하고 있는 자신을 광해가 어찌 판단할지가 너무나도 궁금했다. 만일 광해가 기분 나쁘게 들었다면 이건 단순히 유배나 그런 차원을 넘어서 당연히 목을 베고도 남을 일이다.

“전하. 신이 전하 안전이라는 것을 잠시 망각하고 너무 황당무

계한 이야기를 했나 보옵니다. 소신을 벌하여 주시옵소서.”

허균은 자신도 모르게 용서를 구했다. 그러나 광해의 반응의 너무나도 의외였다.

“벌이라니? 그 무슨 당치도 않은 소리요? 나는 대감의 소설을 읽고 이런 세상이 있을까 하는 의문이 든 사람이오. 아니 단순히 의문이 든 것이 아니라 이런 세상이 올 수만 있다면 정말 좋은 세상이라고 생각했었소. 그런데 대감의 이야기를 들어보니 더 좋은 세상도 만들 수 있겠다는 생각이 드는구려. 정말로 지금까지 전해 오는 이야기 중에서는 가장 꿈같은, 중국 전설 속의 요순시대보다 더 좋은 세상을 홍길동이 열었다는 거요? 그런 세상이 가능하기는 한 거요? 전설 속에 존재하는 하(夏)나라를 세웠다는 우(禹) 임금이 요(堯) 임금과 순(舜) 임금이 제후들의 추천을 받아 덕망 있는 이에게 선양하는 아름다운 전통을 깨트리고 자신의 아들인 계(啓)에게 왕위를 계승했다고는 하지만, 중국의 요순시대 자체가 신화인데 그런 이상향을 현실로 만들었다는 거요? 아니, 그보다 한 발 더 앞선 것 아니오? 주기적으로 왕에 해당하는 지도자를 바꿀 수 있다는 게.”

광해는 상당히 들떠 있었다. 양반 명문가문의 적손이라고 거들먹거리며, 말로는 못하지만 속으로는 서얼로 왕이 된 자신을 못마땅하게 여기며 업신여기는 것이 빤히 들여다보이는 자들이 눈앞에 어른거렸다. 그런 광해의 기분이 허균에게 느껴졌다. 허균은 안심하고 말을 이어갔다.

“홍길동이라는 이야기는 제가 꾸민 것이 아니옵니다. 시대를 세종대왕조로 잡은 것은 지금 우리 조선의 신분 차별과 적서에 대한 횡포가 너무 심하여 제가 그렇게 잡은 것이지, 실제 홍길동이라는 인물이 어느 선대왕조인지는 정확하지 않사옵니다. 어쩌면 우리 조선이 창업하기 이전 시대의 인물일 수도 있사옵니다. 다만 신분 차별로 찌들어 있는 백성들 사이에서 전해 오는 실존하는 인물로, 가렴주구와 폭거정치시대에는 바로 옆에 있어 주기를 바라는, 백성들이 사랑하는 인물이라는 것은 확실하옵니다. 그 이야기를 우리 시대에 맞게 적용한 것이옵니다. 적서의 구분이 확연한 가운데에도 탁월한 능력을 가진 자라서 새 시대를 열었다는 것이 중요하다는 생각에 그를 주인공으로 삼고 적서의 문제를 이야기한 것이옵니다.”

“그건 짐도 아는 바요. 대감이 서얼로 왕이 된 나의 즉위를 정당화하려고 이 글을 쓴 것을 짐이 어찌 모르겠소! 그렇다면 단지 그게 전부요? 대감이 내게 조금 전에 말로 들려주기는 했지만 차마 책에는 쓰지 못했던 그 말들을 쓰기 위해서는 아니었소?”

광해는 단도직입적으로 물었다.

허균은 난감했다.

이럴 때 무어라고 대답을 해야 할지 감이 서지를 않았다. 생각 같아서는 그렇다고 대답을 하고 싶지만 그럴 수도 없다. 아무리 자신의 생각이 옳다고는 하지만 왕을 앞에 앉혀 놓고 왕위가 세습되는 것이 옳지 않다고 할 수도 없는 일이다.

“짐이 대답하기 너무 어려운 말을 물은 것 같소. 이미 대감은 답을 하고 있는데도 과인이 모른 척 물은 것도 우습구려.

아무튼 짐은 이 글을 읽으면서 너무나도 통쾌했소. 이미 말했다시피 이 글을 쓴 목적 중 하나가 바로 짐을 위해서라는 것 역시 알고 있소. 아바마마께서도 할바마마께서 후손을 두지 못하시는 바람에 서손이면서 방계혈통으로 보위에 오르시고, 그것도 부족해서 아바마마의 적손이 엄연히 살아 있는데도, 서손 중에서도 둘째 아들인 짐에게 보위가 양위되었다고 흔들어대는 그들에게 던진 일갈임을 왜 모르겠소? 여염집 같으면 얼손에 지나지 않는 짐이 보위에 앉았다고 흔들어대는 그들에게, 출생이 서출이든 적손이든 그게 무슨 상관이냐고 던진 비수임을 짐은 알고 있소. 출신이 중요한 것이 아니라 자신이 가진 능력을 올바르게 펴는 것이 더 중요하다고 외친 마음을 내가 왜 모르겠소. 대감이 평소 그런 생각을 가지고 살아 온 것을 내가 잘 알고 있소. 아울러 어좌에 앉은 짐에게 가진 능력을 올바로 펴서 백성들을 평안하게 해주어야 한다고 당부하는 그 목소리 역시 짐은 이미 알아들었소."

"전하. 황공하옵니다. 소신이 분에 넘치는 짓을 저질렀나 보옵니다."

"아니오. 짐에게는 지금, 바로 대감 같은 신하가 필요한 거요. 정말 백성들을 위한 정치를 하겠다는 일념으로 짐을 도와줄 수 있는 그런 사람들이 필요한 거요. 자신들의 출세를 위해서 짐의 비위나 맞추는 그런 사람이 아니라, 짐에게 무엇이 백성들을 위한 길인지를 알려주고 그 길을 함께 갈 수 있는 사람들이 필요한 거요. 지금처럼 어려운 시기를 극복해 나갈 수 있도록 대감이 같이 해준다는 것만 해도 짐은 커다란 힘을 얻은 것이오."

"전하, 그지없이 황공하온 말씀에 신은 그저 감복할 뿐이옵니다. 신이 여러 가지로 부족한지라 지금까지는 전하의 어지를 충분히 받들지 못하였음을 잘 아옵니다. 하오나 앞으로는 비록 부족한 신일지라도 전하께서 필요로 하여 쓰실 곳이 있다면 목숨 바쳐서라도 받들 것이옵니다. 신이 서 있을 자리를 하명만 해주시옵소서."

지금 허균은 광해의 목마름을 함께 느끼고 있었다. 백성과 나라를 위해 펼치고 싶은 일은 많은데 함께 호흡할 사람이 없다. 만약의 경우에 백성은 둘째 치고라도 나라와 광해를 위해 목숨이라도 바칠 각오로 덤비는 양반 사대부가 조선을 통틀어서 얼마나 될까? 그 갈증을 알기에 허균은 평소 그답지 않게 지나칠 정도로 충성을 맹세했다. 새삼스럽지만 전혀 입에 발린 말이 아니다. 진심으로 나라와 백성들을 위해서라면 광해와 함께 자신의 모든 것을 바칠 각오가 되어 있었다.

"압니다. 알아요. 짐이 대감의 마음을 어이 모르겠습니까? 다만 지금으로서는 어느 것이 옳은 것인지 짐도 그 갈피가 잡히지를 않는다는 것입니다. 이 길이 옳은 길인 것은 맞는 것 같은데 막상 발을 떼려면 저쪽으로 난 길로 가야 하는 것이 아닌가 하는 생각이 든다는 겁니다.

오늘은 대감께서 그동안 유배에서 고생하며 이렇게 짐의 마음을 흔들어 놓은 책을 쓴 것에 대한 노고도 치하를 할 겸 술이나 한 잔 하면서 여독도 풀려고 들라 한 것인데 짐이 공연한 소리를 했나 봅니다. 너무 마음 쓰지 말고 술이나 한 잔 드시오."

광해가 허균에게 술을 권하자 허균은 마시기는 했지만 술을 마시는 기분이 아니다. 이렇게 술을 마시는 것 말고 가슴 저 깊은 곳을 적셔야 할 그 무엇이 있다. 그것이 무언지를 자신도 알고 광해도 안다. 다만 군신 관계상 섣부르게 입에 올릴 말도 아니고, 설령 군신 관계가 아니라 친한 벗일지라도 잘못 꺼내서는 안 되는 그런 말이다.

조선이라는 이 시대는 허락할 수 있는 말까지만 허용되는데, 오늘은 그 도를 한참이나 넘었다. 차마 입에 담아서는 안 될 말들까지 했다. 그래도 아쉽기만 하고 무언가 가슴을 꽉 막고 있다. 혹시 술이라도 마시면 그런 모든 것을 뒤로하고 가슴이나마 적셔 볼까 했는데 적시기는커녕 오히려 더 막히는 것은 도대체 무슨 조화란 말인가?

허균은 아무런 말도 없이 가슴 깊은 곳에서 밀려오는 답답함에서 출발하는 자신을 자꾸만 들여다보고 있었다.

"대감의 표정을 보니 마음이 몹시 답답한 것 같소? 짐의 마음 역시 대감의 마음처럼 답답하기만 하오. 지금 이 나라의 형국을 볼 때 답답함을 느끼지 않는다면 그 어찌 나라의 녹을 먹고 있는 이라 하겠소?

짐은 군왕이 백성들 위에 앉아서 무조건 존재하는 실체라고 생각해 본 적이 한 번도 없소. 아무리 군왕이라고 할지라도 신이 아닐진대 어찌 무조건적인 존재라 할 수 있겠소. 짐이 이 나라의 군왕이라고는 하지만 짐 역시 백성들로부터 거둬들인 국록을 먹는 사람 중의 하나가 아니요? 국록을 먹으면서도 나라와 백성을 생각하지 않는다면 어찌 국록을 먹을 자격이 있는 자라 하겠소?

대감, 무엇이 바른 답인 줄을 알면서도 발걸음을 내딛지 못하는 짐의 마음인들 어찌 편안하겠소? 바른길을 가야 한다는 것을 알고 또 그 길을 가고 싶지만 그 선택이 쉽지를 않구려. 어느 길을 택해서 어디까지 가야 할지가 짐의 머리를 복잡하게 하는구려."

허균은 광해의 마음을 백 번 이해하고도 남는다.

종묘사직의 운명이 걸린 일이다. 설령 전설 속의 일처럼 왕위를 선양하는 것이 아니라고 할지라도 신분 차별을 없애거나 능력 있는 자들을 등용하기 위한 어떤 조처를 취하는 것조차도 허락되지 않는 세상이다. 아니, 당장 지금 앉아 있는 신료들에게서 붕당이라는 개념을 없애고 오로지 백성들을 위해 일할 수 있게 한다는 것조차도 힘든 일이다.

얼핏 보기에 왕권이라는 것이 절대적인 것 같지만 지금으로서는 그것을 가지고 할 수 있는 것이 그리 많지를 않다. 양반 사대부들의 붕당이 강해지면 강해질수록 왕권이 미치는 영향은 그리 넓지를 못하다. 중종반정 이후 양반 사대부들은 왕이 백성을 버리면 백성은 왕을 버릴 수 있고 그 일은 양반 사대부들이 알아서 하는 일처럼 여기고 있다.

광해라면 왕권이 아쉬워 고민하고 그럴 왕은 아니다. 양반 사대부들의 주장대로 왕이 백성을 버려서 자신이 그 자리에서 쫓겨나야 한다면 기꺼이 받아들이고도 남을 왕이다. 다만 양반 사대부들이 정말로 백성들이 버린 왕이기에 자신들이 그 일을 맡아서 하는 것이냐가 문제다. 그들은 백성들이 버린 왕이 아니라 자신들을 권력의 중심에서 배제하는 왕이라면 하시라도 제거할 수 있다는 생각을 가진 것이지 결코 백성을 위한 것만은 아니다.

그렇지 않아도 왜놈들이 이 강토를 짓밟은 이후로 백성들은 못 살겠다고 아우성이었다. 당장 먹고 사는 것이 어려운 것은 물론, 창궐하는 전염병에 시달릴 대로 시달린 백성들은 차라리 죽는 것이 낫겠다고 할 정도다. 언제 어느 곳에서 백성들의 끓어오르는 분노에 불이 붙을지 모른다는 불안에 전전긍긍하던 것이 엊그제 일이다. 그렇다고 그런 위협이 다 가셨다는 것은 아니다. 아직도 백성들의 삶은 제대로 자리를 잡지 못하고 있고, 누군가가 앞장만 서 준다면 그 뒤를 따라나설 기세다. 백성들의 분노는 왕만을 바꾸는 것이 아니라 양반 사대부들에게도 그 화살을 겨눌 것이다.

그런 상황에 광해는 아직 양반 사대부들의 틈새에서 이렇다 할 왕권을 확보하지도 못한 상태다. 광해가 이 시점에서 무언가 양반 사대부들을 등지는 일을 하고자 할 시에는 양반 사대부들은 때는 이때다 하고 왕을 갈아치운다고 덤벼들 것이다. 성난 민심이 자신들을 향하기 전에 왕을 갈아치우는 것으로 새 세상을 만들었노라고 하면서 공을 세운 몇몇에게 보은함으로써 민심을 추스르려 할 것이다.

광해가 어찌 그것을 모를 리가 있는가?

그걸 알고 있기에 스스로 어떤 것이 옳은 줄을 알면서도 발걸음을 내딛지 못한다고 했다. 백성들을 위해서라면 자신이 가야 할 길이 어느 길인지는 알 것 같은데 그 길로 들어서지를 못한다. 막상 가려고 하면 정말로 그 길이 옳은 길인지 자신이 없다. 가고자 하는 길이 옳다고 여겨도 얼마만큼을 가다가 멈춰야 할지 그 판단이 제대로 서지를 않는다. 그런 의논조차 마음 열어놓고 해볼 신하가 주변에 없기에 답답하고 고독한 것이다. 백성들을 위해서 아무리 옳고 좋은 일이라도 양반 사대부들에게 손해를 끼치는 일이라면 함께 추진하기는커녕 의논조차 할 수 없는 신하들만 주변에 가득한 왕이라는 존재가 얼마나 힘들고 외로울 것인가?

광해의 마음을 헤아리던 허균은 자신도 모르게 눈물이 흐를 것 같아서 얼른 시큰하게 달아오르는 콧잔등을 만지는 척하면서 엄지와 검지로 눈물을 찍어냈다.

"전하, 소신이 오늘 전하의 성심을 어지럽힌 것을 넓은 성심으로 헤아려 주시옵소서. 소신, 전하의 어지를 따르기 위해 이제부터라도 근신하면서 항상 준비된 상태로 살아갈 것이옵니다. 오늘 부족한 소신의 글이나마 어여쁘게 보시고 성은이 망극하옵게 어주까지 하사해 주심에 몸 둘 바를 모르며 이만 물러가겠사옵니다."

광해도 허균이 콧잔등을 핑계로 눈물을 찍어내는 것을 보았다. 울고 싶으리만치 답답한 자신의 마음을 헤아린 것임을 단박에 눈치 챘다. 지금은 허균이 앞에 있기에 참고 있지만 정말이지 자신도 눈물을 흘리고 싶은 심정이다.

"알겠소. 길다면 길고 짧다면 짧은 유배생활을 이제 막 끝냈으니 몸도 마음도 피곤할 것이오. 이제 그만 가서 쉬도록 하시오. 짐이 조만간 다시 자리를 마련할 것이니 그날은 편안한 마음으로

긴 시간 이야기를 나눕시다."

"전하, 성은이 망극하옵니다."

허균은 허리를 굽히고 뒷걸음 쳐서 물러나왔다.


밖으로 나온 허균은 귀가하는 길이 유난히도 고독하게 느껴졌다. 유배지에서도 이렇게 외로움에 싸여 고독하다고 느낀 적은 거의 없었다. 그러나 오늘은 광해를 만나 그가 느끼고 있는 외로움을 공감해서인지 마냥 고독하게 느껴지기만 했다.

늦은 밤길, 혼자서 귀가하며 외로워하는 자신의 심정보다 광해는 몇 배 더 심한 고독에 젖어 있을 것이다. 아무도 곁에 없다는 외로움이 얼마나 무섭고 힘든 것인지 겪어보지 않은 이는 모른다. 그리 멀지도 않고 도착하면 반길 사람이 있는 집으로 가는, 눈에 보이는 길에서도 고독함을 느낀다.

하물며 왕이라는 자리에 앉아서 온전하게 믿고 의지할 이 없이 그 끝에는 무엇이 기다리고 있는지도 모르는, 보이지 않는 길을 걷는 것이라면 얼마나 더 외롭고 힘들 것인가? 그 고독한 외로움을 드러내지 않기 위해 자신을 달래려는 광해가 겪고 있을 마음의 아픔이 눈에 보이는 듯했다.

허균은 광해가 즉위한 후 얼마 동안 양반 사대부들의 눈치도 보지 않고 오로지 백성들을 위해 기개를 펼치던 그 시절이 오히려 그리웠다. 설령 불안하기는 했지만 왕이 백성들의 행복을 위해 노골적으로 자신을 던져도 좋다고 나서던 그 시절이 차라리 광해에게는 더 마음 편하고 행복했으리라. 지금처럼 이쪽저쪽 다 쳐다보고 자신을 추슬러야 하는 외롭고 고독한 자신과의 싸움은 없었을 것이다. 아까 광해 앞에서 잠시 떠올렸던 기우제를 지내는 광해의 모습이 환영처럼 보이기 시작했다.

같은 시각.

허균을 보내고 난 광해는 광해대로 자신이 즉위하고 얼마 지나지 않아서 맞았던 힘들었던 시절을 떠올렸다.

남들은 광해가 무얼 몰라서 엉겁결에 그런 행동을 했다고 할지 모르지만 그건 아니다. 내심 대신들이 그렇게 판단하는 가운데, 겉보기에는 힘도 들고 입지도 불안했지만 전후 사정 보지 않고 밀어붙일 수 있는 자신의 본 모습을 보여주고 싶었다. 그 시절에 그런 모습을 보이지 않고, 힘의 논리에 밀려 위축된 채로 자신을 둘러싼 권력에 의지하는 모습을 보인다면, 절대로 양반 사대부들의 벽을 넘을 수 없다는 계산을 했던 것도 사실이다. 결과야 어찌 되었건 간에 아무도 모르게 기우제를 지내고 환궁해서 자신의 의사를 확실하게 밝힐 수 있었던 그 시절이 그리웠다.

## 2. 기우제

광해가 즉위한 광해 원년.

그해 가뭄은 심했다.

조정에서는 임금이 새로 즉위한 해이니 어떻게든 넘겨보자고 궁흉미를 푸는 등 할 수 있는 방법을 동원해서 기근만은 막았다.

그러나 그 가뭄은 다음해까지 이어졌다. 그해 1월 말 한 차례 눈이 많이 내리기에 지난해의 가뭄이 이제는 끝이 난다고 모두가 기뻐했다. 그러나 기뻐할 수 있었던 것은 그 한 번이 전부였다. 겨울에는 더 이상 눈이 오지 않고 봄이 오고 여름이 와도 마찬가지였다. 겨우 식수가 마르지 않을 뿐이었지 농사에는 아무런 도움도 주지 못하는 양의 비만 내렸다.

조정에서는 어떻게든 민심의 동요를 막기 위해 다시 궁흉미를 풀고 사태 수습에 적극적으로 대처했다. 그러나 그런 방법으로는 근본적인 한계를 벗어날 수 없었다.

다시 겨울이 오고 눈이라도 와 주기를 바랐지만 정월대보름 경에 눈이 한 번 내린 후로는 두어 달이 넘도록 눈이든 비든 그림자조차 보이지 않았다. 이루 말할 수 없는 가뭄이 식수마저 마르게 할 기세였다.

즉위 3년차를 맞는 해이지만 임금으로 자리 잡기는커녕 사방에서 왕위를 위협하는 요소들만 득실거리고 민심은 이반되고 있었다. 이건 보통 문제가 아니다. 광해가 적서의 논란을 딛고 어렵게 어좌에 앉을 수 있도록 목숨 걸고 도왔던 관료들에게는 보통 심각한 일이 아니었다.

왕위에 오르기까지 온갖 우여곡절을 겪은 광해다. 왕자라고는 하지만 서출신분이다. 게다가 서출 장자도 아니다. 광해의 아버지 선조 역시 서출에다가 방계혈통인데, 광해는 적자인 영창대군이 살아 있을 뿐만 아니라 서자로서는 장자인 임해군 역시 건장하게 살아 있음에도 불구하고 왕위를 이었으니 그 과정이 보통 힘든 일이 아니었다.

광해가 왕이 될 수 있었던 가장 큰 이유는 무엇보다 임진왜란이라는 전쟁이다.

부왕인 선조는 광해를 왕으로 삼을 생각이 없었다. 선조는 정비인 의인왕후에게서 후손을 얻지 못하자 자신이 총애하던 신성군을 염두에 두고 있었다. 정철이 광해를 세자로 책봉할 것을 상소하자 귀양을 보낼 정도로 광해에게는 마음을 두지 않았다.

어차피 정비에게서 대군을 얻지 못했으니 서손인 군에게서라도 세자를 책봉해야 한다. 선조는 신성군을 마음에 두고 있는 터라 시간이 지나 백관들이 그를 추대해 주기만 기다리고 있었다. 서출로는 장자인 임해군은 그 성격이 난폭하여 인격적으로 왕이 될 수 없다고 백관들도 이미 젖혀 놓은 상태였다. 물론 그 말 역시 선조의 마음을 미리 읽어서 대신 그 뜻을 펴주고 점수를 따려는 무리들이 부풀린 이야기지만 어쨌든 뜻하는 바대로 되기는 했다.

임해군 문제가 해결되었으니 광해만 아니면 신성군을 세자로 책봉할 수 있었다.

그런데 임진왜란이 나고 전세는 조선을 풍전등화로 몰았다.

수도 한양을 버리고 의주로 몽진 길에 오른 선조에게는 단순하게 피난의 고초만 온 게 아니다. 피난길에 신성군이 병을 얻어 죽고 말았다. 선조는 난감하기 그지없었다. 그러나 적군을 피해서 도망만 다니는 전쟁이라는 것이 언제 어떻게 왕실에 무슨 일을 초래할지도 모르는 일이었다. 선조는 어쩔 수 없이 광해를 세자로 책봉할 수밖에 없었다.

세자가 된 광해는 나름대로 백성들을 지키고 선조의 신임을 얻기 위해서 많은 노력을 했다.

그러나 광해의 노력과는 다르게 의인왕후가 죽고 새로 왕후가 된 소성왕후(昭聖王后, 인목왕후)가 영창대군을 낳았다. 조정은 당연히 둘로 갈라졌다. 적통이 태어났으니 광해를 세자에서 폐하고 다시 세워야 한다는 파와 이미 정해진 세자를 다시 세운다는 것은 말도 안 된다는 파로 나뉘게 된 것이다.

그러나 하늘은 광해가 왕이 될 것을 선택했는지, 영창대군이 겨우 세 살 되던 해에 선조가 갑자기 죽는 바람에 이미 세자로 책봉이 되어 있던 광해는 겨우 왕위에 오를 수 있었다.

어렵게 왕이 된 광해이건만 즉위하자마자 시작한 가뭄은 그 끝을 보이지 않았다.

이렇게 지독한 가뭄이 2년이나 지속되고 3년을 이어가려는 것은 왕이 덕이 없어서 그렇다고 민심은 일렁이며 그 끝을 보이기 일보 직전까지 갔다. 반대파인 소북과 다른 붕당들은 서자 출신이 적손을 짓밟고 왕이 되어 천벌을 받는 것이라고 흉흉한 민심을 들끓게 만드는 묘한 말까지 만들어서 퍼트렸다. 대북 중심으로 구성되어 있는 중신들은 이반되는 민심을 잡을 생각에 끙끙거리고 있었다.

이 자리가 어떤 자리인가? 자신들이 목숨을 걸고 광해를 왕으로 만들어 꿰차고 앉은 자리다. 만일 여기서 민심이 이반되어 민란이라도 나고 그걸 계기로 반정이라도 일어나 왕이 바뀐다면 자신들의 부귀영화가 날아가는 것은 물론 목숨까지도 보장할 수 없는 형국이다. 소북과 다른 붕당들이 바로 그 점을 노려 적손인 영창대군이 있는데도 불구하고 얼손이 왕이 되어 하늘이 왕을 인정하지 않는 것이라는 해괴망측한 소문까지 만들어 퍼트리고 있는 것 아니던가?

중신들의 그런 생각과 어좌에 앉아 있는 광해의 생각은 달랐다.

광해에게는 자신이 왕위를 위협받는 것은 그리 중요한 것이 아니다. 백성들이 겪고 있는 고충을 어떻게 해결할 수 있는가가 더 중요한 문제였다. 가뭄으로 고생하고 있는 백성들의 고충을 생각하면 어좌가 아니라 가시방석에 앉아 있는 것만 같았다. 게다가 가뭄이 연속되는 데도 중신들은 어떤 대책을 논하는 것이 아니라 흉흉해진 민심을 덮어버리기에만 급급하다. 이미 두 해나 가뭄을 겪었으면서도 저수지를 만들어 물을 가두고 보를 쌓아 강물을 가두는 등의 대책을 논하는 것을 보지 못했다.

농사짓는 이가 대부분인 백성들에게, 그렇지 않아도 3~4월 이맘때면 보릿고개로 잔뜩 움츠러든 판에, 이런 가뭄은 죽음보다 무서운 형벌이다. 백성들에게 죽음보다 무서운 형벌이 내리고 있는데 자신의 안위나 걱정하고 있다면 그것은 임금이 아니다.

백성들이 겪는 저 고통이 정녕 자신의 덕과 무관한 것이라고 말한다면 그건 백성들을 기만하는 짓이다. 자신이 덕이 있는 군주라면 왜 치수에 대해 진작 생각하지 못했다는 말인가?

중신들은 아직은 백성들이 살 만하니 비가 오기를 조금만 더 기다리자고 연일 아뢰지만 광해는 믿을 수가 없었다.

광해는 편전에서 아뢰는 정승 관료들의 가뭄에 관한 이야기로만은 못 미더워 4월 초 어느 날 저녁에 평복차림으로 미복잠행에 나섰다.

시구문 밖으로 나오자 들판은 너르게 펼쳐졌는데 초저녁 어스름이 아직 이른 까닭인지 메마른 대지가 타들어가는 알몸을 그대로 드러내고 있었다. 이제 4월이건만 타들어가는 대지에서는 열기마저 뿜고 있는 것 같았다. 광해는 메말라 갈라져 가는 대지를 보며 차라리 자신이 벌거벗은 채 한여름 태양 아래 서서 뜨거운 햇빛에 몸을 굽는 편이 지금의 안타까운 현실보다 더 나을 것 같았다. 흐르려는 눈물을 애써 감추어 가슴속 깊이 보내며, 가슴 그 속을 빨갛게 태우고 있었다.

저쪽 멀지 않은 곳에 마을이 보이자 광해가 그 쪽으로 발을 뗄 때었다. 달랑 두 명 데리고 나온 별감들이 바짝 뒤를 쫓았다.

"절대 전하니 상감이니 하는 소리 새어나지 않도록 조심하고 나를 칭할 때 진사어른이라 불러라. 나도 전처럼 너희들을 현 선비, 정 선비라고 부를 것이다."

즉위한 이후 백성들의 삶이 궁금해 미복잠행을 나설 때마다 비밀리에 데리고 다녔던 별감들이기에 이젠 몸에 배였겠지만 광해는 걱정을 뗄 수 없어서 다시 한 번 당부하며 마을 쪽으로 잰 걸음을 뗐다.

마을 어귀에 주막이 보이고 낮은 싸리담장 너머로는 평상 놓인 것이 보이건만 술잔을 기울이거나 떠드는 사내는커녕 주막 주모마저도 모습이 보이질 않았다. 대신 주막 뒤편 저만치에 꽤 많은 사람이 모여 있는데 마치 이 동리 사람들은 모두 모인 꼴이었다.

"무슨 일이 난 게다. 저리로 가보자."

본래 미복잠행을 나서면 어느 마을로 가든 주막 평상에 앉는 법이다. 주막 평상에 앉아 탁배기 한 사발에 술국 하나 시키면 주위 사람들이 떠드는 소리에서 이 시대의 민심을 읽을 수 있다. 초저녁 손님이 빠져나간 뒤 고기점이라도 안주를 추가시키며 탁배기 한 잔을 얹을 참이면 눈치 빠른 주모가 돈푼 꽤나 있어 보이는지 옆자리에 앉아 아양을 떨다가 설왕설래 던지는 질문에 제 의견까지 보태어 대답해 준다.

세상 돌아가는 이야기부터 백성들의 앞날 걱정같이 큰 틀의 이야기는 물론, 이웃집 과부 보쌈당한 것하며, 뉘 집 며느리 청상과부된 이야기, 심지어는 아랫마을 과수댁 바람난 이야기, 원님 관기와 놀아나는 이야기, 세금 걷어 들이는 이야기와 보부상들에게 귀동냥 얻어들은 도적떼 이야기까지 한꺼번에 들려준다. 그중에서 대충 뺄 것은 빼고 담을 것은 담다 보면 민심의 흐름과 백성들의 걱정거리와 당면한 큰 문제의 줄기를 잡고, 그렇게 두서너 마을 돌다 보면 민심은 저절로 읽힌다.

그런데 오늘은 그 주막이 비었으니 저기 사람이 모인 곳으로 가는 수밖에 없었다.

사람들이 모인 곳에 다다른 광해는 눈을 감고 말았다. 그냥 모여 있는 것이 아니다. 우물을 중심으로 빙빙 돌며 줄을 서 있다. 애, 어른 할 것 없이 이 마을 사람은 모조리 모인 모양새다. 줄

선 이마다 물독이며, 함지박이며 제 몸매와 어울리지도 않는 그릇들을 하나씩 차고 있다. 어린애 업은 아낙네 앞에 선 남정네나 그 뒤에 선 조금 큰 어린애는 한 식구인 듯한데 남정네가 두레박질을 하여 식구 그릇마다 채우더니 자리를 떠난다. 그러자 다음 식구 차례인 듯 노인과 젊은 부부가 그릇을 놓고 역시 남정네가 두레박질을 시작한다.

"이렇듯 심했단 말인가?"

광해는 자신이 임금인 것을 알면 뭇매라도 맞을 성 싶다는 듯 자리를 떠나 주막으로 향하며 자신의 입 것을 쳐다보았다. 너무 깨끗했다. 도포며 바지며, 심지어 버선까지 너무 깨끗했다. 별감들을 돌아봤다. 별감들의 비단 도포며 바지며 버선이며 모두 깨끗했다. 물 긷던 백성들의 꼬질꼬질한 옷에 자신과 별감들의 옷을 대보고 싶었다.

부끄러웠다. 왕이라는 자신이 한없이 부끄러웠다. 차라리 무명 옷이라도 입고 나설 걸 왜 비단 옷으로 차리고 나왔는지 후회가 됐다. 방금 우물가에 물 긷던 이들이나 차례를 기다리던 이들은 광해의 차림새는커녕 존재에도 관심을 두지 않고 오로지 물 긷는 차례만 기다렸건만, 마치 그네들이 자신의 옷차림에 침을 뱉기라도 하듯이 섬뜩했다.

하지만 금방 생각을 고쳤다.

이 한 번의 부끄러움과 낯 뜨거움은 괜찮다. 도대체 어찌해야 앞으로는 이런 일이 일어나지 않을 것인가? 비단옷을 무명옷으로 갈아입을 손 무슨 차이라는 말인가? 왕이라는 내가 기껏 그 생각뿐이라니? 한심하다. 저 백성들의 고통을 어찌해야 반복하지 않을 수 있다는 말인가?

주막으로 돌아오니 주모가 와 있었다. 주모도 물 길러 갔던 모양이었다.

"어서 오세요. 아이구, 양반님들 손님 꽤나 오랜만이네."

주모가 반갑게 맞으며 방 쪽으로 눈길을 주었다.

"아니오. 예 앉으리다."

평상에 도포를 걷어 올리며 앉았다.

"방으로 안 드시구요?"

"방이야 덥기만 하지 뭐, 그럴 것까지 있겠소? 예서 그냥 한 잔 하리다. 탁배기 셋에 술국이나 한 사발 주시구려."

현 선비가 임금을 대신해 말하자 주모는 약간은 의아하다는 눈빛을 하며 물었다.

"양반님들, 이 근동 분들이 아니신가보우다?"

"왜요? 이 근동 사람들은 방에서만 술 먹나요?"

"그게 아니라 요즘 가뭄이 심해 백성들은 난리들을 치는데, 양반님들이 주막에서 술 먹다 동네사람들 보면 미안하니까 차라리 기생집에서 먹는답디다. 그래서 지금 장안 기생집들은 전보다 더 손님들이 들끓는다던데…. 기생집이라고 간판만 붙이면 요즈음 한밑천 잡는다던가?"

"아니? 날이 가물어 백성들이 고생하면 술을 먹더라도 기생집 다니던 이가 주막에서 먹으며 같이 고생하는 마음이라도 나눠야지, 날이 가물어 기생집에 간다니 그건 무슨 이치인고?"

"날이 가문다고 양반님들이 배곯겠소이까? 남의 눈에만 띄지 말고 퍼질러 마시고 놀자는 게지? 놀지 않는 게 아니라 눈에만 띄지 말자는 얘기죠. 왜? 양반님들은 안 그러신가 보죠?"

주모의 대답에 광해는 귀가 번쩍 열려 자신도 모르게 묻자, 주모는 내숭떨지 말라는 듯 빙긋이 입 꼬리를 흐리며 비아냥거리듯이 대답했다. 순간 정 선비의 얼굴에 노기가 서렸다. 임금 앞에서 비아냥거리는 주모가 못마땅한 것이다.

"우린 부끄러울 것 없으니 주모 맘대로 생각하고 탁배기나 주슈."

광해는 눈빛으로 정 선비를 나무라며 입으로는 아무렇지 않게 말했지만 머리부터 발끝까지 떨려오는 전율을 막을 수 없었다. 그 전율은 주모에 대한 노여움도 아니요 양반에 대한 주모의 평에 대한 화냄도 아니고, 그냥 부끄러움에서 오는 그런 전율이었다.

주모가 탁배기와 술국을 둥근 개다리소반에 받쳐 들고 나왔다.

"주모 말 좀 묻겠소."

탁배기 상을 놓는 주모에게 광해가 말을 묻겠다고 하자 마침 손님도 없는데 잘 됐다 싶었는지 주모가 그냥 평상에 눌러 앉았다.

"우리가 예 들르기 전에 뒷켠에서 우물물 긷느라 줄 선 것을 보았는데….

"아, 뭐 그게 어제오늘 일인가요? 날이면 날마다 일어나는 일인데…. 어쩌겠소이까? 그렇게라도 물 길어 날라 텃밭 채소라도 살려야 목구멍 풀칠이라도 할 것 아니외까?"

"그럼 그게 밭에 물을 주려고?"

"그렇답니다. 내 목마르는 거야 참으면 그만이지만 밭에 채소 타 죽는 꼴을 어찌 봅니까? 아침 저녁으루 그 짓들 한 지가 꽤 여러 날 됐습죠. 그래도 우리 마을 우물은 영험해서 우물물이 마르지 않아 다행이지 다른데 같으면 우물이나 안 말랐을지 몰라?"

주모가 혼잣말처럼 사족을 달았다.

"저렇게 물 긷기가 끝나면 손님 좀 오는가?"

"그런 말씀 마시유. 요즘은 통 없수외다. 세상이 마르니까 사람들 마음까지 말라서 통 그렇질 못해요. 사실 이 년두 이 말라빠진

가뭄에 물가지고 술 해 팔기도 미안타우. 하나 어떡허우. 목구멍
이 포도청인 걸?"

광해는 지그시 눈을 감았다. 가뭄이 들어 물로 술 만들어 팔기
도 미안하다는 주모의 얼굴과, 가뭄이 들었으니 사람들 눈을 피해
주막거리 지나쳐 몇 십 배 비싼 기방에서 돈 퍼질러가며 흥청거리
고 있을 양반들의 얼굴이 번갈아 스쳐갔다. 차려 입느라 차려 입
었어도 꾀죄죄한 주모의 옷차림과 낮춰 입느라 낮춰 입었어도 허
여멀건 자신의 옷차림이 교차되어 지나갔다.

광해의 그런 마음을 알 길 없는 주모가 목을 빼더니 싸리 담장
너머길 쪽을 쭉 둘러보았다. 아무도 지나지 않는 것을 확인한 후
누군가 엿듣기라도 하면 큰일이라도 난다는 듯이 조심스럽게 말
을 꺼냈다.

"저 혹시 이런 것 여쭤 봐도 될지 모르겠는데, 그래도 우리 같은
것들보다야 양반님들이 나을 성 싶어서 그런데, 뭐 하나 여쭤 봐
도 되는가 모르겠네요?"

"뭐가 궁금한데 그러시나?"

"글쎄, 그게 말인데, 이런 것 잘못 말했다가는 잡혀 갈 수도 있
다고 해서 여쭙기도 좀 그런데…?"

주모는 선뜻 용기가 안 나는지 말꼬리를 흐렸다.

"우리는 관헌이 아니고 그저 평범한 선비들일 뿐이니 그런 걱정
일랑 말고 말해 보시게."

정 선비가 다시 한 번 말해 보라고 하자 주모가 어렵게 입을
열었다.

"들리는 말에 의하면 이렇게 가무는 이유가 상감께서 보위에 잘
못 오르신 까닭이라는데 그게 진짜인지 말이유. 거 뭐라더라…?
먼저 번 상감마마의 정실 아들이 있는데, 그러니까 왕후마마에게

서 난 아들이 있는데, 지금 상감은 우리 민가에서 따지듯이 말하자면 첩의 자식이라나? 뭐, 그래서 하늘이 왕을 인정해 주지 않아서 비도 내리지 않는 것이라고 하던데 그게 진짜인가 허네유?"

정 선비의 낯빛이 어두워졌다. 그 낌새를 눈치 챈 광해가 손으로 정 선비의 허벅지를 슬쩍 쳐서 자제를 시키며 나섰다.

"그럴 수도 있겠지. 왕이 잘못되어 하늘이 비를 내려주지 않고 벌하는 것일 수도 있겠지. 정실의 부인에게서 난 아들을 두고 첩의 자식에게서 난 아들을 왕위에 올려놓았으니 하늘이 미워할 수도 있겠지. 그렇지만 그 말이 무언가 이상하지 않소?

왕이 잘못됐는데 왜 비를 내리지 않아서 백성들을 고생시켜? 주모가 조금 전에 이야기했지만 비가 내리지 않으면 양반들이 고생하더이까? 더더욱 임금은 고생은커녕 가뭄을 만나도 그 삶에는 아무런 변화가 없을 게요. 대궐이라는 곳이 그런 곳 아니오? 왕은 물론 양반들도 앞으로 1~2년은 비가 안 와도 먹고 살 방법을 다 만들어 놓고 있을 거외다. 안타깝게도 고생은 고스란히 백성들 몫이지. 정말 임금이 뭔가 잘못한 것이라면 임금을 혼내 주어야지. 만일 임금이 아니라 그 주위에 벌떼처럼 몰려들어 벼슬 한 자리 하려고 빌붙고 있는 양반들이 잘못한 거라면 그네들을 혼내 주어야 하구. 왜 하늘이 임금의 잘못을 백성들에게 전가시켜? 그런 하늘에게 무슨 기대를 할 수 있겠소? 적자와 서자를 차별하고 거기다가 임금의 책임을 백성들에게 떠넘겨서 백성들을 고생시키는 하늘이라면 어찌 하늘을 믿겠소?

우리가 흔히 상을 당하면 고인이 하늘나라에 가서 편히 쉬기를 바라는데 임금과 양반들의 잘못을 일반 백성들에게 전가하는 하늘이라면 그 말에 의미가 있겠소? 그곳에서 평안한 삶을 누릴 수 있다고 보시오?"

"양반님 말씀을 듣고 보니 그렇네유. 지가 뭐 아는 것이 업스이께 그저 남들 하는 이야기만 듣고 묻다 보니 그리되었네유. 지도 충청도에서 장사하다가 그래도 서울이 낫겄지 하고 올라온 지 3년인데, 하필 오던 해부터 줄곧 가뭄이 들다보니까 그렇게 떠도는 이야기가 진짜인가 싶어서 그냥 여쭌 거니까 신경 끄시구 술이나 맛나게 드셔유."

광해의 말을 듣던 주모는 그들이 보통사람은 아니라고 생각했는지, 아니면 그의 말이 옳다고 생각했는지 자리를 일어서려고 했다. 그때 현 선비가 입을 열었다.

"상감께서 그릇된 것이 아니라 그 주위에서 상감의 눈과 귀를 혼란하게 만드는 간신배들이 그릇된 거요. 상감께서 보위에 오르시자마자 이렇고 저렇고 트집을 잡으면서 나라의 지존을 흔들어대는데 하늘이 노하지 않을 수 있겠소? 무릇 상감은 하늘이 선택하는 거라 했소. 그런데 하늘이 선택한 상감께서 적손이 아니네, 어떠네 하며 그 용심과 성안을 흐리게 하니 하늘도 노하고 땅도 노한 게요. 문제는 상감이 아니라 상감의 주변을 감싸고 있는 간신배들이 문제인 거요."

현 선비의 단호한 말에 주모는 아차 하는 것 같았다.

"이년이 공연히 주둥아리를 놀린 것 같습니다. 그저 아량으로 못들은 체 해주시유. 다시는 그런 말 입에 안 올리겄습니다."

주모는 그들이 누구를 두려워하거나 겁을 내는 것도 없이 거침없이 말을 해대는 꼴이 보통사람들은 아니라고 판단한 것 같았다.

"아니오. 비록 날은 가물어 삶의 힘은 잃었다지만 할 말은 하고 살아야지. 그렇지 않아도 가물대로 가물어 팍팍하기만 한데, 말도 못해서 마음마저 팍팍해지면 이 찌든 가뭄을 어찌 이겨난다는 말이오? 설령 가뭄이 오지 않았다손 치더라도 할 말은 하고 사는 세상이 되어야 백성들이 편히 살 수 있건만 그렇지 못한 게 안타깝구려. 언젠가는 오겠지. 아니 반드시 오고야 말 세상 아니겠소? 참고 기다려 보면 좋을 일이 있겠지."

광해가 자신들을 두렵게 느끼는 주모를 달래기 위해서 한 말이지만, 기실 그 말은 자신의 의지를 다지는 말이기도 했다. 자신이 한 말은 백성들이 편하게 사는 세상을 만들기 위해서 반드시 해야 할 일이다. 비록 주막거리 주모까지 적손이 아니라 서손이 왕이 되어 비마저 오지 않는다는 이야기를 할 정도로 자신에 대한 음모가 진행되고 있을지라도 할 일을 해야 한다. 그래야 하늘도 감복해서 이 나라 백성들에게 복을 내려 주실 것이다.

이튿날 광해는 편전 조례에서 정승관료 모두에게 작금의 가뭄에 대하여 물었다.

'그리 크게 걱정할 일은 아니나 비가 오긴 와야 한다.' '하늘이 알아서 할 일을 어찌 손 쓸 수가 있나?' '유명한 점술가 얘기로는 곧 비가 올 것이라더라.' 심지어는 '상감마마께서 백성을 걱정하시는 그 마음이 곧 하늘에 닿아 비가 올 것이다.'라는 등 말 그대로 무슨 대책도 없고 사실도 정확하지 않은 닭이 개뼈다귀 쪼아 먹는 소리만 지껄이고 있었다. 광해는 신료들이 현재의 가뭄 정도나 제대로 파악하는가 싶어 또 물었더니 한결같이, '아직은 괜찮고 곧 비도 올 것'이라는 대답이었다.

광해는 어젯저녁 그 마을에서 물 긷던 이들과 물로 술 빚어 팔기도 미안하다던 주모의 얼굴이 떠오르며 신료들이 꼴도 보기 싫어졌다.

그날 저녁 광해는 중전과 마주 앉았다.

"뭐라고요? 상감께서….."

중전은 광해의 이야기를 듣고 깜짝 놀라 눈이 휘둥그레졌다.

"전하의 어지는 고맙고, 군주로서 어이 그런 마음이 없으시겠사옵니까? 하오나 전하께서 사흘이나 궁궐을 비우신다니요? 소첩이 보기에 지금은 아닌 것 같사옵니다. 전하께서 보위에 오르신 지 햇수로 3년입니다만, 전하에 대해 겉으로는 조용한 것 같으면서도 붕당 간에 이러쿵저러쿵 말들이 많다고 들었사옵니다. 공연히 이럴 때 궁을 비우셨다가 행여….."

중전은 아주 무거운 얼굴로 걱정을 가득 담아 말했다.

"작금의 사정은 짐도 아오. 그러나 짐이 어제 미복잠행을 나가 본 후 밤새 생각한 것이 겨우 그거요. 지금으로서는 북한산에라도 올라 천지신명께 기우제를 지내는 것밖에는 할 일이 없음을 짐 역시 가슴 저리게 생각할 뿐이오. 금번의 미흡함을 깊게 뉘우쳤으니 금후에는 치수사업에 박차를 가할 것이오. 그러나 그것은 이 지독한 가뭄을 해소하고 나서 할 일이오. 우선은 짐이 기우제를 지내러 3일만 북한산을 다녀오겠소.

짐이 심기가 불편해 일체 바깥출입을 하지 않는 것으로 내관들과 상궁나인들을 단속하고 대신들의 입실을 일절 금하면 큰 문제는 없으리라 보오. 지금의 마음으로는 짐이 궁을 비워 행여 무슨 화를 자초한다고 해도 이대로 있을 수는 없소. 가뭄으로 고생하는 백성들을 위해 왕이 되어 기껏 한다는 일이 기우제나 지낸다고 하는 자체가 부끄럽기 그지없소만 지금으로서는 할 일이 그것밖에 없으니 어쩌겠소! 그렇다고 그것마저 안 하고 마냥 가만히 있으면 저 백성들이 퍼붓는 원성이 일시에 들려와 귀가 터질 것 같소."

광해는 자신이 말을 하면서도 불안했다. 어제 주막집 주모의 말이 자꾸 생각났다.

정실의 아들도 있는데 첩의 소생을 왕으로 앉혀서 비가 오지 않는다는 말을 뿌리고 다니는 그들이다. 자신이 궁을 비우고 기우제를 지내러 간다는 것을 알면 이것이야말로 절호의 기회이리라. 자신의 행적을 추적하여 제거하고 그들이 원하는 영창대군을 왕으로 앉히면 될 일이다. 어미 품도 제대로 떠나지 못하는 다섯 살배기를 보위에 올리고 나면 그들은 절대 권력을 손아귀에 넣고 백성을 다스린다고 거드름을 피우며 온갖 폭거를 휘두를 것이다.

"전하의 뜻이 정 그러시다면 어쩔 수 없는 일이기는 하옵니다만 내관과 상궁나인들의 입만 막는다고 궁궐을 비우신 소문이 퍼지지 않겠사옵니까? 당장 대비 전에도 문제가 되지 않겠사옵니까? 마마께서 심기가 불편해 출입을 삼가느라고 아침 문안을 못 올렸다고 하면 대비께서 병문안을 오시겠노라 할 터인데 그걸 무슨 수로 막을 수 있겠사옵니까? 그렇지 않아도 영창대군을 품에 안고 이제나 저제나 하고 있는 대비께서 궁금해서 견딜 수 없어 달려오지 않겠습니까? 소첩이 막으려 해도 소첩의 힘으로는 막을 수 없을 것이옵니다.

전하께서 더 잘 아시는 일이지만, 본디 궁이라는 곳이 작은 쥐한 마리 우는 소리에도 놀라 호들갑을 떨지만 큰 뱀 여러 마리가 나타나 똬리를 틀고 있어도 조용한 곳이다 보니 어찌 아무 일도 없을 것이라고 장담할 수 있겠사옵니까?

소첩의 좁은 소견입니다만, 전하의 뜻이 정 그러시다면 실행을 하시되 3일은 너무 긴 듯하옵니다. 내일 떠나실 양이면 저녁 무렵 조용히 출궁하셨다가 모레 낮에 환궁하시는 것이 나을 것 같사옵니다. 전하께서 평복으로 아무리 비밀리에 출궁하시더라도 모레 밤이면 조선 천지가 다 알 것이옵니다. 하오니, 조선 천지가 다 알기 전에는 환궁하시는 것이 나을 것 같사옵니다. 소첩이 모레 저녁 전까지는 어떤 이유를 만들어서라도 대비 전이나 기타 대신들을 막아 보겠사옵니다."

중전의 말은 극진한 걱정이면서 지극히 맞는 말이다.

본디 궁이라는 것이 그랬다. 사람 목 몇 개가 베어져나가도 서로 입을 다문다. 사람이 죽는 것이 사소한 사건이어서가 아니라 혹시 그 일로 자신에게 화가 끼칠세라 서로 말하기를 두려워하는 까닭이다. 서로 입도 뻥긋 안 하고 모르는 체 제 일만 한다. 그러나 어느 나인이 갑자기 방귀라도 뀐다면 그 말은 하루만 지나면 궁궐 밖 시구문에 버려져 있는 시체도 알게 된다. 하릴없고 쓸데없이 숫자만 늘어선 내시, 상궁, 나인들이 서로 입방아를 찧어대는 까닭이다. 하물며 왕이 평복으로 갈아입고 궁을 비운 데야 온갖 소문이 무성해질 것이다.

광해는 중전의 생각이 옳다고 여겼다. 하룻밤 정도면 소문이 피어나다가 자신이 다시 나타나는 순간 충분히 사그라질 수 있는 짧다면 짧은 시간이기 때문이다.

"알겠소. 듣고 보니 중전의 말이 옳은 것 같소. 내 그리하리다."

광해의 대답이 떨어지자 중전은 그제야 안심이 되는지 대화를 나누는 동안 줄곧 불안해하던 얼굴빛이 서서히 회복되었다.

광해는 새삼 중전이 아름답게 느껴졌다. 한 떨기 꽃 같기도 하면서 선녀가 내려앉은 것 같기도 했다. 마음 같아서는 오늘밤 침전에 같이 들자고 하고 싶었지만 내일 백성들을 위해서 천지신명께 기우제를 지내야 한다. 몸을 정결하게 해야 하거늘 그럴 수는 없는 일이다.

하늘도 무심하시지 왜 이 땅에 비를 주시지 않는다는 말인가?

이튿날 저녁 무렵 광해는 늘 하던 대로 현 선비와 정 선비라 불리는 두 사람의 별감들 어깨에 봇짐을 지우고 궁을 나섰다. 조금은 궁색해 보이기도 했지만 풍채가 좋은 선비들의 행차다. 비록 차림새는 무명 도포를 입었지만 얼굴에서 풍기는 채는 예사롭지 않은 기품 있는 선비들이었다.

제물도 단출하게 하라고 지시한 까닭에 별감들이 지고 있는 봇짐도 크지 않았다. 기름진 음식은 배제하고 산 채류를 주로 하는 제사음식을 차리라고 왕이 직접 지시했기 때문이다. 게다가 정작 자신들이 먹을 두 끼의 때 거리는 나물 한 가지와 물과 밥이 전부였다.

본디 노천에서 제사지낸 후 음식이나 과일은 그대로 자연에게 돌려주는 것이다. 근처를 지나던 과객이 배고픔을 달래든, 아니면 그 산에 사는 동물들이 먹든 그건 상관할 바 아니다. 집에서 지내는 기제사나 차례를 지낸 뒤 음복하는 것과 노제와의 차이가 가장 큰 것이라면 바로 그런 것이다. 노제는 말 그대로 자연과의 화해다. 그래서 누군가가 세상을 떠나서 산소에 모실 때 먼저 산신제를 지내고 그 음식을 사방으로 뿌리는 것 아닌가!

광해가 중전에게 친히 준비시킨 단출한 봇짐을 지우고 북한산 자락에 다다랐을 때 민가 대여섯 채가 보였다. 그 곁을 스쳐 지나가는데 어스름 중년의 사내 셋이서 무언가 근심스레 이야기하다가 다가오는 그들을 바라보았다.

"아니, 이 저녁때 선비님네는 왜 산을 오르시오?"

자신들의 이야기를 접으며 한 사내가 오르지 말라는 듯 말을 걸어왔다.

"오늘밤 내로 이 산을 넘어야 할 까닭이 있소이다."

정 선비가 말을 받았다.

정 선비라 불리는 정수성과 현 선비라 불리는 현웅천은 왕을 측근에서 그림자처럼 보호하는 별감일 뿐이다. 궁궐 안이든 밖이든 자신들은 그저 왕의 그림자면 되었지 더 이상도 필요가 없다. 그러나 이럴 때는 왕과 자신들의 신분이 노출되지 않으면서도 왕 앞에서의 무례를 막아야 되기에 자신이 말을 받고 나선 것이다.

"선비님들이 얼마나 급한지 모르지만 웬만하면 산길을 걷고 내일 오르시든지 아니면 돌아가시는 편이 좋을 것 같소. 이 시간에 산에 들어서면 꼬박 밤일 텐데 좋지 않소이다."

노인이라 하기에는 아직 그 나이가 이른, 어스름한 중년사내들은 마치도 자신들의 일인 양 진지하게 말했다. 날도 가물어 짜증만 나는데 행색 차리고 길 가는 양반들 보기가 속이 틀려 하는 그런 소리는 결코 아니었다.

"지금 들어서면 밤이 되는 것은 저희들도 압니다만 굳이 가야 할 까닭이 있어서 가고자 함인데, 산에 무슨 까닭이 생긴 게요? 혹 가뭄이 심하고 해서 도적떼라도 출몰한다든가요? 도적떼라면 저희야 원래 가진 것이 없어 걱정할 것은 없습니다만⋯."

현웅천은 가진 것이 없어 도적떼는 걱정할 필요가 없다고 했으나 사실 그보다는 도포 뒷자락 속의 환도 하나면 도적이야 수십 명도 혼자 자신 있었다. 자신뿐 아니라 정수성도 자신 못지않은 무예의 소유자요, 자신들이 보호해야 하는 광해 역시 남부럽지 않은 무예를 갖추고 있다.

그리고 정말로 가진 것도 없었다. 하늘 앞에 자신과 백성 모두의 잘못을 빌고 용서를 청하며 비를 내려 달라고 간청하러 가는 마당에 모든 잡스런 것은 일절 금하라는 지시로 간단한 제물, 두 때를 때울 끼니와 물, 환도 한 자루씩을 제외하고는 엽전 한 닢은 커녕 당장 더럽혀도 갈아입을 옷 한 조각 지니지 않고 떠나온 길이다. 설령 도적을 만나도 걱정이 없다.

"도적보다 더 무서운 거지요. 본디 도적은 사람 아닙니까? 사람 끼리는 물건이야 뺏고 빼앗길지 모르지만 대화가 되죠. 아무리 막되먹은 도적놈이라도 물건 내놓으라는데 선선히 내놓고 줄행랑치면 쫓아가 죽이기야 하겠습니까? 그보다 더 무서운 건 밤 짐승이지요. 짐승들이 일단 적으로 보면 어디 대화가 됩니까?"

"이곳 북한산의 짐승들이 그렇게 사납고 포악했던가요?"

"날이 극심히 가물자 사람도 가물었죠. 사람의 마음도 가물었단 말입니다. 그게 사람의 마음뿐이겠습니까? 금수도 마찬가지지요. 사람의 마음이 가물면서 금수의 마음도 가문 겁니다. 숲속의 금수도 날이 가물고 계곡의 물까지 마르면서 저네들 감정도 마르기만 해서 갈라지는 겁니다. 사람이나 금수나 갈라지는 마음은 똑같이 신경질적으로 나타나게 되고 그러자니 자연히 포악하고 사나워질 수밖에요. 낮에야 그렇다지만 밤이 되면 사람은 볼 수 없으니 금수에게 해를 당하기가 더 쉬운 까닭에 오르시는 길을 접으라고 한 거외다."

중년 사내가 잠시 말을 멈추면서 고갯짓으로 광해를 가리키며 말을 이었다.

"저기 저 양반님이나 두 선비분이나 행색은 그래도, 얼핏 풍채를 보니 보통 분들은 아니신 것 같아 더 더욱 드리는 말씀입니다. 나도 본시 양반의 자손이라 젊었을 때는 과거라도 볼라 치고 글줄이나 읽어보았지만 내 머리 탓인지, 게으르게 공부한 탓인지 등과는 못하고 이렇게 농사지어 먹고 살지만 사람 보는 눈은 좀 있소이다. 굳이 쉴 곳이 마땅치 않아 그렇다면 우리 사랑에라도 드시어 오늘은 그어 가는 것이 좋을 듯싶으외다."

중년 사내가 말을 마치자 그때까지 듣고만 있던 광해가 입을 열었다.

"이 가뭄에 폐 끼치기도 송구스럽고 해서 저희는 오늘 그냥 오를까 합니다만, 혹 좋은 대비책은 없습니까?"

"사람이 제 아무리 날고 긴다 한들 자연 앞에 무슨 대책이 있겠소이까? 물론 사전 예방책이야 어찌 강구해 볼 수 있겠지만 그것으로 모든 것이 다 되었다고 할 수는 없겠지요."

"사전대비요?"

"그렇소이다. 이 가뭄도 사전에 보라도 막고 했으면 혹 도움이 되었을지 모르나 이 정도 가뭄이다 보면 그 봇물도 몽땅 말랐을 거외다. 마찬가지로 금수를 막아볼 양으로 홰라도 넉넉히 준비해 밝히며 넘는다면 어찌 예방책이야 될 수 있을지는 모르지만 원체 금수들의 신경도 날카로워진 데다 홰도 처음에야 방비책이 되겠지만 그 홰가 금수의 눈에 익고 나면 의미가 없을 수도 있겠죠. 그저 세상 이치 거스르지 않고 밤은 밤답게, 낮은 낮답게 사는 게 제일 좋은 것 아니겠소?"

그 사내의 말을 받아 다른 중년 사내가 말을 이었다.

"이 북한산 동물들은 그래도 사람과는 친한 편이라. 이제껏 큰 일 없이 그저 가끔 술주정꾼들이 몸 다치는 정도였지만 지금은 때가 때요, 날씨가 날씨인 탓에 저사람 말 듣는 편이 좋을 것 같소. 그리고 아무리 가뭄이 심하다 해도 사람이 사람집 사랑에서 하룻저녁 거하는데 무슨 어려움이 있겠소. 나도 젊은 선비님들 풍채가 예사롭지 않아 보여 드리는 말씀이지만 굳이 이 산을 넘다가 화를 자초할 까닭이야 있겠소이까? 자연은 사람이 먼저 건드리지 않으면 결코 화내지 않는 게요."

"그런데 왜 이렇게 가뭄이 독할까요? 하늘 일이긴 하지만…"

광해는 이들과 대화를 하면 주막집 주모와는 또 다른 무엇이 있을까 싶어 넌지시 물었다.

"하늘이 놀란 거요."

방금 말을 마친 중년 사내가 깊은 회한의 빛이 드리우는 얼굴로 이제 막 넘어가기라도 할 듯 잔뜩 서쪽으로 치우친 해를 보며 말을 이었다.

"난 하늘도 놀라고 땅도 놀란 거라고 생각하오. 왜놈들이 떼거지로 몰려와 이 강토를 풍지박살내고 숱한 피를 뿌려놨으니 하늘이라고 그 피 냄새가 아니 역겨웠으며, 놀라지 않았겠소? 땅은 또 어떻고? 사방팔방 백성들의 피가 뿌려지는 것도 모자라 왜놈들 피까지 덮었으니 그 찌든 피 냄새에 땅이 숨이라도 쉴 수 있겠소? 비가 하늘에서 내린다고 하늘만의 일인 성 싶지만 그건 그렇지 않소이다. 하늘에서 내리는 비는 땅으로 스며들었다가 다시 하늘로 돌아가기 마련이오. 그게 다시 비가 되어 내리는 거지요. 그런데 하늘도 놀라고 땅은 피범벅이 되었으니 비가 올 까닭이 없지 않소.

사람도 마찬가지지. 조정에 높은 자리하고 있는 양반들은 백성들이 제 발밑 저 먼 곳에 있어서 자기들과는 상관없어 보이지. 그러니 백성들을 무시하고 자기들 주장대로 밀어붙이면 모든 것이 될 거라고 생각하기 일쑤지요. 천만의 말씀이외다. 백성들을 발밑이라 보고 위에 있는 자기들과는 상관없는 일이라 치면 결국 그들에게 돌아갈 것이 없어지는 거요. 백성이 있어야 세금도 내고, 백성들이 먹고 살만해야 제 놈들이 뜯어갈 것도 생기는 법 아니오? 백성 없는 상감이 무슨 소용이고, 백성 없는 조정이 뭐가 필요하단 말이요. 아무 쓰잘 데 없는 일이지. 그걸 모르고 백성들 잘살게 할 생각은 하지 않고 서로 잘났다고 제 놈들 뱃속 채우기에만 급급하니, 전쟁 통 칼날에 죽어나가는 것도 백성! 가뭄이 들어 굶주려

죽어나가는 것도 백성! 그러니 흐름이 끊어질 수밖에. 하늘과 땅이 어우러져 아래위가 흐름으로 이어져야 비도 오는 법인데 이건 땅을 딛고 있는 사람들 사이에도 아래위로 그 맥이 뚝 끊어져 버렸으니 무슨 재주로 비가 와?

지난 번 전쟁만 해도 그렇소이다. 우리가 듣기로는 조정에서도 왜놈들이 심상찮으니 삼남지방 바다를 튼튼히 지켜야 한다는 이야기가 심심찮게 나왔는데 일부 높은 양반들이 상감마마의 눈과 귀를 완전히 막았었다고 합디다. 살아남은 우리도 그 소리를 들으면 조정에 앉아 있는 관료라는 것들이 원수처럼 보이는데, 하물며 죽은 영혼들이야 오죽하겠소! 그렇다고 나라에서 진혼굿 한 번 해준 것도 아니고! 전쟁이 끝나자 조정 관료들은 제 뱃속에 헛바람 들까 제 몸 추스르기만 바빴지 어디 땅이라도 한 번 달래 주었소이까? 이 강토에 다리박고 이 하늘에 머리대고 살다가, 제 목숨 못살고 비명에 스러진 저 백성들의 피를 잔뜩 머금어 숨마저 헉헉거리는 지친 땅을 달래주는 입맞춤은 못할지언정 기름진 퇴비라도 한 번 뿌려주도록 백성들과 힘을 합쳐보았습니까? 왜놈들은 왜놈들대로 나라를 유린하고, 명나라 군사들은 도와주러 왔노라 하며 유부녀를 겁탈해 목매어 숨지게 하고, 말발굽 소리에 놀라 벌벌 떨었던 그 산천초목을 어루만져 주어 봤습니까?

그러니 하늘이 등을 돌리지요. 자연을 홀대하면 하늘도 등을 돌리고 하늘이 등을 돌리면 백성도 차가워지고 백성이 차가워지면 금수마저 날뛰는 법이외다."

광해는 놀라운 마음을 억제할 수 없었다. 북한산 산기슭에서 농사짓는 보잘것없는 이들이라고 스스로 말하는 이들은, 결코 보잘것없는 이들이 아니었다. 조정의 어느 신료보다 하늘의 뜻을 더 잘 알고, 조리 있고 사려 깊은 생각을 갖고 있는 분들이었다.

"하면 지금이라도 상감마마께서 조정과 지방에 명을 하시면 될 일 아닌가요?"

"참, 선비님도. 보통 풍채가 아니다 싶었는데 왜 그리 어리석은 말씀을 하십니까? 내가 산천초목을 달래고 진혼굿을 해야 한다니까 꼭 무슨 제사를 지내야 된다는 얘기로 들으셨습니까? 내 말은, 난리 통에 스러져간 영혼들과 놀란 이 땅을 위해서, 조정신료나 지방 관리나 우리 백성이나 내 뱃속 챙기기보다는 난리 통에 어려워진 백성들과 이웃을 돌보며 서로서로 더 사람답게 살아야 한다는 겁니다. 난리 통에 애비 잃고, 지아비 잃고, 어디다 하소연도 못하고 굶어 죽는 이가 한둘이었습니까? 그런 이들을 나 몰라라 하고 저만 살려고 아등바등 거리니 하늘이라고 등을 안 돌리겠냐는 말씀입니다."

광해는 난감했다. 아니, 그 사내의 말이 어느 한 구절 나무랄 것 없이 옳은 까닭에 스스로 난감해 할 뿐인지도 몰랐다.

"그렇다면 해결책은 무어라고 생각하십니까?"

그러자 이제껏 말하던 사내는 입을 다물고 함께 있던 다른 사내가 입을 열었다.

"윗물이 맑아야 아랫물이 맑지요. 조정에서부터 백성들 사랑하는 모습이 뵈어야 백성들이 감복하고 지방 관리들도 감복해 서로 도우며 살 것 아니겠어요. 내가 조금 아프더라도 네 목숨을 살릴 수 있다면 기꺼이 아프겠다는 마음이 있어야 서로 아끼고 도울 것 아닙니까? 내 살에 상처 조금 나는 것이 두려워 이웃을 죽게 놓아둔다면 그건 안 되는 거지요. 그런데 지금 조정이 하는 꼴은 런 꼴 아닙니까? 들리는 말에 의하면, 지금 조정에서는 백성들이야 어찌 되든 말든 중신이라는 것들이 새로 즉위하신 상감이 제 권력 유지하며 살기에 유리하냐 아니냐만 가지고 서로 할퀴고 물어뜯고 있다고 합디다. 그래 가지고야 하늘이 도우시겠습니까? 어차피 겪은 전쟁이고 그 전쟁으로 인해 나라가 척박해졌지만, 백성이나 관리나 서로를 위해 주고 돕자고 나선다면 하늘이 돕지 않을 리가 없겠지요. 그런데 우리는 그걸 못하지 않습니까!"

광해는 자신을 깨우쳐 주려고 하늘에서 내려주신 선인들과 대화하고 있다는 착각이 들 정도였다. 정신을 가다듬고 다시 물었다. "결국 상감마마께서 잘못 하신다는…."

그러자 한 사내가 광해 임금의 말이 미처 끝나기도 전에 일갈을 넣었다.

"예끼 여보슈! 웬 상감마마 얘기를 입에 올리슈? 여태 이야기를 듣고도 못 알아 들으셨다는 말이오? 선왕 전하나 지금 상감이시나 총명하고 자비하신 분이라고 그럽디다. 우리네야 귀동냥 들은 얘기지만 더더욱 지금 상감은 영악하기 그지없다고 하드만. 그 밑의 정승나부랭이들이 저네들 깔고 앉은 자리 지키려고 상감의 귀와 눈을 막고 있다드만.

얼마 전에 나지막한 벼슬 한 꼬투리 잡고 있는, 같이 글공부하던 양반한테 들은 소리지만, 지금 조정에는 충신보다 상감의 귀와 눈 가리기 아웅 하는 작자들이 더 기승을 부린다고 하더이다. 더더욱 새로 되신 상감을 두고는 서자니 얼손이니 해 가면서 적자인 대군을 왕으로 옹립해야하느니 어쩌느니 하는 역적무리까지 있다고 합디다. 전쟁으로 얼룩진 백성들 마음을 어루만지고 나라 잘 살게 하는 것에는 거의 신경도 안 쓴다고 합디다. 대군을 옹립해야 한다는 무리들과 그것을 막아야 한다는 무리들이 분탕질만 한다나 어쩐다나?

백성들은 돌보지 않고 제 놈들 권력에 눈이 멀어 그 짓거리들 하고 있는데 하늘이 노하지 않겠소? 그렇지 않아도 놀란 하늘이 벌을 내리시는 게요."

광해는 그 소리에 내심 용기를 얻었다.

'아직 백성들은 살아있구나. 조정에서 내 눈에 비쳤던 이들에게서 풍겨 나오는 자기 처세의 비루함이나 내 비위를 맞추려 풍기는 역한 내음이 아닌 신선하고 상큼한 내음이 그들의 몸에서 일어나 풍겨 나오지 않는가?'

광해는 잠시 머뭇거리다가 한 마디 더 물었다.

"지금 가뭄이 이 정도로 심한데 상감께서 기우제라도 지내야 하는 것 아닐까요? 그 옛날 세종대왕께서 하셨듯이…."

"글쎄요? 그랬으면 오죽 좋겠소이까? 하늘도 감복하시겠지요. 그러나 그 기우제가 진정한 마음에서 우러나와 고심혈성(苦心血誠)의 자세로 이루어져야 되는 것 아니겠소? 백성들에게 보여주기 위한 것이라면 아니함만 못하지요. 상감께서 기우제를 지낸다고 하면 분명히 중신들은 충신이라는 것을 드러내 보이기라도 할 양으로 죽 따라나설 것이니 기우제가 아니고 잔치가 되겠지요. 목적이 무엇인지도 모르는 행차가 될 거라는 말입니다. 그리되면 이 가뭄에 힘들어하는 백성들에게는 오히려 해만 될 것 아닙니까?"

광해는 오늘 단출한 제물과 차림으로 나선 것이 정말 잘한 일이라는 생각이 절로 들었다. 마치 자신에게 이런 일이 일어날 것을 하늘이 예고해 주기라도 한 것 같았다. 광해는 백성들의 소리를 듣고 그들의 도움을 받아 함께 호흡하라는 계시를 받은 것이라고 믿고 싶었다.

이런 기회가 아니면 이리도 솔직한 백성들의 이야기를 어찌 들을 것인가? 주막집 평상에 앉아 그저 하기 좋은 말로 지나가는 소리를 듣는 것도 아니고 진정으로 나라를 생각하는 사람들이 동시에 해주는 이야기를 어찌 들을 수 있는가?

이 백성들에게 모든 것을 열고 백성들과 하나가 되는 모습을 보여주자. 누구의 청에 의한 것도 아니고 누가 어떤 이익을 취하기 위해 소개한 것도 아닌, 참 백성들과 함께할 수만 있다면 그들과 함께 제를 올리자. 저 백성의 말대로 진정으로 아래와 위가 소통하는 모습을 보여준다면 하늘도 감동하실 게다.

마음을 굳힌 광해는 지금 막 서산으로 넘어서려는 저녁 햇살을 받아 광채조차 발하는 얼굴을 들어 세 사내를 향했다.

"고마운 말씀 진심으로 가슴에 새기리다. 내가 바로 그 영악하다는 상감이오. 고심혈성하는 마음보다 더 애절하게 내 쓸개라도 내어 씹고 싶은 심정으로 오늘밤 내내 지성을 드리고 내일 아침 떠오르는 해님 맞으며 기우제를 지내러 가는, 눈멀고 귀먹은 상감이오."

두 눈에는 눈물이 흘러내리고 있었지만 울먹이는 것이 아니라 결연한 목소리로 자신을 드러냈다. 마디마디 힘이 넘치면서도 조심스럽고 정성 가득한 어조로 광해는 그들을 향해 자신을 밝혔다. 두 눈에서 흐르는 눈물이 저녁 햇살에 반짝이며 영롱한 보석처럼 빛났다.

갑자기 일어난 일에 깜짝 놀라면서도 어리둥절해 하는 사내들을 보며 광해는 무명 도포 띠를 풀었다. 띠를 풀고 도포를 헤치자 그 안에는 흰 무명 바지저고리를 입었는데, 저고리 아래로 넓은 자주색 비단 띠가 늘어져 있다. 띠에는 황금실로 수놓은 용 한 마리가 금시라도 하늘로 날아오를 듯 살아 움직이며 꿈틀거리고 있었다. 용의 몸체도 저녁햇살을 받아 금빛을 발하고, 상감의 볼을 타고 흘러내리는 영롱한 눈물은 여의주인 양 반짝였다.

사내들의 긴가민가하던 표정은 띠에 수놓인 용을 보는 순간 믿음으로 변했다. 그들의 눈에는 저녁 햇살을 받아 빛나는 상감의 용안과 눈에 맺힌 여의주가, 당장 하늘로 오를 듯한 용 한 마리가 여의주를 물고 있는 모습으로 보일 뿐이었다. 띠 하나 맨 작은 현상보다 자신들의 머릿속에 그려지는 용의 모습에 진짜 상감임을 의심치 않았다. 오금이 저려 더 이상 서 있을 수가 없었다. 저절로 무릎을 꿇고 머리를 조아리며 그저 죽여주십사고 잔뜩 웅크렸다.

"자, 일어들 나시오. 내가 상감임을 믿는다면 일어나서 나를 도와주시오."

광해는 옷을 추스르고 도포 띠를 고쳐 매면서 일어서라고 했지만 사내들은 꿈쩍을 못했다. 감히 상감에게 훈계를 하며 이래라저래라 했으니 죽어 싼 목숨이다. 움직이기는커녕 숨도 제대로 쉴 수가 없었다.

"자, 일어들 나시라니까요."

그래도 꼼짝을 못하자 광해는 정수성과 현응천 두 별감에게 눈짓을 보냈다.

"전하께서 괜찮다고 하시니, 자, 일어들 납시다."

두 별감이 한 사람씩 다가가 일으켜 세웠으나 사내들은 일어날 엄두를 못 내고 머리를 조아린 채 어쩔 줄을 몰랐다.

"그대들이 정녕 짐과 나라를 위해 걱정하는 소리를 들었소. 그대들의 걱정이 말뿐이었다면 모르되 그렇지 않다면 어서 일어나시오. 오늘밤 짐을 도와주는 것이 더 중요한 일 아니겠소? 왕이면 어떻고 백성이면 어떻소? 지금 나라를 걱정하는 것은 한마음인데. 자, 어서 일어들 나서 짐을 도우시오."

사내들은 그제야 자리에서 일어났다. 일어나서도 무릎의 흙 털어낼 생각도 못하고 고개를 푹 숙인 채 움직임도 없이 장승처럼 서 있었다.

"자! 고개를 드시오. 아까 짐을 처음 만났을 때처럼 편안히 대하시오. 그래야 혹시 누가 지나치다가 보더라도 아무 의심도 안 할 것 아니오? 이 기우제가 남들에게 알려져 궁 안에 기별이 닿아서는 안 될 일이라는 것을 잘들 아시지 않소? 처음 만날 때처럼 편안하고 당당하게 대하시오. 그리고 지금부터 짐을 도와주시오.

아까 노 선비들의 말을 듣자 하니 홰를 얘기하던데 짐이 미처 거기까지는 생각을 못했소. 하니, 지금부터 그 홰 좀 빨리 준비해주시구려. 꼭 오늘밤 정성을 드려야 하오.”

“홰를 준비하는 것이야 어렵지 않사오나 그래도⋯.”

“짐의 뜻을 그리도 모르겠소? 아까 노 선비가 했던 말처럼 이럴 때 상감이 하늘에 닿는 정성을 드리지 않으면 언제 정성을 다 하겠소? 이럴 때 제 몸 아까워하는 상감이 어찌 백성을 다스리겠소? 여기 이 두 사람은 조정의 믿을 만한 관료요, 앞의 분들은 비록 오늘 처음 만난 백성이나 그 뜻이 나와 같으니, 이렇게 상감과 관료와 백성의 뜻이 하나가 되어 하늘에 지성을 드리면 아니 될 일이 무엇이 있겠소?”

“아뢰옵기 황송하오나⋯. 저희 동리에 장정이 네 명 더 있사온데 그들이 모두 홰를 밝히게 해주십시오. 그래야 안전하십니다. 상감마마께서 기우제 지내신다는 말씀이 절대 동리 밖으로 새 나가지 않게 저희 셋이서 책임질 수 있습니다. 이 마을 가구래야 여덟인데 어린애들 빼고 두 노부부 빼면 장정 일곱에 아낙 일곱인데, 장정 일곱만 입을 다물면 되거든입쇼. 저희 사내 일곱만 이일을 알고 입을 봉할 자신 있습니다요.”

“왜요? 금수가 걱정이라면 저희도 무술 꽤나 하니까 과히 걱정은 마세요. 여기 계신 분들만 도와주셔도 충분할 듯싶은데요.”

현응천이 나서서 숫자가 적은 것이 좋다고 정중히 부탁조로 이야기했지만 사내는 승복할 수 없다는 듯이 말을 이었다.

"글쎄요. 나리는 어찌 생각하실 줄 모르지만 나라님께서 기우제를 지내시는데 동물을 해해서야 되겠습니까? 차라리 우리 수고가 더 들더라도 가까이 오지 못하게 하고 소란스럽지 않게 하는 것이 낫지 않을까요? 일곱만 홰를 밝히면 근방은 대낮같아서 일 없을 텐데요."

현응천은 그 말이 옳다고 생각하며 오히려 자신이 말한 것이 부끄러워 고개를 끄덕였다.

"좋소. 노선비의 말이 맞는 것 같구려. 그러나 저러나 시간이 없으니 빨리 준비합시다. 짐도 짐의 뜻만 하늘에 전하면 된다는 조급증에 준비가 소홀했소. 하지만 여러분을 만나 이제 안심할 수 있구려. 본래 의도는 아까 여러분이 이야기한 대로 소문난 잔치보다는 짐과 백성들의 뜻이 하늘에 전해지는 것이 더 중요하다는 생각이오. 그런 까닭에 제물도 간단히 하고 복장도 최대한 검소하게 했지요. 그렇다면 왜 황금실로 수놓은 용띠를 허리에 둘렀는지가 궁금하실 게요. 그것은 다름이 아니라 내일 아침 용띠를 하늘에 바치기 위해 준비를 한 것이오. 눈에 보이고 먹고 썩어지는 제물이 아니라 이 용띠를 하늘에 바침으로써 짐이 보위에서 물러나는 한이 있더라도 백성들을 위해 비를 내려주십사고 하늘에 빌고자 함이오. 백성들만 편히 지낼 수 있다면 짐이 어찌 왕의 자리에 연연할 수 있겠소? 백성을 위해서라면 이 한 목숨도 아깝지 않소. 짐이 이 용띠를 하늘에 바침은 짐 자신을 바치고자 함이니 장정들이 더 많이 오더라도 그 뜻을 알고 조용히 치릅시다."

광해가 말을 마치자 현응천과 정수성은 물론 사내들이 무릎을 꿇고 눈물을 흘리며 머리를 조아렸다.

"상감마마…."

그들은 북한산 기슭에 사는 이들이다. 산 정상 부근에서 그들이 잘 알고 있는 영험한 자리를 골랐다. 아직 사람의 때가 묻지 않고, 동쪽을 향하며 제단으로 쓰기에 맞춤한 너럭바위까지 갖춰진 곳이다.

일곱 사내는 홰를 밝혀 왕의 주위를 에워싸고 두 별감은 왕의 좌우에 서서 환도의 손잡이를 잡은 채 소리 하나 내지 않았다. 왕은 제단에 제물을 손수 차리고 맨 앞쪽에 도포 속에 매었던 비단 용띠를 풀어 곧게 펴 놓고는 무릎을 꿇고 지성을 드렸다. 광해가 밤을 꼬박 새워 지성을 드리는 동안 대상 없이 우는 산짐승 소리가 차라리 처량하게 들렸다. 뿐만 아니라 이따금씩 가까이 오려는 산짐승의 반짝이는 눈동자가 더러 지나치기도 했다. 보통 사람인 일곱 백성은 겁도 날만 하건만 누구 하나도 발짝 한 번 움직이지 않았다. 두 별감 역시 환도 소리 한 번 내지 않았을 뿐 아니라 광해 역시 그대로였다. 그런 열정에 하늘도 감동했는지 아무 탈 없이 멀리 동쪽에 동이 터오며 햇살이 오르기 시작했다.

광해는 용띠를 들어 촛불에서 불을 옮겨 붙였다.

"하늘이시여! 이다지도 가련한 저를 받아주시고 백성들에게 그 은혜를 베푸소서. 전쟁에 찢긴 상처가 아물기도 전에 가뭄에 허덕이는 백성들에게 비를 내려주시고 차라리 저를 거두소서. 만일 하늘께서 은덕을 베푸시어 비를 내려주시고도 저를 거두지 않으시면, 하늘의 뜻을 받들어 이후 백성들을 받들고 물 관리를 철저히 하겠나이다.

하늘이시여! 제발 이 가련한 군주의 청을 들으시어 저를 거두시고 비를 주소서."

훨훨 타오르는 용띠를 하늘에 바치며 드리는 광해의 애원은 차라리 울부짖으며 피를 토하는 절규였다. 뼛속 깊은 곳에 응고되어 있는 진실함과 애절함의 솟구침이었다.

그 애원을 들으며 별감이나 백성들도 눈물이 얼굴을 덮었고, 애원하는 광해 자신도 얼굴이 온통 눈물범벅이 되었으나, 그들이 흘린 눈물은 아침 햇살이 보석에 부딪혀 반사하듯이 진한 광채를 발하고 있었다.

광해의 간절한 바람 때문이었을까? 용띠를 태우며 오르는 연기가 마치 비를 뿌리기 위해 승천하는 진짜 용처럼 보였다.


기우제가 끝나고 산을 내려오면서 광해는 백성들의 성씨를 물으며 한 마디 붙였다.

"처음 만나 대화를 할 때 등과를 위해 공부를 했었다 하는데 지금은 벼슬 욕심이 없소? 또, 벼슬을 하면 무슨 벼슬을 하고 싶소?"

"소인이 무슨 벼슬 욕심이 있겠사옵니까? 제대로 등과를 했다면야 모르겠사오나 등과도 못한 주제에 욕심만 앞세운다고 되는 일이옵니까? 저는 등과할 정도의 공부는 못했지만 사람이 제 주제는 알아야 한다고 생각하옵니다. 주제도 모르고 욕심만 앞서다가는 제 몸만 망치지 않겠사옵니까?"

"쇤네나 유 서방이나 모두 능력이 부족함을 잘 알고 있사옵니다. 운이 없다느니 세력가와 닿을 끈이 없어 등과를 못했느니 하는 따위는 생각도 안 하고 있사옵니다. 어려서부터 이 동리에서 함께 자라며 십 리 길 걸어 서당에도 다니고 공부도 했지만 쇤네나 유 서방이나 노력도 부족했고 공부도 모자랐사옵니다. 이제는 욕심이기는 하지만 아이들이나 등과해서 벼슬살이라도 한다면 다행이라고 생각할 뿐, 더 이상 우리들 자신의 욕심은 없사옵니다. 그리고 지금 벼슬길에 오른다고 뭘 할 줄 아는 게 있겠사옵니까? 이대로 농사지으며 자식들 잘 키우는 것 외에는 욕심 없사옵니다."

광해는 그들의 말을 듣는 순간이나마 이 나라의 임금이라는 것이 자랑스러웠다. 조정에 앉아서는 서로 권세를 더 갖으려고 아귀다툼하는 대신들만 보였는데 그게 전부는 아니었다. 자신의 능력이나 처지는 생각도 하지 않고 그저 힘만 늘려 그 힘을 바탕으로 그릇된 부를 축적하기 위해, 제 몸 하나도 가누지 못하는 병약한 늙은 대신들도 입궐하느라고 기를 쓰는 그 모습과 저들의 모습은 전혀 다른 모습이었다. 자신의 자리를 지켜 바른 정치를 펴려는 것이 아니라, 제 자식과 사위, 심지어는 성씨나 고향만 같아도 자리 올림을 해주려고 욕심만 부리고 힘만 키우는 대신들을 이 백성들 앞에 꿇어앉히고 싶었다.

"그러나 저러나, 전하. 황송스러울 만치 누추한 저희 동리지만 들르셔서 아침수라를 드셔야 하지 않겠사옵니까?"

"아니오. 그런 걱정은 마시오. 우리도 아침은 준비했소. 하지만 지금은 생각이 없구려. 백성들은 하루 한 끼를 겨우 때운다는데 왕이라고 아침 한 끼 굶어서 큰일이야 나겠소?"

방금 유 서방이라 지칭된 이가 몸 둘 바를 모르며 아침을 권하는 말에 광해는 미안하기조차 했다. 이런저런 이야기 끝에 하루 한 끼 식사도 양을 줄여서 연명만 한다는 이야기를 들었던 터라 더 가슴이 미어졌다. 자신들은 먹을 끼니도 없지만 명색이 왕이라고 밥 한 끼라도 대접하고 싶어 하는 그들의 마음이 들여다보이는 것 같았다. 백성들의 가슴속에 응어리져 있을 배고픔에 시달리는 원성이 귓전을 맴도는 것 같아, 밤을 꼬박 새웠는데도 배가 고프다는 생각조차 나지 않았다. 그 모든 것이 자신의 죄업인 양 가슴을 저몄다. 아침이 아니더라도 간단한 요기라도 하시라는 백성들의 청을 부드럽게 거절하며 궁에서 준비해 온 나물과 밥마저 일곱 장정에게 내주었다. 대신 그 동리 우물물 한 사발을 마시고, 식사대접을 받은 것으로 갈음하겠다며 백성들의 마음을 달랜 뒤 궁으로 돌아왔다.

아직 젊은 나이라지만 밤을 꼬박 새우고 아침도 거른 채 점심 식경이 다 되어 편전으로 향하는 광해의 얼굴은 정말로 환자 같았다. 눈이 퀭하니 들어가고 얼굴이 핼쑥한 빛을 띤 것이며, 잠을 못 자 약간씩 부석부석해진 이목구비가 대신들 보기에는 영락없이 아픈 몸이었다.

아니나 다를까? 편전에 들어서자마자 '상감, 용체는 어떠하시냐?' '옥체를 보존하셔야 한다' '이 나라 종묘사직이 상감의 옥체 보존에 달렸다'는 등 온갖 걱정은 다 쏟아내고 있었다.

저 중에 얼마만큼이 상감을 걱정하는 말일까? 제 걱정을 상감 빗대어 하는 거겠지? 광해는 씁쓸히 웃으며 어좌에 앉아 어제와 똑같은 질문을 했다.

"도대체 이 가뭄을 어찌 이겨나가면 좋겠소."

역시 '하늘의 뜻'에 거스를 수 없다는 묘한 대답뿐, 이렇다 할 의견을 내는 대신이 없었다.

"경들의 말대로 하늘의 뜻이라면, 이렇게 가뭄이 계속되는 것은 하늘이 이 나라를 버렸다는 말입니까?"

광해가 노기 띤 얼굴로 호통을 치자 대신들은 고개를 조아리고 '황공하옵니다.'만 뇌였다.

"황공, 황공. 그 황공은 이제 그만들 하시오. 그리고 지금부터 과인의 명을 잘 듣고 그대로 실행하시오. 경들의 말대로 지금 벌어지는 일들이 정녕 하늘의 뜻이라면, 하늘은 스스로 돕는 자를 돕는다고 했소. 하늘이 우리를 돕도록 우리 스스로 서로를 도와야겠소."

대신들은 서로 얼굴을 보며 무슨 벼락이 내릴까 불안해하는 꼴이 마치 가릴 만한 나이에 실수로 똥싸놓고 부모 눈치만 보는 어린애들 같았다. 그 꼴을 보며 광해는 노기를 가라앉히고 평온하게 입을 열었다.

"작금의 가뭄으로 인해 심한 굶주림의 고통을 겪는 백성들은 마음까지 말랐소. 이대로 가면 흉흉해지는 민심을 걷잡을 수 없을 것이오. 오늘 당장 궁휼미를 푸시오. 모든 지방의 관청은 곡간을 열어 백성들에게 궁휼미를 풀도록 하시오. 만일 이 궁휼미에 조금이라도 부정이 깃들면 부정을 저지른 관속은 물론 그 가족과 해당 관아의 수장까지 목을 칠 것이요. 허나 부정으로 인해 벌을 받을 일이 생기면 반드시 짐에게 보고하여 옥석을 가리게 하시오.

다음으로는 전국 모든 지역의 유지와 부농들도 곡간을 열게 하시오. 그들의 곡간을 열어 지역 백성들에게 궁휼미를 풀도록 하시오. 이 일은 관아에서 관리 감독하되 공평하게 시행되는가를 감시만 할 뿐 직접 부호들의 재물에는 손대지 마시오. 이 역시 부정이 깃들거나 거부하는 자가 있다면 아무리 국가의 공신이라 하더라도, 그 자식까지 목을 벨 것이요. 이 역시 옥석은 짐이 직접 가리리다.

세 번째로 여기 앉은 대신들부터 지방의 모든 관리들까지 곡간과 창고를 열어 배고픈 이웃에게 궁휼미를 푸시오. 대궐의 곡간부터 여시오. 이 역시 거부하거나 부정이 깃든 자는 그가 정승이라 해도 짐이 직접 옥석을 가려 삼대를 멸할 것이요. 궁휼미를 방출한 후에는 행사에 참여한 이들의 이름을 적고, 얼마의 부를 소유하고 있다가 얼마를 나누어 주었는가를 반드시 보고토록 하시오. 짐이 그 결과로 등급을 매길 것이오.

마지막으로 오늘부터 짐의 별명이 있을 때까지 대궐에서부터 지방의 모든 관아와 그에 종사하는 대신, 관리들의 주연과 잔치를 금하오. 짐 역시 주연을 베풀거나 잔치를 여는 일이 없을 것이오. 또한 초상집을 제외하고는 관아나 자신이 베푼 주연이나 잔치가 아니라고 해서 참석하여 먹고 마시는 일도 없도록 하시오. 초상집에 문상을 가는 것을 제외하고는 어떤 잔치든지 간에 참여해서는 안 된다는 말이오. 아울러 별명이 있을 때까지 모든 관속의 기방 출입을 금하오. 주막거리에서 탁배기를 마시는 정도 이외에 관헌이 기방을 출입하거나 잔치에 참여할 시는 파관 면직 이상의 중벌을 각오하시오.

그대들의 말에 의하면 모든 것이 하늘의 뜻일진대, 백성들은 배 곯아 누워 있는데 관속은 기생 무릎 베고 술 취해 누워 있으면 어찌 하늘이 이 나라를 도울 수 있다는 말이요. 하늘이 도우려 해도 술에 취한 관속들이 그 도움을 백성들에게 전달이나 할 수 있겠소? 짐이 이참에 금주령을 내릴까 했소만 그랬다가는 그나마 탁배기 한 잔으로 설움을 달래는 백성들에게 마저 피해가 갈까 두려워 이 정도에서 멈추는 것을 명심하기 바라오."

광해는 잠시 말을 멈추고 정승, 대신들의 얼굴을 둘러보았다. 즉위한 이후로 조회에 참석해서 이런 표정을 짓는 꼴을 본 적이 없다. 완전히 깍두기 먹다가 생강 씹은 얼굴이요, 위장병 고치려고 소 쓸개 통째로 넘기다가 입 안에서 터진 바로 그 얼굴이었다.

"지금 즉시 전국으로 파발마를 띄워 실행토록 하고, 의정부에서는 늦어도 내일까지 6조와 논의해 세부안을 짐에게 보고토록 하시오."

광해가 말을 마쳤는데도 서로의 눈치만 볼 뿐 누구 하나 입을 열지 못했다.

'내놓으라니? 그것도 얼마를 가졌는데 얼마를 내놓았는지 결과를 가지고 등급을 매기겠다니? 그 재산 모으느라 내가 죽을 고비

를 몇 번 넘겼는데? 그러나 저러나 얼마나 퍼내야 등급심사에 걸리지 않을꼬?'

'기방 출입금지. 주연 금지. 잔치 금지. 남이 여는 주연이나 잔치에도 못 간다? 무슨 낙으로 사노? 당장 오늘 저녁에도 월선이년 궁둥이 만지러 가기로 저 영감과 약조했건만, 이 무슨 날벼락이냐? 내일 남산골 정 첨지 생일잔치에는 가서 술만 마시며 기생년 엉덩이만 두드려줘도 저녁이면 집으로 수백 냥은 실어 올 텐데? 으이그, 이 무슨 꼴인고?'

그런 생각들을 하며 서로의 얼굴만 쳐다보고 있었다.

그때였다. 상선이 고하는 소리가 들렸다.

"상감마마. 너무 기쁜 소식이라 즉시 고하고저 아뢰옵니다."

광해는 기쁜 소식이라는 말에 귀가 번쩍 뜨였다. 지금 광해가 기뻐할 것이라고는 단 하나밖에 없다. 혹시 하는 마음에 용상에서 일어서며 다급하게 고하라고 했다.

"전하! 하늘이 먹장처럼 덮이고 비가 쏟아지고 있사옵니다."

"무어라?"

광해는 입이 귀 뒤쪽까지 열렸다.

"예. 소인이 지금 눈으로 확인하고 들어와 너무 기쁜 나머지 아뢰옵나이다. 상감마마! 성은이 망극하옵니다."

상선은 외견상으로는 이 자리에서 광해가 어제 기우제 지내러 간 사실을 알고 있는 유일한 사람이다. 조금 전에 현응천을 비롯한 두 별감을 만나 상감이 꼬박 밤을 새우며 무릎을 꿇고 조금도 움직이지 않고 지성을 드리셨으며, 용띠를 불태우며 절규하던 그 모습을 생생히 들었던 터이기에 성은이 망극하다는 끝마디는 차라리 흐느낌이었다.

신료들의 입도 귀 뒤쪽까지 벌어지기는 마찬가지였다. 그러나 머릿속은 상선의 그것과는 전혀 다르게 움직이고 있었다.

'이제 비도 온다니 방금 내린 어명은 거두시겠지?'

하나같이 그런 기대로 입을 헤 벌린 채 광해의 입만 바라보고 있었다.

"경들의 말이 맞기는 맞구려. 역시 하늘의 뜻이었소."

광해가 그 말을 하자 신료들의 입은 더 벌어졌다. 분명히 우리들의 말이 맞아서 비가 오니 어명을 거두겠다고 할 것이라는 기대로 더 부풀었다.

"역시 하늘은 스스로 돕는 이를 도우시는구려. 경들과 짐이 가진 것을 내어 배고픈 백성들에게 나누어 주려 하니 비가 내리지 않소? 경들이 좋아하는 하늘의 뜻이 바로 드러나는 구려. 그러니 오늘은 어서 서둘러 퇴궐하여 조금 전에 짐이 내린 영을 실행하도록 하시오. 그래야 하늘이 더 감복할 것 아니오. 이치적으로 생각해도 비가 내린다고 바로 양식이 생기지는 않는 법이오. 그러니 궁휼미와 주연 금지에 관한 영을 신속히 실행하도록 하시오. 짐은 내리는 비에 용포라도 적셔야겠소."

광해는 너무 기뻐 날듯이 자리를 떠났고 대신들의 헤 벌어진 입은 다물렸다.

모두가 쓸개 씹은 표정을 지으며 퇴궐하는, 그날 조회는 그렇게 끝났다.

## 3. 광해, 율도국을 꿈꾸다

　허균은 집으로 돌아오는 내내 광해가 즉위 3년차에 기우제를 지냈던 일을 생각했다.

　한밤중에 자신을 시해하려는 자들이 언제 어디에서 냄새를 맡고 달려들지 모르는 상황임에도 개의치 않았다. 기우제를 지낸 다음날 편전에서 대신들은 광해가 정말 몸이 아파 조례를 늦게 치른 것으로 말들을 했다. 하지만 그건 편전에서의 말일 뿐이다. 이미 전날 밤에 광해가 궁을 비우고 나갔다는 사실을 알 만한 사람들은 모두 알고 있었다. 그렇기에 그들은 그 사실이 남인이나 혹은 서인들 같은 다른 파당에 알려질까 봐 오히려 전전긍긍했다. 대전 수라간에서 기우제를 지내기 위한 음식을 장만하는 바람에, 기우제를 지내기 위해서 출궁했다는 사실까지는 알았지만 어느 경로를 통해서 어디로 향하는지 알 수 없는 까닭에 사방으로 촉수를 곤두세우기도 했었다.

　그들은 어떻게 해서라도 광해를 보호해야 했다. 광해의 향방을 알아내어 자신이 거느린 사병들을 동원해서라도 광해의 안전을 지켜야 한다. 개인적으로는 이런 기회에 상감의 안전을 위해 일거수일투족에 신경을 쓰고 있는 자신을 왕에게 증명해 보이는 것도 중요한 일이다. 하지만 정말 중요한 것은 그게 아니다. 호시탐탐 영창대군을 등에 업고 왕의 자리를 넘보는 이들에게서 광해를 지키는 것이 더 중요하다. 광해가 변이라도 당하는 날에는 자신들 모두가 한꺼번에 제거될 것은 보지 않아도 빤한 일이다. 그럼에도 불구하고 그들은 결국 광해의 향방을 알지 못했을 뿐만 아니라 기우제를 얼마나 간소하게 또 어떻게 지냈는지조차 별감들의 입을 통해서 겨우 알 수 있었다.

원래 별감의 입은 먹기 위해 있는 것이지 말하기 위해서는 없는 것과 다름이 없다. 그러나 이번 경우에는 달랐다. 상선은 광해가 기우제를 지내러 갔다 온 사실을 출궁 전부터 알고 있었다. 게다가 환궁하자마자 비가 내리는 바람에 별감들이 더 감동했다. 별감들은 이것이야말로 상감이 밤새워 기도한 덕분이라고 확신했다. 별감들은 자신을 바쳐도 좋으니 백성들에게 비를 내려달라며 애끓게 기도하던 광해의 모습을 상선에게 그대로 전했다. 그 말을 들은 상선은 환관들이 모두 모인 자리에서, 광해가 얼마나 백성들을 사랑하면 하늘까지 감복시켜서 기우제를 지낸 그날 바로 비를 내려 해갈을 시켰겠냐고 일부러 자랑스럽게 이야기했다.

'비록 서자로 왕위를 물려받았지만 상감이 얼마나 백성들을 사랑하기에 자신의 목숨을 담보로 하늘에 기우제를 지냈다는 말인가?

자신의 목숨을 노리는 세력이 있을지도 모르는 상황인데 백성들을 위해 별감 둘만 달랑 데리고 출궁을 했으니 백성들을 사랑하는 그 이상으로 용감한 분이 아닌가?

혹시 있을지도 모르는 밤 짐승의 해를 피해야 한다는 백성들의 충언 앞에서, 차라리 목숨을 내놓을지라도 기우제는 지내겠다는

그 말은 무엇을 의미하는 것인가?'

환관이라는 것은 왕이 있기에 존재하는 것이다. 그렇다고 모든 환관이 왕의 편은 아니다. 그들 나름대로 추종하는 세력이 있고, 궁 안에서만 생활하는 이들이다 보니 잡고 있는 줄이 쉽게 드러난다. 상선이 일부러 환관 전체 회의를 열어 자신과 같은 길을 가지 않는 환관들이 있는 자리에서 기우제 이야기를 적나라하게 한 이유가 바로 그것이었다. 왕을 추종하는 세력은 물론 못 마땅하게 여기며 호시탐탐 기회를 노리는 세력에게도 그 모든 사실을 알려 광해의 백성 사랑하는 마음을 우러러보게 하려던 것이었다.

"그렇게 용맹하고 영민하신 분을 제대로 모시지 못하니 그리도 고독하신 게야."

"무슨 말씀이세요? 혹시 잠꼬대하시는 거예요?"

오랜만에 잠자리를 같이 한 아내가 잠자다 말고 혼잣말을 하는 허균이 걱정되었는지 몸을 반쯤 일으켜서 쳐다보며 말했다. 유배 생활에 지치다 보니 헛소리를 하는 것인지도 모른다는 생각이 들었던 것이다. 허균은 눈도 감지 않고 천장을 바라보고 있었다. 등잔도 켜지 않은 방안이라지만 감지 않은 눈에서는 눈동자가 빛을 발하고 있었다.

"아니오. 내가 혼자 생각하던 것이 지나치다 보니 나도 모르게 헛말이 나왔구려. 머릿속에서 나 혼자 구상하던 것이 입으로 나오고 만 것이니 걱정 말고 누우시오."

허균이 헛말을 했다고 하자 아내는 다시 누우며 걱정스런 목소리로 말했다.

"비록 길지는 않았다지만 유배생활이 얼마나 힘들었겠어요. 기다리는 저도 수삼 년 같았는데 막상 겪으시는 대감이야 오죽했겠어요. 내일 탕약을 지어 올릴 것이니 당분간은 탕약 드시면서 몸조리를 하시지요."

"탕약 들면서 몸조리할 사람이 아니라는 것은 부인이 더 잘 알잖소? 이번이 첫 유배도 아니고 유배를 밥 먹듯 하는데 괘념치 마시오. 언젠가는 유배 안 가고도 바른말 할 수 있는 세상이 오겠지요. 어차피 유배를 가지 않아도 집에서 쉬고 그런 사람은 아니잖소. 출사도 하지 않고 유배도 가지 않았을 때는 산천을 두루 다니며 내 하고 싶은 일하고 만나고 싶은 이들 만나며 사는 게 낙인걸 어이하겠소? 부인에게는 진심으로 미안하기 그지없소만 아마 팔자가 그런가 보오. 하지만 이번에는 나도 집에 붙어 있을 작정이오. 어디 나돌지 않고 부인 곁에서 부인만 바라보며 글이나 읽고 살리다. 허나 탕약을 먹을 정도로 허한 것이 아니니 그런 염려는 마시오. 아까도 말했지만 내가 뭣 좀 구상을 하느라고 지나치게 몰두하다가 나도 모르게 헛말을 한 것이지 다른 이유는 없소."

"또 언문소설 쓰시게요?"

"언문소설? 글쎄요? 이게 소설로 끝이 날지 아니면 소설이 아니라 실제 일어나는 일이 될지는 두고 보아야 할 일 같소. 다만 한 가지 확실한 것은 『홍길동전』이 지나간 이야기라면 이건 앞으로 다가올 이야기요. 내용은 『홍길동전』만큼이나, 아니면 그 이상으로 훨씬 시원할 거외다."

"아무리 그렇더라도 그렇게 헛말을 하실 정도라면 탕약을 드시는 것이 낫지요. 게다가 이번에는 특별하게 출타도 아니 하신다면서요."

부인은 무엇보다 허균이 이번에는 집에 머물 것이라고 한 말이 기뻤는지 애교 섞인 목소리까지 섞어가며 탕약을 들라고 권했다.

"부인이 내 몸 걱정해 주는 것은 고맙소만 그럴 필요가 없다니까요? 생각에 몰두하다 보면 자신도 모르게 그리될 수도 있는 것이요. 내 말이 거짓말인지 아닌지 실제 몸으로 드러내 보여줄 터이니 이리 가까이 오시오. 오랜만에 회포도 풀고 부인이 전혀 걱정할 이유가 없을 정도로 건장한 내 몸을 보여주리다."

허균은 오랜만에 부인의 속옷을 하나씩 벗기기 시작했다. 부인의 몸은 허균의 품에 살포시 안기며 뜨겁게 달아오르고 있었다.

그러나 허균 자신의 말대로 그에게는 부인과 달콤한 시간을 갖고 지내는 팔자가 없었는지도 모른다. 불과 3일이 지나자 대궐에서 전갈이 왔다.

"겨우 3일 만에 다시 보는데 많이 수척한 것 같소. 어디 몸이라도 불편하신 게요? 아니면 차라리 유배지가 편했더란 말이오?"

문을 열고 들어서는 허균을 보면서 광해는 농까지 섞어가며 반겼다.

"황공하옵니다. 신이 그동안 미처 여유롭게 생각지 못한 이런저런 것들을 구상하다 보니 신도 모르게 밤잠을 설치게 된지라…."

허균은 광해가 농으로 건넨 말이라는 것을 알지만 내심 뜨끔했다. 지난 3일 동안 연일 아내와 진한 잠자리에 들었다. 그것도 저녁 잠들기 전과 새벽잠에서 깨어나 두 번씩 사랑을 나누기도 했다. 공연히 그동안 고생만 시킨 아내가 자신의 몸 걱정까지 하는 것이 미안해서 아내에게 힘을 과시하고 싶었을 뿐만 아니라 이상하게 저녁과 새벽 두 번 하는 맛을 들이니 그 나름대로 좋아서였다. 나이 마흔 중반을 코앞에 두고 연 3일이나, 그것도 어느 날은 두 번이나 아내와 그리했으니 눈에 보이게 수척해졌을지도 모른다. 광해가 마치 그런 것을 짐짓 알고 하는 말 같아 공연히 부끄럽기조차 해서 멋쩍은 김에 자신도 모르게 말까지 더듬었다.

"아니오. 멋쩍어 하지 마시오. 대감이 유배에서 풀려 집으로 돌아온 것을 실감하는지 보려고 과인이 그저 농으로 한 마디 한 것이오."

광해는 끝내 허균을 무안하게 하면서도 무엇이 좋은지 입가에서는 미소가 지워지지 않았다.

"앉으시오. 오늘은 우리 서로의 마음속에 있는 답답함이나 실컷 풀어봅시다."

광해는 연신 미소를 지어가면서 허균에게 앉을 것을 권했다.

"예. 전하. 소신 전하께서 어떤 하명을 하실지 모르지만 성심성의껏 대답해 올리겠나이다."

"하명하고 안 하고가 아니라 서로의 가슴속에 있는 이야기를 나누자는 것이오."

허균은 머리를 깊이 숙이고 광해 맞은편에 자리하고 앉았다. 아무리 은밀하게 만나는 자리라지만 이렇게 국왕과 지근에서 마주하고 앉는다는 것이 보통 일은 아니다.

"고개를 드시오. 대감과 허심탄회하게 이야기를 하려고 드시라 했는데 그리 불편해 하시면 과인의 마음이 무겁소이다."

광해는 허균에게 자신의 속내를 털어 내놓고 싶은데 허균이 어려워하는 것처럼 보이자 그의 마음을 편하게 해주기 위해 한 마디 한 후 말을 이었다.

"엊그제 대감이 가고 난 후 갑자기 짐이 혼자서 북한산에 올라 기우제를 지냈던 일이 생각났소. 지금도 짐의 마음은 그날 기우제를 지내던 때와 다름이 없는데 세상이 짐을 보는 눈은 그렇지 않은가 보오. 처음 보위에 오르던 그 날 종묘사직과 하늘 앞에서 맹세한 그대로 백성들의 안위와 평화를 위해 목숨이라도 바칠 각오가 되어 있건만 세상은 짐을 그렇게 보지를 않는구려."

"전하. 신 황공스러워 드릴 말씀이 없사옵니다."

"대감이 황공할 것이 무엇이오? 모든 것이 짐이 부덕한 소치 아니겠소?"

허균은 광해가 자신의 부덕까지 들먹이며 가슴 아파하는데 정말이지 무어라고 할 말이 없었다. 광해의 비위나 맞추자는 마음이라면 광해가 하는 말이나 듣고 있다가 적당한 시점을 보아서 추임새 넣듯이 '황공하옵니다.'만 반복하면 된다. 하지만 그렇게 하고 싶지 않았다. 곁에 아무도 없어서 외롭고 힘들어 하는 광해가 그나마 기대를 걸고 자신을 들라 한 것을 잘 아는 터인데 그에게 실망을 안겨 주기는 싫었다. 공연히 입에 발린 소리나 지껄여서 그렇지 않아도 산란할 광해의 마음을 더 산란하게 하고 싶지도 않았다.

관직을 맡아도 탄핵 당하는 것을 밥 먹듯 하던 자신이다. 아무리 절대 군주 앞이라지만 할 말은 해야 한다. 그게 허균 본인의 모습이다. 그런 모습을 보고 싶어서 광해가 자신을 부른 것이다. 설령 자신이 하는 말이 잘못되어 광해가 차마 벌하지는 못하지만 다시는 자신을 부르지 않는 불이익을 당할지라도 할 말은 해야 한다. 그게 신하된 도리다. 신하된 도리를 다하는 것이야말로 왕에게 혜안을 주고 백성들을 보살피게 하는 것이다. 결국 백성들의 뜻을 가감 없이 왕에게 전하여 바른 정치를 하도록 하는 것이 나라와 백성은 물론 왕을 사랑하는 진짜 바른 길이다.

"전하, 아뢰옵기 황송하오나 사실 그날 신도 궁을 나서서 집으로 가는 길에 그 생각을 했었사옵니다. 소신에게는 전하께서 그날 기우제를 지내기 위해서 하셨던 일이 가슴에서 지워지지를 않습니다. 언젠가 머릿속에서는 지워질지 몰라도 가슴에는 죽는 날까지 남아 있을 것이옵니다.

소신이 비록 학문이 깊지는 못하지만 역대 어느 선왕께서도 그렇게 직접 일을 벌이신 적은 없었던 것으로 알고 있사옵니다. 기우제를 지낸 적이야 있지만, 목숨까지 돌보지 않는 위험을 감수하면서 혈혈단신 그렇게 나서신 왕은 없었사옵니다. 기우제를 지내고 돌아오셔서 하늘은 스스로 돕는 자를 돕는다고 하면서 지독한 가뭄 앞에서 하늘의 뜻만 앞세우는 정승 이하 관료 모두에게 가진 것을 내놓아 하늘의 뜻을 따르자고 호령하셨던 왕도 없었사옵니다. 뿐만 아니라, 안타까운 일이오나, 이미 즉위하기 전부터 진행되던 가뭄을 새로 즉위한 왕의 탓으로 돌리며 선왕의 적자인 대군이 살아 있으니 대군을 새로운 왕으로 옹립해야 한다는 이야기도 들어본 적이 없사옵니다. 그런 대신들 앞에서 보란 듯이 나서셨으니 정말 대단하셨사옵니다.

불충한 신이 죽어 마땅한 소리인지는 모르겠사오나 신은 지금도 그때의 전하 모습이 그리울 뿐이옵니다."

"죽어 마땅한 소리라니요? 짐도 이미 알고 있는 일인데 그리 말하지 마시오. 짐이 대감에게 듣고 싶은 이야기들이 바로 그런 것들이오.

모두가 짐에게 황공하다고 하면서 잘한다고만 했지 짐이 어떤 길을 어찌 가야 하는지 묻고 싶어도 들어 주는 이도 말해 주는 이도 없소. 짐이 자신들과 발맞춰 지금 이대로 가주기만 하면 그들은 만사형통이라는 거요. 백성들이 원하는 길과 자신들이 원하는 길을 무조건 자신들의 길에 맞추려하오.

그때처럼 모르는 척하고 백성들이 원하는 길은 이 길이니 이리로 가라고 말하고 싶어도 요즈음에는 그게 목 아래에서 멈추고 마오. 그들이 원하는 것이 무엇인지 알기에 선뜻 말하기가 쉽지 않소. 모르는 척 할 용기조차 어디로 사라진 건지 모르겠소. 자신들이 뜻하는 대로 해주면 좋다고 하고 그대로 되지 않으면 연일 상소를 올리고 유생들을 모아 압박을 넣어서라도 짐의 뜻조차 자신들의 뜻에 맞추려 하오. 옳지 않은 일도 그들이 원하면 옳은 일이 되어야 한다는 이런 경우가 어디 있단 말이오.

짐의 곁에서 옳지 않은 일을 옳지 않다고 말할 사람이 대감밖에 없는 것 같아서 속 시원히 말이라도 해보자고 대감을 들라 한 것이니 다른 생각은 마시오."

"전하. 황공하옵니다. 백성된 사람의 하나로 전하의 성심을 어지럽게 한 죄 어찌 신에게는 책임이 없다고 할 수 있겠사옵니까? 그런 의미에서 신 역시 죄인 중의 한 사람일 뿐입니다.

하오나 한 말씀 아뢴다면 그 모든 것이 결코 전하의 잘못이 아니라는 것이옵니다. 전하께서 용기가 없으셔서도 아니고 전하의 백성 사랑하는 마음이 바뀌신 것도 아니옵니다. 그들이 소유한 권력과 이익의 잣대를 들이대기 위해 붕당과 양반 사대부라는 보이지 않는 무기로 전하를 능멸하는 것일 뿐이옵니다. 양반 사대부들이 가지고 있는 신분 차별에 대한 고정관념이 도를 넘어서 이제는 절대왕권 앞에서조차 자신들의 힘을 과시하고 있는 것이옵니다.

아뢰옵기 황송하오나 그런 행태들은 우리 조선사회에 깊숙이 박혀 있는 신분 차별의 극치를 보여준 것이옵니다. 왕권 앞에서는 강해지고 자신들을 제외한 신분과는 더 많은 격차를 벌임으로써 자신들의 자리를 아무도 넘보지 못하게 하려는 술책일 뿐이옵니다. 설령 상민과 천민은 제외하고라도 능력 있는 서얼이나 평민들이 그들의 자리에 근접하게 된다면 엄청나게 손해를 볼 것이라는 관념이 머릿속에 뿌리 깊이 박혀 있기 때문이옵니다.

지금처럼 신분 차별이 엄연해서 할 일, 못할 일이 정해진 사회에서 양반 사대부, 그것도 적손이라 우쭐대는 그들뿐만 아니라 능력이 있는 자들이 관직에 입문할 수 있는 문이 넓어진다면 어찌 되겠사옵니까? 관직의 자리 수는 한정되어 있는데 능력 있는 사람들이 모이면 모일수록 그들이 설 자리를 잃는 것이라고 생각하지 않겠사옵니까?"

"헤쳐 나갈 방법을 못 찾아서 그렇지 짐도 그 내용이야 알지요.

그들은 대감이 짐의 보위를 정당화하기 위해 『홍길동전』을 쓴 것도, 서자를 능력 있는 자로 만들었다고 못 마땅해 한다고 짐이 이미 말했잖소. 모르면 몰라도 『홍길동전』을 읽는 순간 대감이 전시 대독관으로 부정을 저질렀다고 모함하여 탄핵해서 유배 보낸 것을 엄청나게 후회했을 거요.

대감이 익산 함열로 유배를 가고 나서도 대감이 머무는 집에 가시로 울타리를 만들고 그 안에 가두는 위리안치(圍籬安置)를 해야 한다는 등 대감을 탄핵하는 항소가 빗발치듯 했었소. 대감이 유배를 가서도 학동들에게 글을 가르치며 자신이 쓰고 싶은 글을 쓴다는 소식에 그들은 오장육부가 뒤틀렸을 것이오. 생각과 행동 거지 모두가 자유로운 대감을 가시울타리 안에 가둬 꼼짝달싹 못 하게 함으로써 대감의 화를 돋아서 대감답지 못하게 살게 하고 싶었을 게요. 익히 그런 점을 간파한 과인이 모르는 체로 일관해도 사헌부에서 계속 상소가 올라왔었소. 허나 짐도 계속 모르는 체 어물쩍 잘 넘기고, 또 대감이 고생을 감수한 덕분에 이리 좋은 글을 대할 수 있는 것 아니오?

대감의 말대로 유배지에서 생활하면서 시간이 허락하니, 같은 내용의 글이라도 이리 좋은 글을 쓸 수 있었을지도 모르는 일이오. 허기야 대감은 아홉 살 때부터 문장이라 알려진 분이니 유배를 안 갔더라도 짐을 위해서 이런 소설을 쓸 수는 있었겠지요. 그러나 여느 사람들이 생각하기에는, 바쁜 와중에는 『홍길동전』처

럼 백성들의 가슴을 후련하게 해주는 글을 쓸 수 없다고 생각할
것 아니오? 관직에 머물면서 글을 쓰기에는 시간이 너무 부족할
것 같아 일부러 유배를 보내준 것 같지 않소? 그러니 자신들이
탄핵해서 유배를 보낸 것을 후회할 수밖에…?

『홍길동전』을 보다가 그런 생각이 나서 혼자 웃곤 했다오.”

광해는 잠시 말을 멈추고 허균을 바로 쳐다보았다. 그 눈빛은
그냥 말을 멈춘 것이 아니라 무언가 생각한 바를 말하기 위한 결
심의 시간을 갖겠다는 그런 표정이었다. 아울러 허균이 진실로 답
해 주기를 바란다는 부탁까지 담고 있는 눈빛이었다.

“그러나 단순히 그 글을 읽으면서 후회할 중신들이 우스워서
웃었던 것만은 아니오. 그 웃음과는 의미가 다르게 괜스레 행복한
꿈을 꿀 수 있어서 행복한 웃음을 웃었던 것이오.

홍길동이 세웠다는 그런 세상을 만들어 보고 싶다는 생각을 하
며 웃었소. 신분 차별도 없고 사람이 서로 존중해 가면서 모두가
마음을 합해서 살아갈 수 있는 세상, 각자 자신이 가진 것을 이웃
을 위해 기꺼이 나눌 수 있는 세상 말이오.

대감은 그런 세상이 정말 가능하다고 생각하시오?”

“황공하오나 신분 차별이 없는 세상은 가능하다고 생각하옵니
다. 전하께서 보위에 오르신 다음해에 소신이 명나라 사절단 수행
원으로 북경에 다녀오지 않았사옵니까? 그때 그곳에서 천주학(天
主學)이라는 것을 가르치는 신부(神父)라는 사람을 만났사옵니다.
그리고 그분에게서 서적 몇 권을 얻어 왔는데, 그 서적들에 의하
면 인간은 본디 날 때부터 평등하다고 되어 있었사옵니다. 서양이
라는 곳에서는 이미 천육백 년 전에 하느님의 아들이라 일컬어지
는 예수라는 분으로부터 그런 운동이 일어났사옵니다. 아울러 인
간은 태어날 때의 신분이 아니라 그 능력으로 평가 받아야 한다고

했사옵니다. 사람은 태어날 때부터 각 개인의 인권과 하느님이 부여하신 존엄성을 가지고 태어나는 것인데 인간이 다른 인간의 존엄성을 훼손하면 안 된다고 했사옵니다. 하느님 앞에서의 인간은 모두가 평등하다는 것이옵니다."

"그래? 정말 그런 세상을 꿈꾸는 이들이 있기는 있구려?"

"그렇사옵니다. 서양에서는 이미 오래된 일이라고 하지만, 단지 서양의 일이 아니라 우리 조선에도 입 밖으로 내지를 못해서 그렇지 그런 세상을 꿈꾸는 이들이 많을 것이옵니다. 이미 선왕전하 때 죽도(竹島) 정여립(鄭汝立)이 일을 도모한 적이 있지 않사옵니까?"

허균은 기왕 내친걸음이라는 생각에 큰마음 먹고 금기로 치부되고 있는 정여립의 이름까지 입에 올리고 말았다.

"그렇지. 맞아. 정여립이 그런 세상을 만든다고 하다가 역모로 억울하게 희생되었지. 무슨 행동을 하려는 구체적인 지침을 만든 것도 아니고 다만 신분에 얽매지 말고 서로 잘 살아나가자는 운동을 하려던 것인데….

정여립이 다가올 임진왜란을 내다보고 병사를 양성해서 대비하기 위하여 대동계를 조직한 것인데 모함을 받았다는 설이 지금까지도 끊이지 않지. 실제 임진왜란이 일어나기 전에는 호남지방을 침략하는 왜구들을 소탕하기도 했고.

그게 정말이라면 임란 때 의주까지 몽진을 하는 치욕은 면했으련만….

정여립의 사상이 지속적으로 퍼질 수만 있었다면, 단지 몽진의 치욕만 없었던 것이 아니라 정말로 살기 좋은 세상이 올 수도 있었으련만…."

허균은 내침 김에 큰마음 먹고 한 말인데 오히려 광해는 잊었던 기억을 되살려준 것이 고맙기라도 하다는 듯 짧게 끊어가며 혼잣

말처럼 이어갔다. 그러다가 정여립을 그리워하는 것인지 아니면 임란시절의 힘든 일이 떠올랐는지 잠시 말을 멈추었다.

왜놈들이 이 강산을 짓밟으며 하루가 멀다 하고 한양을 향해 진격하고 있을 때다.

머지않아 왜놈들의 말발굽에 한양이 밟히게 되자 대신들은 어가가 몽진을 해야 한다고 입을 모았다. 왜놈들을 막아내는 방법을 모색하는 것 이상으로 몽진에 초점을 맞추고 연일 상소를 올렸다. 결국 선조는 더 이상 방법이 없어서 몽진을 하기로 결정했다.

선조가 몽진을 결정하자 이번에는 몽진의 규모를 어느 정도로 해야 하느냐가 어전회의에서 거론되었다. 정말로 나라를 생각하는 이들이라면 과연 그랬을까?

중신들은 서로 자기는 몽진에 포함되어야 한다고 입을 모았다. 한양에 남아서 일을 뒤처리하겠다고 나서는 이는 없고 모두가 어가를 모셔야 한다는 것이다. 심지어는 나이가 칠순으로 병약해서 걸음조차 제대로 못 걷는 이들도 자신들이 어가를 보필하고 지켜야 한다고 했다. 웃음도 나오지 않을 일이다. 말로는 상감을 보필하고 어가를 모셔야 한다지만 그들의 속내는 빤히 들여다보이는 수작이다. 그들이 어가를 모셔야 한다는 이유는 간단하다.

우선은 왕의 눈에서 멀어지면 안 된다는 것이다. 왕의 눈에서 멀어지면 마음에서 멀어질 수 있고 마음에서 멀어지면 권력을 잃는다는 것이 그들의 논리다. 이제까지의 역사상 전쟁을 비춰볼 때 나라야 어찌 되든 간에 망하지는 않을 것이니 왕의 곁에서 입에 발린 말로라도 점수를 따야 권력이 유지된다는 지극히 치졸한 논리를 스스로 지키고 있었다.

다음으로는 왕 곁에 있어야 목숨이 안전하다는 것이다. 아무리 전쟁 중이라지만 무엇보다 어가는 보호해야 하는 것이 상례다. 당연히 상감이 있는 곳이 가장 안전한 곳이다. 상감 곁에 붙어만 있는 다면 목숨 걱정은 안 해도 된다는 것이 그들의 논리다. 백성이야 죽든 말든 나만 살면 된다는 그들만의 생각에 광해는 차라리 불쌍하다는 생각까지 했었다.

그들이 어가를 보호한다는 명목하에 어깨에 힘까지 넣어 가면서 몽진하는 선조를 따라 한양을 떠날 때, 광해는 스스로 자청해서 남았다. 백성을 뒤로 하고는 차마 발길이 떨어지지 않아서 떠날 수가 없었다. 중신은 아니지만 광해를 돕겠다고 남기를 자처한 몇몇 신료들과 어렵게 난을 헤쳐 나가기 위해 온갖 고생을 했었다.

정여립의 이름을 듣자 자신도 모르게 그때 일이 생각나서 잠시 말을 멈추었던 광해는 곧바로 무겁던 얼굴을 밝게 하며 물었다.

"대감은 정여립이 꿈꾸고 실행하려던 그런 세상이 가능하다고 생각하시오?"

"전하. 소신 목숨 걸고 말씀드리자면 소신은 그런 세상이 언젠가는 반드시 올 것이라고 믿는 사람이옵니다.

일찍이 정여립 사건이 났을 때 서산대사(西山大師)와 사명대사(四溟大師) 같은 고승들께서도 참여하셨다가 역모 죄로 엮여 모진 고초를 당했사옵니다. 정여립이 하고자 하는 일이 정녕 역모였다면 그분들이 속세에 무슨 욕심이 있다고 참여하였겠사옵니까? 백성들의 세상살이에 좋은 일이니 동조하신 것 아니겠사옵니까? 그분들의 말씀을 빌리자면 중생들의 고행을 조금이라도 덜어줄 수 있는 방편이 되니 나선 것 아니겠사옵니까?

그리고 그분들은 임진왜란이 나자 승군을 조직하여 의병으로 이 나라를 구하는 데 큰 기여를 했사옵니다. 반정이나 일으켜 자리 탐이나 하려는 분들이라면 양반 사대부들은 서로 앞 다퉈 도망 가기에 바쁜 전쟁의 와중에 선뜻 목숨을 내놓고 의병으로 참여하 였겠사옵니까?

그런 전후 사정을 보면 그 사상은 옳은 것 아니겠사옵니까?

성패 여부를 떠나 이미 우리 조선에도 그런 사상이 싹트고 있는 것이옵니다.

소신이, 서자로서 누구보다 탁월한 능력이 있는 영웅으로 우리 사회 깊숙이 전해지는 홍길동을 되살려 쓴 것 역시 전하의 보위가 타탕함을 역설하려 한 것 이외에 그런 목적도 있었사옵니다.”

“그렇지. 대감이라면 그러고도 남을 사람이지.”

광해가 다시 입을 다물고 깊은 생각에 잠기는 듯이 눈까지 지그 시 감았다.

허균은 내심 자신의 말이 지나친 것이 아닌가 하는 걱정이 들었 다. 아무리 소신껏 이야기하자고 했지만 자신의 앞에 앉은 왕은 절대 군주다. 그 절대 군주에게 신분제도를 없애야 한다는 것은 왕권을 포기하라는 말처럼 들릴 수도 있는 말이다. 순간적으로 불 안이 엄습했다. 도가 지나쳐 광해가 노하는 날에는 목숨 보존을 확증할 수도 없는 말을 했다. 광해가 그럴 사람은 아니라는 것은 알지만 정말로 오해를 한다면 허균은 다시는 관직 근처에는 얼씬 도 못할 것이다. 그렇다고 이미 뱉은 말을 주워 담을 수도 없다. 어차피 한 말이니 어쩔 수는 없지만 공연히 너무 한 것은 아닌가 하는 우려를 지울 수 없었다.

그러나 이미 자신을 던진 지 오래된 허균이다. 불안한 마음이 지워지지는 않았지만 자신이 불안한 것은 불안한 것이고 자신의 말에 돌아올 광해의 반응 역시 궁금해지기 시작했다.

“나 역시 그런 세상에서 살고 싶소.”

광해에게는 짧을지 모르지만 허균에게는 긴 불안한 시간이 지나고 나온 광해의 대답은 허균마저도 놀라게 했다.

"왕이든 백성이든 서로 어렵고 힘든 일은 함께 해결하고 기쁜 일은 함께 나누는 그런 세상 말이오. 사람이 사람을 능욕하고 짓밟는 세상이 아니라 서로를 존중하면서 백성과 임금이 한자리에 앉아 나라를 걱정하는 그런 세상에서 산다면 얼마나 좋겠소? 정승이나 판서가 왕의 눈과 귀를 백성들에게서 이완시키고, 행여 자신들이 다칠세라 백성들의 아픔을 어떻게든 감추기만 하려 하는 그런 세상에 염증이 나는구려. 왕이 존재하는 것이 신분을 만들어 백성들이 잘사는 데 방해가 되는 것이라면 차라리 던져 버리고라도 백성들이 잘사는 나라를 만들어 보고 싶소."

"전하. 황공하오나 지금 전하께서 하옵신 말씀은 다음 보위를 동궁마마께 전하지 못할 수도 있는 무서운 말씀이옵니다. 아니 자칫하면 전하께서 용상을 박차고 내려오신다는 말씀으로 들릴 수도 있는 말씀이옵니다. 종묘사직이 허물어지고 새로운 세상이 열릴 수도 있는 말씀이옵니다."

"보위를 물려주지 않고 용상을 박찬다? 종묘사직이 허물어진다? 도대체 무엇이 종묘사직을 지키는 길이오? 종묘사직을 지키는 의미는 무엇이오?

왕이 없는 나라가 존재하지 못하기 때문이오? 아니면 왕이 있어야 그 곁에서 권세를 누리는 자들이 있을 수 있기 때문이오?

종묘사직을 지킨다는 이유 하나로 백성을 모두 잃으면 그건 어찌 되는 거요? 백성 없는 나라가 있을 수 있다는 말이요?

대감이 보기에 지금 이 나라 백성들이 상감인 나를 어찌 생각하고 있는 것 같소? 백성들이 군왕인 나를 우러러보는 것 같소?

그렇다면 백성들이 왕을 우러러보고 부러워하는 이유가 그들을 편안하고 행복하게 해준 덕분에 우러러보는 것이오? 아니면 왕의 권력에 희생되는 것이 두려워 우러러보는 척 하는 것이오? 그것도 아니면 왕은 호의호식하고 사니까 그게 부러워서 우러러보는 것이오?”

“전하. 너무 비약하신 것 같사옵니다.”

“비약?

아니오.

짐이 진작부터 생각하기는 했지만 미처 기회도 얻지 못하고 구체적인 정리를 하지 못하던 차에 『홍길동전』을 읽으면서 가슴속에서 수도 없이 스스로에게 물었던 말들이오. 지난번에 대감을 만났을 때 가슴을 열고 묻고 싶었던 말이오. 다행히 직접 묻지도 않았는데 대감이 홍길동에 대해 책에 쓰지 못한 이야기들을 들려주는 바람에 겨우 정리를 할 수 있었소.

짐이 이 자리에 앉아 있는 것이 과연 백성들을 위한 것인지, 아니면 짐을 보위에 앉힌 이들을 위한 것인지, 그것도 아니면 짐 자신만을 위한 것인지 짐도 판단이 서지를 않았소. 그러다가 대감이 쓴 『홍길동전』을 읽으면서 바로 이거라는 생각을 했소. 다만 그 끝에 결국 홍길동도 왕이 되기에 실망을 했는데, 지난번에 대감의 말을 듣고 역시 짐이 꿈꾸는 세상이 그저 헛꿈 속에 존재하는 세상이 아니라는 확신을 가질 수 있었소.

전설 속의 요 임금이나 순 임금처럼 백성들을 위해서라면 자신이 가진 보위쯤은 언제라도 버릴 각오를 할 수 있다면 무엇인들 못하겠소? 단순한 감상이 아니라 백성들을 위해서라면 그리해도 좋다는 생각이오. 그런데 요순시대보다 더 좋은 세상을 만들 수 있다면 무엇인들 못하겠소.”

“전하. 소신이 공연히 심기만 어지럽히는 말씀을 드린 것 같사옵니다. 『홍길동전』에 쓰인 대로 전하께서 보위에 오르신 것이 타당하다는 것만을 말씀드리고 말았어야 했는데 주제넘게 공연한 곳까지 의미를 넓힌 것 같사옵니다. 성심을 어지럽히지 마시고 편히 하시옵소서."

"아니오. 대감이 잘못한 것은 아무것도 없소. 짐의 마음이 그렇다는 것뿐이오."

허균은 광해의 마음을 이미 읽고 있었다.

광해 자신이 영창대군이라는 적손을 놓아두고 서자 출신으로 왕이 되어서 받는 설움 때문만은 아니다. 그는 정말로 백성들이 신분에 구애받지 않고 능력이 되는 자들이 자신의 자리에 앉아서 일하는 모습을 보고 싶은 것이다. 가문이나 학연을 등에 업고 조정에 입실하여 자리나 지키기 위해서, 백성들을 위해 일하기보다는 권력을 위해 분탕질이나 하는 모습을 보기 싫은 거다. 그런 중신들 틈바구니에서 백성들을 위한 정치를 펴지 못하고 휘둘리는 모습을 떨쳐내고, 정말로 백성들을 잘 살게 하는 정치를 해 보고 싶은 거다. 허균은 진정 광해의 뜻이 그렇다면 목숨 바쳐 함께 일할 각오가 되어있기에 그 의중을 확실하게 알고 싶었다.

"전하. 공연히 제 소설 따위에 일일이 신경을 쓰시다가는 옥체를 상하실 수도 있사옵니다. 다만, 어려운 일일수록 쉽게 풀어야 한다는 말이 있사옵니다."

"그래요? 대감의 소설은 어차피 소설이니 소설에 신경을 쓰는 것 보다는 차라리 현실에서 부딪힐 어려운 일을 쉽게 풀 방도를 강구하라는 말씀 같구려? 헌데, 짐도 어려운 일일수록 쉽게 풀어야 한다는 말은 이미 알고 있소만 그 방법을 모르겠소. 대감이 그 방법을 알려 주시겠소?

그리고 이건 노파심에서 붙이는 말이오. 대감이 다시 돌아와 주어 그것만 해도 큰 힘이 되는 것은 사실이오. 그러니 앞으로는 모든 일에 조심해서 탄핵 받는 일이 없도록 하시오. 대감이 탄핵 받는 것은 대감 혼자의 일이 아니라는 것을 알았으면 좋겠소. 아무것도 아닌 일 때문에 탄핵을 받다 보면 정작 큰일을 도모하는데 걸림돌이 될 수도 있지 않겠소?"

"전하. 소신 명심하옵고 이후로는 행동거지를 조심하면서 전하께서 하명하신 일을 차질 없이 받들어 모시기 위해 이 한 목숨 바치겠나이다. 행여 부족한 소신이 급한 마음에 너무 앞서가는 것 같으면 일깨워 주시옵소서."

이신전심이다.

허균은 광해가 추구하고자 하는 일이 무엇인지 알았고, 광해는 허균이 무엇을 해주기를 바라는지 모두 이야기한 바다.

허균은 자신이 가야 할 길을 정리하기 시작했다.

'그동안 붕당 중 하나인 북인에 속해 있던 이유는 전하를 보위에 앉히기 위함이었다. 붕당에 참여하기는 했지만 적극적이지는 않았던 것 같다. 하지만 이제는 방어막을 위해서라도 붕당에도 깊이 관여할 것이다. 그것도 아주 적극적으로 관여할 것이다. 내가 붕당에 깊이 관여함으로써 이런 일을 도모하고 있다는 것을 그들이 눈치 채지 못하게 해야 한다. 붕당이 알면 큰일 난다. 아무리 같은 붕당이라도 혁명의 뜻을 안다면 자신들의 밥그릇을 잃을 것이 빤하니 역으로 치고 나설 것이다. 내가 속한 붕당에조차 나도 별수 없이 밥그릇싸움에 열중하고 있는 것으로 비추게 해야 한다. 그러기 위해서 무엇보다 먼저 영창대군과 소성대비(昭聖大妃: 인목대비, 仁穆大妃)를 제거하는 데 가장 앞장설 것이다. 그들은 북인들의 눈에는 반정의 싹으로 보이는 인물들로 전하를 위해서라면 어차피 제거되어야 할 인물들이다. 그들을 제거하는 데 앞장선다면 절대 의심하지 않을 것이다.

아울러 혁명이 잘못되어 실패하더라도 전하께서 묵언으로 지시한 것을 절대 모르게 해야 한다. 하지만 행여 사대부들이 전하의 관여 사실을 조금이라도 눈치를 채는 날에는 반정을 위한 구심점을 찾을 것이다. 그 구심점의 한가운데 영창대군이 있다는 것은 부인할 수 없는 사실이다. 그런 의미에서라도 그들은 반드시 제거되어야 한다.

그리고 강변칠우 같은 서출들의 조직을 이용하고 또 승군의 지원을 받아…'

이심전심으로 광해의 하명을 받자 허균은 급한 마음에 자신이 있는 자리가 어디라는 것도 잠시 잊은 채 앞으로 나갈 구도를 짜기 시작했다.


"그런데 '율도국'이 있었던 곳이 정말로 어디요?"

허균이 아무 말 없이 깊이 사색하는 표정으로 앞으로 나갈 길을 그리는 모습을 보고 있던 광해가 갑자기 물었다. 광해는 지금 허균이 무엇을 그리느라고 말없이 혼자 생각에 젖어 있는지 충분히 짐작한다. 그 생각을 깨고 싶지 않다. 그러나 항상 그려보던 '율도국'에 대한 궁금증을 달랠 수 없어 자기도 모르게 묻고 말았다.

광해의 질문을 받자 허균은 자신이 앉아 있는 곳이 어디인지를 새삼 깨달았다는 듯이 당황한 얼굴로 황급히 대답했다.

"'율도국'이 있던 곳은 바로 대마도이옵니다. '율도국'이 대마도에 세워졌다는 것 역시 제가 꾸민 이야기가 아니라 뿌리 깊게 전해오는 이야기들을 종합하여 글로 엮었을 뿐이옵니다."

"대마도라면 우리 선대왕들께서 여러 번 정벌을 하셨던 곳 아니오? 특히 세종대왕께서는 대대적인 정벌을 하신 것으로 알고 있소만?"

"그렇습니다, 전하.

대마도는 그 땅이 척박하고 쓸모없다 하여 지금도 일부 중신들은 필요 없는 땅 취급을 하고 있사옵니다. 그러나 그것은 하나만 알고 둘을 모르는 이야기입니다.

비록 땅은 척박하여 농사짓기에는 마땅치 않을 수 있지만 섬나라 왜가 우리나라로 오는 길목에 놓인 땅이옵니다. 특히 부산포에서는 겨우 120리 길이라 뱃길로 가기에도 아주 그만인 곳이옵니다. 게다가 주변에는 고기가 잘 잡히는 곳인지라 왜의 잔당들이 시도 때도 없이 넘보는 곳이옵니다."

"왜의 잔당이라 하면 소위 왜구라 불리는, 왜 본국에서 죄를 짓고 도망친 자들을 뜻하는 것이오?"

"아니옵니다. 전하. 소신이 아뢰는 말씀은 일련의 왜의 무리들이 그 땅을 탐내 넘본다는 뜻이옵니다. 물론 해적질을 하는 왜구를 비롯해서 왜에서 죄를 짓고 온 자들도 존재하는 것은 사실이옵니다. 그렇다고 모조리 죄인들이 사는 곳은 아니옵니다. 주민들은 대다수가 선량한 우리나라 백성들이옵니다. 죄를 짓고 도망친 자들로 말하자면 왜에서 죄짓고 온 자들은 물론 우리나라에서 죄짓고 도망한 자들도 있사옵니다. 그들이 대마도에 정착하기만 하면 그야말로 살기 좋은 곳이라는 것을 깨닫고 눌러 앉은 것이지 본래 주민들이 죄인들은 아니옵니다. 게다가 그곳에 정착한 왜인들과 조선인들은 힘을 합쳐 자신들이 가진 뱃길 경험을 살려 부산포와 왜를 드나들며 교역도 하는 등 나름대로의 생활을 꾸려 나가고 있사옵니다.

하지만 그곳에 사는 왜인들 중 상당수는 도적질로 먹고 살던 자들인지라 그 버릇을 못 버리는 경우도 허다했사옵니다. 조금만 살기 어려워지면 우리나라 해변으로 와서 노략질을 했던 것이옵니다. 세종대왕조에 이종무 장군으로 하여금 대마도를 정벌하게 했던 것이 바로 그런 경우 중 하나였사옵니다. 심한 가뭄으로 인하여 섬 전체가 기근에 시달리자 그곳에 살던 왜구들이 조선의 남쪽을 노략질한 것에 대한 벌이었던 것이옵니다.

하오나 세종대왕조의 대마도 정벌은 그 이상의 목적도 있었다고 하옵니다."

"그 이상의 목적이라니?"

"당시 왜구들은 대마도에 얹혀사는 주제이면서도 대마도주의 권력에 맞서서 그 말을 듣지 않는 자들도 있었사옵니다. 그들은 도주가 금하는데도 불구하고 지나가는 배나 아니면 우리 조선의 남쪽 지방, 심지어는 명나라까지 범하면서 노략질을 했사옵니다.

그런 차원에서 볼 때 세종대왕조의 대마도 정벌은 조선이 삼남의 백성들을 왜구로부터 보호함과 동시에 대마도의 우리 백성들 역시 왜구로부터 보호하기 위한 정벌이었던 것은 맞는 말이지만, 눈에 보이는 그 이상의 목적이 있었다는 것이옵니다.

당시 왜구들이 명나라를 자주 침범하는 관계로 명나라가 대마도를 정벌할 의사를 비치자 조선이 선수를 친 것이옵니다. 어차피 명나라가 대마도를 치면 조용히 배타고 명나라에서 출정할 것은 아니지 않사옵니까? 우리에게 길을 열라고 할 것이옵니다. 육로로 부산포까지 달린 다음 배로 간다는 구실을 달 것이옵니다. 그렇다면 부산포에서는 무슨 배를 타겠사옵니까? 자기들이 배를 가지고 올 것도 아니지 않사옵니까? 결국 우리는 단순히 길만 여는 것이 아니옵니다. 무기와 물질적인 지원은 물론 지원군까지 요청할 것은 빤히 보이는 계산이옵니다. 모름지기 명나라 자신들이 파병하는 숫자 이상으로 요구했을 것이옵니다.

명목이야 자신들이 조선을 지켜 주기 위해 대마도에 군대를 파견하는 것이니 조선이 더 많은 군대를 파병하는 것이 당연하다는 것이옵니다. 결국 모두를 바쳐야 하는 꼴이옵니다. 게다가 그들이 이 강토를 지나서 대마도에 가는 동안 조용히 가겠사옵니까? 마치 우리를 점령하러 온 자들처럼 못된 짓은 다할 것 아니옵니까?

그때가 세종대왕조이기는 하지만 실제 그런 명나라의 눈치를 채고 먼저 공격하게 한 것은 태종 선왕이시옵니다. 태종 선왕께서는 숱한 전쟁과 난을 겪어 보신 분인지라 명나라가 나올 방향을 읽었다는 것이옵니다. 태종 선왕께서 왕위는 세종대왕께 선양했지만 군대를 동원하는 병권을 쥐고 계시던 중이라 결단을 내리신 것이라는 설이 유력하옵니다."

"이 강토 안에 사는 백성도 살리고 대마도에 사는 백성도 살리자? 명나라 군대가 직접 정벌에 나서면 인정사정 안 보고 대마도를 쓸어버릴 테니까? 그것도 우리 지원군을 이용해서 동족이 동족을 찌르게 한다? 또 거기까지 가는 길로 삼은 우리 강토 역시 짓밟을 거다?

하기야 명나라가 원래 그렇지 않소. 임진년에 왜놈들이 쳐들어왔을 때 원병입네 하고 군대를 보내오기는 했지만 그들이 한 것이 무엇이오? 이 핑계 저 핑계로 파병을 미루다가 우리 의병들이 어느 정도 난을 진압하고 나니까 그제야 나타나서 공은 자신들이 다 차지하려고 했지 않소? 그들이 왜 남의 나라 전쟁에 끼어들겠소? 그저 체면치레나 하자는 거지.

대마도를 핑계로도 그런 꼴을 당할 것이 뻔하니까 선수를 치셨던 게로군.

그렇다면 홍길동은 왜 하필 대마도로 가서 '율도국'을 세운 것이오?"

"그것은 자연의 이치이자 대마도가 우리 영토임을 다시 한 번 확인한 것이옵니다. 홍길동이 〈활빈당〉의 본거지로 삼던 함경도에서 배를 타고 해류를 따라가면 자연히 대마도에 도착하게 되옵니다. 홍길동은 이 땅을 떠나 이상향의 나라를 세우고 싶었기에 새로운 곳을 찾았지만 결국 자연의 이치가 우리 영토 중 한 곳으로 흐르게 한 것이옵니다."

"재미있을 것 같구려. 대감이 책으로 적으면 읽기야 하겠지만 먼저 이야기해줄 수는 없소?"

"전하께서 듣고자 하시는데 어이 마다할 수가 있겠사옵니까? 제가 이미 적은 『홍길동전』에서는 미처 적지 못하고 때가 오면 후속으로 적고 싶었던 이야기들을 들려 드리겠사옵니다."

허균은 책에 적지 않은 홍길동의 대마도 상륙과 '율도국' 건국을 이야기하기 시작했다.

# 4. 함경도에서 해류에 맡기고 떠나면 대마도로

홍길동 일행은 무려 보름여의 긴 뱃길에 이제는 지칠 대로 지쳐 갔다.

〈활빈당〉에서 조선의 육지를 떠나 새로운 곳으로 가서 나라를 세우기로 결의한 후 어디로 갈지를 의논했었다. 나라를 세운다면서 조각 섬 무인도에 안착할 수는 없는 일이다. 그런 까닭에 처음에는 아직 사람의 발이 닫지 않았거나 아니면 그저 몇몇만이 살고 있는 아주 큰 섬을 원했다. 하지만 그런 곳을 원한다고 해서 무작정 떠나 그런 곳을 찾을 수는 없는 일이다. 그 때 두령 중 한 명이 전에 자신이 가 본 곳을 추천했다. 아주 커다란 섬으로 조선 사람들이 살기는 하지만 조정에서는 관심도 없는 곳이라기에 그곳으로 의견을 모으고 떠난 것이다.

그러나 지금은 사정이 다르다. 목표로 한 섬이 아니더라도 어떤 땅이라도 나와 주기만 바랐다. 처음에 목적한 곳이라면 더없이 좋은 일이지만, 작은 섬으로 정착할 수 없는 곳이거나 다른 나라라서 자리 잡고 살 수 없는 곳이라도 나타나 주어야 한다. 잠시라도 들려서 물이며 먹을 것들이라도 보충하고 다시 길을 잡아야 한다. 얼마나 더 가야 할지 모르는 상황에서 물이며 식량을 보충하지 않은 채 항해를 한다는 것은 무리다. 그렇지 않아도 며칠 전부터 물을 제한적으로 주고 있다.

　"지금 우리가 뱃길을 제대로 가기는 가는 거여? 가도 가도 끝이 없는 바다만 나오고 섬이든 육지든 그 모습은 뵐 생각을 하덜 않는구먼."

　"들리는 말로는 뱃길잡이가 해류를 따라서 가면, 전에 자기가 조난당했을 때 한 번 갔던 커다란 섬이 나온다고 했다던데? 그곳에는 조선말을 하는 조선 사람들이 살기는 하지만 조정에서는 척박한 땅이라고 별로 관심도 갖지 않는 곳이라나? 물도 좋고 주변 바다에는 고기도 그득해서 그런대로 먹고 살 만한 곳이니 그곳으로 가자고 하는 말만 믿고 떠났다고 하던데?"

　갑판에 앉은 이들이 내리쬐는 바다 햇볕을 맞으며 저마다 한마디씩 하기 시작했다.

　"그럼 뱃길잡이 형님도 잘 모르는 길을 들었다는 것 아니여?"

　"길키야 하갔나? 내래 알기로는 저래 뵈두 저 뱃길잡이 성님이 우리 〈활빈당〉에 들어오기 전에는 고깃배 30년이라 카지비?"

　"맞어유. 고깃배 30년. 지가 같은 배를 탔으니간유. 지는 20년도 채 못 탔지만 저랑 같이 배를 탔던 성님들은 물론 뱃길잡이 성님에게 지가 직접 들었으니간유.

　지는 그나마 열 살에 배를 타기 시작했지만 뱃길잡이 성님은 여섯인지 일곱인지 잘 모르지만, 흔들리는 배에 서서 중심도 제대로 잡기 힘든 나이부터 배를 탔다고 하시데유. 성님의 아버지가 역적의 무리 중 하나로 몰리는 바람에….

언젠가 한 번은 우산도(울릉도)까지 고기 잡으러 나갔을 때는 죽다가 살았는데, 그때 우산도에서 동쪽으로 있는 돌섬 아니었으면 골로 가고 말았을 거여유. 우산도에서 동쪽으로 고기잡이를 나갔다가 풍랑을 만났는데 봉우리가 셋이 있어서 삼봉도(독도)라고 이름이 붙여진 그 섬 때문에 겨우 살아난 거지유. 그 섬에서 물을 얻는 바람에 우산도로 다시 돌아와서는, 비록 풍랑을 만나기는 했지만 원래가 황금 어장이니 그냥 눌러 앉아서 고기나 잡아먹고 살자는 얘기도 나온 적이 있었지유. 그러나 많은 이들이 개똥밭에서 굴러도 저승보다는 이승이 낫다는 말처럼, 그래도 섬보다는 뭍이 낫다고 다시 뭍으로 나왔다가 여기까지 오게 되었구유. 하기야 어차피 이리 태어난 팔자 이게 더 나을지도 모르지유.

충청도에서 머슴 자식으로 태어나 말이 평민이지, 문서에 얽매인 종만도 못한 취급을 받다 못해 나이 열 살도 채 먹기 전에 집을 나왔지유.

종의 자식들이야 양반들의 재산 목록의 하나이니 먹는 것도 입히는 것도 당연한 것이지만 머슴의 자식은 어차피 나이 처먹으면 집나갈지도 모르는 놈이니 그 구박이야 말루 하겠시유? 보다 못한 아부지가 나이 아홉이 넘어 혼자 밥은 먹겠다 싶으니 어디든지 가서 네 살고 싶은 대로 살아보라고 하시는 바람에 그 말이 고마워 집을 나오기는 했지만 방법이 있남유? 문전걸식으로 연명하다가 간 곳이 결국은 강원도 화전민들이 사는 곳이었지만 열 살에 화전을 일군다는 것이 말도 안 되고 결국은 바닷가 묵호까지 흘러가 그곳에서 고깃배를 타기로 했지유. 고깃배를 타면 돈이 없어도 밥은 얻어먹고 고기 잡는 기술도 익힐 수 있다는 욕심이었지유.

그때 저 뱃길잡이 성님을 만났고 성님은 저를 친동생처럼이나 아껴주셨지유. 그 바람에 우산도며 삼봉도까지 멀리 배를 타고 고기잡이도 나가보고는 했지유. 그때마다 우리는 저 뱃길잡이 성님을 믿고 따랐어유. 그야말로 귀신같은 분이여유."

"아마 그 말이 맞을 거요. 귀신같은 사람이라는 말이.

내가 알기로는 저 뱃길잡이 부모는 양반이었다는 것으로 알고 있소이다. 당파싸움에 잘못 연루되어 억울한 누명을 쓰고 아버지는 목숨을 잃었고 어머니는 관으로 끌려갔는데, 마침 밖에 나가 있던 그 집 종 하나가 저분에게 쫓아가서 멀리 피하게 하는 바람에 목숨을 건졌다고 들었소이다. 그 바람에 아주 어린 나이에 배를 타게 되었고 배를 탄 후 자기 스스로 무언가를 할 수 있게 되면서부터는 되도록 조선의 육지에서 멀리 나가 고기잡이를 하고 싶어 했다고 합디다. 자기 딴에는 내심 조선의 그늘에서 벗어날 수 있는 새로운 땅을 찾고 싶었는지도 모르지요. 그 바람에 우산도에도 갔었고 지금 우리가 목적으로 삼고 있는 섬에도 가 본 것이랍디다.

아무리 망망대해라도 한 번 갔던 뱃길을 기억하는 데에는 남다른 재주도 있고요. 그 비결은 바닷물의 흐름을 아는 까닭이라고 합디다. 또 밤에 별을 보고 방향을 알아내는 재주 역시 기막히다고 합니다. 선천적으로 타고난 재주인지는 모르겠지만 먼 곳에서 보아도 남들보다 먼저 육지를 알아보는 재주도 있다고 하네요.

우리 홍길동 총 두령께서 그런 연유로 저 분의 말을 믿고 길을 택한 것이지요.

우리가 떠난 함경도에서 바닷물의 흐름을 따라가면 자연히 목적한 섬에 도착한다는 겁니다. 전에 자신이 강원도에 둥지를 틀고 있을 때, 먼 바다로 가서 고기를 잡으려는 마음에 이 길을 따라 고기를 잡으며 내려오던 중에 풍랑을 만났는데 그때 흘러간 섬이라고 합니다. 물론 당시에는 풍랑을 만났으니 자연히 흘러가던 해류가 아니라고 해도 할 말은 없지만 그는 확신하데요. 함경도에서 해류에 맡기고 배를 흘려보내면 그 섬이 나온다는 겁니다. 그리고 그 섬에서 해류를 따라서 제주도에도 갔었다고 하더이다. 물론 제주도에서 강원도로 돌아갈 때에도 해류를 따라서 그 섬에 일부러 들렸다가 갔답니다. 뿐만 아니라 자신의 말을 증명하느라고 일행들과 함께 강원도에서 함경도까지도 일부러 갔다가 왔다고 자랑처럼 얘기했습니다."

"정 선달님, 뱃길잡이 성님이 그리 말씀하셨다구유?"

조금 전 뱃길잡이가 자신을 친동생처럼 아껴 주었다던 충청도가 고향이라는 사내가 물었다.

"그렇소이다. 아! 그러고 보니 박 처사도 아시겠구려? 무려 스무 해 동안이나 뱃길을 동행했으니 말이요."

"그래서 지가 되물어 본 것이지유! 아까 조선 사람들이 사는 섬이지만 조정에서 별로 관심을 갖지 않는 곳이라는 말을 들었을 때는 솔직히 진가민가 했시유. 우리 조선 사람들이 사는 섬이지만 조정에서 관심 안 갖는 곳이 어디 한두 군덴가유? 지가 저 성님 따라서 배타고 가 본 곳만 해도 여러 곳이지유.

백성들이 별로 살지 않거나 가 봐야 세금을 풍성하게 거둬들일 징조가 보이지 않는 곳이라면 관리들은 나 몰라라 혀유. 왜놈들이 쳐 들어와서 노략질을 해대고 백성들을 괴롭히든, 백성들이 병이 나서 죽어가든 그런 것들은 상관도 안 해유. 그저 세금이나 거둬들일 수 있는 곳이라야 관리들이 기웃거리지. 하기야 관리들이 기웃거린다고 세금 거둬들이는 것 빼고는 뾰족하게 해주는 것도 없기는 허지만….

그래서 혹시 했는데 제주도까지 갔다가 돌아올 때 다시 들렸던 곳이라는 소리를 들으니까 어딘지 확실히 알겠네유.

그때 저 성님 말씀에 의하면 함경도 저 먼 북쪽에서 강원도까지 차가운 바닷물이 흐르고 제주도에서 그 섬을 거쳐 강원도로 따뜻한 바닷물이 흘러, 두 물줄기가 만났다가 되돌아서 가기 때문에 강원도가 어장이 풍성한 것이라고 했시유. 남쪽 따뜻한 물과 북쪽 찬물이 만나는 곳이라 물고기들의 먹이가 잘 번식하는 까닭이라지유. 그러면서 하는 말씀이 그 해류를 따라가면 함경도 가기도 수월하고 또 우리가 지금 간다는 그 섬에도 가기가 수월하다고 하셨지유. 그때 그 섬까지 가게 된 극적인 이유는 중간에 풍랑을 만난 거지만, 원래 저 성님은 해류를 따라 바닷물이 흐르는 대로 가 보고 싶어서 떠났던 거여유.

그래도 우리 배에서 저 성님을 의심하는 사람은 없었시유. 낮에는 태양만 보고 밤에는 달과 별만 봐도 육지가 있는 방향을 정확하게 찾아내는 양반이니깐유. 그런데 그때는 중간에 너무 큰 풍랑을 만나는 바람에 그 섬까지 가게 된 거지유.

성님 말씀에 의하면 거기서 부산진도 그리 멀지 않다고 했지유.

우리는 부산진으로 가지 않고 강원도로 돌아갔다가 성님 말씀을 믿고 강원도에서 함경도까지 가기도 했지만….

아마 그 섬을 찾아 가는 것이라면 성님이 맞게 가고 계실 거구먼유."

그때 갑판에 앉아 있던 뱃길잡이가 소리쳤다.

"뭍이다. 뭍은 뭍이되 분명히 조선의 육지가 아니라 섬이다."

그 한 마디에 아래에서는 술렁이기 시작했다.

"저기 앉아서 그 육지가 조선의 육지인지 아니면 섬인지를 어떻게 안대? 우리가 조선을 떠난 지 벌써 보름이나 되었으니까 그저 짐작으루 하는 말이었지?"

"그려? 섬이라면 어디쯤인가?"

"사람은 살고 있는 섬인가?"

"조그마한 섬을 보고 그러는 것 아닌가?"

"손바닥만 해서 우리가 들어갈 수도 없는 섬 아녀?"

"어쨌든 섬이라니까 가면 물은 있을 것 아닌감? 이제 잘못하면 먹을 물도 부족할까 봐서 며칠 전부터는 물도 제한적으로 주고 있는데 겨우 살아나는 감시."

"손바닥만 한 바윗돌 보고 그러는 것은 아니었지라우?"

말투도 여러 가지가 뒤섞여 있다. 한두 사람을 제외하고는 말투만 들어서는 누가 어느 지방 출신인지를 정확히 알 수도 없다. 여기 저기 떠돌며 과거를 제대로 이야기하기도 힘든 생활을 하던 사람들이 모여 앉은 자리다.

"조용히들 하셔유. 여태 지랑 정 선달님이랑 하는 이야기를 듣고도 딴 말덜을 하시는 거유? 저 성님이 말씀하신 것이 맞는 거유. 그 섬에 왔다는 말이 틀림 없슈. 조선의 육지가 아니라 섬이라고 한 것은 그 섬에 왔다고 기뻐서 하신 말씀이유."

박 처사가 설왕설래하는 좌중을 향해 큰 소리로 꾸짖듯이 말했다.

"맞는 말이외다. 내 생각에도 박 처사 말이 맞는 것 같아요. 그나저나 그 섬에는 오래 머물렀던 거요?"

"아니유. 오래 머물지는 않았어유. 우리가 그 섬에 내렸을 때 우리가 내렸던 곳에도 식량이 넉넉한 형편이 못 되는지라, 우리가 필요한 만큼 식량을 넉넉히 구하기는 그렇고 해서 이틀인가 묵고는 떠났어유."

"그럼 섬에 대해서는 잘 모르겠소?"

"그럼유. 지는 지금도 그 섬 이름두 몰러유."

"그래요? 좌우간 함께 갔던 사람도 이름도 모르는 섬을 다시 찾아온다니 우리한테 뱃길을 안내한 뱃길잡이 우리 두령 대단하네? 성씨가 유씨라고 하던데. 나는 그 가솔이면서도 아직 함자도 모르고 그저 유 두령이라고만 불렀으니…. 이래서야 세상에 나갔다 한들 출세나 했겠나? 적어도 그 두령의 가솔이면 함자라도 알고 옆에서 박자도 맞춰주고 그래야 되는 건데 그러지를 못하니 세상살이 힘든 거지."

"야. 맞어유. 유길제 성님이셔유. 홍길동 총 두령님과 함께하는 두령님들 중 한 분이시지유. 아까 정 선달님이 말씀하신 대로 원래는 대단한 집안이셨는가 보더라구유. 저 역시 지금은 유 두령님의 가솔이고 전에는 오랫동안 배도 같이 탔지만 무슨 누명을 쓰고 아버지가 돌아가시고 어머니가 끌려가셨는지는 들은 바가 없어서 몰러유. 아무튼 억울하게 부모님을 잃었다는 이야기는 얼핏 한 번 들었시유."

"연유야 뭐 따로 있었겠소? 아까 내가 말했지만 당파싸움에 잘못 연루된 것이 죄라면 죄겠지요. 정말 파당에 끼어들었다면 반대 파당이 저 분의 아버지이신 유 어르신의 자리를 차지하기 위해서 모략을 했거나 아니면 자기 파당에 뇌물을 적게 바쳤거나 등등 뭔가 우두머리 마음에 들지 않는 짓을 했겠지요. 그 반대로 만일 유 어르신이 어느 파당에도 연루가 되지 않고 정말 백성들을 위한 정치를 하고자 했다면 그야말로 용서받지 못할 짓을 한 거지요. 그것은 어느 파당에서도 용서하지 못했을 거외다.

정치가 양반들의 배를 불리기 위한 파당을 위해서 하는 것인데 백성들을 위해서 정치를 한다니 그 얼마나 큰 죄겠소?"

정 선달이 큰 소리로 일갈하자 좌중이 웃음바다로 변했다.

백성을 위해서 정치를 하는 것이 가장 큰 죄라는 현실 앞에서 그들은 웃을 수밖에 없었다. 그러나 그 웃음은 꼬리가 쳐지는 한숨으로 바뀌는 그런 웃음이었다.

"그리 말하는 정 선달도 양반 아니시오? 만약 정 선달이 벼슬을 했다면 그렇지 않았겠소?"

웃음이 한숨으로 바뀌면서, 꼬리가 쳐지는 목소리로 좌중에 있던 누군가가 물었다.

"내가 벼슬을 했다면 그랬을지도 모른다?

글쎄올시다? 아마도 그랬을 수도 있겠지요.

그래서 나는 벼슬을 못하게 반쪽 양반으로 태어난 것인지도 모르지요. 아비는 양반이고 어미는 종이니 반쪽 양반. 양반들이 모이는 곳에 가면 서자라고 천대받고 보통 사람들이 모이는 곳에 가면 양반껍데기를 썼다고 상대도 안 해주고…. 결국 갈 곳 없어 헤매다가 들어선 곳이 〈활빈당〉이고, 〈활빈당〉이 좋은데 떠난다기에 함께 떠나려고 덩달아 배에 오르다 보니 예까지 왔고.

반쪽 양반 신세를 벗어나지 못해 결국 배 위에서 뭍이 나타나기만 기다리는 신세가 되었지 뭐요."

정 선달은 속내를 드러내고 싶지 않았지만 그의 목소리에는 자신의 신세를 한탄하는 것이 이미 배어 있었다. 그런 정 선달이 보기에 안쓰러웠는지 누군가가 또 입을 열었다.

"반쪽 양반도 양반은 양반이지. 우리 같은 종놈은 그도 부럽기만 하구먼! 그리 말하자면 홍길동 총 두령님도 반쪽 양반 아닌감?"

"그야 그렇지요. 하지만 총 두령께서는 아비를 잘 만나 그나마 글이라도 제대로 깨우치고 무예라도 익혔지요. 허나, 나 같은 놈은 아비라는 자가 천하의 난봉꾼이라! 어느 날 술 한 잔 걸치고 집에 들어서다가 내 어미를 보자 욕정이 일어 그것이 발기해서 꼿꼿이 서는 바람에, 제 욕정 풀이로 어리디 어린 종인 내 어미를 겁탈한 것에 지나지 않소. 내 어미는 하필 그 전달에 여자 구실을 하기 위해 치러야 하는 일을 처음 치른 후였답디다. 그리고 주인에게 당한 그 짓거리에서 어미는 그 어린 나이에 나를 배었다오. 억울하기로 말하자면 나보다 내 어미가 더 억울한 일이지요.

천하의 난봉꾼을 남편으로 둔 그 집 안방 여편네는 투기로 말하면 뒤질 수 없는 사람인지라 그 눈 밖에 날 수밖에 없었지요.

내 어미는 나를 낳고도 미역국 한 그릇 얻어먹을 수 없었고, 애 낳고 나서 허전하기 이를 데 없는 배를 다른 종들이 눈을 피해 몰래 들여 주는 삶은 감자로 달랠 수밖에 없었답디다. 나를 낳고 꼭 3일째 되는 날부터 안방에 앉은 그 여편네가 살쾡이가 되어 꽁꽁 얼어붙은 개울가로 내몰아 밥값을 하려면 빨래라도 하라고 닦달을 했대요. 불어 젖히는 겨울 찬바람을 맞으며 손을 호호 불면서 그 집 식구들의 빨래를 하는 틈틈이 내 기저귀를 빨아야 했으니 오죽했겠습니까?

결국 산후조리가 잘못 되어 나를 낳은 지 일 년도 못 되어 하혈로 몸 안에 있는 피를 모두 쏟아 버리고 세상을 떴답니다. 어미가 죽고 나자 그 누가 나를 쳐다보겠소? 아비라는 자는 나를 낳기를 바라기는커녕 내가 제 아들이라는 사실도 인정하기 싫었을 텐데. 집에 두고 싶지도 않았을 겁니다. 꼴에 양반이라 체면은 있으니 남들이 보는 눈이 무서워서 내다 버릴 수도 없고.

결국 늙은 여종 한 사람을 유모랍시고 지정해 나를 던졌는데 이 할머니가 너무 인정이 많은지라 그나마 내가 지금까지 살 수 있었던 것이오. 그게 다행인지 불행인지는 나도 모르겠소. 허나 그 할머니 덕분에 내가 글줄이나마 깨우치고 지금까지 살아서 생전 꿈에도 보지 못했던 이런 곳에까지 와 본다니 불행은 아니었던 것 같소이다.

양반도 양반 나름이고 반쪽도 반쪽 나름이지 나는 그저 종이나 다름없는 반쪽이외다."

정 선달의 마지막 말은 누구를 원망하거나 아쉬워하는 그런 말투가 아니었다. 이미 모든 것을 달관하고 받아들이고 있는 그런 말투였다.

# 5. 홍길동, 대마도에 율도국을 세우다

　육지가 보인다는 기쁜 소식에 오랜만에 좌중이 웃음을 섞어 벌이던 신세 한탄이 끝날 무렵 배들이 섬 저만큼에서 멈췄다. 뱃길잡이가 탄 맨 앞배가 서자 나머지 배들이 그 옆으로 와서 일정한 간격을 두고 정박했다. 그리고 조금 후, 두령들이 작은 조각배를 내려 타고 홍길동이 있는 배로 떠났다.

　"아마도 일행보다 앞서서 섬에 들어갈 선발대를 보내자고 할 겁니다. 힘을 쓰거나 무예가 출중한 사람들이 되겠지요. 아니면 배의 안전도 지켜야 하니 이 배에 같이 탄 여섯 두령 중 세 두령 휘하의 가솔들이 여자와 아이들을 제외하고 일부가 먼저 상륙을 하든가? 아마 그럴 가능성이 크겠지요.

　어느 쪽이 됐든 간에 나도 따라갈 겁니다. 남들만큼 힘도 못쓰고 무예도 난 것은 없어도 주둥이 하나만은 남들보다 잘 놀린다고 자부하니 그것도 도움이 되긴 될 테니까요."

　정 선달의 예측은 제 나름대로 하는 것이라지만 그냥 허투루 하는 것이 아니다.

　함경도 소굴에 있을 때 〈활빈당〉에서 무슨 일이 생기면 그에게 의견을 묻곤 했었다. 그의 상황판단은 남다르게 정확한 구석이 있어서 앞을 내다보는 힘이 있었다. 그뿐만이 아니다. 그의 글 실력역시 뛰어났다. 자신은 어려서 유모 할머니라는 분이 어깨 너머로나마 글줄이나 읽게 해준 덕을 톡톡히 보는 것이라고 했지만 그의실력은 그렇게 배운 것 이상이었다. 정식교육이라고는 받아 본 적이 없다는 그의 학력에서 그런 문장이 나온다는 것은 선천적으로타고난 것이라고 모두가 입을 모았다.

그 덕분에 그는 홍길동 총 두령의 책사 중 한 사람이 되었고,두령회의에 꼭 참석을 하는데 오늘은 쪽배를 타고 모이는 자리라가지 못한 것이다. 쪽배를 타고 두령들이 모이라는 전갈을 받자그는 쪽배에 탈 수 있는 인원보다 한 사람이 넘치는 것을 이유로자기가 빠진다고 했다. 오늘은 선발대가 먼저 상륙하자는 이야기이외에는 할 것이 없을 거라면서 자기는 안 가도 좋을 것이라고스스로 양보한 것이다. 다른 사람 같으면 총 두령이 모이라고 한자리니 어떻게든 비집고라도 가서 총 두령의 얼굴 앞에 눈도장이라도 찍으려고 하겠지만 그는 그런 것에 연연하지 않았다.

잠시 후 쪽배가 다시 돌아왔다.

"이 배에 총 여섯 두령의 가솔들이 타고 있다. 그중에 우리 세두령의 가솔들 중, 아이와 여자들을 제외하고 사내들 중 일부가선발대로 먼저 상륙한다. 나머지 가솔들은 배에 남아서 남은 세두령의 통제를 받으며 혹시 모르는 사태에 대비한다. 홍길동 총두령께서는 지금까지 왔던 그대로 저 배 안에서 모든 것을 통솔하기로 했다."

여섯 명의 두령이 두 편으로 나눠서고 그중 가장 나이 많은 두령이 대표로 이야기했다.

사정을 알지 못하는 두령들을 제외하고 배에 있던 남정네들은 모두가 정 선달에게 눈을 돌렸다. 그의 예측이 이번에도 맞아 떨어졌다. 마치 두령회의하는 장면을 보고 말하는 것 같은 그의 예측에 모두가 놀랄 뿐이었다.

"다행이네. 우리 두령께서 선발대 쪽에 서 계시네."

정 선달은 자신의 유 두령이 선발대 쪽에 선 것을 보면서 몹시도 기뻐했다.

선발대가 모선에서 작은 배로 옮겨 타고 노를 저어서 섬으로 향했다.

이곳은 정식으로 배를 대는 곳이 아닌지 배를 접안할 수 있는 시설이 없어서 그냥 갈 수 있는 곳까지 간 후 모래 벌 위로 배를 끌어올렸다. 그리고 모두가 한자리에 모여 대오를 정비하고 나이가 제일 많은 손 두령이 지휘자가 되어 앞장섰다. 그러나 손 두령역시 정 선달을 익히 아는지라 정 선달의 의견을 물었다.

일행은 정 선달의 의견에 따라서 섬 안으로 깊숙이 들어가는 것보다는 일단 모래사장을 벗어난 후, 섬 안쪽으로 들어가 어느정도 은폐를 할 수 있는 위치에서 해안을 따라 가 보기로 했다.

해안을 따라 20여 리를 채 못 가서 굽어있는 해안을 돌 때였다.

저만큼 앞장서 가던 선발대의 척후병이 손을 번쩍 쳐들었다. 뒤따르던 일행은 그 자리에서 멈췄다. 척후병 중 한 사람이 재빠르게 뒤로 왔다.

"배가 있습니다. 우리가 타고 온 배보다는 작지만 그래도 크기가 꽤 되는 배입니다. 그리고 그 앞 모래밭에 사람도 셋이 보입니다."

지휘를 맡은 손 두령이 정 선달을 쳐다보았다.

"배가 몇 척입니까?"

"한 척뿐입니다."

"확실합니까?"

"예. 확실합니다."

"그럼 나가지요. 사람이 셋 보인다고 했지 않습니까? 배 안에 있어 봤자 몇이나 있겠습니까? 모름지기 모래밭에 셋이 나와 있다는 것은 무언가를 기다리는 것입니다. 이 뜨거운 햇빛 아래 왜 백사장에 나와 있겠습니까? 사람을 기다리거나 신호를 기다리거나 둘 중 하나지요. 아마도 일행 중 몇이 섬 안으로 들어가고 그들이 오기를 기다리는 중일 겁니다. 배 안에는 몇 명 없을 겁니다."

인솔자인 손 두령이 고개를 끄덕였다.

척후병으로 앞서 가던 이들까지 한데 모이자 두령은 크지 않게 말했다.

"저 배를 확인하러 나간다. 그러나 저 배가 무장한 배인지 아닌지 모르는 만큼 무기를 빼들고 소리를 지르면서 진격하듯이 나가는 것이 아니다. 만일의 사태에 대비해서 무기를 준비하고 태세는 갖추되 빼들지는 마라. 소리를 지르거나 뛰어서 돌격하듯이 가지 말고 내 뒤를 따라 걸어서 간다."

일행은 백사장으로 나섰다. 자유로운 대형으로 배 쪽으로 가는데 백사장에 나와 있는 사람들은 아무런 대비도 안 하고 그저 이쪽을 바라만 보고 있다.

"무장선은 아닌 것 같습니다. 대비를 안 하는데요."

"그런 것 같구려. 그런데 저 한 사람은 옷을 입은 거요? 안 입은 거요? 아무리 여름이라지만 아직 삼복더위를 맞으려면 한 달도 더 남았는데 윗도리는 아예 벗어 던지고 기저귀 같은 천으로 거시기만 가렸네?"

"본래 왜인들이 훈도시라는 것을 찬다고 하더니 저게 그것인가 봅니다."

"그럼 저놈들이 왜놈들이란 말이오? 조선 사람이 아니고?"

"그럴 겁니다. 뱃전에 쓰인 글씨가 왜인들의 글인 걸요? 게다가 저 머리틀이 우리 조선의 머리틀은 아니잖습니까?"

"정 선달은 왜놈들 글자도 아오?"

"왜인들의 글자를 안다고 하기에는 그렇고 왜인들의 글자 모양이 저렇다는 것 정도는 아는 정도 입니다."

"그럼 말이 안 통할 수도 있을 것 아니오? 아니, 단순하게 말이 안 통하는 것이 아니라 이곳이 왜놈들 땅일 수도 있을 것 아니요?"

"글쎄요? 유 두령님의 기억이 정확하시다니 그럴 리는 없을 것 같지만 행여 모르지요. 어쨌든 의사소통은 할 수 있을 겁니다. 왜인들과는 한자로 필담도 됩니다.

항구도 아닌 이런 곳에 풍랑을 맞은 형세도 아닌 저 정도 크기의 배가 정박해 있다는 것은 정상적인 항해는 아닌 것 같으니 왜놈들의 땅은 아닌 듯싶고요. 조선 땅인데도 불구하고 일부러 정박했다면 무언가 필요에 의한 것인데, 의사소통도 안 되는데 정박을 할 까닭이 없겠지요.

반대로 유 두령의 판단이 잘못돼 이곳이 조선 땅인 그 섬이 아니라 왜놈들 땅이라면 우리가 조난을 당했다고 솔직하게 이야기를 하고 도움을 청해야겠지요. 하다못해 식수라도 얻기로 작정을 한 일이니 어찌 되지 않겠습니까?"

"맞는 말이오. 좌우간에 가 봅시다."


선발대가 다가가자 백사장에 있던 사람들이 잔뜩 긴장한 표정으로 쳐다봤다.

"그대들은 어느 나라 사람이요?"

정 선달은 자신들이 이 섬의 주인인데 어디서 방문한 사람이냐고 묻듯이 점잖게 물었다.

"나라? 우리? 일본. 너, 조선 사람?"

그중 한 사내가 대답했다.

"그렇소. 우리는 조선 사람이오. 그대들은 일본 사람이라는 말이지요?"

"맞다. 일본."

알아듣기는 모두 알아듣지만 말하는 것이 서툴 뿐이었다. 하기야 저 정도면 되었지 더 이상 잘해도 소용이 없다.

"이 배에 모두 몇 명이나 있소?"

"배에 둘, 섬으로 물건 바꿔 하찌(はち), 팔."

"전부 열셋이라는 거요?"

"열셋. 맞다. 주산(じゅうさん), 열셋."

물물교환으로 장사를 하러 온 일본인이 조선어에 서툴다 보니 조선말과 자신들의 말을 반복해 가며 이야기를 하는 것 같았다. 조선말을 할 때는 중요한 단어만 이야기한다.

"저게 알고 그러나 몰라 그러나? 아주 반말도 끊어먹는 반말로 맘먹어라."

일행 중 하나가 토막토막 끊어서 말하는 것을 보다가 한 마디 뱉었다.

"맘, 밥, 고항(ごはん)? 먹었다."

"반말로 맘먹는다고 한 말을 밥 먹었냐고 하는 것으로 들었나 봅니다. 아마 잘 알아듣기는 해도 표현이 부족한 것 같으니 그만두시죠. 그냥 대화나 해봅시다."

"그러시게. 그러나 저러나 이 섬을 어찌 판단해야 하는지?"

"제게 맡겨 주십시오. 이 섬이 유 두령께서 말씀하셨던 그 섬인지는 모르겠으나 조선 땅이라는 것은 거의 판명이 난 것이나 마찬가지입니다. 그렇지 않다면 저들이 저리도 긴장을 할 까닭이 없겠지요? 자신들의 땅이라면 너희들은 누구며 어떻게, 왜 왔느냐고 대뜸 물었을 겁니다. 자신들의 일행 중 여덟이 물건을 바꾸러 섬 안으로 들어간 것을 먼저 밝힌다는 것은 자신들이 남의 영역에 들어온 정당한 이유를 대는 것 아니겠습니까?"

정 선달은 조선말을 할 줄 아는 사람에게 가까이 가서 다시 묻기 시작했다.

"나머지 여덟 사람은 어데 갔소?"

"물건 바꿔. 식량이랑 물건 바꿔. 생선이랑 물건 바꿔."

"말은 뒤죽박죽이지만 이들은 틀림없는 장사꾼들 같습니다. 이곳에서 필요로 하는 물건과 식량들을 가지고 와서 생선이나 건어물이나 기타 이곳 특산물을 가지고 일본으로 되돌아가서 파는 것 같습니다."

"그렇다고 배에 올라가서 뒤져 볼 수도 없지 않소?"

"굳이 그럴 필요는 없을 겁니다. 저 왜인의 표정을 보십시오. 지금 잔뜩 긴장하고 있습니다. 만일 지금 싸움이 나거나 아니면 우리가 자신들의 물건을 강탈하고자 한다면 자기들이 절대로 불리한 것을 알고 있는 겁니다. 그래서 우리에게 우리말로 최선을 다해 서투나마 솔직하게 대답을 하는 거구요. 우리는 우리가 알고자 하는 것만 알면 되는 것 아니겠습니까?"

"그건 정 선달 말이 맞는 것 같습니다."

유 두령이 거들자 손 두령도 고개를 끄덕였다.

"이 섬에 조선 사람들이 많이 살지 않소?"

"조선 사람? 많다. 아주 많다. 저기, 저기. 멀다."

"이 배에서 여덟 명이 조선 사람들에게 물건 바꾸러 간 거요?"

"맞다. 조선 사람과 물건 바꾸러 갔다. 온다. 오늘 온다. 지금 온다. 오늘 온다."

말이 서툰 이유도 있겠지만 자신들이 절대로 나쁜 사람들이 아니라는 것과 지금 상황이 자기들에게 절대로 불리하다는 것을 아는지라, 자기들의 응원군도 곧 온다는 것을 애써 강조하는 것처럼 들리기도 했다.

"그런데 항구도 아닌데 왜 여기에 배가 들어왔소? 배는 배가 서는 곳에 서야지.

무슨 소리인지 알아들었소?"

그러나 그 말은 알아듣기가 어려웠는지 고개를 갸우뚱했다.

정 선달은 백사장에 손으로 배 선(船)자를 쓴 후 항(港)이라고 썼다.

"아노, 후네(ふね: 배), 미나또(みなと: 항구), 멀다. 저기, 저기. 많이, 많이, 멀다."

왜인은 저쪽을 손으로 가리키며 멀다고 강조했다.

"제가 항구를 묻는 줄 알고 여기서 멀다고 강조합니다. 그러나 그 말에서 우리는 왜 이들이 여기에 정박했는지 답을 얻을 수 있습니다. 항구가 멀다는 핑계로 이곳에 거주하고 있는 우리나라 사람들과 물물교환을 하기 위해서 최대한 가까운 곳에 정박했다고 변명하는 것입니다. 항구에 정박하지 않은 것은 세금을 피할 꿍꿍이도 분명히 있을 것이니 혹시 우리가 단속을 나온 관헌이 아닌가 하는 의구심도 들었을 겁니다. 그리고 물물교환을 위해 간 사람들이 오늘 오기는 오나 봅니다."

일행을 향해 설명을 한 정 선달이 다시 왜인들을 향해 물었다.

"언제 일본으로 돌아가시오?"

"간다. 오늘. 일본 간다. 온다. 오늘 온다. 여덟. 간다. 오늘 간다."

"저 안쪽에 사는 우리나라 사람들과 물물교환을 하러 간 사람들이 오늘 오면 간다는 겁니다. 어떻게 할까요?"

"알 만한 것은 알았으니 그만 자리를 피해 저 멀리 떨어져 보이지 않는 곳에 있어 봅시다. 정말 물물교환을 해 가지고 가는 것인지, 아니면 약탈을 해 가지고 가는 것인지는 섬 안으로 들어갔던 일행이 나오면 드러날 것 아닙니까? 만일 정말 장사들이라면 굳이 건드릴 이유가 없지 않습니까?"

유 두령이 말하자 정 선달도 고개를 끄덕였다. 그러자 손 두령도 그게 좋겠다고 하면서 궁금한 것이 있으면 몇 가지 더 물어보고 가자고 했다.

"이 섬에 일본 사람들도 사나요?"

"섬에? 이 섬에? 일본 사람? 있다. 있다. 조금."

"일본 사람들도 조금은 산다고 하네요. 아까 조선 사람들은 많다고 했는데 일본 사람들이 조금 있다는 것을 보면 그들이야 일본에서 무언가 이유가 있어서 온 사람들일 수도 있고 장사 속으로 먹고 살기 위해서 온 사람들일 수도 있겠지요. 그렇다면 이곳 역시 조선의 한 조각인 것 같습니다. 유 두령님께서 말씀하신 바로 그 섬이 맞는 것 같습니다."

정 선달이 기쁜 얼굴을 하면서 다시 왜인에게 물었다.

"이 섬의 이름이 무엇이오?"

"섬, 이름? 아노 시마노 나마에 데스까(しまの なまえですか)? 에또네, 고레데스(これです). 이거. 섬 이름 이거."

알아듣기는 했지만 섬 이름을 말로 하기에는 힘이 들었는지 아니면 무슨 사정이 있어서인지 전보다 자기들의 말을 더 섞어 가며, 더 더듬거리며 백사장에 손가락으로 쓴 글씨는 붓 율(聿)과 섬

도(島)를 합친 율도(聿島)였다.

정 선달이 다시 물었다.

"이 섬의 이름이 이거라는 말씀이요? 이건 붓 율에 섬 도, 율도인데?"

그러나 일본인은 정 선달의 말을 어떻게 받아 들였는지 고개를 끄덕이며 손으로는 자신이 손으로 쓴 글씨를 가리키며 두 번을 더 반복했다.

"섬 이름 이거. 섬 이름 이거. 맞다."

옆에 함께 있던 뱃길잡이를 하던 유 두령이 고개를 갸우뚱하며 한 마디 했다.

"전에 내가 잠시 다녀갈 때 조선 사람이 이 섬의 이름은 대마도(對馬島)라고 했던 것 같은데?

예전에는 잠시 배를 대고 쉬어가는 나루터라는 의미로 진도(聿島)라고도 불렀는데 그건 신라, 고구려, 백제가 있던 삼국시대라고 했어. 그 시대에는 왜놈들이 나라꼴도 제대로 갖추지 못한 시절이라 우리가 방심한 틈을 타서 왜놈들이 이곳을 침략해서 잠시 지배했었다지? 그런 연유로 지금도 왜놈들은 이곳을 대마도라고 부르지 않고 진도라고 부른다나? 자기들이 아주 잠시 지배하던 그 시대에 진도라고 불렀던 것을 잊지 못해서 대마도라고 부르기 싫다는 거지. 그리고 펑계를 대기는 자신들이 지나는 길에 배를 대곤하니까 나루 섬이라는 의미의 진도(聿島)라고 부른다고 했던 것 같은데…?

그 진도라는 말이 왜놈들 말로 하면 쯔시마인지, 쓰시마인지 뭐 그렇다고 하더라고."

"그래요? 그렇다면 이 섬이 그 섬 맞을 겁니다. 원래 이름은 대마도고 전에 진도라고 부르기도 했다는 그 섬이요."

"그런데 저 왜놈은 율도(聿島)라잖아? 아까 그게 붓 율 자라면서?"

"왜인들은 대마도라고 부르기 싫어한다면서요? 옛날 옛적 자신들이 잠시 침략해서 지배했던 시대에 불렸던 진도라는 이름을 부르기 위해 온갖 수단을 다 쓴다는 이야기는 저도 들은 적이 있어요. 물론 그때는 그게 이 대마도를 이야기하는 것인지 몰랐지요.

마치 우리 선조들이 그랬듯이, 자신들이 배를 잠시 대고 쉬거나 거쳐 가는 곳이라고 해서 나루 진(津) 자를 써서 진도라고 부른다고 핑계를 댄다면서요?

저 왜인은 지금 진도라고 말하고 싶은 겁니다. 하지만 조선 사람들은 대마도라고 부르는 것을 알기에 나름대로 머리를 쓴 겁니다. 자신들은 진도라고 부르고 싶지만 우리들 앞에 있는 것 자체가 불안한, 지금 같은 입장에서 진도(津島: つしま)라고 적었다가는 무슨 변을 당할지 모르니까 입으로 말을 안 하고 자신도 섬 이름을 잘 모르는 척 하며 글로 쓴 겁니다. 제가 보기에 저 왜인은 한자를 잘 모르거나 아니면 일부러 수를 쓰는 겁니다. 그래서 나루 진(津) 자에서 삼수변(氵)이 빠진 붓 율(聿) 자를 쓴 거구요. 그러니 그리 아시고, 총 두령님께도 그리 보고하면 될 겁니다.

제 말이 맞는지 왜말로 한 번 써 보라고 할까요? 아마도 그렇게 쓸 겁니다."

"그래? 그럼 한 번 써 보라고 할까?"

정 선달이 저고리 소매를 뒤지더니 한지와 무명천으로 싼 작은 흑연덩어리를 꺼냈다.

"여기에 이 섬 이름을 써 보시오. 일본말로도."

"섬 이름? 일본말?"

왜인은 한지와 목탄을 받아들고는 잠시 망설이는가 싶더니 한

자로 붓 율에 섬 도를 써서 율도(聿島)라고 쓰고 그 옆에 つしま(쓰시마)라고 썼다. 정 선달이 손으로 일본어를 짚으면서 읽어 보라고 입을 벙긋거렸다. 그러자 왜인은 잠시 눈치를 보는 듯 하더니 기어들어가는 소리로 읽었다.

"쓰시마."

"보세요. 제 말이 맞지요? 왜인들은 지금 이 섬의 이름을 자기들이 부르던 대로 부르고 싶지만 겁을 먹어 마음대로 못하는 겁니다."

그때 아무 말 없이 옆에서 그 소리를 들은 손 두령이 일본인의 손에서 그 종이를 건네받으면서 껄껄 웃으며 말했다.

"자, 일단은 우리가 알 건 알았으니 여기를 피하자고. 피해서 숨어 있어야 저놈들 정체를 더 잘 알 수 있지 않겠어?"

손 두령의 말에 일행은 백사장에서 섬 안 쪽에 있는 숲을 향해 발걸음을 옮기기 시작했다. 숲의 적당한 곳에 자리를 하고 보초를 세운 뒤 자리를 잡고 앉자 손 두령이 말을 이었다.

"왜놈이야 진도라고 부르든, 율도라고 부르든 그게 무슨 상관인가? 어차피 총 두령님이랑 두령들이 회의를 해서 의견을 취합하여 정할 일인데. 이제 우리가 이 섬의 대장이 되기 위해 온 판인데 왜놈들이 지금까지 어찌 불렀는지는 중요할 게 없지 않나? 우리가 우리 이름을 지키면 되는 거지.

이 섬의 이름이 대마도라면 우리도 지금부터 이 섬을 대마도라고 부르면 되잖아. 그리고 앞으로는 왜놈들이 절대 진도라고 못 부르게 하면 되는 거지.

나라 이름이야 섬 이름과는 별개로 지어야 하니까, 우리가 서로 상의해서 짓고 그대로 부르면 되는 거지, 그게 뭐 대순가? 저놈들이 왜구 놈들인지 아니면 정말 장사하는 놈들인지나 알아보자고.

저놈들 하는 짓거리를 보거나, 마음 같아서는 왜놈들이라는 사실만으로도 두들겨 패고 싶지만 그건 내가 〈활빈당〉에 들어서기 전에나 하던 짓이지. 지금이야 선량한 상인을 왜놈이라고 두들겨 패서야 쓰나? 한데 놈들이 하는 짓을 보면 정말로 괘씸해. 지금 한 짓도 그렇잖아. 분명히 대마도라고 하는데 붓 율 자를 써? 정 선달은 저 왜놈이 잘 몰라서 나루 진에서 삼수변을 뺀 것일지도 모른다고 하지만 내 생각에는 아닌 것 같아. 왜놈이 무식한 척 하면서 쓰시만지 뭔지 하는 이름을 고집하려고 하는 짓 같거든.

좌우지간에 앞으로는 대마도라고 부르지 않으면 이곳에 발도 못 들여놓게 하면 되지 뭐."

"그건 두령님께서 왜놈들이 얼마나 비열한지 몰라서 하시는 소리입니다. 본디 왜놈들이란 자신들이 어떤 목적을 세우면 비열한 방법을 써서라도 반드시 이루고 마는 놈들입니다.

모르면 몰라도 우리가 왜놈들에게, 대마도를 진도라고 쓰면서 '쓰시마'라고 부를 경우 이 섬에 발도 못 들여 놓게 만든다고 하면, 대마도라고 써 놓고 '쓰시마'라고 부를 겁니다. 그리고 자기네 말에서는 원래 대마(對馬)가 '쓰'라고 변명을 하겠지요. '시마'야 일본어로 섬이라는 뜻으로 섬 도 자 자체를 '시마'라고 하는 것이니까요. 새로 말을 만들어 가면서라도 자기네가 잠시 침략했던 이 섬에 대한 기억을 지우지 않으려고 수단 방법을 가리지 않을 겁니다. 그것도 아니라면 최악의 경우에는 대마(對馬)라고만 써 놓고 '쓰시마'라고 우길 수도 있습니다. 원래 마(馬)를 우마(うま) 혹은 마(ま)라고 읽는 것이니까요. 다만 대(對)는 '다이(たい)' 혹은 '쓰이(つい)'라고 읽히는 것으로 '쓰시'라고 읽을 근거는 없지만 왜놈들은 그런 거 안 따질 겁니다. 섬을 뜻하는 섬 도 자를 빼는 한이 있어도 어떻게든 만들어 낼 놈들입니다. 목적을 위해서는 수단 방법을 안 가리는 놈들 아닙니까?"

"정 선달은 왜말은 모른다더니 그런 것도 아니네. 왜말을 훤히 꿰뚫고 있구먼. 그나저나 왜놈에 대해서는 어찌 그리 잘 아오?"

"제가 왜관에 좀 어슬렁거렸었거든요. 반쪽짜리 인생이 다 그렇지 않습니까? 그때 잠시 왜인들을 겪어 보니 그렇더라는 말입니다.

왜놈들이 모르는 사람이나 처음 보는 사람에게도 자지러지게 인사를 잘 하는 것도 다 이유가 있는 겁니다. 겉으로는 그렇게 예의 바른 것 같지만 그게 바로 속내를 드러내지 않기 위한 수단 중 하나입니다. 왜놈들의 절반 이상이 우리네로 말하자면 상민이나 다름없는 농노들입니다. 소위 번(藩)이라는 곳에서 다이묘(大名)라는 수장이 다스리는 땅의 한 귀퉁이를 얻어 부쳐서 막대한 세금을 내고 그저 식량이나마 남겨 가지고 먹고 사는 계급이지요. 그네들이 자신들을 지배하는 사무라이부터 하급무사까지, 소위 무사라는 계급 앞에 머리를 꼿꼿이 하고 지나갔다가는 언제 죽임을 당할지 모르니까 그리도 살랑거리면서 인사를 잘 하는 겁니다. 우리네와는 영 딴판이지요.

결국 비열한 왜놈들 꼴을 그냥 보지 못해서 일을 저지르는 바람에 얼마 어슬렁거리지도 못하고 〈활빈당〉과 인연을 맺게 된 거지요."

"정 선달도 그런 사연이 있었소?"

"지나간 일이니 그저 부는 바람에 날리시지요!"

"여기 있는 우리, 아니지 배에 남아 있는 사람들까지지! 우리 〈활빈당〉 식구들 모두가 이미 부는 바람에 지난날을 날려버린 사람들 아닌가? 누가 무슨 이야기를 하든지 그건 또 다른 내 이야기지, 지금의 내 이야기가 아니잖소? 그러니 새삼스럽게 그런 말은 안 해도 되오."

일행 중 누군가가 말을 하자 군데군데에서 나지막하게 '맞아'

소리가 동시에 나왔다.

　그 말을 끝으로 일행은 저 앞에 나가서 왜인들이 자신들의 일행이 갔다고 가리켜 준 방향을 감시하던 사람에게 시선을 향한 채 숨을 죽였다. 자신들이 이곳에 매복한 사실을 상대에게 알려서는 안 된다.

　한 시진 쯤 지났을 때, 앞에서 감시하던 사람이 신호를 보냈다.

　"오는가 보군. 누가 할 텐가?

　칼 들이대고 나오는 꼴을 보면 놈들이 도적인지 양민인지 금방 알 수 있어. 특히 상대가 여덟 놈이라고 했으니 서너 명만 나가면 되지. 칼을 들이대면 자기들이 여덟이니 도둑놈들 같으면 직방 맞받아칠 것이고, 정말 장사하는 사람들 같으면 그대로 꿇어 앉아 이유도 없이 빌면서 목숨을 보존하려고 하겠지. 그러니까 위험이 따르는 거야. 도둑놈들 같으면 잠깐이나마 셋이든 넷이든 공격을 당하면 위험할 수 있거든. 만일 그러면 직방 우리가 나가기야 하겠지만 그동안 다칠 수도 있으니까."

　손 두령 딴에는 위험한 요소가 있어서 자원자를 모집하려 했지만 그럴 필요가 없었다. 말이 끝나기도 전에 네 사람이 앞으로 나가서 나가라는 명령만 기다리고 있었다.

　"좋아. 백사장에 있는 놈들과 서로 보이는 곳에서는 신호를 보내어 우리 존재를 알릴 수도 있으니까 저 모퉁이 돌기 전에 일을 내는 것이 낫겠지. 지금 나가."

　명령과 함께 네 사람이 나갔다.

　그들은 역시 장사하는 사람들이 맞았다.

선발대가 안전한 곳이니 내려도 좋다는 보고를 하자 일행은 일단 배를 최대한 육지 가까이에 댔다. 배가 큰 관계로 끌어올리거나 할 수는 없는 일이다. 최대한 뭍으로 대고 일단 어린이와 여자들은 배에 남게 하고 남자들만 내렸다. 선발대가 왜의 상인들을 만나는 바람에 일찍 정보를 가지고 돌아왔지만 혹시 하는 우려에서다. 만일 무슨 일이 벌어져도 적어도 〈활빈당〉 사내라면 제 몸 하나는 지킨다. 하지만 여자와 어린이의 경우는 다르기에 홍길동과 두령들이 회의를 하여 그렇게 의견을 모았다.

남자들이 군대 대형으로 모두 모여 자유로운 자세로 앉아 있는 상태에서 선발대가 오늘 자기들이 보고 들은 대로 보고했다. 아직 만나보지는 못했지만, 왜 상인들의 말에 의하면, 조선 사람들이 많이 산다는 것을 보고하자 홍길동은 물론 모두가 흡족해 했다. 그리고 이어서 섬 이름을 진도, 쓰시마라고 부르기 위한 왜 상인의 어리광 섞인 몸부림을 이야기하자 좌중에서는 웃음인지 분노인지 모를 묘한 웃음이 터져 나왔다.

"붓 율에 섬 도, 율도(聿島)라? 거 좋네.

그렇지 않아도 내가 새 나라를 세우면 붓 율 자를 넣어 이름을 짓고 싶었는데 마침 잘 되었네. 게다가 왜놈들에게 이 섬은 우리가 삼국시대부터 지배하던 진도라는 땅이지만 지금은 대마도라는 인식도 심어줄 수 있는 기회도 만들 수 있어서 아주 좋소.

본디 붓이라는 것은 정의로운 곳에 사용하라고 만들어진 것이거늘 작금에야 어디 그렇소? 소위 지식인이라는 작자들은 붓을 제 편할 대로 휘갈기고 있기에 나라가 꼴을 못 갖추고 우리도 예까지 온 것 아니오?

삼강오륜, 사서삼경을 모두 읽고, 공맹을 아무리 머릿속에 외워 제 것인 양 한들 무슨 소용이오? 제 놈들 아류가 잘못을 저지르는 날에는 어떻게 하든 그것을 정당화시키고 감싸느라고 붓 짓이 망나니만도 못해져서 법도와 정의가 사라지게 만들지 않소? 그래도 그 망나니만도 못한 짓도 감싸준다는 의미에서는 괜찮은 편이라고 할 수도 있지. 이건 아예 있지도 않은 일을 만들어 내어 상대의 목숨이 날아가게 하는 것도 소위 상소라고 일컫는 붓 짓 아니오?

붓을 올바로 쓰면 그보다 귀한 것이 어디 있겠소? 하지만 그것을 바르게 쓰지 못하면 그보다 더 추하고 더러우면서도 무서운 무기가 또 어디 있겠소?

그러나 우선은 붓하고 친해져야 하는 것은 변하지 않는 진리요. 붓을 올바로 쓰지 못하는 이들은 붓과 친한 것이 아니라 붓을 모독하고 악용하는 것이오. 정말 붓과 친해 붓을 사랑한다면 어찌 붓을 가지고 나쁜 짓을 할 수 있겠소. 그리고 붓과 친해진다는 것은 우리 백성들 모두가 풍부한 지식을 탐구한다는 것 아니겠소?

이미 두령회의에서 논의된 사항이기는 하지만, 우리 모두가 함께 살아갈 나라 이름이니 만큼 모두의 의견을 한 번 묻고 싶소. 붓이 살아 숨 쉬고 붓을 사랑하는 섬, 즉 학문을 사랑하며 붓으로 정의를 실현하여 정의가 살아 숨 쉬는 섬을 만들기 위해서 나라 이름을 '율도국(聿島國)'이라 하면 어떻겠소?"

홍길동이 나라 이름을 '율도국'으로 할 것을 제안하자 좌중은 일제히 함성으로 환호했다. 그 환호는 대마도 전체가 떠나갈 것처럼 우렁차고 힘이 넘쳐흘렀다. 홍길동은 만족한 표정으로 말을 이었다.

"나라 이름은 '율도국'이지만 섬의 원래 이름이 대마도라면 당연히 지금부터 섬의 이름은 대마도만 통용되는 거요. 아까 일본어를 할 줄 아는 식구와 역사에 조예가 있는 식구가 같이 만나 회의를 했소. 그 결과 대마도라는 이름에는 우리민족의 긍지와 자부심은 물론 깊은 역사적 의미가 깃들어 있었소. 바로 고조선의 한 축을 이루던 마한(馬韓)의 백성들 중 이 섬으로 이주한 이들이 마한을 그리워하며, 마한과 마주한다 하여 대마(對馬)라 이름한 것이오. 그러니 그 이름은 반드시 지켜야 하오.

만일 조금 전에 보고 받은 대로 왜놈들이 진도(津島: つしま[쓰시마]) 운운하면 일단은 경고를 주고, 그래도 불복종하면 당장 그 배를 압수하고 진도라고 부른 놈은 하옥해서 스스로 잘못을 뉘우치게 만들어야 할 것이오. 그래서 반성하고 대마도(對馬島)라고 부르면 그때 돌려보내면 되고 끝내 안 부르면 끝내 못 가는 거지. 남의 나라 땅 이름을 제 놈들이 마음대로 바꿔 부르면 안 되는 것 아니오?

그러나 한 가지 예외는 있소.

지금 이 섬의 이름은 대마도지만 신라와 백제, 고구려가 함께하던 시기에 잠시 진도라고 불렀던 적이 있소. 삼국 모두의 배가 이 섬을 지나칠 때 잠시 쉬어가는 나루라고 생각해서 붙였던 이름이라오. 그 시절에, 왜놈들이 이 섬을 침략해서 불과 몇 년 간 지배를 한 적이 있는데, 진도를 왜놈들의 말로 읽어서 '쓰시마'라고 부르기 시작한 것이오.

물론 그들의 침략은 곧바로 우리에게 재정복되었소.

우리 고구려의 광개토경호태황께서 이곳 대마도를 되찾은 것은 물론 이곳에서 가까운 일본 열도 일부를 정복한 후, 이곳 대마도에 임나(任那)를 세워 당신이 정복하신 영역 모두를 다스리게 하신 까닭이오.

그런 역사적인 근거를 들어가며 따져 보면 원래 진도라는 이름도 우리 선조들이 지어 잠시 사용했던 것이고, 그로 인해 왜놈들은 이 섬을 '쓰시마'로 알고 있으니 그 자체를 탓할 수는 없소. '쓰시마'라는 이름도 우리가 만든 것 아니겠소?

그래서 예외를 두자는 것인데 대마도(對馬島)라고 써 놓고 그걸 쓰시마(つしま)라고 부른다면 그건 눈감아 주자는 거요.

다만 진도라고 써 놓고 쓰시마라고 하는 것은 아니 되오. 나루 진(津) 자는 원래 '쓰(つ)'라고 읽고 섬 도(島)는 시마(しま)라 읽고, 시마는 일본 말로 섬이라는 뜻이니 그리된다면 왜놈들이 원하는 대로 되는 것이라 아니 된다는 말이오. '쓰시마' 역시 우리 선조들이 삼국시대에 지어 주었던 이름이라지만 우리의 명예와 자부심이 깃들어 있는 대마도라는 이름을 써야 하오. 그들이 진도를 고집하는 것은 자신들이 잠시 지배했던 시절을 그리워하며, 자기네가 이 섬의 소유주인 양 행세하려 하는 것일 수도 있으니 벌을 해야 하오. 그러나 대마도라고 써 놓고 '쓰시마'라고 부르는 것은 자기네 나라 말까지 희한하게 바꿔 가면서 이미 알고 있는 이름 그대로 쓰고 싶다는데 그걸 어떻게 막을 것이오. 우리에게 중요한 것은 고조선의 한 축이었던 마한의 후예라는 대마가 중요한 것 아니겠소? 사람이 한 번 머릿속에 각인된 기억을 바꾸기가 쉽지 않은 일 아니오?

그것까지 허락하지 않는 것은 힘 좀 있다고 자랑하는 불한당이나 권세 좀 잡았다고 폭정을 휘두르는 양반들과, 우리나라 섬의 이름을 제 놈들 마음대로 부르는 왜놈들과 무엇이 다르겠소? 힘 있고 가진 자가 막대한 지장을 초래하지 않는 한 양보하고 베풀어야 하는 것 아니겠소?

자, 이제 공식적으로 선포하리다!

이 섬의 공식적인 이름은 고조선 이래 유구한 역사와 우리 선조들의 자부심을 가득 담은 대마도이며, 대마도의 주인은 '율도국'의 주인인 바로 우리들임을 선포한다.

그리고 오늘을 기점으로 이 섬에서 왜놈들이 설쳐대는 일본 열도로 뻗어나갈 것이다. 대마도를 기점으로 일본열도를 정복하던 고구려 광개토경호태황의 얼을 본받을 것이다."

홍길동의 일갈에 좌중은 손을 흔들며 섬 전체가 들썩일 정도의 환호로 답했다.


율도국은 그렇게 대마도에 탄생되었다.

'율도국'이 대마도에 탄생되고 홍길동이 대마도(對馬島)라 쓰고 '쯔시마(つしま)'라고 읽는 것을 허락하자, 왜인들은 고마워하며 자신들의 국어에 '대마(對馬)'를 '쯔(つ)'라고 읽는 새로운 단어 하나를 추가하였다.

원래는 진(津)을 쯔(つ)라고 읽는 것인데 왜 새롭게 대마(對馬) 두 글자를 하나로 묶어서 쯔(つ)라고 읽는 줄은 일본인들 자신들도 모르는 체였다.

그들이 재주를 부리느라 '대마(對馬)'라고만 쓰고 '쯔시마'라고 읽는 것 역시 섬 도 자를 쓰지 않고 '시마'라는 섬을 뜻하는 말이 되어 스스로 모순만 잔뜩 안는 말을 만들어 내고 만 것이다.

# 6. 대마도에는 솔개가 날고

나라 이름까지 짓고 난 뒤 조를 짜서 방향을 설정해서 배정을 받고 탐색을 떠났다. 오늘 하루에 섬 끝까지 탐색할 수는 없다 할지라도 일단 자리를 잡아야 그곳부터 시작해서 영역을 넓히고 대마도 전체를 율도국의 지배하에 넣을 수 있기 때문이다. 그러나 만일의 경우를 대비해서 배 곁에도 병사가 남아야 하는 관계로 추첨을 통해 유 두령네 식구들이 남았다.

"저 하늘 좀 보소. 솔개가 나네?"

미모가 대단한 부인과 막둥이라는 아들까지 동행하는 바람에 이씨 성을 가지고도 막둥아범으로 불리는 사람이 하늘을 올려다보더니 아무리 보고 싶어도 평생 보지 못했던 희귀한 것이라도 본 양 반갑게 말했다. 그러자 충청도 박 처사 역시 반가운 사람이라도 만난 듯이 말을 받았다.

"글쎄 말이유. 증말 솔개네유? 저것들이 어떻게 여기까지 따라왔대유? 우리 배에 타지도 않았었는데? 반가워 죽겠구먼. 저 솔개를 보니 마치 예가 내 고향인 듯싶네, 그랴!"

그 역시 반가워서 충청도 사람답지 않게 호들갑을 떨었다. 그것을 모르는 정 선달이 아니건만 정신 차리라는 듯이 냉랭한 목소리로 말참견을 하고 나섰다.

"따라온 게 아니라 원래 이곳에 살던 솔개지. 이곳 역시 조선 땅 아니오? 조선의 섬에 조선의 육지에 사는 새가 나는 것이 뭐 그리도 대단한 일인가? 원래 사람은 속여도 자연은 못 속이는 법 아니오?"

"지라구 그걸 모르남유? 하두 반가워서 한 번 해본 소리구먼유."

"그래? 박 처사도 이미 알았다는 말이요? 난 또 몰라서 그리 말하는가 싶어 한 마디 거든 거외다."

무료함을 달래려고 정 선달이 농담을 한다는 것을 아는지라 박 처사는 그냥 웃고 말았다. 정 선달이 이번에는 막둥아범을 보며 진지하게 말했다.

"그나저나 이제 막둥아범은 한시름 놓았겠소? 부인에 애까지 데리고 떠난 길이다 보니 여간 마음고생이 심하지 않았을 텐데."

"마음고생이야 나 혼자 했겠소? 함께 배를 탄 식구들은 모두 그렇지. 하기야 나는 마누라도 마누라지만 애 때문에 마음이 더 편치를 못했던 것은 사실이오만…."

막둥아범은 말끝을 맺지 못하고 눈시울을 적셨다.

"아니? 막둥성님은 또 눈물이시유? 이쁜 형수 모시고 떡 두꺼비 같은 아들 데리고 이렇게 무사히 섬에 도달했으면 되었지, 왜 또 눈물을 보이신대유? 하기야 지두 배에서 고생할 때는 생각나지 않더니 막상 이렇게 육지에 내려서 사지 늘어뜨리고 고향하늘에서 보던 솔개를 보니까 질루 먼저 고향에 계신 부모님 생각이 나네유. 성님두 고향에 계신 홀어머니 생각하시구 그러시는 게쥬?"

막둥아범을 막둥형님이라 부르는 박 처사는 묻지 않아도 될 말을 물었다. 이미 나와 있는 대답이다.

"그러게 말이네. 자네 말대로 배에서는 모르겠더니 막상 육지에 발을 디디고 고향하늘에서 보던 솔개가 나는 것을 보니까 그 생각이 제일 먼저 나는구먼. 이 섬이 어떤 섬이 됐든 우리야 무사히 도착했고, 또 앞으로 어떤 일이 닥칠지 모르지만 그보다 더 험한 일도 겪으며 살아온 우리들인데 그깟 거야 못 헤쳐 나가겠나? 조선의 그 흉악무도한 양반들과 관병들과도 싸워 이긴 홍길동 장군님을 모시고 있는 판에야 이 섬에 있을지도 모르는 적이야 물리치지 않겠나? 어쨌든 우리는 일단 살았다고 보아야겠지. 하지만 고향에 계신 홀어머니는 지금쯤은 아마도 돌아가셨을 걸세. 무덤에 묻히시기나 했나 모르지! 어쩌면 놈들이 나에 대한 화풀이를 한답시고 짐승의 밥으로 던져 버렸을지도 모르는 일이니 생각만 해도 눈물이 나지 않겠나? 나 하나 살자고 부모 버린 자식이니 이런 말할 자격도 없다는 것을 알기는 아네만 그래도 마음이 그게 아닐세 그려."

"성님두 뭔 그런 말씀을 하신대유? 성님이 부모님을 버린 것이 아니지유. 그 양반 지주 아들놈이 성님 가정을 풍비박산 낸 건데, 그게 성님 잘못은 아니잖어유. 그 아들놈이 흑심을 품고 형수님을 욕보이려 하는데 그냥 있을 인간이 어디 있간디유?"

"내가 들어도 박 처사 말이 맞는 것 같소. 부모님께 효도를 하는 것이 꼭 공양을 잘해 드리는 것만이 최선은 아니지 않소. 아무리 공양을 잘한들 자식이 제 구실을 하지 못하고 산다면 부모님 마음이 더 아프니 오히려 공양을 잘하고 마음을 저리게 하는 것보다야 공양을 잘 못해 드려도 마음 편한 게 더 나을 수도 있잖소. 더더욱 막둥아범 같은 경우에야 고향에 남아 있었다 한들 무슨 소용이 있었겠소이까? 살인자의 몸으로 관가에 가서 죽임을 당하는 일밖에 더 남을 것이 없지 않았소. 도망을 치라고 먼저 말씀하시며 대신 살인 누명을 쓸 테니 멀리 가서 잘 살라고 하신 분이 어머니 아니시오? 남의 일이라고 쉽게 말하는 것 같소만 내가 생각해도 막둥아범은 효도를 제대로 한 거요. 가족과 자신을 방어하기 위한 정당방위 살인이지만 그 상대가 양반이라는 이유만으로 도망을 쳐야 했던 사건 아니오? 살인자라는 억지 죄명을 쓰고 죽는 것보다야 살아날 수 있는 방도를 주신 어머니 말씀을 들어 목숨을 보존한 것이 효도를 다한 것이오. 마음 아파하지 마시오."

"맞어유. 정 선달님 말씀이 백 번 맞어유. 그러니 성님도 이제 마음 추스르셔유."

정 선달과 박 처사가 달래도 막둥아범의 마음은 점점 더 아파만 갔다. 이제 자신들은 살았다는 생각이 들자 더 그랬다. 막둥아범의 눈에는 어느새 고향 어머니의 모습으로 가득 차기 시작했다.

막둥아범은 경기도 양주 사람이다.

한양에서 멀지 않은 곳으로 넓은 평야와 나지막한 산들이 어우러진 그야말로 살기 좋은 동네다. 비록 내 땅은 한 뼘도 가지지 못했지만 상놈도 아니고 건강한 몸을 가진 덕분에 먹고 사는 것에는 그리 힘들지 않았다. 막둥아범은 어린 티를 갓 벗으면서부터 원래 부지런하고 일을 잘 하는 덕에 일철만 나서면 동네 사람들이 모셔간다고 할 정도로 바쁘게 일했다. 일철이면 남의 일을 해주면서도 윗마을에 사는 양반 김 첨지의 논을 소작했다. 소작을 하는 논의 양은 보통 사내 혼자서 하는 양의 거의 갑절을 지었는데도 남들보다 소출이 좋았다.

그 덕분에 수입도 좋아 막둥아범이 아직 어린 티도 벗기 전에

빚만 남겨놓고 돌아가신 아버지의 빚도 다 갚고 조금씩 돈도 모아 건너 마을에 살던 끝순이에게 장가도 갔다. 아직 장가가기에는 이른 감도 없지 않았지만 홀어머니께서 고생하시는 모습도 그렇고 또 혼처가 나섰을 때 덥석 물어야지 아니면 언제 혼처가 또 나타날지 모르는 판이라 열네 살 이른 나이에 결혼했다. 그 조건은 끝순이도 마찬가지인지라 동갑내기 결혼을 한 것이다.

끝순이 역시 상민은 아니지만 넉넉하지 않은 집안에서 태어나 살던 터에 막둥아범을 만났고 둘은 열심히 일했다. 내 땅 갖는 날을 고대하면서 돈도 차곡차곡 모아갔다. 어린 티도 미처 벗기 전에 결혼한 그들은 열여덟이 되던 해에 막둥이를 낳았다. 자식이 많으면 다복하다지만 입수만 늘려 배곯고 사느니 차라리 아들 하나라도 제대로 먹이며 키우는 것이 낫다고, 일생을 배를 곯으시며 살아오신 어머니께서 지어 주신 이름이다. 막둥아범은 자신이 낳은 자식을 들여다보면서 이래서 자식을 낳는구나 하는 행복에 젖어 살기 시작했다. 그러나 어머니와 함께 자식을 보면서 살던 그 행복은 불과 일 년을 조금 넘기고 막을 내렸다.

그들이 스물이 되던 해다.

시집 올 때만 해도 제대로 먹지도 못하고 자란데다가, 열네 살 젖비린내 나는 나이에는 피지 못했던 막둥어멈은 스물이 되자 그 동네 누구보다 예쁜 여인으로 정평을 받았다. 시집 와서 열심히 일을 하기는 했지만 제대로 챙겨먹고 돈도 모으면서 마음이 편하게 되니 자연히 얼굴도 편안하게 되어 제 본성을 찾은 것이다. 아이를 하나 낳았는데도 전혀 그 태도 나타나지 않게 미끈한 몸매에 수려하다고 할 정도로 예쁜 얼굴을 가진 여인으로 거듭났다.

그게 화근이 되었다.

막둥아범에게 소작을 주는 김 첨지에게 주원이라는 아들이 하나 있었다. 제 아비가 부자 양반인지라 걱정할 것은 없겠지만 연일 기생집만 드나들며 글공부는커녕 어떻게 하면 놀 수 있나만 궁리를 하는 망나니만도 못한 인간이었다. 김 첨지 역시 주원이가 머리를 썩였지만 아들인 걸 어찌한다는 말인가? 술값에 계집질에, 여북하면 김 첨지가 아들이 아니라 원수라고 말을 할 정도였다. 그런 김 첨지 아들의 눈에 막둥어멈이 띈 것이다. 천하의 망나니 난봉꾼은 어떻게든 막둥어멈을 한 번 품어보기 위해 별의별 꼼수를 다 생각하기 시작했다. 그러다가 기껏 생각해낸 일이 일철이 끝나고 나면 막둥아범에게 넉넉하게 돈을 쥐어 주고 심부름을 시키자는 것이었다. 그것도 멀리 보내서 하루 밤을 못 돌아오게 만들고 그 사이에 막둥어멈에게 패물을 안기고 한 번 어찌 해 보자는 수작이었다. 난봉꾼다운 생각이다. 남들이 보기에는 어리석은 짓 같지만 난봉꾼들의 세계에서는 패물이면 여자를 지배할 수 있다는 짧지만 그럴 듯한 논리를 적용한 계책이었다.

"그러니까 쌀 한 가마니만 전해 드리면 되는 겁니까?"
"그렇지. 빈 몸으로 갔다 온다면야 하루거리에 불과하지만 가을도 깊어 밤도 일찍 찾아오니 한양에서 하룻밤 묵어서 오게나. 내가 노자를 넉넉히 줄게. 주막에서 술 실컷 먹고 자고도 남을 만큼에다가 수고비까지 듬뿍 얹어 줄 테니 미안하지만 다녀오라고. 하룻밤 묵어서.
참, 이건 미안해서 가르쳐 주는 건데 아마 그 친구가 자기네 행랑에서 묵어가라고 하면서 저녁상은 물론 술도 내줄지 몰라. 그러면 그리해도 좋아. 그렇다고 내가 준 심부름 삯에서 제하거나 하는 건 아니니까. 지난번에 내게 쌀을 보내라고 하면서 쌀을 가지고 오는 자에게는 저녁은 물론 술도 내주고 하룻밤 묵어간다면 행랑에서 재워 다음날 아침에 수고비까지 주겠다고 했거든. 그러니까 자네는 그 친구 집에서 밥 먹고 술 마시고 행랑에서 자고, 다음날 아침 수고비 받고, 그러면 일석이조 아닌가? 그러니 힘들더라도 이 수고비도 받고 그 친구에게 쌀 전달하고 하룻밤 묵어서 와."

주원이는 하룻밤 묵는 것에 모든 초점을 맞춰 연신 강조했다.

"알겠습니다. 내일 아침 일찍 떠나서 다녀오지요."

"내일 아침 일찍? 그건 아냐. 너무 일찍 오면 아버지한테 혼날 수도 있어. 점심 후에 오게. 자네도 알잖나? 아침에는 들어오는 것은 받아도 내지는 않아야 되는 거. 그래야 재물 복이 나가지 않는다잖아. 빈 몸도 아니고 쌀 한 가마니 지게에 지고 한양까지 가려면 시간이 꽤나 걸릴 것은 알지만 하룻밤 묵어서 올 건데 무슨 걱정인가?"

주원이는 되도록 출발 시간을 늦춰 당일치기로 절대 돌아올 수 없게 만들기 위해 나름대로의 묘책을 말했다. 그런 주원이의 마음을 아는지 모르는지 막둥아범은 시간을 맞췄다.

다음날.

노모와 아들과 이른 저녁을 마친 막둥어멈은 일찍 잠자리에 들었다. 아들은 항상 그랬듯이 노모와 건넌방에서 잠을 자니 혼자서 맞는 가을바람은 더 스산한 것 같았다. 잠이 오지를 않았다. 돈 받고 심부름 간 것이라고 하지만 매일 옆에 있던 남편이 없으니 무언가 허전하기만 하고 잠이 오질 않을 것 같았다. 원래 강건한 남편인지라 탈은 없겠지만 그래도 쌀을 한 가마니나 지고 한양에 갔으니 걱정이 안 될 수 없는 일이었다. 낮에 갔으니 길가에서 도적을 만나거나 하지는 않았겠지만 한양 지리도 모르고 한양이라는 곳이 원래 남 등쳐먹는 인간들이 많은 곳이라는데 순진하기만

한 남편이 걱정되기도 했다.

얼마를 뒤척였는지 모르지만 막 잠이 오려는 순간이었다.

"안에 있는가?"

웬 남자 목소리다. 순간 막둥어멈은 한양에 간 남편에게 혹 무슨 일이 생긴 것이 아닌가 하는 마음에 벌떡 일어나 옷매무새를 만지며 답했다.

"뉘세요?"

"날세. 김주원일세."

"예? 아니 작은 마님께서 웬일이시래요?"

그 동네 사람들은 대개가 김 첨지를 영감마님이라고 부르고 김주원은 작은 마님이라고 불렀다. 그가 많은 땅을 소유하고 있어서 그의 소작을 하는 사람들이 대부분인지라 마치 그 집 하인들이 그들 부자를 대하듯이 했다.

"잠시 들어가서 이야기를 해도 되겠나?"

막둥어멈은 불안이 엄습했다. 이 밤중에 김주원이 온 것은 자기가 심부름을 시킨 막둥아범에게 무슨 일이 일어난 까닭이라고 결론을 짓자 몸이 떨리기까지 했다. 막둥어멈은 등잔에 불을 밝히고 옷매무새를 만지며 걸었던 문을 풀어 방문을 열고 툇마루로 나왔다.

"작은 마님께서 이 밤중에 웬일이십니까? 혹시 애 아범에게 무슨 일이라도…?"

"날씨가 차구먼. 잠시 들어가서 이야기를 함세."

불안한 막둥어멈의 말에는 아랑곳도 하지 않고 날씨가 차다는 핑계를 대며 김주원이 앞서서 방으로 들어섰다.

"도대체 무슨 일입니까? 혹시 애 아범에게 무슨 일이라도…?"

불안한 막둥어멈은 재차 같은 말을 물었지만 김주원은 대답도 하지 않고 아랫목에 깔려 있는 이불을 걷을 생각도 하지 않고 그 위에 자리하고 앉았다. 그리고는 천연덕스런 얼굴을 하면서 입을 열었다.

"왜 그런 불길하고 쓸데없는 말을 하나? 일은 무슨 일이 있겠어? 모르지. 내가 쌀을 가져다주는 집에서 묵으라고 했지만 노자에 수고비까지 넉넉하게 주었으니 그 집에서 묵지 않고 어느 주막집 주모 품에 안겨 있을지도. 그리고 내일 아침 일찍 내 친구 집으로 달려가겠지. 수고비를 또 받아야 하니까. 일이라면 그런 일이나 있을까 뭔 일이 있겠어?"

막둥어멈은 기도 안 막혔다.

사람은 모두가 상대를 제 눈으로 본다. 그런데 문제는 제 눈으로 상대의 있는 그대로의 모습을 보지 않는다는 거다. 그 눈이 남을 보는 눈이 아니라 자신의 마음을 보는 눈이 되기에 문제다. 자신의 마음으로 정한 대로 상대를 보기에 실수도 하고 잘못도 하고 오해도 한다. 그런데 더 문제는 보기만 하는 것이 아니라 남들도 나 같을 거라는 전제하에 남을 평가하고 판단까지 하는 거다. 눈뿐만 아니라 머리와 가슴까지 온통 자기 안에 가둬 버린다. 그 가두는 수치가 높으면 높을수록 남을 이해하지 못하고 오로지 내 주장만 일삼는 소인배가 된다.

지금 김주원은 자신이 그런 삶을 살기에 막둥아범을 그리 평가하고 있었다.

막둥아범은 어제 수고비와 노자를 받자마자 모두 막둥어멈에게 건네고 국밥 두 그릇 값만 떼어갔다. 쌀가마를 지고 가고 올 동안 필요하면 요기를 해야 하는 최소한만 가지고 간 셈이다. 잠을 자더라도 행랑에서 재워준다니 굳이 노자가 더 필요치 않다고 하면서 모두 내 주고 간 사람이다. 그런데 김주원은 주막집 주모 운운하며 자신이 사는 방법을 이야기하고 있다. 그렇다고 그 말에 대꾸할 필요는 없다. 아무 일도 없는 것이라면 저 인간이 제 집으로 가주기만 하면 된다. 아니 제 집에야 가든 말든 이 방에서 나가주기만 하면 된다. 이렇게 야심한 밤에 아무런 일도 없으면서 외딴 이곳까지 찾아왔을 때에는 분명 무슨 꿍꿍이가 있을 것이다. 그 꿍꿍이는 평소 저 인간이 하고 다닌 짓거리를 보면 대충 짐작이 간다.

"그럼 댁으로 가시지 제 집에는 웬일이세요?"

"아, 그거? 그거야 내가 막둥어멈에게 줄 선물이 있어서지. 사실 그동안 막둥아범이 소작도 열심히 해서, 흉년이라고 남들은 소작료를 깎아 달라고 해도 그런 일도 없고, 가끔씩 우리 집에 무슨 일이 생기면 제 일 하듯이 집안일까지 돌봐주고, 또 집을 고치거나 혹은 잡다한 일이 생겨도 잘 봐주고, 항상 고마운 마음이 있었는데 이번에는 선뜻 한양까지 쌀 심부름도 해주고.

뭐 그런저런 이유로 고맙게 생각하던 차에 마침 관에서 사또와 볼일이 있어서 나갔다가 금가락지 하나가 눈에 뜨이기에 사봤어. 막둥어멈같이 어여쁜 여인네에게는 맞을 거야."

김주원은 사또와 볼일이 있었다는 말로 자신의 권세와 사회적 직위를 과시하면서 차고 있던 전대를 뒤져 금가락지 하나를 꺼내들었다. 세상에는 자신은 별 볼 일 없는 사람이면서 대단한 인물이라도 되는 양 주위 사람들을 들먹여서 채우려는 자들이 많다. 김주원 또한 바로 그런 종류의 인간일 뿐이다.

"이게 한 돈 반이나 하는 거야. 돈으로도 큰돈이지. 내가 막둥아범은 물론 막둥어멈을 극진히 생각해서 산 거야."

김주원은 엄지와 검지로 금가락지를 들어 좌우로 살짝 흔들어 보였다.

"자, 손 이리 내봐. 내가 직접 끼워줄게."

막둥어멈은 자신이 얼핏 생각한 대로 저 인간이 꿍꿍이를 가지고 찾아와서 이제 그 본색을 드러내기 시작한다고 판단했다. 저게 분명 금가락지라면, 그리 귀한 것을 왜 내게 준다는 것인가? 소작을 부쳐 먹는 주제에 뭘 얼마나 고맙게 해줬다고 금가락지를 선물로 준다는 말인가?

막둥어멈은 가난한 살림이다 보니 결혼할 때 은가락지도 받지 못했다.

"언젠가 은가락지 하나 꼭 해줄게. 당신은 손이 예뻐서 가락지 끼면 아주 예쁠 텐데. 지금이라도 하나 해주고 싶지만 조금만 더 참자. 우리 이름으로 밭 한 떼기라도 마련하고 논 한 마지기라도 마련한 뒤에 내가 꼭 해줄게."

막둥아범의 입버릇 같은 말이다. 그리고 그 입버릇 같은 말은 아직도 실행되지 못했다. 얼마 전에 지금까지 모은 돈으로 올 겨울에는 논과 밭을 장만하자고 하면서 거기에서 나오는 수확으로 내년에는 꼭 은가락지를 해주겠다는 약속만 한 번 더 했을 뿐이다. 막둥어멈 역시 가락지는 필요 없으니, 그런 걱정은 말고, 논과 밭 한 떼기라도 더 늘리고 나중에 해 달라고 한 것은 당연한 일이다.

은가락지도 갖기 힘든 것이 삶인데 금가락지를 손에 쥐고 흔들어 보이면서 직접 끼워준단다. 그것도 한 돈 반이나 된단다. 게다가 하필이면 남편이 제 심부름으로 한양에 가서 하룻밤을 자고 오게 되어 있는 이 야심한 밤에 그 가락지를 들고 나타났다. 정말 선물로 주고 싶은 요량이라면 내일 남편이 돌아온 뒤에 찾아와도 늦지 않을 일이다.

"아, 뭐해? 손 내밀라니까? 내가 직접 끼워준다잖아."

김주원은 다시 한 번 가락지를 흔들어 보이면서 손을 내밀라고 치근거렸다.

"아니에요. 그게 금가락지면 제가 받을 이유가 없어요. 제가 왜 마님께 그 가락지를 받겠어요. 아씨마님 가져다주세요."

그녀는 김주원의 흉계가 훤히 드러나 보이는 것 같아서 마음이 불안하기만 했다. 자신도 모르게 치마로 감싸고 굽힌 무릎 아래 양손을 넣어 깍지를 끼고 감춰버렸다.

"참, 지금 무슨 소리를 하는 거야? 이게 가짜 같아서 그러는 거야? 봐? 이게 가짜인가 진짜인가? 이렇게 입에 넣고 이빨로 살짝 물어보면 알 수 있거든?"

김주원은 엄지와 검지로 가락지를 잡은 채 입에 넣고 이로 살짝 물으면서 시범을 보였다. 그리고 꺼내더니 다시 막둥어멈 앞으로 내밀었다.

"봐. 진짜잖아. 이 속까지 이렇게 금이잖아."

"제가 어찌 작은 마님 앞에서 가짜, 진짜를 말씀드리겠어요. 단지 저는 제가 그 가락지를 받을 자격도 없고 또 가락지를 받을 이유도 없다는 겁니다. 아씨마님께 갖다 드리면 좋아하실 겁니다."

"우리 마누라? 우리 마누라는 살이 찔 대로 쪄서 이 가락지는 새끼손가락에도 안 들어갈 거야. 그리고 우리 마누라는 금가락지는 물론 다른 가락지도 많아. 금가락지는 물론 옥가락지도 있고 또 뭐더라? 암튼 많으니까 안 줘도 되고 이건 내가 일부러 자네 주려고 산거라니까? 자, 어여 손 내밀어 봐."

그는 몸이 달았는지 무릎걸음으로 그녀 앞으로 다가갔다. 그녀는 다가오는 그로부터 멀어지기 위해 쪼그리고 앉은 채로 뒤로 뭉개며 물러났지만 가난한 살림의 안방은 더 이상 물러날 공간을 허락하지 않았다.

"거참, 금가락지 하나 선물 주기 힘드네 그려."

등이 벽에 닿을 때까지 뭉개며 뒤로 물러난 그녀를 무릎걸음으로 쫓아와 그 앞에서 한 무릎을 세운 자세로 앉으며 그녀의 손을 잡으려 했다.

"아니라니까 그러시네요. 저는 되었사오니 이제 댁으로 가세요. 늦은 시간 아녀자 혼자 있는 집이니 그만 가세요."

그녀는 그가 잡으려는 손을 다시 한 번 무릎 밑으로 깊숙이 집어넣었다.

"참, 정말 이상하네? 남들은 금가락지 준다고 하면 서로 손 내밀고 나설 텐데 이건 준대도 싫다니 말이 되나? 이거 진짜 한 돈 반짜리 금가락지라니까? 어여 손 이리 내라고."

그가 오른손 엄지와 검지로 잡은 금가락지를 살짝 흔들어 보이면서 왼손을 펴서 손바닥이 위로 가게 내밀며 그 위에 그녀가 손을 포개기를 재촉했다.

"정말 아닙니다. 돌아가세요. 그리고 저는 금가락지 필요 없어요."

"참 고집도 세다. 그리고 금가락지가 필요 없다니? 그런 사람도 있나? 그만 내숭떨고 손이나 내밀어. 가락지도 다 임자가 있는 법이야. 이 가락지 구멍 크기를 봐. 이게 아무 손에나 맞을 것 같아? 자네같이 호리호리하면서도 곡선미를 갖춘 여인네라야 맞는다니까? 좀처럼 곡선미가 드러나지 않을 것 같은 광목 치마저고리를 입어도 그 곡선미가 확연하게 드러나면서도 얄팍해서 가엽다 싶을 정도의 몸매가 아니면 이 가락지가 맞겠냐고? 그래서 내가 이 가락지를 꼭 껴주고 싶은 거고."

김주원은 가락지를 다시 한 번 가볍게 흔들면서 약간은 게슴츠레 해진 눈빛으로 침을 삼키며 말했다. 말의 내용이나 어투며 심지어 침까지 꿀떡 삼키는 모습이 드디어 본색을 드러내기 시작했다. 그러나 막둥어멈은 아랑곳 하지 않고 이럴 때일수록 정신을 차려야 한다는 굳은 마음만 들었다. 무릎 밑에서 깍지 낀 손을 꺼내지 않으려고 다시 깍지를 조이려고 했다. 그러나 그 순간 김주원이 와락 달려들면서 그녀의 두 손을 양손으로 잡아채고 벌리자 깍지를 조일 틈도 없이 무릎 밑에서 손이 빠져 나왔다. 빠져 나온 왼손 약지에 가락지를 밀어 넣자 마치 맞춘 것처럼 꼭 맞는다. 순식간의 일이었다.

"자, 봐. 이게 다 임자가 있는 거라니까? 꼭 맞잖아."

그런 말과는 상관하지 않고 그녀는 죄책감이 들었다. 자신을 억제하지 못하는 또 다른 욕심이 이 가락지를 가지고 싶어 하던 참이라 쉽게 손을 허락한 것 같았다. 그녀는 무엇인가 털어 내려는 듯이 좌우로 머리를 한 번 흔들며 오른손으로 가락지를 빼려고 하는데, 김주원이 온몸으로 그녀를 덮쳐 들어왔다. 그녀는 화들짝 놀라 막으려 했지만 죄책감을 느끼는 바람에 가락지 빼는데 정신을 팔아 잠시 방어를 소홀히 했던 몸은 이미 그의 몸뚱이 아래에 놓여 있었다.

"한 번 넣은 것 빼려고 하지 말고 이번에는 아랫것을 넣어 보자고"

아무리 망나니 난봉꾼이라지만 부끄러운 줄도 모르고 남의 아내에게 노골적으로 성행위를 요구하며 손으로 그녀의 저고리를 파헤치려 했다. 그녀는 깜짝 놀라면서 저고리를 헤집고 가슴으로 파고들려는 그의 손을 뿌리쳤다. 이미 그녀의 몸을 짓누르고 있는 그는 몸이 달아오르는지 뜨거운 숨을 가쁘게 몰아쉬면서, 한 쪽 팔로 그녀를 제압하고 한 손으로는 그녀의 입을 막은 상태에서 입을 열었다. 그의 말 마디마디에 열기가 함께 뿜어져 나왔다.

"이 가락지 값이면 아랫도리 한 번 넣기에는 충분한 값이잖아.

그리고 서방도 없는데 뭐가 걱정이야. 내 후딱 일 보고 갈 터이니 모른 척 눈 한 번 질끈 감아. 잠깐 몽정하는 셈 치면 되잖아. 한 번만 아랫도리에 넣게 해주면 내 다른 말 절대 안 하고 깨끗이 갈게. 물론 이후로 치근거리지도 않을 것은 당연한 거고.

한 번만 하자고!

내가 이 동네 사는 다른 여인네는 열 와도 마다하지만 당신만은 꼭 한 번 품지 않으면 생병이 날 것 같아서 이렇게 수작을 부린 거야. 비싼 노자에 심부름 값이며 서울 사는 친구 놈이 막둥아범 주는 수고비에 쌀까지 모두 너랑 한 번 해 보려고 생돈 들인 거야. 이 금가락지도 마찬가지고. 죽은 사람 소원도 들어 준다는데 까짓것 눈 한 번만 질끈 감아보라니까."

김주원은 말은 그리하면서도, 남녀 관계에 첫 통과가 어렵지 한 번만 길을 내면 그 길을 통행하는 것은 쉬운 일이니 우선은 길부터 내보자는 속셈이었다.

막둥어멈은 그의 말이 역겨웠다. 그러나 역겨운 것도 순간이고 이 위기를 어찌 극복해야 하는지가 더 문제였다. 김주원의 남근은 이미 커질 대로 커져 빳빳해진 것이 그는 바지를 입고 자신은 속곳에 치마까지 입은 상태인데도 느껴졌다. 옷 너머로나마 닿는 흉물스러운 그 느낌에 온몸에 소름이 끼쳤다.

'저 물건을 걷어차면 떨어져 나가려나? 아니면 지금 내 입을 막고 있는 이 손을 깨물어 버릴까?'

그녀가 잠시 어쩔까를 생각하느라 반응이 없자 그는 자기 나름대로 판단했다.

'역시 금가락지의 효력에 여자들은 맥을 못 추는 게지. 눈 한 번 질끈 감고 몽정 한 번 한 셈 치겠다 이거지?'

나름대로 판단을 마친 그가 그녀의 입을 막았던 손을 떼어 치마를 걷어 올리고 속곳을 벗기려고 잠시 틈을 두는 순간 그녀가 두 손으로 그를 힘껏 밀어내 두 사람의 몸에 틈이 생기자 발로 그의 배를 걷어차 밀어냈다.

"어이쿠."

외마디 비명과 함께 김주원이 벌떡 일어나 작지만 노한 목소리로 말했다.

"네가 감히 배를 걷어 차? 금가락지 끼워주고 그깟 구멍 맛 한 번 보자는데 내 배를 걷어 차? 손가락이 내 물건이라고 하고 가락지가 네 구멍이라고 생각하면 간단한 것을 그리 투정을 부리다가 대주면 끼는 맛도 다를까 봐 맛있게 해주려고 그러냐? 어차피 안 주고는 못 배길 거 아닌가? 내가 이렇게 망신만 당하고 그냥 돌아간다면 내년에 이 집이 올해 했던 소작을 그대로 할 수 있다고 생각하는 것은 아니겠지? 게다가 이 집은 멀리 떨어져 있어서 네가 소리쳐 봐도 다른 집에는 들리지도 않아. 저 방에서 자고 있는 늙은이야 귀가 어두워서 못 들을 것이고. 아니지. 오히려 그 방에서 자고 있는 노인네와 자식새끼가 잠에서 깨어나 나랑 그 짓 하는 너를 볼까 봐 부끄러워서 소리는 못 지르겠지. 그럼 계산 끝나는 거 아닌가? 소리도 못 지르겠다, 내년 소작에 금가락지까지 얹어 준다는데 잠시 눈만 감고 있으면 되는 일을 못해서 내 배를 걷어 차? 좋아. 네년이 얼마나 버티는지 보자."

배를 걷어차이는 바람에 뒤로 물러섰던 김주원이 다시 덤벼들 태세를 갖추는데 방문이 벌컥 열렸다. 두 사람은 깜짝 놀랐다. 그 중에서도 김주원은 너무 놀라서 기겁을 하며 문 쪽으로 고개를 돌렸다. 막둥아범이 이글거리는 눈을 부라리고 있었다.

"너, 너는 한양에 있어야지 왜…?"

김주원은 손을 앞으로 뻗어 마치 막둥아범이 다가오면 막겠다는 모양새를 해가면서 말을 더듬거렸다. 그런 그의 말에는 대답도 없이 막둥아범은 그에게 성큼 성큼 다가가서 한손으로는 멱살을 잡고 한손으로는 괴춤을 잡아 번쩍 들어올렸다.

"이런 짐승만도 못한 놈. 나보고 하루를 자고 오라고 한 이유가 바로 금수만도 못한, 남의 아내 덮치는 이 짓거리하기 위해서였냐? 네 놈이야 할 일 없이 지내는 놈이니 모르겠지만, 나는 한양에서 잠자고 다닐 정도로 한가하질 못해서 잰 걸음으로 서둘러 왔기 망정이지 내 마누라가 아주 큰일을 겪을 뻔했구나.

집 가까이 오니 방에서 무슨 소리가 나기에 내달려오며 다 들었다. 그래 맞는 말이다. 나는 돈이 없어 외진 이곳을 사서 집을 지었다. 네 놈 말대로 여기서 소리가 나도 아무도 모르니 이 밤에 내가 네 놈을 치도곤을 쳐도 시원찮다만 네 놈 말대로 목구멍이 포도청이라 그놈의 소작 때문에 오늘은 치도곤을 안 한다. 다만 내가 내일 네 놈의 아비인 영감마님을 찾아뵙고 오늘 일을 소상히 전해 드리리라. 그리고 영감님이 내리시는 결과를 들어본 후에 다시 이야기하자. 꼴도 보기 싫으니 썩 꺼져라."

버둥거리는 김주원을 번쩍 쳐들고 일장의 훈계를 하고 난 후 막둥아범은 그를 마당으로 내팽개쳤다. 방안에서 툇마루를 지나 직방 마당에 떨어진 김주원은 온몸을 후들거렸다. 이제 조금 후에는 허리를 손으로 감싸며 일어날 것이다. 그리고는 걸음아 날 살려라 하며 내달아 도망칠 것이다.

그런데 이상했다. 온몸을 떨어 후둘 거리던 김주원의 몸이 여름에 회초리 맞은 개구리처럼 쭉 뻗더니 전혀 움직이지를 않았다.

막둥아범도 막둥어멈도 불길한 마음이 들었다.

막둥아범이 마당으로 내려갔다.

김주원의 맥을 짚더니 아연 실색했다.

부부는 행여 누가 볼세라 김주원의 시신을 방안으로 옮기고 어쩔 줄을 몰랐다.

이미 마당에서 확인을 했지만 행여 하는 마음에 다시 한 번 맥을 짚어보기도 하고 혹시 호흡을 하는지 보기 위해 귀를 코에 대보기도 했다. 마당에서 볼 때 이미 숨을 거둔지라 눈을 휘둥그레 뜨고 있어서 엉겁결에 손으로 내리 감겼다. 자신들이 손으로 내리 감긴 눈이지만 행여 하는 마음에 눈꺼풀을 손으로 밀어올리고 동공이 움직이는지 손을 좌우로 흔들어 보았다. 맥도 이미 끊겼고 아무리 귀를 바짝 갖다 대도 숨소리가 들리지 않는다. 눈동자 역시 아무 반응이 없다. 어찌해야 좋다는 말인가?

그때 방문 밖에서 인기척이 났다. 부부는 귀를 쫑긋 세우고 일제히 방문 쪽으로 시선을 돌렸다.

"아범 왔니?"

막둥아범이 노모의 목소리에 화들짝 놀라면서 방문을 열고 나가서 툇마루에 서며 얼른 방문을 도로 닫았다.

"어머니가 지금 이 시간에 웬일이세요? 아직 밤이 깊은 시간인데 더 주무시지 않고?"

"잠이야 와야 자는 것이지 그냥 누워 있다고 잠이 오나? 암튼 방으로 들어가서 이야기하자꾸나."

노모가 신발을 벗으며 툇마루에 올라서려고 하자 막둥아범이 깜짝 놀라며 노모를 제지하려는 듯이 한 발 앞으로 나섰다.

"어머니. 내일 이야기하세요. 저도 한양 갔다가 지금 막 와서 여간 고된 게 아니네요. 어멈도 제가 오는 바람에 잠을 깼다가 지금 막 다시 잠이 들었어요. 한양을 한나절 길로 다녀오니까 아무리 내가 힘이 장사라지만 보통 힘든 일이 아니네요."

"그래? 그 시간에 떠나서 한양을 한나절 길에 갔다 온다는 것만 해도 장사는 장사지. 하지만 장사라고 별 수 있나? 내 다 들었다. 이미 벌어진 일이다. 행여 누가 볼지, 들을지 모르니 어서 방으로 들어가서 이야기하자꾸나."

노모는 이미 모든 것을 알고 있었다.

방안에 들어서자마자 막둥아범이 툇마루로 나간 사이에 막둥어멈이 보이지 않게 대충 이불로 덮어 놓은 김주원의 시체를 확인하더니 다시 이불로 덮고 앉아 침착하게 말했다.

"내가 처음 저 망나니가 왔을 때 잠을 자지 않고 있었으면 이렇게까지 사단이 나지는 않았을 텐데. 그렇다고 기왕 이리 된 것을 어쩌겠냐? 대책을 세우는 수밖에.

아범이 온 뒤에야, 노한 아범 목소리가 들리는 바람에 잠이 깨서 나와서 말리려고 하는데 벌써 쿵하는 소리가 들리더구나.

저 망나니 같은 인간이 천벌을 받은 게야. 아마 이 동네에서 머리 하늘로 들고 다니는 사람이라면 누구라도 저 망나니가 천벌을 받은 것이라고 하겠지. 그러니 아범이 잘못한 일은 아니다.

그러나 관아에서도 저 망나니가 천벌을 받은 것이라고 생각하겠니?

저 망나니의 아비는 정말 선비 같은 분이지만 제 자식이 천벌을 받은 것이라고 믿겠니?

어림없는 소리다. 이 일은 결국 소작농이 지주 양반을 패대기쳐 죽인 것으로밖에 인정이 안 될 것이다. 억울해도 하는 수 없는 일이다."

노모의 침착한 말을 듣자 막둥아범은 자기도 모르게 눈물이 터졌다.

"울지 마라. 운다고 해결이 될 일도 아니고 공연히 시간만 버린다. 동틀 시간이 그리 멀지 않은 것 같구나. 당장 입을 옷가지만 챙겨서 대충 막둥이 업고 이 집에서 떠나라. 나머지는 내가 알아서 정리하마. 절대 내 안위가 궁금하다고 이 근처에 기웃거리지도 말고 누군가를 통해서 소식을 알아보려고 하지도 마라. 가도 아주 멀리 가라. 멀리 가서 아무도 모르게 너희들끼리 잘 살아라."

"그건 안 됩니다. 어머니가 제 대신 죄를 뒤집어쓰려 해보았자 아무도 믿지 않을 것입니다. 노인네가 아직 팔팔하고 건장한 사내를 죽였다면 누가 믿겠습니까? 게다가 저희들이 집을 떠나면 저희들이 죽이고 도망간 것이 눈에 보이는 기정사실인데 누가 믿겠습니까?"

"안 믿으면 더 좋지. 내가 죽이지 않았다고 하면 나는 더 좋지. 너희들 떠나고 나면 나는 다시 저 방에 가서 있다가 내일 아침에 기척이 없어서 너희들 방을 열어보니 아무도 없고 이 시체만 있었다고 할 것이다. 그런데 내가 죽이지 않고 네가 죽이고 도망갔다고 믿어 준다면 나는 더 좋지. 나는 무죄 방면될 것 아니냐?"

"저희들 도망간 곳을 대라고 하면서 온갖 못된 짓을 하면 했지 어머니를 가만히 놓아두겠습니까?"

"이제 살 만큼 산 늙은이에게 무슨 못된 짓을 얼마나 하겠니? 그리고 설령 못된 짓을 한다손 치더라도 그들도 내가 너희들이 어디로 도망간 줄 모르는 것은 자명한 일이라는 것을 알 텐데 어느 정도 하다가 그만두지 않겠니? 네가 여기 남아 있으면 네가 죽인 것은 자명한 일이고 너는 곧바로 사형을 당할 것인데 그게 낫다는 말이야?

지난해가 내 환갑이었다. 60갑자 한 바퀴 돌았으면 그만 살아도 된다는 뜻이다. 환갑 지난 늙은이는 살 만큼 살았다는 이야기다. 게다가 네 아버지 병 수발하느라고 평생 찢어지게 가난하게만 살

줄 알았는데 아들 덕분에 잘 먹고 지내다가 환갑까지 잘 차려 먹었다. 더 이상 무엇을 바랄 것이 있겠느냐?

아니다. 더 바랄 것 없다.

지금부터는 그저 너희들 건강하고 잘 되기만 바라면 되는 가 싶었는데 이것도 무슨 징조일 거다. 그러니 어서 떠나라. 올 겨울에 논 몇 마지기 하고 밭 몇 뙈기 사려고 그동안 모아놓은 돈과 당장 입을 옷가지만 챙겨서 어서 떠나라.

죽어도 늙은이가 먼저 죽는 게 순서다. 그래야 내가 저 세상 가서 네 애비를 다시 만나더라도 얼굴을 들 수 있지."

노모는 양반가문 출신도 아니다. 하지만 옳고 그름을 가리는 꼿꼿한 기백은 나이보다 훨씬 생생하게 살아 있었다. 기꺼이 자신이 자식을 대신해서 죽을 각오로 아들을 떠나보내야 한다고 완강하게 말씀하셨다.

"그래서 돈을 챙기며 어머니께 남겨 드리려 했는데 굳이 마다시고 모두 갖고 떠나라고 하셨다는 이야기 아니오? 그러나 차마 그대로는 발길이 떨어지지 않아 어머니 치마폭에 동전 몇 닢 남겨두고 도망은 쳤지만, 그 어머님의 생사도 모르기에 연일 눈물만 난다는 그 소리."

막둥아범이 한을 풀기 위해 넋두리같이 혼자서 하는 소리를 듣던 정 선달이 마무리 지며 말을 이었다.

"대충 짐을 꾸려 먼동이 트기 직전에 마을을 떠나 사람들의 눈을 피하려 되도록 마을을 지나치지 않으며 북으로, 북으로 가다가 물레방아간이건 상엿집이건 토굴이건 밤이슬만 피할 수 있는 곳이면 잠은 대충 자고, 먹는 것은 사람이 먹을 수 있는 것이면 무엇이든 먹어 배를 채우고, 정 배가 고파 사먹어야 할 때도 주막보다는 저자거리에서 얼른 사서 자리를 뜨고, 압록강 안쪽보다는 압록강 너머 우리 땅이 그래도 안전하다 싶어 평안도를 거쳐 압록강을 건너려 했는데 산길을 따라 오다 보니 길이 어긋나 함경도로 들어서게 되었고 거기서 우리 〈활빈당〉을 만나는 바람에 오늘까지 왔다는 이야기.

그런데 그 소리는 아무리 들어도 싫증이 안나. 내가 벌써 열 번 가까이 들은 것 같은데도 들으면 들을수록 가슴에서 양반 놈들이 쳐 죽일 놈들이라는 생각이 나지 또 듣는구나 하고 짜증이 나는 것이 아니라니까.

내가 이 〈활빈당〉에 있어서 그런지는 모르겠지만 막둥아범이 김주원인가 망나닌가 하는 놈을 번쩍 들어서 내팽개쳤다는 말만 들어도 속이 다 시원해. 내가 그럴 힘이 없어서 그런지, 못했던 것을 대신 해준 것 같아서 고맙기도 하고.

양반이랍시고 제 조상 대대로 백성들의 고혈을 짜서 모은 것을 물려받아 그것을 소작 주고 또 고혈을 짜고. 그게 반복인데 조정에서는 그런 것에는 관심도 없어.

왜?

제 놈들도 마찬가지거든.

암튼 막둥아범도 성씨는 양반 성씨이면서도 서출의 몇 대 손이 되다 보니 신세가 그리된 것 아니오? 그러니 그 이야기는 들을수록 바로 내 이야기 같기도 하고…"

"선달님. 그만 하셔유. 지는 막둥성님이 눈물을 흘릴 때마다 그놈의 양반이고 뭐구는 나중이고 맴만 아퍼 죽겄시유. 그러니 선달님도 그만 허시구 막둥성님도 그만 허시구 씨름이나 한 판 하자구유. 한 보름을 배 안에 갇혀 있다시피 했더니 온몸이 근질거리는 건지 아니면 굳은 건지 알 수가 없시유. 씨름이라도 한 판 해야 풀릴 것 같구먼유."

"그래? 그럼 막둥아범과 한 판 놀아봐. 자네들이 알다시피 나는 씨름 같은 것은 젬병이지 않나."

"그럼 막둥성님 기분도 풀 겸 한 판 할까유? 해봤자 지가 지겠지만 그래두 하는 데까지는 할 테니까 몸이나 풀자구유. 성님이 힘이 장사라는 것은 우리 〈활빈당〉에서는 다 아는 일이지만 지가 몸이 날래기루는 또 둘째가라면 서럽잖어유. 성님이 힘이 좋으면 지는 기술이 좋으니까 해볼 만은 허잖어유. 물론 지가 힘이 달려서 종국에는 지겠지만 운동 삼아 하자는 거여유. 기분도 풀고."

박 처사가 가라앉은 분위기를 바꾸기 위해 씨름을 제안하면서 너스레를 떨자 막둥아범도 반색을 하면서 반겼다.

"좋아. 그거 아주 좋은 생각이야. 기분 풀고 울적한 마음 달래는 데는 씨름 따라갈 것이 없지. 하기야 관아를 습격해서 관리 놈들이 억울한 백성 등쳐서 거둬들인 재물을 가져 올 수만 있다면야 더 바랄 것도 없겠지만 그건 지금은 안 되는 일이고."

"그거야 말하면 잔소리지유. 지금 여기서는 그게 안 되니까 씨름을 하자는 거잖어유."

"그래. 하자고. 정 선달이 교지(심판) 보소."

"당연히 그래야지요. 내가 힘은 못쓰지만 씨름 기술을 머리로는 이미 다 외운 사람이오. 당연히 교지야 잘 보지. 대신 여기는 북이 없으니 시작을 알리는 신호는 내가 이렇게 손뼉을 딱 치면 시작하는 거요."

정 선달은 두 사람 보라는 듯이 앞으로 팔을 길게 뻗어 손뼉을 한 번 쳤다.

잔디밭이라고는 하지만 맨땅이나 다름없는 데도 두 사람은 아무런 망설임 없이 씨름을 하려고 서로 상대방의 바지 뒤쪽 괴춤과 허벅지 부분을 잡고 자세를 낮췄다. 정 선달은 두 사람의 등위에 손을 올려 내리눌러 두 사람의 허리가 90도로 굽고 서로 어깨 너머로 자신들의 목을 걸치는 정도의 자세가 되자 등에 올렸던 손을 떼면서 '짝' 하고 손뼉을 쳤다.

시작하라는 소리다. 그러나 두 사람은 서로의 씨름 수를 너무 잘 아는지라 자세를 잡은 대로 빙글빙글 돌고만 있었다.

"하기요."

정 선달이 함경도 말로 어서 공격하라고 목소리를 높여 재촉했다. 그러나 두 사람은 좀처럼 서로에게서 빈틈을 볼 수 없는지 선제공격을 하지 않았다. 무리한 선제공격으로 역습을 당하기 싫었던 까닭이다. 그렇게 시간만 흘렀다.

"놀고따."

정 선달은 다시 한 번 지금 '지금 너희들은 놀고 있다. 어서 힘을 겨루라'고 시합을 독촉했다.

그때 정 선달 뒤에서 '어험' 하는 헛기침 소리가 났다. 정 선달이 뒤를 돌아보니 유 두령과 함께 홍길동 총 두령이 서 있었다.

"총 두령님 오셨습니까?

이보게들, 그만 하게. 총 두령님 오셨네."

정 선달이 홍길동이 온 것을 알리자 서로의 괴춤과 허벅지를 잡고 기술을 쓸 기회만 엿보던 두 사람은 얼른 손을 풀었다.

"공연히 시합을 중단한 것 같소. 우리가 체력을 단련하기 위해서나 전투력 향상을 위해서나 씨름 같은 격투기는 틈만 나면 해야 할 운동이오. 굳이 특별한 일도 없는데 내가 왔다고 운동을 중단할 필요는 없는데….

하지만 이미 중단된 시합이니 한 마디 하고 싶구려.

내가 두 사람이 시합을 시작할 때부터 죽 지켜보면서 생각한 건데, 앞으로는 씨름 방식을 조금 바꾸면 어떻겠소. 지금까지는 서로 잡고 시작을 했지만 시합장 크기를 정한 다음 서로 붙잡지 않고 시작을 하는 거요. 그런 다음 기존에 우리가 해 오던 대로 상대에게 기술을 걸어 상대의 신체 일부가 땅에 닿게 만들면 이기는 거지. 그리고 거기에 하나를 더 추가하는 거요. 상대를 밀어내든지 아니면 상대가 공격하는 순간에 자기가 비켜서서 상대가 넘어져 땅에 닿거나 스스로 바깥으로 나가게 만들어도 이기는 거요. 기존 우리의 씨름 방식에 하나를 더 추가하는 거지. 시합을 독려하거나 하는 용어는 기존에 쓰던 말과 크게 변할 것이 없으니 큰 불편은 없지 않겠소?

이제까지 우리는 기술을 걸어 상대를 넘어뜨려도 경기장 밖이 되면 무효가 되었던 것에 비하면 더 재미있지 않겠소? 상대를 밀거나 상대의 공격을 피해서 경기장 밖으로 내보내기만 하면 이기게 되니 머리도 더 많이 쓰고 민첩해질 것 아니오? 아울러 상대를 밀어내려면 그만큼 힘도 세야 하니 체력도 증강해서 전투력도 증강이 될 것 같고.

또 한 가지 이유는 이제 우리 '율도국'이 이곳 대마도를 전부 지배하기 위해서는 이미 이곳에 자리 잡은 조선인이나 아니면 자신들의 나라에서 이곳으로 이주해 온 왜인들과도 마주쳐야 하오. 전투를 하게 되면 전투를 해서라도 완전히 지배를 하겠지요. 그렇게 지배를 한 후 저들과 잔치라도 벌이는 날이면 분명히 무언가 시합도 할 텐데 당연히 씨름을 안 할 수는 없는 것 아니오? 그런데 우리 전통방식을 고집한다면 우리만 배우고 익힌 기술로 이기는 것밖에 더 되겠소? 이참에 새로운 씨름을 만드는 거요. 새로운 방식으로 공평하게 시합을 하자는 거지. 물론 교역을 위해 이곳에 오는 왜인들과 친선을 위해 시합을 할 수도 있고."

홍길동의 말을 듣던 정 선달이 고개를 크게 끄덕이며 입을 열었다.

"총 두령님 말씀이 정말 맞는 말씀입니다. 그리하도록 규칙을
보강하여 새로운 씨름을 만들어 보겠습니다."

# 7. 홍길동전에 못다 쓴 율도국 이야기

"거 참, 기가 막힌 이야깁니다. 결국 그런 설움을 당한 백성들이 모였던 곳이 〈활빈당〉이라면 지금도 많은 백성들이 그 〈활빈당〉을 그리워할 것 같구려."

"그렇사옵니다. 그래서 민간에서는 지금도 홍길동 이야기가 당장 엊그제 존재하던 영웅처럼 전해져 내려오는 것이옵니다. 사실 소신이 이번 참에 백성들이 가장 아파하는 부분을 써 보고 싶었지만 그런 이야기는 차마 쓰지 못한 것이옵니다. 만일 그런 이야기까지 썼다가는 그나마 책이 빛도 못 볼까 두려웠사옵니다."

"그렇겠지요. 상민이나 종들을 제 발의 때만큼도 취급하지 않는 이 나라 양반들이 그 책을 그냥 놓아둘 리가 없었겠지요. 하지만 너무 아쉬워는 마오. 곧 나머지 이야기를 쓸 수 있는 날이 오지 않겠소?"

"신도 그날이 오리라고 믿고 있사옵니다."

"그래요. 그날이 반드시 오겠지요.

참, 지금도 대마도에서는 씨름을 새로 만든 법칙대로 한답디까?"

"물론이옵니다. 소신이 전해 듣기로는 그때 만든 씨름의 규칙이 대마도뿐만 아니라 대마도를 왕래하는 왜인들에게도 퍼졌다 하옵니다. 그들이 배운 것을 왜의 본토에까지 가지고 가서, 체력단련이나 전투력 향상을 위해서는 더 이상 좋은 운동이 없는지라 지금도 왜에서는 누구라도 배우고 익히는 운동이 되었다 하옵니다.

그들의 민족 특성상 '씨름'이 발음이 어렵고 언어라는 것이 서로 받아들이는 방식이나 전달 과정에서의 변형을 겪는 법이다 보니 '스모'라고 한다고 하옵니다. 물론 약간 변형은 했지만 '시작'을 가리키는 북소리 신호나 중간에 적극적으로 시합에 임하라고 주문하는 '하기요'나 '놀고따' 등의 용어마저도 왜인들의 발음과 정서에 맞게 약간 변형한 채 사용하고 있다고 전해 들었사옵니다."

"그래요? 정말 홍길동이 대단한 사람이었나 봅니다."

"그렇사옵니다. 소신이 알기로도 대단했사옵니다. 그러나 단순히 그 능력이 뛰어났을 뿐이라면 이렇게 긴 세월을 두고 후세에까지 그 명성이 수그러들지 않을 수 있었겠사옵니까? 홍길동이 지금까지 그 명성이 잦아들지 않는 것은 대단하다는 표현보다는 백성들의 마음을 누구보다 잘 읽고 그에 부합하는 정치를 했었다는 표현이 옳을 것이옵니다. 아무리 잘났다 한들, 백성들이 싫어했다면 한낱 도적떼에 불과한 것이 〈활빈당〉이고 그 우두머리이니 도적떼의 우두머리에 지나지 않았을 것이옵니다. 그러나 백성들이 신분 차별에서 겪어온 아픈 마음을 공감했기에, 백성들로 하여금 본디 태어날 때 가지고 태어난 능력을 신분보다 우선시 할 수 있는 기회를 만들어 준 것이, 지금까지 그 명성이 자자하게 전하는 까닭이옵니다."

"그렇겠지. 바로 그거겠지. 그건 대감의 말이 전적으로 맞는 듯하오.

그런데 궁금한 것이 하나 더 있소. 짐이 읽은 『홍길동전』에는 '율도국'을 세우고 왕이 되어 30년을 다스리다가 죽고 그 아들인 현에게 보위를 물려준 것으로 기록되었소. 그런데 아까 대감은 홍길동은 보위를 자식에게 물려주지 않았다고 했소. 그렇다면 그 후의 '율도국'은 누구에게 왕위를 물려주었으며 왜 '율도국'이 사라졌는지 등의 이야기를 더 들려줄 수 있겠소?"

　"전하께서 하명하시는 일인데 신이 어찌 마다할 수 있겠사옵니까? 소신이 앞서 말씀드리기를 홍길동이 보위를 다른 이에게 선양(禪讓)하였다 하면 아무도 믿지 않을 뿐만 아니라 신이 미친 소리를 적고 있다고 하면서 덮어버렸을 것이옵니다. 그래서 아들 현에게 보위를 넘긴 것으로 적었지만 실제로는 〈활빈당〉 시절부터 생사고락을 함께했던 마숙에게 선양했다고 전해 내려옵니다. 마숙이라는 인물은 홍길동이 선봉에 서면 반드시 후미를 책임질 정도로 홍길동과는 손발도 잘 맞았을 뿐만 아니라 서로 깊이 믿고 의지하던 사이옵니다."

　천하에 존재하는 모든 것에는 미리 정해진 일정한 주인이 없는 법이다. 마찬가지 이치로 사람 역시 자신이 해야 할 일을 미리 정하고 태어나는 것이 아니다. 사람마다 제 능력에 따라 자신이 감당할 수 있는 자리에 앉아서 일을 하는 것이 세상 돌아가는 이치의 근본이다. 그렇다면 천하에 태어날 때부터 군주가 될 신분으로 태어난 자가 누가 있겠느냐? 그동안 내가 백성들을 대표하여 나라를 책임지고 함께했지만 이제 그만해야 할 때가 된 것 같다. 나도 일반 백성으로 사는 재미도 한껏 누리고 싶다. 그러니 여러 대신들은 우리 가운데에서 정말로 백성들을 사랑하고 그들을 평안하게 해줄 수 있는 사람을 추천하도록 하여라. 누구라도 백성을 대표하여 같이 일할 수 있는 것이다. 다만 그 자비심과 능력에 대해 우리가 의논하여 더 나은 사람을 선출하자는 것뿐이다.

"그런 말을 하고 대신들과 의논 끝에 마숙을 후임으로 선출하고 홍길동 자신은 산에 들어가서 말년을 신선처럼 지냈다 하옵니다."

"그래요? 홍길동이 선양을 하면서 그런 말을 했다는 것을 들으니 마치 정여립이 했던 말 같소. 정여립이 주장하던 천하공물설(天下公物說)과 하사비군론(何事非群論)이 바로 그 소리 아니요? 천하의 물건은 일정한 주인이 없고 왕은 누구라도 할 수 있다는 그런 말 아니오? 정여립도 전해 오는 홍길동의 이야기를 듣고 그 말을 인용한 건 아닌지 모르겠소? 어쩌면 정여립이 『홍길동전』을 쓰고 싶었지만 못 썼을 수도 있겠구려. 그렇다면 그거야말로 정말 하늘의 뜻이 아니겠소? 짐과 대감이 이렇게 마주 앉아 이야기하라는 하늘의 뜻 말이오.

어쨌든 그건 그렇다 치고, 이야기를 계속하자면 거기서도 하(夏)나라의 우(禹)처럼 마숙이 선양을 하지 않았던 게구려."

"그건 그렇지가 않사옵니다. 마숙 역시 선양을 했는데 나라가 워낙 태평성대를 누리다 보니 세월이 갈수록 백성들은 안이해졌사옵니다. 그리고 왜나라 본국에서 죄를 짓고 도망친 자들은 더 많이 모여들게 되었사옵니다. 왜나라가 대마도까지 들어와서 죄인들을 잡아 가기에는 너무 멀었습니다. 일본 본국에서의 가장 가까운 거리라 봐야, 우리 부산포에서의 거리보다 무려 세 곱절에 달하는 360리 길이나 되는 먼 곳에 있으니 힘든 일이었사옵니다. 또 본국에서 죄를 짓고 대마도까지 도망친 인간 잡아가 봐야 기껏 사형에 처하거나 유배나 보낼 것인데 힘을 낭비하는 짓은 하고 싶지 않았던 것이옵니다."

허균은『홍길동전』에 자신이 미처 기록하지 못한 '율도국' 이야기를 시작했다.

홍길동이 '율도국'을 세우고 3년이 지나자 대마도가 모두 홍길동의 '율도국'에 귀속되어 복종하였다. 그렇다고 홍길동이 대대적인 전투를 벌인 것이 아니다. 사람이 그리 많이 살지 않는 곳이지만 홍길동의 '율도국' 소문이 섬 전체에 쉽게 퍼져나가 부락마다 지배하고 있던 이들이 제 발로 스스로 찾아와 충성을 맹세하고 홍길동의 치세를 배워가기 위해 복종한 것이다. 그 이유는 간단했다.

홍길동이 '율도국'을 세우고 〈활빈당〉 출신 구성원들은 아주 열심히 일했다. 대마도가 비록 척박한 땅이라고 하지만 〈활빈당〉에서는 더 많은 고생도 한 그들이다. 목숨을 걸고 싸우기도 하고 스스로 땅을 개간해서 양식을 얻었었다. 그들이 못할 일이 없었다. 홍길동을 비롯한 백성들을 대표하는 지도자들 역시 세금이나 거둬 편하게 살려고 하는 것이 아니라 백성들이 어떻게 해야 좀 더 생산을 잘할 것인가를 연구하면서 백성들보다 더 열심히 일하고 연구했다. 그렇게 두 해에 걸쳐 여러 가지 시험을 한 결과 3년이 되는 해에는 눈에 보이는 결실을 얻게 된 것이다.

나라를 세운 지 3년이 되자 그 섬에 아주 살기 좋은 곳이 있다는 소문이 퍼져나갔고, 백성들이 그곳으로 몰리게 되자 부락을 다스린다고 백성들만 못살게 굴며 자신의 이득을 취하기에 바빴던 이들이 스스로 항복하게 된 것이다. 백성 없는 군주는 아무런 가치가 없다는 것을 스스로 깨달은 것이다. 간혹 홍길동의 '율도국'으로 자기 부락 사람들이 이주하는 것을 트집 잡아 공격을 하는 자가 있었지만 그런 자는 영락없이 죽임을 당했다. 홍길동의 〈활빈당〉 출신 군사들의 무예가 뛰어난 덕분이기도 했지만 자신이 다스리는 부락의 주민들이 '율도국'으로 이사를 하는 이유가 무엇인지를 모르는 무지가 그들을 자멸하게 했다.

그들은 주민들을 자신들의 편안한 삶을 위한 도구로 취급하고 주민들에게서는 세금이나 거둬들이던 무리들이다. 그런 우두머리를 피해 '율도국'으로 도망치다시피 이주한 주민들은 이제까지 자신들을 지배하던 무리들이 군사를 이끌고 쳐들어오면 먼저 앞장서서 싸웠다. 지금까지 폭력의 횡포에 눌려 지낸 것이 억울하고 분통이 터져서라도 더 앞장서서 싸웠다. 집단을 이룬 권력으로 휘두른 폭력 앞에서 속수무책이었던 주민들은 자유의 몸이 되었다는 생각과 함께 무기와 지원군이 있다는 자신감에 힘이 넘쳐 선봉에 섰다. 그리고 전쟁에서 이기고 나면 반드시 자신들을 괴롭히고 착취해 오던 폭군들을 처단해 줄 것을 먼저 요청했다. 간혹 홍길동이 살려주고 싶어도 주민들의 간언으로 살려줄 수가 없을 정도였다.

그런 소문은 섬 안에 있던 모든 부락으로 퍼져나갔고 결국 '율도국'이 섬 전체로 뻗어나가게 된 것이다. 물론 홍길동이 다스리던 시대에는 왜인들도 그 앞에서 머리를 조아렸다.

그러나 홍길동이 마숙에게 선양을 하고 마숙 역시 자신의 보위를 선양하면서 나라가 태평해지고 백성들은 아쉬운 것이 없게 되자 안이해질 수밖에 없었다.

그렇게 세월이 흘러가면서 그 섬에 빌붙어 살던 왜인들이 반란을 꾀하기 시작했다.

그들은 원래 본국에서 죄를 짓고 도망친 자들이다 보니, 더러는 그렇지 않은 이들도 있기는 했지만, 대개 성품은 포악한데다가 무예가 출중하든지 권모술수에 능했다. 그런 것을 알면서도 인지상

정 그들을 왜로 쫓아 보내지 못한 것이 화근이 된 것이다. 그들을 왜로 쫓아 보낸다는 것은 죽음으로 몰아넣는 것과 다름이 없었다. 그러기에 차마 쫓아내지 못한 은혜를 모르는 그들이었다. 왜인들의 숫자가 점점 늘어나면서, 원래 근면한 성격이지를 못한 범죄자들은 농사일이나 고기잡이 일이 하기 싫어 다른 먹고 살 방도를 구했지만 뾰족한 방도가 없었다. 그렇다고 '율도국' 사람들처럼 마음대로 부산포를 왕래하면서 교역을 할 수도 없었다. '율도국' 사람들은 부산포에 가면 같은 민족이라서 서로 말도 잘 통하고 쉽게 교역을 했지만 왜인들은 그럴 수가 없었다. 그들이 편하게 사는 방법은 반란을 꾀해서 대마도를 지배하는 수밖에 없다는 결론을 내리고 결국 일을 벌였다.

왜인들은 조선인들 모르게 중무장하면서 반정을 계획했다. 왜인들 중에는 왜에서 지방 호족들이 쥐고 있는 정권에 대해 반란을 꾀하다가 실패하고 도망 온 자들도 더러 있었다. 그들은 반정에는 명분이 있어야 한다는 것을 알고 있는 자들이다. 대마도라는 지역 특성에 맞는 명분을 찾던 그들은 백제 왕실의 후손으로 오랫동안 대마도에 정착하여 살고 있던 아비류(阿比留) 가문을 전면에 내 세웠다. 아비류 가문이야 말로 백제 왕실에 그 뿌리를 두고 있는 일본 왕실과는 맥을 같이 하는 가문이라는 것에 착안한 것이다. 일본 왕실과 아비류 가문은 형제적 관계임에도 불구하고 '율도국'에 지배당하고 있다고 하면서 아비류 가문의 재건을 기치로 내걸었다. 같은 조선인이 세운 나라로, 백성들이 살기 좋고 행복해하는 '율도국'에 살고 있는 것을 고마워하는 아비류 가문은 전혀 원하지도 않았던 일이다. 하지만 명목상으로는 대마도에 대대로 살던 백제 왕실의 후손인 아비류 가문이 정권을 재창출하는 반정이다. 반정 같은 것은 꿈에도 생각지 않고, 아무런 대비도 없이 평화롭게만 살던 '율도국' 대표들을 일거에 학살하고 순진한 백성들에게 칼날을 들이대며 복종을 강요했다.

안타깝게도 '율도국'은 그렇게 무너지고 말았다.

그러나 '율도국'이 무너졌다고 대마도가 왜인들의 손으로 넘어간 것은 아니다. 일순간 지배를 당했을지언정 왜인들은 대마도를 오랜 시간 통치할 수가 없었다.

'율도국'의 억울한 사연은 곧바로 부산포로 전해졌다.

부산포에 식량과 대마도 특산물을 교역하러 왔던 백성이 '율도국'의 평화가 깨지고 왜놈들이 득세를 해서 갈취한다는 사실을 전하자 송중상(宋重尙)은 자신이 대마도로 가서 억울한 우리 백성들도 구하고 우리 땅도 되찾겠다고 스스로 나섰다.

송중상은 반드시 대마도를 되찾겠다는 일념으로 송씨(宋氏)에서 그 성을 대마종씨(對馬宗氏)로 바꿔 종중상(宗重尙)이라는 이름으로 뜻을 같이하는 조선인들의 전폭적인 지지와 후원을 등에 업고 대마도를 향했다. 아비류 가문을 명목상 전면에 내세우며 대마도를 무력으로 지배하는 왜인들에 대해 대마도 수복 전쟁을 벌였다. 비록 무력 앞에 숨죽이고 살고는 있지만 이미 '율도국'이라는 평화로운 나라를 경험하며 '율도국'의 백성이라는 자부심을 가지고 있던 대마도민들은 목숨을 아까워하지 않고 동참했다. 처음 '율도국'이 세력을 확장할 때와 다를 것이 없었다. 결과는 빨랐다. 왜인들은 길지 않은 정복생활을 접을 수밖에 없었고 그 후로 왜인들은 당분간 대마도에 발도 붙이지 못했다.

"결국 대마도는 '율도국'이 너무 살기 좋은 나라가 되고, 우리 선조들이 왜인들에게 지나친 자비를 베풀다가 잠시나마 그들에게 정복당한 셈이 되었사옵니다."

"그래? 왜놈들에게 정복당한 것은 놈들의 속성을 잘 몰랐던 탓이겠지. 그들이 어떤 놈들인데 사정을 봐줘? 결국 불쌍한 제놈들 사정을 봐 준 것이 화근이 되어 그 아름다운, 사람이 사람답게 사는 나라마저 이 땅에서 사라진 것이 아닌가?"

광해는 임진왜란 때 마주쳤던 왜인들의 기억이 떠오르는지 '왜놈'이라 칭하며 조금은 격한 감정까지 드러냈다. 그러나 이내 평정을 되찾으며 말을 이었다.

"어쨌든 '율도국' 같은 그런 세상이 와야 하건만 우리는 어찌 이리도 백성들 보기에 부끄러운 세상을 살고 있다는 말이오?

그리고 종중상은 왜, 단순히 대마도를 되찾은 것이 아니라, '율도국'을 되찾은 것이라고 생각하지 않았을꼬? '율도국'을 되찾았다고 생각했다면 홍길동의 치세를 따랐을 텐데….

종중상이 도주 자리를 세습하지 않고 홍길동처럼 인성과 치덕이 뛰어난 이에게 자리를 넘겼다면 세세대대로 모범이 되었을 것 아닌가? 조선의 한 구석에 이렇게 아름다운 사람무릉도원이 있다고 만천하가 부러워할 것 아닌가?"

"사람의 욕심이 그렇지 않았던가 보옵니다. 하오나 그 덕분에 지금도 대마도는 우리 조선인인 종중상 후손들이 도주로 지배하고 있는 조선 영토이다 보니 그 근해에서 왜구들의 해적질이 없고 남해안이 평안한 것이옵니다."

"그건 그렇겠소. 그나저나 이번 참에 아직 그곳에 홍길동의 후예나 아니면 무예가 뛰어난 이들이 남아 있을 터이니 몇 사람 들이는 것은 어떻겠소?"

"전하. 그것은 아닌 것 같사옵니다. 세월이 적잖게 지난 일이다 보니 그 사람들의 연을 찾으려면 시간도 걸릴 뿐만 아니라 보안에도 문제가 생길 수 있습니다. 또한 그 역시 가문을 좇아 사람을 찾는 꼴이 아닐까 하옵니다."

"그래? 역시 대감의 생각은 깊구려. 짐이 잠시 본래의 목적을 잃어버리고 실언을 한 것 같구려. 하지만 짐이 사람은 하나 추천하고 싶소. 이건 가문이나 다른 것을 본 것이 아니라 사람 됨됨이와 그 무예가 출중해서 추천하는 것이니 달리 오해는 마오."

"하명하시오면 받들겠사옵니다."

"짐이 즉위 초에 기우제를 지내기 위해 동행했던 현응천이라는 별감이 있소. 그 별감의 아우가 현응민이라 하는데 형제가 모두 사람 됨됨이도 바르고 입도 무거울 뿐만 아니라 무예도 아주 출중하오. 형이 이미 별감 자리에 있지 않으면 별감 자리에 앉히고 싶지만 형제를 별감으로 하기에는 그런 것 같아서 차일피일 미루고 있던 참이오. 짐이 현응천을 통해서 현응민을 보낼 터이니 대감이 판단해 보시오."

광해가 무예가 출중한 사람을 소개한다는 것의 의미는 더 이상 말할 필요가 없는 일이다. 허균은 이제 자신이 할 일을 확실하게 알았으니 무엇을 준비해야 하는지 머릿속으로 빠른 계산을 하고 있었다.

광해의 침전에서 물러나와 집으로 돌아온 허균은 도무지 잠을 이룰 수가 없었다.

왕이 스스로 자신의 자리를 버리겠다고 하면서 혁명을 독려하고 있다. 아무리 지금 자신을 둘러싼 이들이 꼴도 보기 싫을 정도로 부패했다고 하더라도 도저히 이해할 수가 없는 일이다. 왕권이 양반 사대부들에게 눌려 제 힘을 발휘하지 못한다고는 하지만 그래도 아직은 어명이면 그 위력은 대단하다. 중신들의 압력에 못

이겨 내리는 어명도 있기는 하지만 왕이 버티기로 마음만 먹는다면 버틸 수도 있다.

그런데 혁명을 독려한다.

이건 단순히 중신들이 보기 싫어서가 아니다. 이것이야말로 광해가 정말 백성들을 사랑하기 때문이다. 백성이 나라의 근본이라는 원칙을 알고 있고 그 원칙을 실천하려고 스스로 노력하는 까닭이다. 일찍이 아무리 성군으로 소문이 난 왕일지라도 차마 하지 못한 백성에 대한 사랑을 스스로 실천하려 단단히 마음먹은 까닭일 뿐이다. 그 외에는 어떤 이유도 없다.

생각이 여기에 미치자 잠자리에 누웠던 허균은 다시 일어났다. 의관을 갖추어 입고 뜰로 나갔다. 초가을이라지만 깊은 밤바람은 차갑기만 했다. 어디선지 귀뚜라미 우는 소리가 들린다. 그러나 허균은 그런 것에는 상관하지 않고 북쪽을 향했다.

큰 절을 올리고 땅바닥에 엎드려 일어날 줄을 몰랐다.

땅바닥에 엎드린 허균의 어깨가 들먹이면서 격한 감정에 북받치는 울음 섞인 소리 한 줄기가 새어나왔다.

"전하. 어이 이리도 백성들을 생각해 주시옵니까? 성은이 망극하여 백골난망할 뿐이옵니다."

초가을 깊은 밤은 허균의 어깨 위에 찬바람을 얹어 주었지만 허균은 가슴에서 끓어오르는 벅찬 감정을 주체하지 못해 추운 것도 느끼지 못하고 있었다.


이튿날부터 허균은 잰 걸음을 시작했다.

아직 복직도 하지 않았건만 대궐에 입시할 때보다 더 잰 걸음을 움직였다.

무엇보다 먼저 찾아간 이는 이이첨이다. 이이첨은 허균과 같은 대북으로 분류되고 있기에 그를 찾아가는 것이 낯선 일은 아니다. 그러나 허균이 제 발로 이이첨을 찾아간다는 것 또한 그냥 아무 일도 아닌 것으로 넘길 수도 없다.

허균은 이이첨 알기를 우습게 알아 왔었다. 이이첨은 그저 관운이 좋은 사내라고 생각해 왔을 뿐이다.

선조는 말년에 적자인 영창대군을 낳자 광해를 폐 세자하고 두 살배기 핏덩이에 지나지 않는 영창대군을 세자로 책봉하려고 했다. 당시 영의정인 우경영이 이에 찬성하자 이이첨은 그의 스승인 정인홍과 함께 우경영을 탄핵하는 한편 광해를 폐 세자해서는 안 된다고 주장하다가 선조의 노여움을 사서 원배령(遠配令)이 내려졌다. 그러나 선조가 급사하는 바람에 광해가 보위에 오르자 복귀하여 예조판서와 대제학을 겸임하는, 일약 출세 가도를 달리게 된 운 좋은 인물이다.

과거에 급제한 것도 같은 해다. 그러나 그 나이를 보면 이이첨이 허균보다 아홉 살이나 많으니 결코 같은 해라 할 수 없다. 게다가 중시에 급제한 것이 허균은 과거에 급제한 후 3년 만이지만 이이첨은 14년 만이다. 허균이 이이첨을 우습게 아는 이유가 과거에 합격한 나이 때문은 결코 아니다. 다만 그를 존경하거나 부러워할 어떤 이유도 없다는 것이다. 그저 운 좋은 사내로 치부하던 이이첨과 같은 길을 가게 된 것은 광해를 세자로 옹립하고 임금이 되도록 하는 데 뜻을 합하는 바람에 허균이 대북에 휩쓸리게 된 것일 뿐이다.

그 누구에게도 부탁하거나 머리를 조아려 본 적이 없는 허균은 당대 최고의 권력을 휘두르는 이이첨에 대한 태도 역시 마찬가지였다.

이이첨은 허균이 같은 대북이면서도 대북의 영수인 자신을 우습게 아는 것을 어느 정도는 눈치 채고 있었다. 그러나 자신을 우습게 아는 허균이라고 해서 굳이 모함할 일도 없었다. 허균은 누구를 해하려 하지도 않았고 누가 자기를 해하려 해도 변명하려 하지도 않았다. 다만 행동거지가 남들이 질투하기에 딱 좋았다. 기생과 놀아나고 절에 가서 불공을 드리고, 저 하고 싶은 대로 하다가 탄핵 받으면 파면되었다가도 곧바로 복직을 한다. 이상하게도 선왕 선조부터 광해까지 모두 그를 좋아한다. 이이첨 자신이 오히려 허균을 부러워하고 있었다. 이미 아홉 살 때 작시를 하여 문장을 짓는데 신동이라는 소리를 듣고 자기보다 아홉 살이나 아래면서 같은 해에 문과에 급제한 것이 부럽기도 했다. 하지만 그보다는 아등바등 거리며 권력을 지키기 위해 노력하는 자신과는 너무나도 대조적이면서도, 관직이 자신보다 낮다는 것을 제외하고는 결코 세상살이에 뒤처지지 않는 그의 삶이 너무나도 부럽기만 했다.

허균을 부러워하는 이이첨의 마음은 변화무쌍했다. 자신을 무시하는 허균이 미워서 해코지를 하고 싶다가도 어느새 부러움으로 변하는가 싶다가는 다시 시기하는 마음으로 변하는 등 갈피를 잡을 수 없었다.

그런 허균이 유배에서 풀려났다는 소식을 듣기는 했지만 막상 자신을 찾아올 것이라고는 꿈에도 생각하지 못했던 이이첨은 아주 반가워했다.

"어서 오시오. 허 대감. 그동안 얼마나 고생이 많았소?"
이이첨은 허균이 왔다는 소리를 듣고 문자 그대로 버선발로 뛰어나오며 두 손으로 허균의 손을 감싸 안았다.

"고생은요? 대감께서 음으로 양으로 보살펴주신 덕분에 이 한 몸 이렇게 무사하게 살아 대감을 다시 뵙게 되었습니다."

"아니오. 그런 말마시오. 내가 생각해도 허 대감이 조카와 조카 사위를 부정으로 합격시킬 그런 인물이 아니라는 것을 알면서도 적극 변호해 주지 못한 것이 미안할 따름이오."

"아닙니다. 그 덕분에 푹 쉬면서 그동안 쓰고 싶은 글을 썼지 않습니까?"

"그래요. 그 책도 이미 읽었소. 『홍길동전』이라는 그 소설이 비록 언문이지만 정말로 감명 깊었소이다. 상감마마께서 서손이라고 보위에 오르시는 것을 막으려 했던 역도들에게 일침을 가하는 소설이라 더 보기 좋았소이다. 내 짧은 생각으로 처음에는 언문으로 쓴 대감의 마음을 이해하지 못했는데 막상 읽고 나니 오히려 잘한 일이라는 생각이 들더이다. 언문으로 써야 더 많은 백성들이 읽을 것이라는 생각이 들더란 말입니다. 그래야 주상전하의 보위 계승이 아무런 문제가 없고 당당한 것이라는 사실이 더 많은 이들에게 알려지지 않겠습니까?"

그 말을 듣는 순간 허균은 왜 임금은 서자가 되어도 상관이 없고 양반이 낳은 서자는 차별을 받아야 하느냐고 따지고 싶었지만 품은 뜻이 있어서 꾹 눌러 참았다. 그리고 오늘 찾아온 본론을 꺼내 들었다.

"그렇게 칭찬을 해주시니 이루 말할 수 없이 고마울 뿐입니다. 저 역시 그런 의도로 글을 쓰기는 했지만 도시 이게 잘한 일인지 알 수가 없었는데 대감께서 그리 말씀해 주시니 잘한 일 같기는 합니다 그려. 미약하지만 주상전하께서 흔들리지 않고 나라를 다스리는 데 조그만 보탬이라도 되었다면 더 말할 나위 없이 고맙겠습니다."

"그럼요. 물론 보탬이 되고 말고요."

"정말 그럴까요? 그렇다면 다행이지만 막상 유배에서 풀려나자 걱정되는 일이 하나 있더라고요."

"걱정되는 일이 있다 하면 아직 해결되지 않은 무슨 일이 있다는 겁니까? 그렇다면 어서 말씀을 하세요. 내 비록 미약한 힘이나마 보태겠소. 지난번에도 대감을 변호해 드리지 못했는데 어떻게든지 나서보겠소이다."

"그런 걱정이 아닙니다. 언제 제가 그런 것 두려워하거나 겁내는 것 보셨습니까? 저를 해하려 하는 일이라면 까짓것 다시 유배를 떠나면 되겠지요. 문제는 그게 아니라…."

"그게 아니라면 무슨 문제가 있기에 그리 어두운 얼굴로 말씀을 하다가 중도에서 거두는 것이오?"

"제가 공연한 기우에 빠진 것이 아닌가 하여 웃음거리가 될 것 같아 말하기도 그렇고…."

"거 조바심이 다 납니다. 그러지 말고 말을 해보세요. 나라를 위한 일이라면 설령 기우인들 누가 웃겠소이까? 오히려 그런 충정을 간직한 대감을 부러워할 일이지?"

"그렇다면 말씀을 드리겠지만 웃거나 탓하지는 마십시오. 아무리 곰곰이 생각해도 이런 말씀을 드릴 분은 우리 붕당의 영수이신 대감밖에 없어서 드리는 말씀입니다."

허균은 우리 붕당의 영수라는 말에 강한 힘을 주어서 강조하며 사방을 둘러보기까지 했다.

"말씀하시오. 괜찮소. 여기는 내 집의 사랑채에서도 아주 은밀한 곳이라 어떤 말을 해도 새 나갈 곳이 없는 곳이오. 낮말은 새가 듣고 밤 말은 쥐가 듣는다지만 이곳에는 새도 쥐도 없으니 걱정 말고 말하시라니까?"

이이첨은 허균이 우리 붕당이라는 것을 강조하면서 영수라고 높여주는 말에 고무가 되었는지 아니면 정말 궁금해서인지 바짝 몸이 달아 있었다.

"제가 『홍길동전』을 쓰면서 곰곰이 생각했던 일인데, 아직도 영창대군마마를 보위에 올리고자 하는 무리들이 눈을 시퍼렇게 뜨고 살아 있는데….'

"그런데요? 그거야 누구라도 아는 사실이오만….

그런데 무슨 일이라도 있다는 말이오?"

"아니지요. 아직은 일이 나지 않았지요. 그리고 일이 났다면 그 거야말로 큰일이라 우리가 이렇게 마주 앉아 있을 수도 없지 않겠 습니까? 문제는 방금 대감께서도 누구라도 아는 사실이라고 하시 면서 무슨 일이 일어났냐고 하시던 바로 그게 문제라는 겁니다. 무슨 일이 날 수 있는 가능성을 항상 품고 있다는 겁니다."

허균의 심각한 눈빛에 빨려 들어오기라도 한 듯이 이이첨은 표 정이 굳은 채 아무 말도 없었다. 그에 화답이라도 하듯이 허균 역 시 이이첨을 빤히 바라보면서 아무 말도 없이 얼마간 시간을 보낸 후 입을 열었다.

"말씀이 없으신 것을 보니 제가 엉뚱한 말씀을 쓸데없이 올린 것 같습니다. 그러기에 제가 공연한 기우라 웃음거리가 될 것이라 고 하지 않았습니까? 하지만 제 딴에는 걱정이 되어 드리던 말씀 을 마저 드릴 터이니 공연한 오해는 마십시오.

영창대군마마의 춘추 올해 일곱입니다. 머지않아 자신의 뜻을 펼 수 있는 날이 곧 돌아올 겁니다. 게다가 대군마마의 생모이신 소성대비(인목대비)마마께서 아직 서른이 안 된 젊음을 간직하고 계십니다. 그러니 저같이 탄핵과 복직을 일삼으며 유배지에서 할 일 없이 이 생각 저 생각 하는 사람은 기우에 젖을 만도 하지요.

공연히 번거롭게 해드려서 죄송합니다. 저는 이만 물러갑니다."

"가시다니요? 군이 다른 약조가 있어서 서둘러 가는 길이 아니라면 그냥 가면 섭섭하지요. 그렇지 않아도 유배에서 풀려 한양으로 올라왔다는 소문을 듣고 언제 한 번 만나 술잔이라도 기울이려던 참인데 내 집까지 왔다가 그냥 가다니 말이 되오? 잠깐만 자리하고 계시오. 내 잠시 나가 주안상을 대령하라 이르고 오리다. 대감이 내 집을 찾아준 것이 하도 고마워 대충 이야기를 끝내고 기방이라도 가서 잔을 기울이려고 주안상 들이라는 말을 하지 않았는데, 기방에 갈 일이 아닌 것 같소. 그냥 내 집에서 잔을 기울이면서 대감의 걱정이자 내 걱정인 그 걱정이나 나눠봅시다."

허균이 자리에서 일어날 자세를 취하자 이이첨이 만류하면서 주안상을 명하러 나갔다. 허균은 빙긋이 웃었다. 이제 그 일은 이이첨에게 맡기면 된다. 이이첨이 알아서 무슨 일을 벌여도 벌일 것이다. 영창대군은 물론 그의 생모인 소성대비 역시 지금부터는 산목숨이라고 장담할 수 없다. 이이첨이 허균의 말을 들으면서 눈에서 뿜은 기운만으로도 두 사람 모두 사사되고도 남을 만했다.

일단 하나는 처리한 셈이다. 만일 어제 주상과 이야기한 대로 일을 잘 추진해서 혁명이 성공하기 직전까지 갔다고 해도 사대부들이 일제히 반기를 들고 영창대군을 옹위해서 맞서는 날에는 자칫 일을 그르칠 수도 있다. 일의 속내를 알지 못하는 백성들에게 적손이 왕이 되는 것이 타당하기에 반정을 꾀했다고 둘러댄다면 그게 먹힐 수도 있다. 그런 싹은 대의를 위해서 잘라야 한다. 공연히 죄 없는 어린 영창대군을 끌고 들어가서 희생시키는 것은 미안한 일이지만 어쩔 수 없는 노릇이다.

허균의 생각이 여기까지 미쳤을 때 이이첨이 상다리가 부러지도록 차려진 주안상을 든 하인 두 명을 뒤에 붙이고 들어섰다.

"마음이 급한 김에 내가 직접 서서 지켜보다가 같이 들어왔소. 혼자 기다리느라 지루하지는 않았는지 모르겠소이다."

"아닙니다. 지루한 것은 잘 모르는 놈이라니까요? 허구한 날 유배지에서 혼자 생활하는 것이 어느 정도 이골이 난 모양입니다. 지루한 걸 모르겠습니다."

허균은 정말 아무런 의미 없이 한 말이었다. 그런데 이이첨은 갑자기 미안한 표정으로 허균을 바라보며 진지하게 말했다.

"허 대감. 진짜 미안하오. 허 대감께서 우리 붕당의 영수라 일컬어 준 내가 부덕하여 허 대감을 허구한 날 고생을 시켰소. 이후로는 각별히 신경을 써서 그런 일이 없도록 나도 최선을 다할 것이니 허 대감도 조금만 조심합시다. 솔직히 말해서 원래 자유분방한 허 대감이 부러울 때도 있소만 어떤 때는 불안하기도 하오. 조금만 참으면 모든 일이 다 해결될 것 같은데 허 대감은 그 조금이 아쉬운 것 같소."

"저도 잘 압니다. 그러니 미안해하지 마십시오. 다만 저로 인해서 우리 붕당에 해가 되고 붕당의 영수이신 대감께 해를 끼치지 않을까 심려되기는 합니다. 대감 앞에서 나이 이야기를 하는 것은 송구한 일이나, 전에는 안 그랬는데 근자에 들어서는 제가 마흔을 넘긴 까닭인지 아니면 대군께서 성장하신 까닭인지 자꾸 그런 생각이 듭니다."

허균은 다시 한 번 자신의 나이를 들먹이면서 동시에 영창대군이 성장해서 불안하다는 것을 노골적으로 말했다.

"그렇기는 한데 그렇다고 아무런 명목도 없이 대군을 탄핵할 수는 없지 않소?"

"그야 그렇지요. 그러니까 걱정이 되는 거구요. 상대가 대군만 아니었다면 무엇하러 걱정을 하겠습니까?"

허균은 매 말끝마다 영창대군을 겨냥해서 걱정을 쏟아 냈다.

"대감의 말을 들으니 그동안 그 문제에 관해서 내가 너무 무심했던 것 같구려. 나 역시 걱정을 했었지만 대감의 말을 들으니 내가 생각했던 것 이상으로 걱정을 해야 했던 것인데 내가 무심했소. 아무튼 뒤늦게라도 인지를 했으니 대책을 세워야지요. 그냥 손 놓고 있을 수는 없소. 우리 힘을 합쳐 봅시다. 반드시 좋은 일이 있을 것이오."

이이첨은 영창대군을 옭아 넣는 일을 좋은 일이라고 표현했다. 기도 안 막힐 일이다. 자신은 죄 없는 영창대군이 엮일 생각을 하면 미안해 죽겠는데 이이첨은 좋은 일이라고 거침없이 말한다. 허균은 자신의 성격상 이런 말을 들어가면서 술을 넘길 수 없다는 것을 알지만 더 큰 대업을 이루기 위해 잔을 부딪치며 술잔을 비웠다.

허균의 술잔에서 술 한 잔이 더 빌수록 이이첨의 마음에서는 영창대군을 제거해야 한다는 음모의 욕심이 커갔다. 아울러 허균이 이렇게 자신에게 다가오는 기회를 이용해서 그를 보호해 준다는 명목을 내세워, 붕당 안에서 자신의 휘하에 두어야 한다는 욕심까지 키우고 있었다.

허균이라면 누구라도 탐내는 인물이다. 그를 시기하고 질투하는 것이 그에 대한 탄핵으로 이어지는 것이지 그가 근본적으로 잘못하는 것이 있어서가 아니라는 것을 이이첨은 누구보다 잘 알고 있다. 누구라도 그를 탐내고 있다는 것은 그가 탄핵을 받아도 곧 복직한다는 것을 보면 잘 알 수 있다. 그를 탄핵했지만 그의 복직 이야기가 나오면 탄핵을 주도했던 이들도 입을 다문다. 그것은 그를 탄핵한 것이 결코 커다란 잘못 때문이 아니라는 것을 증명하고도 남는 일이다. 또 그가 복직이 되면 상감도 기뻐하지만 중신들 역시 서로 그를 자기 휘하에 넣으려고 한다. 그러나 아무 휘하에도 들어가지 않고 튕겨져 나가는 행동을 반복함으로써 연속적으로 탄핵을 받고 복권되고를 반복한 것이다.

그런 그가 제 발로 찾아온 것을 보면 이번에는 스스로 자중하기로 한 것 같았다. 누군가의 휘하에 들어가서 보호를 받아야겠다고 생각했을지도 모른다. 허균이라면 그로 인해서 손해를 보는 일이 있을지라도 휘하에 두는 것이 백 번 이득이다.

그런 이이첨의 욕심과는 다르게 허균은 자신의 목적을 달성했다는 생각에 흐뭇했다. 허균은 스스로 세운 계획대로 좋은 수단과 방패막이를 만들고 기분 좋게 자리를 떠났다.

# 8. 강변칠우(江邊七友)

다음날.

허균은 평소 친분이 두텁던 강변칠우를 만나러 갔다.

세상은 그들이 중국의 죽림칠현(竹林七賢)을 모방하여 스스로 '칠우(七友)'라 부르며 아까운 세월을 시와 술로 보낸다고 조롱했지만 허균은 절대 그렇게 생각하지 않았다. 오히려 그들이 세상을 비웃고 있으며 언젠가는 그 참뜻을 아는 날 세상이 조롱당한 것을 부끄러워할 것이라고 생각했다.

그들 일곱 사람은 모두 고관의 서자출신들로서 관계에 진출하지 못함을 불평하기는 했지만 그들이 거꾸로 세상을 비웃었다. 만일 그들이 정실부인에게서 태어났다면 감히 그들 근처에 얼씬도 못할 막강한 지위에 있는 이들의 자식들이었다. 영의정 박순의 서자 박응서를 비롯하여 목사 서익의 서자 서양갑, 관찰사 심전의 서자 심우영, 병사 이제신의 서자 이준경, 상산군 박충간의 서자 박치인과 박치의, 김평손 등 쟁쟁한 집안의 출신들이었다. 그들은 어렸을 때 자신이 서자라는 신분을 감지하기 전부터 이미 명문대

가의 집안에서 태어났다는 이유 하나만으로 글을 읽고 쓰기 시작
했다. 학문이라는 것에 남다르게 심취했던 그들이다. 그러나 막상
자신들이 익힌 학문을 펴고자 할 때는 서자라는 이유 하나만으로
사회 전면에 나설 수 없다는 것을 알게 되었다. 일찍이 자신들의
뜻을 펼치기 위해서 기회를 줄 것을 상소하기도 했지만 단지 서자
라는 이유 하나로 상소조차 받아들여지지 않았다.

　참담한 심정은 세상이 나를 받아들이지 않겠다면 나 역시 세상
을 비웃겠다고 돌아섰다. 세상이 나를 받아들이지 않아 세상에 들
어갈 수 없음을 한탄한 것이 아니라 세상이 나를 받아들이지 않으
면 나도 그에 맞서서 세상을 버리겠다는 것이다. 그러나 자신들이
보잘것없는 실력을 갖추고 세상을 버린다고 하면 그것은 웃음거
리밖에 되지 못한다는 것을 누구보다 더 잘 아는 이들이다. 세상
이 자신들의 재능과 학문을 아까워하며 행여 도움을 청할 때 거절
할 수 있는 것이 세상을 비웃는 것이다. 훗날 언젠가 필요에 의해
서 그들의 학문을 손에 넣은 이가 저절로 감탄하면서 머리를 조아
릴 때 그들이 세상을 얼마나 비웃었는지를, 설령 그들이 죽고 난
후에라도 그들의 참 가치를 인정하는 날 그들이 지금의 세상을
진정으로 비웃었다는 것을 만천하가 알게 될 것이다.

　세상의 그 누구도 따라올 수 없는 학문의 도를 위해 열심히 수
학하고 또 정진했다. 남들이 보기에는 자신들의 학문을 술이나 마
시며 세상을 풍자하는 시를 짓는 일에 허비하고 있는 것처럼 보였
지만, 그들은 세상이 미처 눈뜨지 못한 곳을 들여다보는 학문을
연마하고 있었다. 함께 모여 생활하면서 서로 토론하고 그 이치를
따져가면서 아직 세상이 내놓지 않은 학문을 집대성하고 있었다.
공연히 성리학에 얽매일 것이 아니라 실제 백성들의 삶을 윤택하
게 만들 수 있는 학문을 하는데 그 초점을 맞췄다. 인의예지신이

라는 틀에 얽매여 옳고 그름만을 탁상공론하는 학문이 아니라, 실제 백성들의 삶을 위해서는 어떤 농지정책이 필요하고 무슨 산업이 필요하며 세금제도는 어찌해야 하는 가를 연구하는 데 더 많은 시간을 보내고 있었다.

그들은 스스로 처사(處士)라고 불리기를 좋아했다. 공연히 벼슬길에 나서지도 못하는데 참봉, 생원 등으로 자신들을 높여 불러주는 것을 아주 싫어했다. 원래 처사라는 호칭이 벼슬을 하지 않고 초야에 묻혀 사는 선비를 부르는 것이다. 그들이야말로 진짜 선비이면서 나라가 부르지 않아서 벼슬을 하지 못한 이들이다. 그들 스스로도 이렇게 껍데기만 있는 세상에서라면 나라의 부름과는 상관없이 벼슬에 나가지 않겠다고 작정한 채 초야에 묻혀 학문을 연마하고 있으니 가장 합당한 표현이기도 했다.

그런 그들이기에 그들을 만나는 것은 이이첨을 만나는 것과는 또 다른 일이다. 이이첨에게 본심을 감추고 수단으로 쓰일 영창대군 이야기를 했지만 그들에게는 본심을 드러내고 적극적인 협조를 구해야 한다.

허균이 그들이 머무는 남한강가 여주에 당도한 것은 저녁 무렵이었다. 한때는 소양강가에 굴을 파놓고 함께 머물면서 무륜(無倫)이라는 정자를 짓고 술과 시로 세월을 보내기도 했지만 지금은 한양 근처인 여주로 모두 올라와서 자신들만의 학문에 열중하고 있었다.

강변칠우들과 처음 만난 것은 5년 전이다. 허균이 삼척부사로 있으면서 절에 드나들며 참선을 하는 것을 누군가 불공을 드리러 다닌다고 밀고하여 탄핵을 받았을 때다. 파직을 당하고 한양 집으로 돌아오는 길을 서두르고 싶지 않았다. 그저 유람이나 하면서 천천히 가자는 마음으로 소양강가를 지날 때 7명의 선비들이 모여 술 한 잔에 시 한 수 짓는 모습이 보였다. 마침 출출하던 길이라 허균은 자신도 모르게 그리로 다가갔고 술 한 잔 청한 것이 인연이 되어 자리를 함께하게 되었다.

"술 한 잔이야 못 드리겠습니까만 보시다시피 우리는 술 한 잔에 시 한 수를 짓고 있소이다. 선비님께서도 그리하시겠습니까?"

글이라면 그 누구보다 자신 있는 허균이다.

"좋소이다. 한데 시도 시 나름이라 좋은 시를 지으려면 큰 잔으로 마셔야 할 것 같은데 괜찮겠습니까?"

큰 잔으로 한 잔을 마신 허균은 잔을 놓자마자 망설임도 없이 시 한 수를 읊었다.

마음 비우러 절에 갔더니
저들의 마음에는 무엇이 있기에
마음 비우는 게 겁이 났던지
파직으로 뒤통수를 치네.

허균이 시 한 수를 읊고 나자 일행은 서로를 바라보면서 눈을 둥그렇게 떴다.

"혹시 본인의 이야기를 하시는 겁니까?"

"바쁜 세상에 남의 이야기할 겨를이나 있겠습니까?"

"그렇다면 지금 저희가 뵙고 있는 분이 허균 대감이십니까?"

"그렇소만 저를 아십니까?"

"뵌 적은 없지만 익히 소문을 들어서 알고는 있습니다. 일찍이 '김종직론'을 쓰셔서 정치를 한답시고 허세를 떠는 이들에게 일갈을 하시고 『학산초담』을 지으신 허균 대감을 모를 리가 있겠습니까?

신분에 구애받지 않고 하고자 하는 일을 하며 파직 당하기를 밥 먹듯 하면서도 자유롭게 삶을 사시는 대감을 뵙게 되어 무한한 영광이옵니다. 저는 비록 서출이라 관직에는 나가지 못했으나 늘 대감을 존앙하던 박응서라 하옵니다. 저뿐만 아니라 우리 모두가 대감을 존앙하고 있는 이들입니다."

박응서의 인사를 시작으로 한 사람씩 통성명을 하였다.

"그렇다면 댁들이 강변칠우가 아니시오?"

그들의 만남은 그렇게 시작되었다. 원래 신분이나 귀천을 가리지 않고 마음만 맞으면 친구로 삼는 허균이다. 익히 세월을 등지고 사는 강변칠우의 이야기를 들었던지라 10여 일을 그곳에 머무르면서 교분을 쌓았다.

그 후로도 허균은 틈만 나면 그들을 찾았다. 그리고 광해가 보위에 오르자 서자도 관리에 등용될 수 있도록 해달라는 상소를 올리게 하고 나름대로 도와주었으나 원래 반대의 벽이 높아 관철시키지 못했다. 그때부터 그들은 서자로 관직에도 나가지 못하는데 공연히 주자학에 얽매일 필요가 없다는 것을 인지하고 새로운 학문을 찾던 끝에 백성들에게 실제로 필요한 학문을 하자고 결론을 내리게 된 것이다.


"이게 누구신가? 밟아도 다시 살아나고 죽이려 해도 죽지 않는다는 허 대감 아닌가?"

"그렇다네. 잡초처럼 밟아도, 밟아도 다시 일어서는 허균일세."

"우리를 두고 하는 말이라면 모를까 허 대감이 잡초라니 어울리기나 하는 소린가? 허 대감은 잡초라서 쓰러지지 않는 것이 아니고 너무 큰 나무라서 그런 거지. 자기들 힘으로 감당이 안 되는 큰 나무 밑동 아래로 잠시 모습을 드러낸, 뿌리에서 난 새끼 가지만 보고 잡초처럼 짓밟으려니 밝히지 않는 것이지. 큰 나무를 죽이려면 뿌리 채 뽑아야 하는데 그 뿌리가 항상 이 나라 상감이니 뽑을 수가 있나? 공연히 애를 쓰는 제 놈들만 힘이 드는 게지. 그러나 저러나 이번에도 멋있는 한 방 날렸던데? 『홍길동전』."

"날리기는 날렸는데 멋있는 게 될지 아니면 후회하게 될지는 두고 볼 일이네."

"그게 또 무슨 소린가? 허 대감답지 않게? 허 대감이 언제 일 벌여놓고 후회한 적이 있던가? 일단 벌여놓고 부딪혀서 상대가 깨지면 잘 나가고, 가다가 막히면 탄핵 당해 며칠 쉬다가 다시 복직되고, 그런 생활의 연속 아니었던가? 그렇다고 허 대감이 탄핵 당하는 것을 두려워할 사람도 아니고. 탄핵을 당한들 뿌리가 건재하니 잠시 가을 낙엽 지듯이 졌다가는 봄이 되면 다시 싹이 나는 게고. 도대체 오늘은 무슨 일이기에 그리도 뜸을 들이시나? 언제 우리끼리 뜸 들이고 이야기한 적이 있던가? 그냥 평소에 이야기하던 대로 단도직입적으로 이야기하시지?"

"단도직입적으로 이야기한 것 아닌가? 후회할지도 모른다고. 왜냐? 뿌리가 흔들릴 수도 있는 일이니까?"

"뿌리가 흔들린다?"

"그럼 상감께서 직접 지시한 무슨 일이라도 벌이는 겐가?"

"『홍길동전』을 읽고 우리 반 쪼가리들을 위해서 쓴 글이기도 하지만 상감이 보위에 오른 당위성을 강조하려는 목적도 가진 글이라고 짐작은 했네만, 그것이 무슨 일을 벌였기에 허 대감답지 않게 뿌리 운운하는고?"

허균의 모습을 보자 강변칠우들이 하나씩 다가오더니 어느새 술상이 차려지고 술잔이 오가면서 제 각각 한 마디씩 보탰다. 허균은 이미 작심을 하고 온 터다. 작심을 하지 않아도 있는 그대로 솔직하게 말하던 그들 앞에서 머뭇거릴 이유가 없다. 공연히 머뭇거리다가는 이야기의 신뢰만 떨어질 뿐이다. 힘든 길을 가장 쉽게 가는 방법은 그 길을 곧바로 통과하는 것이다.

"상감께서 직접 지시하신 것은 아니지만 무언으로 내게 무거운 짐을 지워 주셨네. 만일 그 짐만 벗을 수 있다면 이 나라는 정말 살기 좋은 나라가 될 것은 자명한 일이지만."

"짐을 못 벗으면?"

허균의 말이 자못 심각하다는 생각을 했는지 박응서가 성공하지 못하는 경우를 물었다.

"그야 당연히 물으나 마나 죽음이겠지. 허 대감이 저리도 심각하게 말하는 것을 보면 이미 짐작이 가는 일 아닌가?"

박응서의 물음에 심우영이 당연한 질문을 왜 하냐는 듯이 말했다.

"짐을 벗으면?"

이번에는 박치인이 물었다.

"짐을 벗으면 자네들의 반 쪼가리가 채워지겠지."

"반 쪼가리가 채워지다니? 그렇다면 상감께서 신분을 타파하시기라도 한단 말이요? 우리 서얼들만 반 쪼가리를 채워줄 리는 없을 것이고."

"그러네. 상감께서 자신의 보위마저도 세자 저하께 양위하시는 것이 아니라 선양하신다 하네! 전설로만 여겨지던 요순시대가 우리 앞에서 펼쳐지는 걸세."

허균이 직설적으로 말하자 모두가 놀라 입을 다물지 못했다. 그러나 그것도 잠시일 뿐이어서 들뜬 목소리로 한 마디씩 덧붙였다.

"그럼 반상도 없고, 종도 없고, 머슴도 없는 그런 세상?"

"아니지. 반상이나 종은 없겠지만 머슴은 자신이 원해서 하는 직업이니 그대로 있겠지. 내 땅 없어 할 일 없으면 머슴이라도 살아야지 별 수 있나?"

"그게 중요한 것이 아니라 그럼 우리처럼 종년이나 기생첩 사이에서 난 이들도 족보에 올리고 과거도 본다는 말인가? 정말 그런 세상이 가능해? 지금 이 나라를 짓누르고 있는 저 하늘의 먹구름 같은 존재인 양반 사대부들이 활짝 열리는 태양을 반기겠어?"

"제 놈들 밥그릇이 달랑거릴 텐데 가만히 있겠어? 우리는 이미 한 번 거절당했잖아?"

"상감께서도 선양을 하시겠다면 그건 가능한 일이기는 할 거요. 상감께서 당신은 지키고 그들만 내놓으라고 한다면 난리굿을 떨겠지만 상감이 먼저 내려놓는다는데 어쩔 것이요?"

"그렇지만 엄청난 혼란이 올 텐데?"

"상감께서 허 대감의 『홍길동전』을 읽으시고 뭔가 결심을 하신 게로군. 분명히 뒷이야기도 있겠지만 그건 듣지 않아도 될 터이고 그런 엄청난 일을 언제 결행한다는 건가?"

"준비가 되는 대로. 적어도 5년에서 10년이야 걸리겠지만 빠르면 빠를수록 좋겠지. 시간이 지날수록 냄새 맡고 꼬여드는 구더기들이 많을 것이고, 그러다 보면 일을 그르치기 십상 아니겠소?"

한꺼번에 쏟아진 질문이자 의구심에 허균은 한 마디로 대답했다.

"준비가 되는 대로라고 하면서 자네가 우리들을 찾아온 것은 우리가 무언가 할 역할이 있다는 것인데?"

일행 중 나이가 가장 많아 무언중에 지도자 역할을 하고 있는 박응서가 물었다.

"당연한 일 아닌가? 노력도 하지 않고 대가를 바란다는 것이 말이 되나? 게다가 우리 칠우들께서는 지금까지 연마한 학문이 있으니 딱 적임자지."

"잃어버린 반 쪼가리만 찾을 수 있다면 까짓 목숨이라도 아까울 것 없지. 이깟 목숨 버리고, 나는 못 누린다고 하더라도 내 대신 우리 같은 반 쪼가리들이 다 제 모습만 갖추고 살 수 있다면 무엇이 두려워."

"그렇소. 우리 일곱의 목숨으로 이 나라의 모든 서얼들이 사람답게 제 권리를 찾아가면서 살 수만 있다면 난 얼마든지 찬성이오."

강변칠우에 형제가 함께하고 있는 형 박치인과 박치의가 결연한 목소리로 이어 받았다. 그 말에 나머지 모두가 고개를 주억거렸다.

"그럼 얘기는 끝난 거네. 목숨은 바칠 준비가 되어 있으니 계획이나 들어보세."

사방을 둘러보고 동의를 받은 박응서의 말에 허균은 더 이상 개개인의 의사를 확인할 필요가 없다는 것을 잘 알기에 계획을 설명하기 시작했다.

거사를 행하는 것은 쉽게 볼 일이 아니다.

당장은 왕이 선양을 하고 반상을 깨고 서얼을 철폐하는 것이 가장 큰 일처럼 보인다. 하지만 큰일이라고 여겨지는 그런 일들은 오히려 처리하기가 쉽다. 첫째로 선양하는 것은 상감 스스로 결정할 일이니 더 말할 나위 없이 간단하다. 반상을 깨는 것 역시 어려운 일이 아니다. 양반 수는 기껏해야 전체 백성의 1할도 못된다. 그들에게 맹신하는 사병들이나 종들까지 합쳐도 백성 전체의 반의반에도 훨씬 못 미칠 것이다. 그 일을 실행할 수 있는 결단과 반발하는 양반들의 동요를 막을 수 있는 병력만 있으면 된다. 서얼을 철폐하는 것 역시 서얼들은 반발을 하지 않을 것임으로 반상타파와 동시에 진행하면 그리 어려울 일이 아니다. 그러나 그것은 단순한 계산에 의한 일의 진행 방법이자 해석이다.

정말 문제는 눈에 보이는 것 이상으로 불러올 엄청난 파장이다.

당장 종이 없어진다는 것은 지금 양반들이라고 불리는 이들이 거저로 부리던 사람들이 없어지는 것이다. 일일이 돈을 지불하고 사람을 써야 한다. 어차피 양반이라는 신분이 없어지다 보면 자신의 종이 아니더라도 상민이나 천민에게 거저로 일을 시키다시피 하던 관행도 사라진다. 과연 그럴 경우 양반이라는 이들이 대가를 지불하고 일을 시키려고 할 것인가? 언젠가는 일손이 필요하다는 것을 절실하게 느낀다면 모르지만, 당장은 이제까지의 관행에 젖어, 아까워서라도 품삯을 주고 일을 시키려고 하지 않을 것이다. 거기다가 종의 신분이나 천민에서 해방된 이들까지 품삯을 받고 일을 하게 된다면 현재 머슴처럼 종의 신분이 아니면서 품삯을 받고 남의 일을 해주던 이들에게는 일자리가 그만큼 줄어들 것이다. 일자리가 줄어들면 품삯은 내려가고 보나마나 그들에게는 경제적인 타격이 돌아온다. 그것은 종으로 살던 이들에게도 마찬가지 논리로 적용될 수 있다. 그나마 종으로 살 때는 배라도 굶지 않았는데 그러지도 못하는 이가 부지기수로 늘어날 수도 있다.

문제는 거기에서 그치는 것이 아니다. 대부분의 농토는 양반들이 소유하고 있다. 많은 이들이 그들의 땅을 소작하고 살아가는 형편인데 갑자기 종에서 해방된 이들이 소작을 원하게 되면 그만큼 소작농의 수가 늘어난다. 그걸 기회로 지주들이 소작료를 올리기 위해 자신들의 곡간에 쌓인 양식이 부족하지 않으니 소작을 못 주겠다고 하면 서로 소작을 하려고 소작료는 저절로 오르게 된다. 이제까지 그럭저럭 살던 백성들도 당장 배를 굶아야 하는 상황이 될 수도 있다. 그것은 지금까지 신분이 자유로웠던 평민들에게까지 영향을 주게 된다.

양반들 앞에서 머리를 조아리던 백성들은 주린 배를 채우기 위해서, 나라가 반상을 폐하더라도 다시 그들 앞에서 머리를 조아릴 수밖에 없다. 평민으로 비교적 자유롭게 살고 있는 백성들까지 지주들 앞에서 머리를 조아리면 더 많은 이들이, 말로는 자유로운 신분이지만 실질적으로는 종살이를 하는 셈이 된다. 그런 모습을 보지 않기 위해서는 토지 역시 나라가 정리해야 하는 판이다.

더 심각한 문제도 있다. 당장 종살이에서 해방되는 이들은 과연 어디에서 주거를 해결할 것인가? 젊은 종들이야 산 속에라도 들어가서 집을 짓고 혼자라도 살 각오가 되어 있겠지만 늙고 병든 종들은 종살이에서 해방시켜 주는 것을 더 두려워할 수도 있다. 헤일 수 없이 긴 세월을 몸에 박힌 종살이의 습관이 자립심을 앗아가 버렸기에 스스로 자유인이기를 포기할 수도 있다.

그렇다고 그런 현상을 비관적으로만 볼 수는 없다.

당장의 어려운 시기를 넘기면 단순히 농사를 짓는 것만이 사는 방법의 전부가 아니라는 것을 백성들이 알게 될 것이다. 그때는 상공업에 종사하는 이들이 늘어날 것이다. 지금은 사농공상의 구분을 두는 바람에 공업이나 상업에 종사하고 싶어도 차마 망설이는 이들이 많다. 그러나 신분이 철폐되면 종살이 하던 사람들은 물론이고, 농사짓던 평민들과, 벼슬길에 오르지 못해 때 거리를 걱정하던 양반들까지, 공업이나 상업에 종사함으로써 백성들의 살림살이는 나아질 것이다. 신분이 없어지니 사람이 사람을 지배하거나 거저로 부려 먹을 수도 없다. 양반이라고 거들먹거리던 이들부터 가축 잡아 고기 만드는 백정이라고 천대받던 이들까지 스스로 열심히 일하는 자만이 잘 살 수 있는 나라가 된다.

신분이 없어져서 양반이라는, 권력도 실력도 아닌 껍데기 하나로 살았던 이들이 마구잡이로 휘두르던 폭거가 사라진다면 굳이 과거를 보려고 얽매이지도 않을 것이다. 서로 관직에 나가는 것만이 최고로 알고 있던 시대는 사라진다. 능력도 없으면서 일생 동안 과거에 얽매여 배를 곯아가면서 죽어가던 숱한 유생들이 농사를 짓거나 공업이나 상업에 종사하여 스스로 부를 창출하면, 나라는 그만큼 인력을 버는 것이다.

지력이 있는 자만이 학문을 연구하고 과거도 본다. 유생이랍시고 학파를 내세워 공연한 이론을 만들어 싸움질을 하는 그런 국가적인 소비도 없어진다. 학파를 내세워 유교 경전을 자기들 이익에 맞게 해석하여 일으키던 분쟁이 사라짐으로써, 이 나라를 뼛속까지 곪게 만들고 있는 붕당도 자연히 사라질 것이다.

처음에 닥쳐올 어려움의 위기만 극복한다면 종국에는 반드시 잘사는 나라가 된다.

백성들의 살림살이가 나아지면 당연히 세금이 많이 걷히고 나라도 부강하게 된다. 나라가 부강해졌으니 일을 하고 싶어도 몸이 불편하거나 연로하여 일을 할 수 없어서 살기 힘든 이들은 나라가 돌봐줄 수 있다.

누가 보아도, 신분이 철폐되고 백성들이 각기 자신의 소질과 능력에 맞는 일에 종사할 수 있다면, 태평성대는 저절로 굴러들어온다. 나라가 태평성대가 되면 상감의 절대 권력도 그 빛이 바래 선양을 할 수 있는 길은 마음만 먹으면 저절로 열린다.


강변칠우는 허균의 긴 설명을 들으면서 얼굴이 점점 심각해졌다. 나중에는 감격해서인지, 아니면 불가능한 무릉도원을 꿈꾼다고 생각했는지 얼굴이 잔뜩 굳었다.


"백 번 맞는 말이기는 하네? 그렇지만 그런 세상을 만드는 게

쉬운가? 상감께서 사람은 다 똑같은 사람이고 그 능력이 제대로 쓰일 때 나라가 잘 살 수 있고 백성들이 행복하다는 생각을 하신 것까지는 좋지만, 실제 그런 나라를 만든다는 것이 가능할까?"

좌중을 대표해서 박응서가 물었다.

"당연히 가능하지. 상감께서는 이참에 아예 조선의 백성들이라면, 누구라도 정말 살기 좋은 나라를 만드실 계획을 세우신 거니까. 그래서 이런 걱정까지 하시는 것이고 그 걱정을 덜어드리고자 이렇게 내가 온 것 아닌가?"

"좋네. 우리가 무슨 일을 해야 하는지 그것을 말해 주시게. 무슨 일이 되었든 못할 것이 무언가? 이미 사람답게 사는 세상 만나기는 틀렸다고 포기했던 몸인데 뭐든 하라는 대로 해보지 뭐. 사람 사는 냄새가 나는 세상을 만난다는데 못할 게 뭔가?"

"새로운 세상을 만든다고 하면 무엇보다 먼저 병력을 생각하겠지? 하지만 군대는 상감께서 알아서 하실 일이네. 우리가 군대를 움직이지 못하니까! 만일의 경우에 대비해서 우리 자체적인 군대는 있어야겠지만 그것 역시 자네들이 걱정할 일은 아니네. 내가 이미 연을 맺었던 스님들과 연통해서 승병의 도움을 받기로 상감과 말씀을 끝냈네.

임진왜란 때 왜적들의 조총 앞에서도 목숨 걸고 싸운 그분들이니, 충돌이 일어날지 아닌지도 모르는 만약의 상황을 대비하자는 것을 피할 이유가 없지. 비록 조정과 나라에서는 유교 경전에 얽매여 불교를 짓누르고 있지만 자비를 원하시는 스님들께서는 기꺼이 이 뜻에 동참해 주실 걸세. 아직 그 의사 타진은 안 해 봤지만 나는 확신하네. 다만 대규모로 승병을 출동시키는 것은 무리가 따르겠지. 아무리 승병이라지만 무장한 병사들이 움직이는 것은 한계가 있어. 너무 많은 승병이 비슷한 시기에 거리를 움직이다 보면 우리가 혁명을 도모한다는 사실을 시작도 하기 전에 선포를 하는 것이나 다름이 없지. 그렇다고 정부군을 마음대로 움직일 일도 아니네. 군에서도 요직은 양반들이 거머쥐고 있으니 자칫 잘못하면 어명이 상감 자신을 살해하는 무기로 변할 수도 있다는 걸세. 그러니 승병이라도 계획을 잘 세워서 우리 자체적인 군사를 양성해야지. 그렇다고 여러분에게 군대를 직접 양성하라는 말은 아니니 그럴 생각은 하지 말게나. 여러분이 할 수 있는 일만 하는 것이 상감은 물론 나를 도와주는 거니까.”

“그러니까 할 일을 말해 달라니까?”

박응서는 물론 나머지 모두가 마음이 조급하게 들떠 보였다.

“여러분이 할 일은 이미 여러분 스스로 준비를 해 오고 있었네. 아직 내가 요거다 하고 꼭 짚어서 얘기를 안했을 뿐이지.

반상을 타파하고 종도 천민도 상민도 없어지고 나면, 한꺼번에 닥칠지 모르는, 백성들이 먹고 살아나갈 근본적인 문제에 대한 위기를 타개해 나갈 방법을 만들어 주게. 단순한 농사가 아니라 상공업이나 기타 여러 가지로 백성들이 분산되어 종사할 수 있는 정책을 제시해 주게. 필요하다면 나라가 지원할 부분까지를 짚어서 제시해 줘. 예를 들자면 상업도 지금처럼 단순한 육로가 아니라 배를 이용하거나 기타 다른 방도로 더 많은 물자를 수송해서 생산과 소비가 적절하게 어울릴 수 있는 그런 정책들을 제시해 주면 되네. 물론 이미 이야기했던 토지제도에 관해서도 좋은 안을 만들어 주는 것은 당연하겠지. 조세정책도 마찬가지고.

여러분 앞에서 더 이상 예를 들어가면서 일일이 열거할 필요가 없다는 것은 내가 잘 아네. 여러분의 학문 깊이가 수준에 달하는 것은 세상이 다 아는 일이니까. 그것도 유교 경전에 얽매이는 학문이 아니라 백성들이 실생활에서 필요로 하는 학문으로 무장하고 있지 않았나? 그 학문을 학문으로 묵히지 말고 현실 앞에 드러내 보이라는 걸세. 여러분은 충분히 만들어 낼 수 있다고 확신하네. 조정에 입실을 해서 녹봉을 받으며 하는 일은 아니지만, 진짜 백성들을 위한 정책을 만들어 줄 것으로 나는 믿네."

"허 대감의 말을 들으면 아주 중요한 정책인데 우리들처럼 학문으로만 했지 현실 정치에는 일각의 연도 없는 이들이 과연 제대로 만들 수 있을까?"

"현장감은 없다지만 그런 정책을 세우는데 기본이 되는 학문적으로는 뒤질 것이 없잖나?"

"학문적으로야 뒤질 것이 없다지만 백성들이 먹고 사는 문제가 걸린 중요한 일 아닌가? 게다가 농사는 물론 상공업도 예측한 것과 실제 눈앞에 보이는 것은 확연히 차이가 나는 법. 경제는 살아서 움직이는 것이라 몇 년에 걸쳐 정책을 만든 후 실제 응용하려 하면 안 맞는 일이 일어날 텐데?"

"그거야 당연한 일이지. 하지만 일단 기본적인 정책을 만들어 놓은 후에 그 상황에 맞게 수정하고 보완하는 것이 새로 만드는 것보다는 훨씬 시간이 절약될 것 아닌가? 뼈대도 없이는 살을 입힐 수 없지만 뼈대만 있다면 살을 입히는 것은 그리 어려운 일이 아닐 것 같은데?"

"그건 그렇겠지. 기본이 튼튼하면 껍질을 바꿔 입히는 것이야 그리 힘든 일이 아니겠지?"

"그러니까 여러분의 해박한 지식을 이제 머리에서 꺼내 달라는 것이네. 자네들 말마따나 자네들은 현장에 서 본 적이 없기에 현장감이 떨어질 수는 있겠지. 하지만 적어도 자네들은 자네들의 사리사욕을 위한 정책을 만들지는 않을 것 아닌가? 그럴 거였다면 강변칠우라는 학파를 만들어서 공염불을 하지도 않았을 것이고.

아무리 정책이 좋은들 백성들을 위한 정책이 아니라 몇몇의 사리 사욕을 채우기 위한 방편이라면 그게 무슨 소용이 있나?"

허균의 말을 듣던 좌중은 자신들도 모르게 고개를 끄덕였다. 당연한 말이다.

바로 지금 같은 날이 올 것을 기다리며, 책을 읽고 토론하고, 실사구시를 위한 학문을 연구하며 세월을 보냈던 나날들이다. 아니, 죽어서라도 자신들이 연구한 학문이 빛을 발하기만 바라고 온몸으로 연구한 학문이다. 얼마나 기다리던 순간인가?

"알았네. 비록 부족한 지식이지만 우리가 아는 모든 것을 다 바치겠네."

"머리에 넣어 죽을 때 가지고 갈 것 같아 죽고 나면 내 시체가 얼마나 무거울까 걱정했는데 이제 홀가분하게 죽을 날을 맞이할 수 있겠네요."

박응서의 대답에 이어 막내 격인 박치의가 농담 섞인 한 마디를 하자 일행은 웃음으로 화답했다.


이미 열렸던 서로의 마음에 보람을 얹으며, 남한강에서 잡은 민물고기로 끓인 매운탕을 안주로, 그 밤은 모두가 흐드러지게 취했다.


이튿날.

허균은 길을 떠나기 전에 보퉁이에서 주머니 하나를 꺼냈다.

"얼마 되지는 않지만 학문을 머리에서 꺼내는데 보탬이 되면 좋겠네."

"학문을 꺼내는데 무슨 돈이 필요하다고. 그만 두게."

박응서가 사양을 하며 극구 만류했다.

"아니네. 이건 내가 내놓는 것이 아니라 상감께서 손수 챙겨주신 것이라 나도 도로 가져갈 수가 없네."

"그렇다지만 이건 아닐세. 그리 큰일을 준비하자면 얼마나 큰돈이 들어가야 하는지는 우리도 대충 짐작이 가네. 그러니 이건 다른 준비에 보태게. 우리는 되었네."

"아닐세. 내 마음대로 한 일도 아니고 상감께서 하시는 일이니 고마운 마음으로 받으면 되는 일이네. 그리고 내가 머지않아 명나라에 진주사(陳奏使)로 가야 할 걸세. 긴 시간은 아니지만 다녀오는 동안 자네들의 머리에서 많은 학문이 꺼내지기를 바라네. 백성들이 살아나갈 길이 머리에서 나와 한 자라도 더 종이에 먹으로 쓰여 있기를 바라면서 나는 이만 가네."

## 9. 강변칠우의 변

광해 5년(1613년).

진주사로 명나라에 갔던 허균이 돌아왔다.

명나라에서의 그의 행적은 이미 글로 또는 말로 다 보고가 되었다. 하지만 명나라에 주청할 일이 있을 때 가는 진주사라는 특성상 귀국과 동시에 임금과의 독대는 필수다. 독대하는 자리에는 심지어 상선마저 목소리가 들리지 않을 정도의 거리를 두어야 한다.

"전하. 명나라에 갔던 일은 이미 올려드린 바와 같이 모든 것이 순조롭게 잘 진행되었습니다. 혹시 소신에게 특별히…."

"아니오. 특별히 물을 것은 없소. 다만 대감이 너무 고생한 것 같아 치하하는 바이오."

광해는 허균의 말을 듣지도 않고 중간에서 자르며 일단 수고를 치하한 뒤 무언가에 쫓기듯이 말을 이었다.

"대감. 놀라지 마오. 아직 준비가 덜 된 탓이라고 생각하고 절대 놀라지 마시오."

광해가 아주 안 좋은 표정을 지으며 놀라지 말라는 당부부터

했다. 순간 허균은 무언가 불길한 예감이 스치면서 강변칠우 생각이 났다.

"강변칠우가 큰일을 저질러 체포되었소. 강변칠우 중 친형제가 있었는데 그중 동생을 제외하고 나머지 여섯 모두가 체포된 것이오."

순간 허균은 눈앞이 캄캄해지는 것을 어쩔 수 없었다. 그들이 체포되어 무슨 말을 어떻게 했는지 모르지만 만일 상감이 이번 일에 관여한 것이 드러나기라도 한다면 이건 보통일이 아니다. 절대 그럴 친구들이 아니라고 믿고 있지만 혹시라도 모르는 일이다. 그들이 적은 정책을 압류 당했다면 그게 무어냐고 추궁을 당했을 것이다. 추궁을 하기 위해서 주리를 틀고 곤장을 때려 대면 없던 죄도 불게 된다. 그런데 종이에 적은 확연한 증거가 있는데 어찌할 것인가?

"이런 때 다행이라는 말을 써서는 안 되겠지만, 그들이 가지고 있는 것을 모두 압수해 왔는데 다행히도 시나 다른 글들뿐이었다오. 허 대감이 지시해서 적게 했던 정책 같은 것들은 나오지 않았다고 하오. 내 짐작인데 도망갔다는 그 동생이라는 백성이 가져간 것 같소. 허 대감에게는 언젠가는 연락이 올 수도 있겠지?"

광해는 다행이라는 말을 쓰는 자신이 멋쩍었는지, 아니면 연락을 기다리는 자신의 마음이 부끄러웠는지 어렵게 입을 닫았다. 광해의 그런 미안함은 차치하고 허균은 자신이 걱정하던 증거가 없다는 말에 일단은 안심이 되었다. 박치인, 박치의 형제 중 동생은 없더라는 말을 들으면서 혹시나 했는데 증거가 나오지 않았다면 박치의는 미리 약속된 부안으로 가서 후속으로 벌일 일을 준비하고 있을 것이다. 이런 와중에 다행이라는 표현은 미안한 말이지만 그래도 불행 중 다행으로 시간이 묘하게 맞았다. 모름지기 일차

과제가 마무리되어 박치의가 먼저 챙겨서 떠난 후 그들이 체포되었고 그 덕분에 증거가 하나도 나오지 않았을 것이다. 그렇다면 그 문제가 불거질까 봐 걱정할 일은 아니다.

강변칠우는 자질구레하게 고변을 할 사람들은 아니다. 보통 취조시에 고문을 당하면 없던 죄도 불어낸다지만 그 친구들은 목숨을 끊으면 끊었지 절대 그럴 사람들이 아니다. 다른 어떤 핑계를 대는 한이 있어도 이번 일에 대해 상감을 걸고 넘어갈 그런 치졸한 짓은 하지 않을 것이다. 다른 사람들이라면 목숨을 구걸하기 위해서 자신과 줄이 닿는 최고 권좌를 들먹이겠지만 그들은 절대 상감의 'ㅅ'도 입 밖에 낼 친구들이 아니다. 체포되었다는 동지들에게는 미안한 일이지만 후속 조치가 따르지 못하니 그게 더 걱정이다.

스스로 상황 정리를 끝낸 허균이 무겁게 입을 열었다.

"전하. 그들이 무슨 연유로 체포된 것이옵니까? 혹시…."

"아니오. 그런 연유는 아니오. 걱정할 정도로 발각되거나 그런 것은 전혀 없소. 그런데 짐도 황당한 것이 강도짓을 했다는 것이오. 새재(鳥嶺)에서 은상인(銀商人)을 죽이고 은 700냥을 강탈했다는 것이오."

"사람을 죽이고 은을 강탈하다니요? 절대 그런 일을 할 친구들이 아니옵니다."

"아니오. 그건 확실한 증거도 있소. 강탈한 것은 확실하오. 다만 그들이 왜 은을 강탈했는지가 궁금할 뿐이오. 고문을 당하면서도 입을 열지 않고 있소."

허균은 자신의 이마를 짚었다. 자신이 진주사로 떠나면서 일을 부탁하던 날이 생각났다.

'공연히 군사 이야기를 꺼냈구나. 틀림없이 그래서 일을 저지른 것이야. 자신들이 할 일만 하라고 그리 부탁을 했는데도 딴에는

나와 전하의 짐을 덜어 주겠다고 벌인 게야.'

허균은 임금 앞에 자신이 앉아 있는 사실도 잊어버린 채 중얼거렸다.

"대감. 짐에게 무어라 이야기하는 것이오?"

"아, 아니옵니다."

허균은 깜짝 놀라서 눈을 크게 뜨며 손사래까지 쳤다.

"아니오. 할 말 있으면 하시오. 얼마나 놀랐겠소. 큰일을 위해서 벌인 첫 준비인데 시작부터 아쉽구려."

"전하. 이것은 전적으로 소신의 잘못이옵니다. 하오나 그 친구들은 믿어도 좋을 친구들이옵니다. 절대로 뒷말이 나오지 않는다는 것을 소신이 목숨 바쳐 확신하옵니다. 다만 소신이 그들을 한 번 만이라도 비밀리에 만날 수 있도록 윤허하여 주시옵소서."

강변칠우라면 목숨을 버리면 버렸지 절대 고변하지 않을 것을 믿는다. 그렇다고 그들을 만나 보지도 않을 수는 없다. 강도사건이라면 어느 정도 고역을 치르고 나면 석방시킬 수도 있다. 지금으로서는 광해와 허균이 비밀리에 추진하는 혁명에 대한 증거가 없으니 그들의 죄명은 살인강도일 뿐이다. 사람을 죽였으니 그 죄는 막중하겠지만 당장은 손을 쓸 수 없어도 시간이 지나가면서 방법을 만들 수 있을 것 같았다. 그러려면 먼저 만나 봐야 한다. 전혀 짐작도 못했던 청천 날벼락 같은 소식이지만 이럴 때일수록 침착하게 대처해야 한다.

"아니오. 굳이 만날 필요는 없을 것 같소. 대감이 그들과 가까이 지냈던 것은 세상이 다 아는 일. 아무리 비밀리에 만난다고 대감이 그들을 만난 사실이 안 알려지겠소? 그리되면 어느 순간에 손을 써서 그들을 방면하고 싶어도 할 수가 없는 일이오. 그들을 방면하는 순간 대감이 비밀리에 그들을 만났던 것이 도마 위에 오르게 된다는 말이오. 일단은 모르는 척, 대감과는 전혀 상관이 없는 척하고 넘어가시오. 그리고 어느 정도 세월이 흐르고 난 뒤에 분위기를 봐 가면서 괜찮다 싶으면 짐에게 상기시켜 주시오. 짐이 알아서 처리하리다."

상감이 스스로 알아서 처리하겠다는데 더 이상할 이야기는 없다. 그래도 허균은 저린 마음을 어쩌지 못해 선뜻 대답을 못했다.

"대감. 대감이 저들에게 무슨 일을 하명했는지 다 알고 있는데 짐이 대감의 마음을 어찌 모르겠소? 짐이 보아도 그런 일을 할 사람들은 아닌데 일을 저지른 것을 보면 무언가 나름대로 일을 계획한 것이 있어서 무모한 짓인 줄 알면서도 했겠지. 그러니 대감으로서는 얼마나 궁금하겠소? 더더욱 대감이 명나라에 다녀오는 중에 이런 일이 일어났으니 더 마음이 아프겠지. 대감이 나라 안에만 있었어도 대감에게 상의를 한 뒤에 일을 벌였을 테니까? 그렇다고 대감이 귀국하자마자 저들을 만나보시오? 그렇지 않아도 평소에 그들과 친분이 있는 대감인데 중신들이 무어라 할 것이며 짐이 그들을 너그럽게 보아주려 해도 중신들 등쌀에 배겨내지 못할 것이오. 그러니 마음이 아파도 좀 참고 기다리시오."

광해의 말이 맞는 말이다. 그래도 허균은 저려오는 가슴을 어찌 할 바를 몰랐다.


귀국하자마자 맞은 날벼락에 무거운 마음으로 집에 돌아와 저녁도 먹는 둥 마는 둥 하고 사랑채에 앉아 촛불을 밝히고 책을 펴 놓아도 글이 눈에 들어오지를 않았다.

"대감마님, 이이첨 대감 나리 댁에서 사람이 왔사옵니다."

허균이 빈 눈동자를 책에 보내고 있는데 청지기의 목소리가 들렸다.

"이이첨 대감 댁이라? 무슨 일이라더냐?"

"예. 소인 이 대감마님 댁 집사이옵니다. 저희 대감마님께서 대감나리를 뫼시고 오라고 가마를 보내셨습니다."

"이 대감께서 가마를?"

"예. 지금 대령 중이오니 특별한 일이 없으시면 모시고 오라는 분부를 받들 수 있게 해주십시오."

이이첨이 집사를 보내며 가마까지 동행시켰다. 분명히 이것은 무언가 일이 있는 것이다. 오늘 귀국해서 지금 막 상감을 알현하고 돌아온 자기를 만나자고 할 정도면 일도 큰일이다. 직감적으로 강변칠우의 일과 무관하지 않을 것 같았다.

"그렇다면 가 뵙지 않을 수 없구나. 잠시 기다리어라. 내 의관을 갖추고 나가마."

의관을 갖추는 동안 허균은 이런저런 상상을 해봤다. 강변칠우와 자신이 가깝게 지냈던 것을 빌미삼아 자신에게 무언가를 요구하려는 것이 아닌가 하는 생각도 들었다. 물론 그가 자신에게 무언가를 요구한다면 그건 돈이 아니다. 허균이 상감으로부터 전폭적인 신뢰를 받는다는 것을 알기에 또 다른 무엇일 것이다. 그러나 다른 한 편으로 생각하면 그것도 아니다. 이이첨 역시 상감께 고해서 안 되는 일이 없는 위인이다. 굳이 허균에게 부탁하지 않아도 어떤 일이라도 해낼 인간이다. 도대체 강변칠우의 일이 어떻게 돌아가기에 이리도 급한 일이라는 말인가? 이리저리 생각을 해도 허균은 답을 얻지 못했다.

그러나 의관을 갖추기 위해서 마지막으로 갓을 쓰고 갓끈을 매던 자신도 모르게 소스라쳐 놀라며 갓끈을 놓쳐버렸다. 허균은 지난 번 광해가 혁명의 의지를 보이던 다음날 이이첨을 찾아갔던 일이 생각났다.

"안 돼. 그건 안 될 말이야. 그럴 수는 없어."

허균은 자신도 모르게 중얼거렸다.

"만일 그런 일이라면 이건 사람이 할 도리가 아냐."

허균은 자신이 이이첨에게 영창대군과 소성대비가 살아서 존재하는 한 나라가 바로설 수 없다고 했던 말이 생각나자 혼자 중얼거리면서 머리를 좌우로 흔들었다.


이이첨의 집에 도착하자 이이첨은 변함없이 반갑게 맞아주었다.

"어서 오시오. 허 대감이 명나라에 사신으로 간 뒤에 언제 돌아오나 기다렸는데, 마침 오늘 온 것을 알고 노독이 보통이 아니라는 것을 알면서도 이렇게 뫼시라 해서 송구하오."

"아닙니다. 그동안 보잘것없는 저를 기다리셨다니 드릴 말씀이 없을 정도로 고마울 뿐입니다."

"고맙다니 그게 무슨 말씀이오. 우리는 한 식구잖소. 가족이 먼 길을 떠났는데 기다리는 것은 당연한 일 아니오? 게다가 마침 일이 일어나서 공연한 오해가 허 대감에게 불똥을 튀게 할 수도 있는데 기다리지 않을 수가 있소?"

"일이라니요? 그리고 제게 불똥이 튈지도 모르는 일이라니 그게 무슨 말씀입니까?"

허균은 저 사람이 무슨 말을 하고 있는지를 알면서도 짐짓 모르는 체 했다.

"그렇지. 귀국하고 상감마마만 알현을 하고 바로 귀가하셨으니 아무도 못 만나신 게군요?"

"예. 아무도 못 만났습니다. 대궐에 상감마마를 뵈러 입시를 하였는데 들어갈 때는 몇 분 계신 것 같더니 알현을 끝내고 나오니 모두 퇴청을 하셨는지 못 뵙겠더라고요. 상감께서 여러 가지 하문을 하시는 바람에 일일이 고해 올리느라 시간을 지체해서 그런지도 모르지요."

"그래요? 그야 그럴 수도 있지요. 반대로 모두 퇴청을 했다기보다는 대감이 피곤하시니 보이지 않았을 수도 있고요."

"듣고 보니 그럴 수도 있었겠습니다. 제가 피곤하니까 눈에 보여도 감았을 수도 있습니다."

허균은 일부러 너털웃음까지 섞어가면서 이이첨의 말을 받았다.

"명나라에 다녀오면 피곤한 것은 저도 알지요. 저 역시 경험이 있으니까요. 그럼에도 불구하고 그리도 피곤하신 대감을 이리 뵙자 한 것은 아까도 잠시 말씀드렸지만 일이 하도 화급을 다투는 일이라…."

"참, 제가 피곤해서 정신이 없는지 제게 불똥이 튈지도 모른다는 일을 놓아두고 다른 말만 했습니다. 그 일이 무엇입니까?"

"강변칠우가 살인죄로 체포되었습니다."

이이첨이 허균의 눈치를 살피면서 말했다.

"강변칠우가 살인죄로 체포가 되다니요?"

이이첨이 눈치를 살피는 것을 아는 허균은 크게 놀라면서 말을 받았다.

"제가 그리 놀라실 줄 알았습니다. 대감께서 그들과 친밀하게 지내셨다는 소문을 듣고 제가 놀란 정도로 놀라십니다 그려. 듣기에는 그들과 친밀하게 지내셨다고 하던데요?"

"한때는 그랬습니다. 그들의 처지가 딱하기도 하고 한편으로는 서러운 그들의 마음을 이해할 수도 있었습니다. 그러나 차츰 나이가 들어가면서, 특히 자주 탄핵을 당하다 보니 어느 순간 그들과 쉽게 어울릴 일이 아니라는 생각이 들더라고요. 그래도 한때나마 가깝게 지냈던 벗들이니 놀라지 않을 수 없지 않습니까? 더더욱 살인 혐의로 체포가 되었다는데?"

"단순한 살인이 아니고 살인강도예요. 그것도 은상을 죽이고 은을 700냥이나 강탈했으니 나라경제의 근본을 흔드는 일입니다. 그건 보나마나 참형입니다."

"예? 참형이라니요? 그 사람들을 모두 참형을 시킨다는 겁니까?"

"당연하죠. 주동자만 참형을 시키고 나머지는 노역장이나 다른 형벌을 가하려 해도 서로가 자신이 주동자라고 우겨대니 방법이 없어요. 한 사람도 살릴 수가 없을 것 같습니다."

"그렇다고 일곱을 모두 참형한다는 것은…."

"일곱이 아니에요. 하나는 도망갔어요. 그런데 이상한 것이 범인 중 하나가 도망을 가면서도 증거물이 되는 은은 그냥 놓아두고 갔다는 겁니다. 한 냥도 손을 안 댔어요. 은을 쌌던 포장을 풀어본 후 다시 그대로 여며 놓았더란 말입니다. 도망자 생활을 하려면 분명히 돈이 필요했을 텐데 이상합니다."

"그걸 들고 갈 시간이 없었던 게지요. 잡히면 죽을 판인데 돈을 들고 도망을 가겠습니까? 걸음아 날 살려라 하고 도망을 쳤을 겁니다."

"그건 아닌 것 같아요. 포졸들이 급습을 했는데 이미 없더라는 겁니다. 사전에 알았으면 일곱 놈 모두 도망을 쳤겠지 하나만 도망치지는 않았을 것 아닙니까?"

"그럼 자기들끼리 무슨 일이 있었나 보군요. 그러니까 한 놈은 없었던 거 아닙니까? 일을 벌이기 전에 한 놈은 일행과 다툼이 있어서 그들이 무륜이라 말하던 소굴을 벗어난 뒤인지도 모르지 않습니까?"

"글쎄올시다. 그럴 수도 있는데 도통 입을 안 여니 알 수가 있나? 아무리 고문을 하고 목숨만은 살려준다고 하면서 도망친 놈의 행방과 돈을 갈취한 목적을 대라고 심문해도 답을 안 해요. 한 놈의 행방은 모른다고만 하고 돈은 술값이 떨어져서 술값하려고 탈취했다는 겁니다. 그건 말이 안 되죠. 그들이 서출이라고는 하지만 그 가문이 쟁쟁하다 보니 돈은 남부럽지 않게 쓰는 걸로 알고 있는데 말입니다. 다른 서출들과는 다르게 심우영이나 박응서는 그 어르신들께서 서출도 자식은 자식이라고 하면서 벼슬을 못하는 만큼 더 많은 돈을 준다고 들었소만, 그게 사실이 아닌지 어쩐 건지….”

이이첨은 이야기를 하면서도 슬쩍슬쩍 허균의 눈치를 살폈다. 자신이 이야기하는 동안 허균의 표정이 어떻게 변하는지를 살피는 것이다. 허균은 내심 이럴 때 눈치를 채이면 안 된다고 잔뜩 긴장을 하면서도 그것이 표정으로는 새 나가지 않게 노력했다.

“그런데 그 불똥이 왜 제게 튑니까?”

허균은 사실 아까부터 그 말의 의미를 듣고 싶었다. 혹시 저들이 무언가 낌새를 챈 것이 아닌지 불안하기도 했다. 다만 자신이 자꾸 조급해 하면 정말 의심을 받을까 봐 묻지를 못했을 뿐이다.

“아, 그거요? 그렇지 않아도 그 이야기를 하려고 했는데 자꾸 이야기가 다른 곳으로 샜습니다. 그게 무어냐 하면….”

이이첨은 막상 이야기를 하려니 자신도 선뜻 이야기하기가 망설여지는지 일단 말을 한 번 접었다.

“말씀해 보세요. 이미 제가 지난번에 대감께 찾아와서 말씀드린 바와 같이 대감께서는 우리 붕당의 영수이십니다. 제게 못 하실 말씀이 무엇이 있겠습니까?”

허균이 자신은 이미 대북의 한 식구이며 이이첨을 영수로 모시고 있다는 것을 다시 한 번 강조했다. 이이첨은 그 말을 다시 한 번 듣자 다소 안심이 되는 건지 아니면 그런 다짐이라도 받아야 말을 하려고 했던 건지 조심스레 입을 열었다.

"대감도 알다시피 대감을 시기하고 질투하는 사람들이 많지 않소? 그들은 대감이 강변칠우와 가깝게 지냈던 사실을 이번에 드러내고 싶어 하오. 대감이 이번 일과 연루된 것으로 얽어매려 하고 있소. 그게 불똥이 튀는 것 아니오? 물론 나와 우리 대북이 그저 당하고 있지만은 않겠지만, 문제는 우리 대북 안에서도 대감을 시기하고 질투하는 이들이 있다는 거요. 대감의 재주가 원래 특출해서 남들의 시선을 한몸에 받다 보니 생기는 일이라는 것을 알면서도 내 입장에서는 보통 걱정되는 것이 아니라는 거외다."

이이첨은 자신이 허균을 아껴서 지켜 주려고 노력한다는 것을 자랑하는 건지, 아니면 무언가 요구를 하기 위해서 협박을 하는 것인지 짐작이 가지 않는 어투로 말했다.

"그래요? 전일에 친하게 지내던 사람이 죄를 진 것도 죄가 된다면, 조선 천지에 죄인 안 될 사람이 그리 많지는 않겠네요? 친구가 죄를 지은 것이 죄가 된다면 하는 수 없지요. 그렇지만 그들이 살인강도를 저지를 때 나는 명나라에 있었으니, 내가 직접 살인을 했다고는 안 할 것 아닙니까? 내가 직접 살인강도를 하지 않았으니 참형은 면할 것이고, 탄핵하여 파직시키려 하겠네요? 파직을 당하면 유배를 가거나, 아니면 사건에 직접 개입은 하지 않고 전자에 친하게 지낸 것으로 당한 파직이니, 유배는 가지 않을 수도 있겠지요.

그리 얽어매려 한다면 당하는 수밖에요. 대감이 영수이신 우리 붕당에서조차 나를 시기하고 질투하는 건지 아니면 나를 의심하는 건지는 모르겠지만 좌우간에 나를 얽어매려는 데 동참하는 자들이 있는데 무슨 재주가 있겠습니까? 한두 번 탄핵을 당하는 것도 아닌데 너무 심려 마십시오."

허균은 이이첨의 말을 들으면서 살인강도 사건에 대한 심문을 하는 동안, 자신이 강변칠우와 맺은 언약이나 그들에게 부탁한 것이 새 나가지 않았다는 것을 확신했다. 그렇다면 굳이 질질 끌려갈 필요가 없다. 어차피 자신을 옭아매려 마음을 먹었다면 당해야 한다. 아무리 아니라고 진실을 밝히자고 해도 소용이 없다. 자신이 그들과 친하게 지냈던 것은 사실이다. 천하가 다 아는 일인데 발뺌을 할 수도 없다. 사람이 사람을 친하게 지냈다는 것을 가지고 옭아매는 데에는 당해낼 수가 없다.

"대감이 섭섭해 하는 것도 당연한 거요. 나를 영수라고 믿고 따라주는 대감에게 우리 붕당에서마저 해하려는 사람들이 있다는 것은 영수로서도 미안한 일이오. 아무리 대감을 시기하고 질투한다지만 그건 있을 수 없는 일이오. 내 생각이 그렇기에 여러 가지로 노력해 봤소. 우리 붕당 사람들에게 대감을 시기하고 질투하더라도 해하려 하지 말라고 설득도 했소.

무릇 우리가 붕당을 만드는 목적이 같은 붕당에 모인 식구끼리 돕고 살자는 것인지라 붕당은 단합이 최우선이요. 그 일의 잘잘못은 나중 일이고 우선은 단합이라는 말이요. 그런데 다른 일에서는 단합이 잘 되던 우리 붕당도 유독 대감이 일을 당하면 하나가 되어 변호해 주지를 못해요. 기껏해야 영수인 나와 두어 명이 동조를 하고 나머지는 아예 손을 떼고 침묵으로 일관하니 어떤 일이 생겨도 힘을 발휘할 수가 없소. 대감을 해하려는 것은 해당 행위라고도 했지만 그들의 마음까지는 조정할 수도 없는 노릇이니 나도 갑갑하기는 마찬가지요.

나도 갑갑한 일이지만 상감께서 앞에 계실 때, 대감을 변호하지 않고 침묵하는 그들에게, 입을 열라고 할 수도 없으니 그저 한심하기만 하오."

"그렇다면 제가 붕당을 탈당하면 붕당은 잘 조화가 되겠습니다 그려."

"무슨 말씀을 하시는 거요? 누가 붕당을 떠난답니까? 오히려 대감을 붙잡으려고 이런 말씀을 드리는 것 아니오? 지금까지 붕당에 미지근한 태도를 보이던 대감께서 확실하게 한 건을 보여주신다면, 대감께 질투를 느껴 시기하던 자들도 대감이 우리 붕당에 없어서는 안 될 분으로 보겠지요. 대감의 진짜 가치를 눈으로 확인하면 그들도 어쩔 수가 없을 것 아니오?"

"한 건을 보여주다니요?"

"예를 들자면 그렇다는 겁니다. 이번 일을 예로 들자면 대감께서 강변칠우와 교분이 두터우니 그들과 만나서 대화를 하는 겁니다. 그들이 은을 왜 탈취했는지 목적을 알아내는 겁니다. 내 추측으로는 지난번에 대감께서 우려하던 일이 현실로 나타난 것 같기는 한데, 그 증거가 없단 말입니다. 자복만 해도 얼마든지 연계할 수 있는데 죽기 직전까지 고문을 해도 자복을 안 하니 방법이 없어요."

이이첨은 일상 대화를 하듯이 평온하게 말했다. 오히려 자신이 얼마나 기가 막힌 생각을 해냈는지를 보라는 듯이 기세가 당당해졌다.

"제가 우려했던 일이라니요?"

허균은 모르는 체 질문을 하면서도 끔찍했다. 지금 이이첨이 한 말은 자신이 영창대군을 탄핵하여 싹을 잘라버리자는 이야기를 강변칠우와 엮자는 것이다. 강변칠우가 순수하게 상감을 도우려고 벌인 살인강도를 역모로 탈바꿈시키려는 것이다.

"영창대군마마와 대비마마의 기세가 살아 있으면 전하의 보위가 불안하니 그 존재감이 어떻게든 없어져야 한다는 그 말씀이요?"

허균은 짐짓 확실한 의미를 깨닫지 못해 다시 한 번 묻듯이 이어 물었다. 질문을 하면서도 기가 막혔다. 자신이 강변칠우와 가깝게 지냈건 멀리 지냈건 간에 그건 중요하지가 않다. 살인강도를 역모로 몰고 가는 것을 넘어서서, 정적이라고 여기던 이들에게 죽음의 숙청을 가할 구실을 만들고 있는 간악함에 치가 떨릴 뿐이었다. 그런 허균의 마음을 아는지 모르는지 이이첨은 손뼉까지 치며 기쁜 표정으로 말했다.

"맞습니다. 바로 그겁니다. 그들을 이용해서 이참에 영창대군과 대비는 물론, 그 주변의 핵심 인물들까지 연루된 것으로 몰아붙여 단칼에 모두 제거하자는 겁니다."

"그렇다면 강변칠우가 역모를 위해서 살인강도를 했다는 건가요?"

"그거야 아니겠죠. 반역을 한다는 것이 쉬운 일이겠습니까? 강변칠우가 무슨 힘이 있어서 반역까지 도모하겠습니까? 다만 이미 벌어진 일이고 이대로 간다면 그들은 결국 참형을 당할 것입니다. 하지만 굳이 그들을 죽일 일이 아니라는 겁니다. 은 700냥이 큰돈이라고는 하지만 솔직히 우리 입장에서 그들을 죽인들 얻을 것이 무엇입니까? 죽이지만 않는다면 얻을 것이 있는데 굳이 죽일 필요가 있겠냐는 거죠. 같은 값이면 그들을 이용해서 얻을 수 있는 것을 얻는 쪽으로 몰아가자는 것뿐입니다. 손 안에 들어온 떡이니 먹자는 이야깁니다.

그들이 우리가 원하는 방향으로 고변을 해준다면 역모를 사전에 고변해 준 것을 치적으로 삼아 방면할 구실을 만들어 주는 겁니다. 고변한 자의 죄는 묻지 않을 것을 약조하고 실토하는 놈은 정말로 살려주는 겁니다. 여섯 모두가 말을 맞춰 고변을 하게 하든, 각자 다른 이들의 이름을 대게 하든 그건 우리가 알아서 조정할 일이지요.

그들이 당장 목숨이 위태로운 주제라는 것을 잘 이용해야지요. 원래 먹물이 진하게 든 사람일수록 배신도 잘하고 목숨 구걸도 잘하는 법입니다. 그들은 그저 건달이 아니라고 들었습니다. 그들 역시 먹물이 진하게 든 자들인지라, 입 한 번만 빌려주고 목숨을 구하라고 하면, 들을 것입니다. 그러면 원래 약조한 대로 목숨은 살려주고 적당한 기회에 상감께 상소를 올려 방면을 해주자는 겁니다. 도망친 이를 더 뒤쫓는 일도 없을 것이고요."

기도 안 막히는 말이지만 그 말을 들으면서, 이제는 정말 강변칠우를 만나 내용을 소상히 알아볼 기회가 생길 것 같아서 허균 자신이 하겠노라고 대답하고 싶었다. 그러나 그런 목적이 있다고 해서 지금 자신이 나서면 이이첨의 생각이 어떻게 바뀔지도 모른다. 그들의 목숨을 살릴 수 있는 기회를 잃어버릴 수도 있다. 짐짓 어려운 부탁이라도 받은 양 망설일 수 있을 때까지 망설여야 한다.

"그런 협상이 가능하겠습니까?"

"그러니까 대감께 말씀을 드리는 것 아닙니까?"

"그래서 제게 말씀을 하셨다니요?"

"대감은 강변칠우와 친분이 있으니 그들을 설득할 수 있습니다. 은을 약탈한 목적이 역모를 위한 자금으로 쓰려는 것이라고 자술을 하는 사람은 살려준다는 겁니다. 물론 그 배후를 물을 때 우리가 사전에 지목하는 이의 이름을 대야 목숨을 살려줄 구실이 생기지요. 그들은 배후의 지령을 받고 은을 약탈한 한낱 하수인에 불과한데다가, 역모를 획책한 이들을 고변하는 바람에 역모를 사전에 예방하는 데 혁혁한 공을 세웠으니 적어도 죽음은 면할 거라는 이야기요.

그러다가 때를 보아 상감께서 방면하시면 되는 일 아니오? 허 대감께서 상감께 주청 드리고 우리가 동조하면 되지요. 얼마나 서로에게 득이 되는 일이오. 그들은 살인강도죄를 짓고도 방면될 기회를 얻고, 우리는 이 기회에 영창대군은 물론 대비까지 탄핵하여 유배를 하든 사약을 내리든 뿌리를 뽑고요. 나아가서는 그 두 분을 추종하던 무리들까지 일거에 제거할 수 있으니 서로에게 좋은 일을 마다할 까닭이 없지 않습니까?"

이이첨은 자신이 얼마나 기발한 생각을 했는지 보라는 듯이 당당하게 말했다.

"지금 그 약조가 확실하신 겁니까?"

"확실하고 안 하고는 대감이 더 잘 알잖소? 만일 그들이 영창대군을 추대하려는 음모의 꿈을 버리지 못하고 있는 소북과 그에 동조하는 일부 남인의 무리까지 제거할 수 있는 빌미만 만들어 준다면 가능하지 않겠소?

소북의 김제남이 영창대군을 보위에 올리기 위한 자금을 만드느라고 살인강도를 지시한 것을 그들이 고변하는 바람에 알게 되는 것 아니오? 국가내란을 미리 막는 차원에서라도 아주 중요한 일이오. 역모를 꾸미는 이들의 사주를 받아 살인강도를 저지른 것이지만 그들 덕분에 역모를 막을 수 있었다는 점을 부각하는 겁니다. 아울러 살인강도 한 건으로 여섯 명을 한꺼번에 참형까지 처하는 것은 너무 과하니 성은을 베푸시라고 주청을 드리면 상감께서도 못이기는 체 하실 겁니다. 그렇게 목숨을 살려둔 뒤에 방면하는 것은 어렵지 않은 일이잖소? 상감께서도 당신의 보위를 지켜준 이들인데 마다하실 이유가 없지 않소? 그들의 목숨을 지켜주는 데 문제가 되는 것은 그들 자신일 뿐이오. 이미 말한 바와 같이 그들이 도통 입을 열지 않는다는 것이 문제요."

허균은 이이첨이 자신을 부른 이유를 확실하게 알았다. 그렇지 않아도 목에 걸린 가시 같은 소북과 영창대군을 완전히 제거하고 싶었는데 마침 그럴싸한 일이 터져준 것이다. 그런 호재를 놓칠 이이첨이 아니다.

허균은 조금 전 이이첨의 말을 처음 들을 때 끔찍한 상상을 하고 있다고 욕을 했었다. 그런데 막상 시간이 지나면서 이이첨의 머릿속에 들어 있는 생각이 드러나자 오히려 허균 자신의 마음도 움직이기 시작했다. 영창대군을 폐하려고 제일 먼저 서두른 것은 허균 자신이다. 그런데다가 일만 잘 되면, 아니 이이첨이 약속만 지켜서 대북이 조금이라도 도와만 준다면, 강변칠우는 목숨을 구한다. 단순히 목숨을 구하는 것에서 그칠 일이 아니라 같이 손을 잡고 다시 일을 시작할 수 있다.

이것저것 다 차치하고라도 일단 강변칠우를 누구의 눈치를 보지 않고도 만나서 이야기를 나눌 수 있다는 커다란 이점도 있다. 더 이상 망설일 까닭이 없다.

# 10. 진정한 선비정신

"그래서 우리들 보고 죄 없는 사람 이름을 하나씩 호명해서 역모로 죽음의 구렁텅이에 몰아넣고, 그 대가로 목숨을 구걸하라는 건가?"

"목숨을 구걸하라는 것이 아닐세. 그리고 그들이 죄 없는 이들도 아니고.

임금께서 즉위하신 해부터 비 한 방울 오지 않던 때를 생각해 보게. 그들은 임금이 얼손이라서 하늘이 우리나라를 버린 거라고 공공연히 백성들을 충동질했어. 백성들의 여론을 등에 업고 반정을 하겠다는 거지. 상감께서는 양반관료들이 먼저 가진 것을 내놓으면 하늘도 감동하신다고 하면서 손수 모범을 보이셨고. 그렇게 어질고 착한 임금을 몰아내고 그 자리에 영창대군을 앉히겠다는 거였지. 그런 연후에는 어찌 했겠나?

겨우 핏덩이 신세를 면한 대군이 왕이 된들 무얼 하겠나? 당연히 소성대비가 수렴청정을 할 것 아닌가? 소성대비 역시 입궐 후 6년 만에 대비가 되었으니 당연히 정사는 모를 터. 그 아비 김제남이 뒤에서 모든 것을 조정하면서 나라를 말아 먹겠다는 소리 아닌가? 소북이 다시 집권을 하면서 우리 대북의 씨를 말리고 자신들의 세상을 만드는 것일세."

"우리들은 소북이고 대북이고 큰북이고 작은북이고 무슨 북이어도 상관이 없네. 다만 지금의 상감마마께서 우리 같은 서얼들은 물론 상민들과 천민들까지 사람이 사람답게 사는 세상을 만들기 위해 혁명을 계획하신다는 것만이 중요했네. 그런데 갑자기 죄 없는 사람들을, 그것도 역모를 계획하기는커녕 대북 눈치만 보느라고 오금도 제대로 못 펴는 이들을 고변하라니? 영창대군마마는 물론 소성대비마마까지 고변을 하라는 것은 우리 보고 사람 백정이 되라는 말 아닌가? 내 목숨 하나 구걸하려고 남의 목숨을 대신 바치라는 소리 아닌가?

솔직히 허 대감이 대북이라지만 그렇다고 대북이 전하와 뜻을 모아 반상을 폐지하는 것도 아니지 않는가? 그 일은 오로지 허 대감 혼자만이 상감과 뜻을 맞추고 있는 것 아니었나? 우리들이 보기에는 그저 대북이나 소북이나 모두 매 한가질세. 관리들 중에서는 허균이라는 자네만이 유일한 희망이자 전부일세."

"자네들이 보기에는 당연히 대북이나 소북이나 매양 한가지일 수 있겠지. 하지만 정말 혁명의 성공을 기원한다면 이번에는 도와줄 가치가 있네.

상감께서 혁명을 수면 위로 끌어올리는 순간 반드시 반대파가 일어날 것이네. 반상을 타파하는 혁명이다 보니 양반 사대부들이라는 것들은 지금의 붕당과 상관없이 뭉치려 들겠지. 그리되면 그들이 누구를 중심으로 뭉칠 것인가? 영창대군이 살아 있는 한은 영창대군을 중심으로 하나가 되는 것은 자명한 일이네. 영창대군이 어느 붕당과 가깝느냐 하는 것은 나중 문제일세. 영창대군이 살아 있는 한 영창대군을 택하지 않고 다른 군(君)을 옹립하려 한다면 그건 명분을 잃게 되거든. 그러니 너나 나나 할 것 없이 영창대군을 중심으로 양반 사대부들이 모여들겠지.

얼핏 생각하기에는 전 백성들의 1할도 안 되는 양반들이, 그것도 서얼들을 빼고 나면 1할에도 턱없이 못 미치는 양반들이 뭉쳐봐야 별거냐고 생각할 수 있네. 나머지 상민과 천민이 9할도 더 되는데 무슨 문제냐고 할 수도 있지. 그러나 그건 자네들이 잘 알지 않는가? 양반들은 병장기를 비롯한 군대를 움직일 힘을 가지고 있네. 물론 상감께서 때가 되면 자신이 알아서 군대를 움직이겠노라고 하셨지만 그건 상감의 생각일 뿐이라고 전에 내가 말한 적이 있지 않은가? 게다가 양반집에 얹혀사는 노비나 기타 소작을 하거나 등등 대부분의 백성들이 감히 양반에 맞서서 단번에 일어날 수 있다고 생각하는가? 수적으로는 1할도 못 되는 양반이지만 그 힘은 일반 백성의 몇 배가 아니라 몇 십 배를 능가할 수도 있네.

그러나 만일 영창대군이 없다면?

서로의 붕당에 이득을 가져올 왕족 후손을 선택할 것 아닌가? 서로 자신들의 붕당과 가까운 군을 찾아서 보위에 앉히려 들 걸세. 당연히 하나로 뭉칠 수가 없겠지. 그리되면 상감께서 계획하시는 혁명은 더 성공할 확률이 높아지는 것 아닌가?

자네들이 왼쪽 눈 한 번 질끈 감고 입만 한 번 빌려준다면 자네들도 살고 혁명의 성공률도 높아질 걸세. 대의를 위해서나 자네들 개인 개인을 보아서나 굳이 목숨을 잃어가면서까지 고집을 부릴 필요가 없다는 말을 하고 싶을 뿐이네."

"실리적으로 보자면 허 대감 말이 맞는 말이겠지. 아니 그게 현재 조선이 처한 상황이라는 것을 누군들 모르겠나? 그래도 그건 사람으로서 할 도리가 아니라는 말이네. 우리들이 저질러 놓은 일을 내 목숨 살겠다고 무고한 이를 끌어들일 수는 없다는 말일세."

"나 역시 자네의 말이 옳다는 것을 몰라서 하는 말이 아니네. 그렇다고 자네들 말대로 무고한 사람을 죽이면서까지 살고 싶지 않다고 한들 그 역시 부질없는 짓이라는 것을 알지 않는가?

다시 한 번 냉철하게 생각해 보기로 하세. 혁명이라는 대업이 우리 앞에 놓인 것을 제외하고 생각해 봐도 마찬가지일세. 자네들도 붕당의 성격을 잘 알지 않는가? 어차피 이이첨이 영창대군과 소북의 잔당들을 모조리 제거하려고 마음먹은 이상 누군가에 의해서 벌어지든 일은 벌어지네. 누가 어떻게 일을 꾸며내든 영창대군과 소성대비는 물론 김제남 이하 소북의 목숨은 이미 끝난 것이라고 봐야 하네. 그들의 목숨이 어떤 연유로 사라지든 간에 기왕 갈 거라면 자네들의 목숨을 살리는데 보탬이 되도록 쓴다고 해서 뭐가 문제라는 건가? 어차피 갈 목숨을 이용해서 자네들도 살고 혁명에도 보탬이 되는데 망설일 이유가 없지 않은가?"

허균은 진심으로 자신의 마음 모두를 담아 말했다. 영창대군이 죽어 없어지면 혁명의 성공률은 그만큼 높아질 것이다. 그러나 그것보다 더 중요한 것은 강변칠우가 사는 길이 그 길밖에 없기 때문에 더 간곡하게 말했다.

저들이 왜 강도짓을 했는지 다른 사람은 몰라도 허균은 안다. 저들은 허균이 정책이야기를 하면서 자체 군대의 필요성을 이야기를 하자 자기들이 어떻게든 군대까지 해결해 보고 싶었던 것이다. 자기들이 자체로 군을 만들지 못하면 최소한 허균이 모집할 승군에라도 도움을 주고 싶었던 것이다. 말 안 해도 다 아는 일이기에 굳이 물어보지 않았을 뿐이다. 허균의 그런 마음을 아는지라 강변칠우 역시 아무 말 없이 시간이 흘렀다.

잠시 시간이 흐르고 나서 박응서가 입을 열었다.

"돌아가면서 각자 자신의 의견을 말해 봅시다. 이건 목숨이 달린 일이오. 목숨이 붙어 있을 때는 말을 잘못 해도 수정하면 되지만 죽고 나면 끝이오. 목숨을 살리기 위한 방법을 택한다고 손가락질할 이유도 없소. 각자 하고 싶은 말만 하면 되오. 토론을 하자는 것이 아니라 자신이 선택할 길을 말하는 거요."

"좋소. 기왕 각자 말을 하기로 했으니 내가 먼저 말하리다. 나는 구질구질하게 살아남느니 차라리 죽음을 택하겠소. 임금께서 혁명을 해서라도 반상을 타파한다기에 그나마 희망을 걸어 봤는데 첫 시작부터 꼬이는 것이 희망이 없는 것 같소. 내 목숨 하나 살리자고 죄 없는 남의 목숨이나 빼앗는 그런 삶은 살고 싶지 않소. 그렇지 않아도 은상에게 겁만 주고 은을 강탈하려던 것이 그가 너무 완강하게 대항하는 바람에 실수로 목숨을 거두게 되어 마음이 무거웠는데 또 다시 그런 일은 하기 싫소. 영창대군을 탄핵하기 위해서라지만 김제남을 비롯해서 이 일과는 전혀 무고한 이들을 거짓 고변하여 역모로 몬다면 우리라고 뭐가 다른 거요? 지금까지 우리가 손가락질하던, 양반이라고 거들먹거리는 우리 애비들과 뭐가 다르겠소?"

각자의 의견을 말하기로 하자 제일 먼저 심우영이 덤덤하게 말했다. 허균은 그의 말을 들으면서 이건 아니라는 생각이 들었다. 허균 앞에서 그가 어떤 말을 하느냐가 강변칠우들의 마음을 움직일 수 있다는 것은 모두가 아는 일이다.

심우영은 비록 서자라고는 하지만 허균에게는 처 외숙이 되는 사람이다. 세상을 떠난 전 부인의 서(庶) 외삼촌이다. 처음 강변칠우를 만날 때는 처 외숙인지도 몰랐었다. 그가 서자이기에 허균이 혼인할 때 나타나지 않았고, 아예 집을 떠나 강변칠우와 살기에 마주할 기회가 없었다. 강변칠우와 교분을 가지면서 이런저런 이야기들을 주고받다가 비로소 서로의 관계를 알게 된 것이다. 처외숙이라지만 서자인데다가 허균보다 나이가 어린 그로서는 항상 허균을 어려워했다. 그러나 그가 비록 처조부 심전의 서자라고는 하지만 허균은 그를 서 외숙으로 대한 적이 없었다. 항상 외숙처럼 대해 줬다. 외숙 이상으로 정말 다정한 친구처럼 대해 줬다는 표현이 더 옳을 것이다. 그렇기에 강변칠우들이 허균을 더 좋아했는지도 모른다.

"외숙. 외숙의 말씀이 틀린 것은 아닙니다. 하지만 대의를 위해서 비록 잘못된 일이라는 것을 알면서도 한 번쯤은 모르는 척 넘어갈 수도 있는 일 아니오?

지금의 상감은 이 땅에 역사가 창제된 8,800년 이래로 가장 훌륭한 일을 하고자 하시는 성군이시오. 그리고 여기 있는 이들이 그 성군을 받들어야 하는 이들이오. 조정에서는 날이면 날마다 벌어지는 일, 그것도 백성들을 위해서가 아니라 자신들의 호의호식을 위해서 벌어지는 일들을 단 한 번만 백성들을 위해서 해보자는 거요. 설령 이런 일들이 훗날 백성들에게 알려진들 누가 우리에게 돌을 던지겠소? 오히려 이런 기회가 있음에도 불구하고 스스로 자신을 속이기 싫다는 핑계로 포기했다면 백성들이 우리를 얼마나 원망하겠소? 이건 자기 자신에 대한 명분 하나 세우려고 백성들을 포기하는 거란 말이오."

"그런 말 마시오. 백성들을 위한 것이라는 핑계 아래 날이면 날마다 벌어지는 일들이 바로 지금 대감이 말한 일들이 아니오? 죄 없는 이들을 역모라는 희한한 단어로 옭아 넣어 죽이는 바로 그 일. 그런데 대감은 우리에게 그 일을 하라고 시키고 있는 거요. 나는 그동안 말이 조카사위지 사실 나보다 나이도 많은 커다란 상전에게 지나친 대우를 받으면서 아주 행복했었소. 그런 대우를 내게 해 준 조카사위가 훌륭했기에 행복했던 것이오. 매사에 꾸밈이 없고 자신을 드러내고 싶은 대로 드러내는, 안과 밖이 같은 유일한 조선의 선비가 바로 그 조카사위라서 자랑스러웠소. 때로는 그 조카사위가 어려운 적도 있었지만 항상 나를 행복하게 해주는 조카사위에게 진심으로 고마웠소. 나를 낳고 키운 부모가 원수처럼 여겨지다가도 조카사위만 보면 한편 고맙다는 생각이 들기도 했소. 저런 조카사위를 만나라고 이 모든 설움을 겪는 나를 낳게 해줬구나 하는 고마움이오. 모든 백성들이 행복하게 살 수 있는 그 날을 만들고 싶어 하는 대감의 진심을 나는 알고 있었으니까.

그렇다면 지금의 대감의 말이 이제까지 대감이 추구해 온 논리와 같다고 생각하시오? 남의 목숨을 무고하게 희생시키면서 내가 행복하겠다는 것이 과연 맞는 것이오? 내가 천대받지 않겠다고 남의 목숨을 앗아도 된다는 것이 과연 맞는 말이오? 조선에서 유일하게 자유와 행복의 진정한 맛을 아는 선비가 지금 하는 행동이 과연 옳은 것이오?"

허균은 대답을 못했다.

심우영의 말이 백 번 옳은 말이다.

다만 자신은 어떻게든 모두가 잘 사는 세상을 만들겠다는 욕심이 앞서서 변칙을 사용해도 좋다고 생각했을 뿐이다. 그 잘못을 심우영이 짚어내고 있다.

"그렇지만 이번 일은 단순히 자신의 욕심을 채우자는 것이 아니잖소? 대의명분이 뚜렷한 거 아니오?"

"아무리 대의명분이 뚜렷하다고 해도 나는 그리할 수 없소. 섭섭히 생각하지는 마시오. 그동안 대감이 베풀어 준 은혜를 간직한 채 이제 갈 길을 갈 때가 된 것 같소. 역사가 나를 어찌 기억하든 간에 내가 떳떳한 길을 가는 것이 옳다는 생각이오."

심우영과 허균이 나누는 대화를 듣고 있던 박치인이 자신이 말을 하겠노라고 손을 들었다.

"지금 심 처사가 한 말이 내 생각과 같소. 다만 내가 덧붙이고 싶은 것이 있다면 박 처사(박응서를 가리킴)에게는 미안한 일이지만 박 처사는 남아야 한다는 생각이오. 내 동생 치의를 먼저 부안으로 내려 보낼 때 우리가 그런 약속을 하지 않았소? 만일 이 일이 중도에 발각이 되면 나머지 사람들이 목숨으로 막아내면서라도 빠져나갈 사람의 순번을 정했었소. 내 동생이 제일 먼저라 부안으로 이미 떠난 것이고, 그 다음은 박 처사가 내 동생에게 동생이 떠난 후 추가로 연구한 결과를 전달하기로 했소.

동생이 함께 있을 때 우리는 이미 큰 맥은 잡았소. 내 동생은 그걸 가지고 허 대감이 미리 마련해 두었던 부안에 가 있소. 그리고 내 동생이 떠나고 난 후로 우리가 앞으로 어떤 것을 어떻게 연구해야 할지를 더 세부적으로 정리를 해서 줄기는 정리했잖소. 앞으로는 우리가 맥을 잡았던 큰 과제와 세부적인 줄기들을 학문적으로 정리해서, 학문과 현실을 접목해야 하는 아주 중차대한 일들이 남아 있소. 이제 막 시작하려는 단계 아니겠소? 그렇기에 박 처사는 무슨 일이 있어도 정리된 이론들을 가지고 동생이 있는 곳으로 가야 하오. 다른 분들도 학문이 빛나는 것은 마찬가지지만 박 처사가 그래도 우리 중에는 가장 학문도 뛰어나고 현실 감각도 갖추고 있지 않소? 게다가 정해진 순번도 있고.

내 동생이 먼저 부안에 가 있지만 내 동생은 내가 잘 아오. 누군가가 옆에서 끌어만 준다면 부족할 것이 없지만 그렇지 않으면 혼자서 너무 힘들 것이요. 허 대감이 다른 인재들을 그와 함께 일할 수 있게 해준다 해도 그의 성격상 한동안 힘들어할 것이 뻔하오. 우리 중에서도 형인 나보다도 박 처사를 더 좋아하고 따랐던 것은 우리 모두가 다 아는 일이니 박 처사만은 남아서 허 대감과 내 동생을 도와주기 바라는 마음 가득하오."

박치인의 말에 모두가 고개를 끄덕이자 허균이 말 틈새에 끼어들었다.

"이보게들, 지금 무슨 말을 하오? 모두가 살아서 이제 겨우 시작한 정책을 만들어 백성들이 살아나갈 앞날을 밝혀 주어야 하는 것 아니오?"

허균은 누구보다 강변칠우를 잘 알고 있다. 저들 중 한 사람이 저런 생각을 가지고 있다면 모두의 생각이라고 해도 절대 과언이 아니다. 어떻게든 저들이 생각을 고쳐먹게 해야 한다.

"자네들의 선비다운 명분을 누가 감히 그르다 할 것이오? 맞는다는 것을 나도 아오. 그 명분을 버리라는 것이 아니라니까? 당신들이 한 번만 마음을 고쳐먹고 나라를 위해, 백성들을 위해 일을 해준다면, 행복한 나날을 보낼 수 있는 백성들을 놓아두고 명분을 위해 목숨을 버리겠다는 말이오?"

"처음 출발을 개만도 못하게 빤한 거짓 고변이나 해서 남의 목숨을 끊고 아무리 훗날 좋은 일을 하겠다고 합리화한들 그게 무슨 소용인가? 지금 조정에서 하는 짓들이 처음에는 대의를 위해 한 번 하자고 했다가 결국은 스스로 배운 나쁜 짓거리에 맛을 들여 그 짓거리만 일삼는 것 아닌가? 잘못된 것을 알면서도 시작을 그릇되게 해놓고 나중에 바로잡겠다는 게 말이 되나? 우리는 그리 못하니 섭섭해 하지 말게나.

허 대감이야 훗날 저승에서 만나도 우리 친구 아닌가? 내가 지옥 저 끝 멀리에서 허 대감이 보이더라도 기꺼이 달려가서 인사를 함세."

"자네는 우리가 아니더라도 얼마든지 도움을 받을 걸세. 그동안 베푼 자네의 은덕과 자유분방한 그 정신으로 사귄 친구가 한둘인가? 남들은 상대도 안 하는 우리 같은 반 쪼가리에서 천민까지 뛰어난 지식을 가진 이들은 물론이요, 양반 중에서도 자네를 흠모하는 이들이 얼마나 많은가? 분명히 그들이 자네를 도와줄 것이라 믿네. 자네가 일을 하고자만 한다면 뭐가 걱정이겠나?"

"내가 일을 도와줄 사람이 없다는 것이 아니지 않소. 일을 도와주는 것도 처음부터 그 진의를 알고 함께하는 사람과 중간에 합류하여 친구들이 정리해 놓은 것을 이론적으로 맞춰나가는 사람들과 같을 수가 있겠소?"

"우리를 위로하느라 하는 말인 줄은 알지만 그런 말 마오. 적어도 허 대감이 이제껏 친분을 나눈 이들은 허 대감의 의중이 무엇인지 긴 설명을 듣지 않아도 다 알만한 이들이라는 것쯤은 우리들도 이미 알고 있소. 허 대감이 어디 허투루 사람을 사귄답디까? 신분의 귀천 없이 배움이 있건 없건 사람이 제 도리만 지키고 살면 진심으로 사람을 대하는 분 아닙니까?"

"그건 친구들이 나를 잘 보아주어 하는 말이오. 나라고 허물이 없는 사람이 아니거늘 어찌 그럴 수가 있겠소?"

"그런 말 마시오. 이번에 치의를 부안으로 내려 보낸 이유도 그곳에 있는 기생 계생(桂生)과, 비록 천민이기는 하나 그 문장이나 학식이 누구보다 뛰어난 유희경(柳希慶)이 있기 때문이라는 것을 우리가 모를 것 같소? 또 허 대감이 공주목사 시절에 호형호제 하던 얼손(孼孫)들 중 상당한 지식을 가진 자들이 많다는 것쯤은 우리도 아오. 그들이 남 모르게 부안으로 몰려들 것 아니오. 물론 부안에도 그런 이들이 많으니 함께하겠지. 그게 바로 허 대감의 재산 아니오? 허 대감이 신분이나 학식을 뛰어넘어 사람다운 사람과 친분을 두터이 한다는 연유로 탄핵 당한 것이 어디 한두 번이오?"

"맞소. 우리의 몫은 여기까지인 것 같소. 이미 허 대감이 말한 대로 혁명이 일어날 때 당면해야 할 문제들에 대해서 어떻게 헤쳐나갈 것인가는 나름대로 정리를 해서 치의가 가지고 부안으로 갔소. 그것이 꼭 맞는다고도 할 수 없지 않소. 또 다른 누군가가 수정하고 보완하는 것이 중요하지 않겠소? 그 과정에서 정히 연구의 맥을 잇기 위해서 우리 중 누군가가 필요다면 우리 중에는 박응서 처사에게는 미안한 말이지만 혼자만 남아도 충분하다는 생각이오. 박응서 처사만 명예를 버리고 삶을 택하라는 것처럼 들릴지 모르지만 그게 아니라는 것을 알아줄 것이라고 믿소."

칠우들의 말을 듣던 박응서는 굳은 얼굴로 침묵한 채 잠시 시간을 두었다가 입을 열었다.

"허 대감이 안타까워하는 마음에 우리 친구들이 나에게 살아남으라고 하니 김제남을 고변하는 조건으로 살아남기는 하겠네만 옳은 선택인지는 나도 모르겠네. 나 혼자만의 삶이 아니라 칠우 모두의 삶이라는 의무를 가지고 살아나가야지. 반드시 혁명의 밑거름이 되기 위해 내게 주어진 모든 것을 발휘하겠네. 칠우들의 몫까지 말일세."

이제까지 자신들의 신세를 한탄하면서도 흘리지 않던 눈물이 박응서의 볼을 타고 흘러내리고 있었다.

"어차피 반 쪼가리로 태어난 인생이니 남들 사는 만큼의 반만 살아도 되는 것 아니오? 이쯤에서 죽는 것이 오히려 명예나마 지키는 것이라는 하늘의 뜻이라고 생각하며 후회 없이 가리다."

흐르는 박응서의 눈물에 보태지는 심우영의 목소리를 듣자 허균은 심장이 터지는 것 같은 아픔이 숨도 쉴 수 없을 정도로 짙게 덮쳐왔다. 살아남기로 한 박응서 외에는 누구의 눈에서도 눈물이 흐르지 않건만 허균은 쏟아지는 눈물을 참을 수 없었다. 그 눈물은 죽어가는 동지들이 애처로워서가 아니라 이런 모습으로 살아 남는 자신이 가엽고, 무언가 너무나도 분해서였다.

결국 김제남이 자신들의 우두머리로서 그의 지시를 받고, 영창대군을 보위에 옹립하기 위한 역모자금을 만들기 위해 은상인을 살해하고 은 700냥을 강도질했다는 허위 자백을 박응서가 모두를 대신해서 하고 그 혼자만 살아남았다.

허위 자백을 받고 나자 이이첨이 퇴청길에 허균에게 가마를 보내 기생집에서 만나자고 했다.

"허 대감, 정말 수고가 많았소이다. 정말 누구도 할 수 없는 일을 허 대감이 해냈소. 김제남이 강변칠우를 꼬드겨 영창대군을 보위에 올리기 위한 역모자금을 마련하기 위해서 강도짓을 저지르게 했으니 삼대를 멸하는 것은 자명한 일이고, 영창대군과 소성대비라고 무사할 수 있겠소? 정말 수고했소이다. 이 기회에 영창대군을 탄핵하고 내친김에 소성대비까지 탄핵하는 일을 마무리 지어야 마음이 놓이기는 하겠지만 일단은 한시름 놓지 않았소?

나 역시 그동안 마음고생이 심했지만 허 대감은 더 심했던 것을 알지요. 그래서 내가 그동안 겪은 우리 두 사람의 노독도 풀 겸 조촐한 자리를 마련했소이다. 아직 일이 마무리되지 않았지만 일을 마무리하기 위한 힘을 보충하기 위해서라도 반 박자만 쉬어 갑시다.

허 대감이 원래 풍류를 즐기지 않소이까? 나 역시 풍류를 좋아하지만 원래 정무에 시달리다 보니 자주 자리를 못했는데, 오늘 아주 큰마음 먹고 자리를 마련했으니 우리 오늘만큼은 마음 놓고 취해 봅시다 그려."

"대감께서 그리 말씀해 주시니 그저 고마울 뿐입니다."

허균은 입으로는 고맙다고 했지만 가슴을 후벼 파는 고통을 참을 수가 없었다. 김제남의 이름을 댔다는 공을 인정받아 박응서는 즉각 방면이 되었지만 나머지 사람들은 끝내 입 열기를 거부하고 죽음을 택했다. 그 죽음의 값이 이 잔 속에 들어 있는 술이라면 이건 친구들의 피다. 친구들의 피를 마시는 자신의 심장도 얼어버릴 것 같았다. 아무리 마셔도 취하지 않고 오히려 정신이 또렷해지는 것이 이 잔 속에 들어 있는 것은 영락없는 친구들의 피였다.

피 값을 해야 한다. 이 기회에 영창대군과 소성대비를 탄핵하는 선에서 마무리 지을 것이 아니라 혁명의 성공을 위한 첫 준비 작업으로 아예 영창대군과 소성대비의 목숨을 거둬야 한다.

"대감, 영창대군과 소성대비를 탄핵하는 것에서 멈추면 아니 되지 않소이까? 그들의 목숨을 거둬야 후환이 없을 것 아닙니까?"

술잔에 든 술을 친구들의 피라고 생각하면서 마신 허균이 진지한 목소리로 말하자 이이첨의 얼굴에 긴장감이 돌았다.

"그거야 그렇지만 소성대비의 경우에는 그게 쉽지만은 않을 것 같소이다. 영창대군이야 당연히 조치를 취해야지요. 유배 후에 기회를 봐서 목숨을 거두는 것이 어렵지 않을 겁니다. 이미 김제남이 영창대군을 보위에 올리기 위해 역모를 꾸민 것으로 박응서가 고변을 했으니 어려울 것이 없겠지요. 그러나 소성대비의 경우에는 좀 다르다는 겁니다.

생모가 아니니까 주상께서야 당연히 뭐라 달리 하실 말씀도 없고, 또 주상을 위해서도 후환을 없애기 위한 조치라는 것을 아시니 속으로는 반기실 수도 있어요. 문제는 소성대비가 주상의 어머니도 되신다는 겁니다. 보위에 오르신 것이 소성대비가 중전시절에 아들로 입적되었기에 가능한 것이니 바로 소성대비의 아들 아닙니까? 주상께서 보위에 계시는데 대비를 폐하거나 사사한다는 것은 아주 어려운 일이예요."

"그렇다고 눈에 보이는 후환을 그대로 안고 갈 수는 없는 일 아닙니까?"

"그러게 말입니다. 그야말로 이러지도 저러지도 못하는 입장이오. 우리 대북에서도 많은 이들이 소성대비를 폐하는 것은 역공을 맞을 수 있는 빌미를 제공하는 것이라고 반대를 하니까요."

"역공을 맞다니요?"

"우리 국조의 기본이 뭡니까? 충, 효예요.

실제로는 양어머니라고 하지만 자신의 어머니를 해하는 것을 용인하겠습니까? 여염집에서 그런 일이 일어나도 당장 참수를 당할 죄인데 하물며 만백성의 눈이 집중되어 있는 궁궐에서 말입니다. 만일 그리했다가는 불효자식이라는 빌미를 들어 당장 주상에게 그 화살이 돌아올 거요. 그렇지 않아도 득실대는 서인 잔당들과 남인 잔당들은 물론 유생들이 가만히 보고만 있을 것 같소? 모름지기 당장은 어찌 피해 가더라도 언젠가는 그 빌미를 들어 주상을 겨냥하고 덤빌 거외다."

이이첨의 말을 듣던 허균은 언젠가는 덤빌 거라는 말에 속으로 코웃음을 쳤다. 바로 그 '언젠가'이라는 때는 결코 오지 않을 것이라고 속으로 혼자 되뇌었다. 그 '언젠가'을 없애기 위해 아끼고 사랑하는 강변칠우 중 다섯이나 형장의 이슬로 사라졌다. 그러니 당장만 피할 수 있다면 어떻게든 일을 벌여야 한다.

"그렇다고 그대로 놓아둘 수도 없는 일 아닙니까? 이번 사건에서 김제남이 영창대군을 보위에 올리려 한 것이 명약관화하게 밝혀졌습니다. 김제남은 소성대비의 아비구요.

손자인 영창대군을 왕위에 올리려는 역모를 주동했다고 김제남과 영창대군을 제거하면, 대군의 어미이자 역모를 주동한 김제남의 딸인 소성대비도 당연히 벌을 받아야 하는 것으로 몰아가야 하는 것 아닙니까? 만일 이번 기회를 놓치면 이런 기회가 언제 다시 오겠습니까?"

"물론 대감의 말이 틀린다는 것이 아니요. 대감 말대로 이번 기회가 아니면 언제 다시 기회가 올지도 모르는 판이니 하려면 이번 기회에 내쳐야지요. 그렇지만 이미 말했다시피 우리 대북 내에서도 많은 이들이 반대를 합니다. 특히 기자헌 대감 같은 경우에는 절대 안 될 일이라고 합니다. 기 대감의 말씀에도 일리가 있습니다. 지금은 무사히 넘어간다고 하더라도 언젠가 주상께서 허점을 보일 때 역모를 꾸밀 빌미를 줄 수도 있다는 겁니다. 어미를 폐한 패륜아로 몰아간다면 많은 이들이 동조할 것이라는 겁니다.

지금은 우리 대북이 조정의 요소요소를 장악하고 있지만 언제 어떻게 바뀔지 모르는 것이 현실정치 아닙니까? 자칫 우리 대북 내에서도 다른 욕심을 부리는 자들이 생기는 날에는 그들이 다른 붕당 사람들보다 먼저 들고 일어날 수도 있는 일입니다. 예를 들자면 소성대비 문제가 표면으로 떠오르면 그 문제를 빌미삼아 이제까지 숨기고 있던 욕심의 발톱을 드러낼 수도 있어요. 자기들끼리 소성대비를 폐하는 것이 부당하다는 주장을 내세우며 파벌을 만들어 붕당을 꾀하는 겁니다. 그리되면 우리 대북은 상대적으로 약해질 것이고 그 허점을 틈타 숨죽이고 있는 다른 붕당이 고개를 쳐들고 들이밀지 말라는 법이 없잖소이까? 그렇지 않아도 우리는 이미 한 번 당한 적이 있는 사람들이에요.

2년 전 김직재(金直哉)가 아들과 사위는 물론 연릉부원군(延陵府院君) 이호민(李好閔)과 송상인(宋象仁), 윤안성(尹安性) 등을 끌어들여 나 이이첨을 비롯한 우리 대북을 제거하고 순화군(順和君)의 양

아들 진릉군(晉陵君)을 왕으로 추대하려다가 발각되지 않았습니까? 그것도 다행히 미리 발각을 했기에 망정이지 만일 그리 못했다면 지금 어찌 되었겠습니까?

우리 대북이 약해지면 그런 무리들이 언제 다시 고개를 들지 모르는 일입니다. 게다가 소성대비 문제로 우리 대북이 갈라지는 날에는 우리 대북에서 갈라져 나간 이들이 그런 무리들과 손잡지 말라는 법이 있습니까? 그러니 신중하지 않을 수 없죠. 섣부르게 결정할 일은 아닙니다."

대비를 폐위하는 것이 국조의 기본을 흔든다고 하는 이이첨의 입에서 나오는 말은 충효와는 전혀 상관없는 말이다. 어찌 해야 정권을 유지할 수 있느냐는 것이지 충효를 걱정하는 말은 하나도 없다. 더더욱 김직재의 난은 대북이 소북을 제거하고 정권을 독식하기 위해서 벌인 날조된 역모라는 것은 이미 천하가 아는 일인데 같은 붕당인 허균을 앉혀 놓고도 버젓이 역모라고 하면서 나라 걱정을 하는 체 한다. 기도 안 막히는 일이다. 바로 저런 무리들이 이 땅에서 사라져야 한다. 상감 앞에서는 백성들이 어쩌고 하면서 제 욕심 챙기기에 급급한 저런 무리들을 제거하기 위해서 죄 없는 친구들이 형장의 이슬로 사라졌다. 겨우 살아남은 친구 하나도 평생의 신조를 버리고 부끄럽게 목숨을 건졌노라고 힘들어 하는데 저런 인간들은 도대체 무슨 생각을 하고 있는 것인지 그 머릿속을 한 번 들여다보고 싶었다.

언젠가 허균이 탄핵을 당하고 절에 가서 참선을 할 때다.
큰 스님이 허균을 반갑게 맞았다.
"대감이 또 와주셨구려. 지난 번 우리 절에서 참선했던 일로 탄핵을 당하셨다고 들었는데 괘념치 않고 또 오셨나 보구려."

"참선하다가 파직을 당했으니 참선해서 그 번뇌를 다스리려고 왔습니다."

"병의 원인을 가지고 병을 치유한다? 대단하십니다 그려. 수십 년 절밥을 먹으면서 구도를 한다고 하는 소승도 부끄러워지는 말씀입니다."

큰 스님은 허균이 자신이 파직 당한 것에 연연하지 않고 있음을 이미 알고 있었지만 막상 자신의 귀로 들으니 대단한 인물이라는 생각이 절로 들었다.

"아닙니다. 스님. 소인이 잘못한 것이 무엇인지는 정확히 모르겠지만 만일 구도를 한 것이 잘못이라면 까짓 탄핵이나 파직은 몇 번을 당해도 두려울 것이 없다는 말씀을 그리한 것뿐입니다."

"소승이 비록 해탈은 못했을지언정 대감께서는 입으로만 그리 말씀을 하시는 것이 아니라, 그 말씀이 진심에서 우러나오는 것임을 압니다. 무릇 속세를 사는 대감 같은 분들은 저희 땡초들과는 달라서, 물질이나 권력 같은 세상 욕심이 구도보다는 우선에 놓이기 마련인데 대감께서는 그 반대시니 이미 깨달음을 얻으신 것과 무엇이 다르겠습니까? 진심으로 소승이 부끄럽기 짝이 없습니다."

"무슨 말씀을 그리하십니까? 소인이 며칠 묵어갈 것이니 소신을 일깨울 화두 하나만 적선해 주십시오."

"화두를 달라시면 어떤 화두를 원하십니까?"

"화두를 원하다니요? 주시는 화두를 가지고 제가 참선을 하는 것이지 제가 무슨 자격으로 어떤 화두를 달라고 청할 수 있겠습니까?"

"이미 더 이상 드릴 화두가 없을 것 같아서이옵니다."

"별 말씀을 다하십니다. 그런 말씀 마시고 제가 어찌해야 정말 백성들을 위해서 정치를 할 수 있는지 깨달을 수 있게 해주십시오."

"이미 하고 계신데 군이 더 잘하시겠다면 소승 부족하나마 한 말씀 얹어 드리기는 하겠습니다만 이 역시 부끄럽기 짝이 없습니다.

　대감께서 예까지 오면서 버린 것은 무엇이고 주은 것은 무엇인
지요?"

　허균은 그날부터 3일 동안을 잘 먹지도 않고 잠도 제대로 자지
않으면서 자신이 그동안 버린 것과 얻은 것을 곰곰이 생각해 보았
다. 그러다가 나흘 째 되는 날 이른 새벽 갑자기 떠오르는 생각이
있었다. 사흘 밤낮을 생각해서 얻은 결론이다.

　벼슬길에 올라가다가 탄핵을 당해서 주저앉고 다시 일어서서
가기를 반복했지만 지금 이 방에 있는 것은 얻은 것도 잃은 것도
없는 자신 하나다. 집에는 재물도 있고, 아내와 첩이 있고, 기방에
서 자신을 기다리는 애첩도 있지만 지금 이곳에는 자신 하나다.
집에는 비단 옷에 통영갓에 온갖 겉치레를 위한 물건들이 산적해
있지만 지금 이곳에는 달랑 걸치고 있는 무명 바지저고리가 전부
다. 역으로 평생을 욕심 없이 산다고 자부했지만 가진 것을 따지
다보니, 이곳에는 자신 하나뿐이라지만 집에는 너무 많은 것들을
쌓아 놓고 있었다.

　진정 백성들을 위한 정치를 할 수 있는 화두를 달라 했던 자신
이 부끄러웠다.

　백성들은 그해 유난히 심했던 가뭄과 뒤늦게 찾아온 태풍으로
농사를 몽땅 망쳐 배고픔에 시달리고 있는데 자신의 곡간에는 재
물이 가득하고 자신의 옷장에는 비단 옷이 즐비하고 마누라의 패
물 그릇에는 패물이 가득했다. 얻은 것은 많은데 나눈 것은 아무
것도 없다. 나누기는커녕 자신이 버리기라도 하면 주어가려고 기
다리는 백성들 앞에서 버린 것이 하나도 없다. 아까워하며 긁어모
을 줄만 알았지 나눌 줄도 버릴 줄도 모르고 살았다. 이 모든 것이

욕심을 조금도 버리지 못한 이유에서 기인하는 것이다.

　가진 자가 가진 것을 내놓지 않으면서 어찌 백성들을 위한 정치를 할 생각을 했더란 말인가? 백성들의 입과 귀를 봉해서 말 한마디 할 수 없게 만들어 놓고 어찌 백성들을 위한 정치를 한다는 말인가? 그들이 무엇이 잘못 되어 가는 것인지를 듣고 판단해서 무엇을 원하는지를 말할 수 없게 만들어 놓고 어찌 그들을 위한 정치를 할 수 있다는 말인가?

　허균은 일시에 부끄러움이 밀려오는데 주체할 수가 없었다.

　그때 풍경이 울었다. 울리는 풍경소리가 백성들의 원망소리로 들렸다. 구도를 한답시고 참선을 하는 자신을 비웃는 백성들의 아우성으로 들렸다.

　허균은 더 이상 앉아 있을 수가 없었다. 어서 집으로 돌아가서 이 생각이 변하기 전에 곡간을 열어야 한다는 생각밖에 들지 않았다.

　큰 스님 보기가 겁이 났다.

　이곳에 도착하던 날 큰 스님이 자신에게 깨달음 운운하던 말이 자신에게 진정한 깨달음을 얻으라는 말로 상기됐다. 큰 스님이 잠자리에서 일어나기 전에 몰래 빠져나가려고 서둘러 몇 안 되는 짐을 챙겨 방문을 살그머니 열고 밖으로 나섰다. 그리고 몇 걸음을 떼었는데 뒤에서 '어흠' 하는 헛기침 소리가 났다. 자신도 모르게 뒤를 돌아보니 큰 스님이 서 있었다. 허균은 소스라치게 놀라며 자신의 치부가 한꺼번에 드러난 것 같아 어쩔 줄을 몰랐다.

　"이른 새벽에 기침을 하셨나 봅니다. 무슨 볼 일이라도?"

　큰 스님은 모든 것을 알 것 같은데 짐짓 모르는 체 하며 물었다.

　"예. 가려고요."

　"가시다니?"

　"집으로 돌아가렵니다. 이곳에서 해답을 얻으려 했는데 소인에게는 역시 세상이 해답인가 봅니다. 이곳은 구도를 하시는 스님 같은 분이 계실 곳이고 제가 있을 곳은 아무래도 속세인 듯싶습니다. 버린 것도 나눈 것도 없이 욕심으로 가득 찬 마음을 비울 곳은 이곳 선방(禪房)이 아니라 제 곁에서 저를 바라보고 있는 백성들과 함께해야 한다는 생각입니다. 공연히 주제를 모르고 스님께 화두 적선을 받은 것 같아 부끄럽기 그지없습니다. 스님께서 기침하시기 전에 일어나 가려고 했는데 그만 들키고 말았습니다. 몰래 도망가려다가 들킨 심정이 부끄러워서 어쩔 줄 모르겠습니다."

"도망을 가시다니요? 이미 얻으신 깨달음을 실행하러 가시는 분이 그리 말씀하시면 아니 되지요. 빈승이 듣기에는 진정한 깨달음을 얻으신 것이 틀림없습니다. 그 깨달음을 이제 실행만 하시면 됩니다. 아무리 깨달음을 얻으면 무엇합니까? 본디 사람의 기억과 마음은 언제 변할지 모르는 것입니다. 그건 속세에 사시는 대감 같은 분들이나 이런 산 속에서 해탈한답시고 부처님의 자비를 입으로 줄줄 외고 사는 우리들이나 마찬가지지요. 어쩌면 우리 같은 땡초들이 더 심할지도 모릅니다. 항상 무념무상의 경지에 도달한다는 욕심이 앞서 유혹을 받다 보면 내가 언제 무슨 생각을 했는지조차 잊을 수도 있으니까요. 그러나 자신이 얻은 깨달음을 몸으로 실천하기 시작한다면 그것이야말로 정말 깨달은 것 아니겠습니까? 깨달음을 얻어 중생을 구제한다는 것이 무엇이겠습니까? 머릿속으로 중생을 구제할 생각을 하고 입으로 부처님 말씀을 달달 왼다고 중생이 구제가 되겠습니까? 중생들이 진정으로 원하는 바가 무엇인지를 알고 부처님의 자비를 그들에게 나눠줄 때 깨달음을 얻는 것 아니겠습니까?"

"부끄럽기 그지없습니다. 소인 이제야 깨달음의 첫 줄을 잡은 것 같습니다. 이 마음 변하기 전에 집으로 돌아가렵니다."

허균은 손을 합장하여 인사를 한 후 부끄러운 자리를 피하기 위해 부지런히 걸음을 옮겼다. 발걸음 뒤로 '성불하라'며 인사를 하는 큰 스님의 목소리가 점점 멀리 들렸다.

점점 멀어지는 큰 스님의 목소리가 아쉽기만 한데 갑자기 이이첨의 목소리가 정적을 깨트렸다.

"그렇다고 그리 심각한 얼굴로 술잔마저 쳐다보지도 않으면 내가 다 무안합니다. 더더욱 오늘은 그런 이야기보다는 그동안의 여독을 풀자고 모인 자리인데? 아직 기회가 있으니 그리 심각하게 생각하지는 맙시다. 나 역시 소성대비가 마음에 걸리는 사람이니 일단 우리 대북의 결속을 더욱 공고히 다진 후에 기회를 만들어서 그때 처리합시다. 그렇다고 늦는 것도 아니에요. 영창대군을 사사하고 그 후 책임을 물을 수도 있는 것이니까요. 어쩌면 영창대군과 함께 모조리 묶어서 너무 크게 가는 것보다는 자잘한 자들은 나중에 소성대비와 함께 제거하는 것도 나쁘지 않을 수도 있지 않겠습니까? 영창대군을 제거할 때 일단 한 꺼풀을 벗기고 미처 눈에 띄지 않는 무리들은 소성대비와 함께 묶어 처리한다면 일거양득일 수도 있어요. 이미 벌어진 일을 두 번 우려먹는 거지요.

자, 자 그렇게 기분을 깔지 말고 한 잔 듭시다. 이야기는 다 마친 듯하니 이 잔 한 잔 들고 기녀들을 들여 오랜만에 풍류나 즐겨봅시다."

이이첨은 허균이 선방에 다녀온 것을 생각하는 동안 줄곧 저 생각을 했을 것이다. 허균이 자기반성을 하는 동안 허균 역시 자기처럼 누구를 얽어맬 방법을 연구하고 있다고 스스로 판단했을 것이다. 이미 얻은 강변칠우 사건을 이용해서 한 번 더 정적을 제거하기 위한 궁리만 하고 있었던 것이다. 그리고 기껏 한다는 말이 기생들 들어오라고 해서 풍류나 즐겨보자고 한다. 기생 젖통이나 만져가면서 술이나 마시고 해롱거리다가 기생 볼에 뽀뽀나 하고, 그것도 아쉽다 싶으면 치마는 입은 채로 속곳을 벗으라고 주문한 뒤 치마 속으로 대가리를 쳐 박고 쿵쿵거린다. 그러다 열이 오르면 품에 안고 나뒹굴다가 기생의 그곳에 남근이나 집어넣어 맞추는 것을 풍류라고 하는 그 말도 역겨웠다. 그러나 정작 역겨운 것은 금방 강변칠우의 죽음을 가지고 한 번 더 우려서 사람 수십 명을 죽일 궁리를 하다가 천연덕스럽게 풍류를 즐기자며 기생들을 들게 하자는 거다. 마음 같아서는 두들겨 패 주고 싶기도 했지만 어찌 생각하면 측은하기도 했다. 관직이라는 것을 맛본 후로 그저 할 줄 아는 것이라고는 남을 죽이고 자신이 그 자리에 올라가는 방법을 연구하는 것이 전부다. 정작 풍류가 무엇인지도 모르는 자다. 기생들과 어울려 술 마시고 노래하고 몸 섞는 것을 풍류라고 하는 인간이니 어련하랴 싶은 생각에 차라리 불쌍하기조차 했다.

이이첨은 술을 마시면서 기생 치마폭에 휩싸여 입을 헤벌쭉 벌리고 어쩔 줄을 몰라하건만 허균은 줄곧 강변칠우의 얼굴이 술잔에 담기는 것을 지울 수가 없었다.

# 11. 아버지 초당 허엽의 초당두부

    강변칠우의 죽음으로 마음이 허전한 허균을 광해가 침전으로 불렀다.

    "기왕 벌어진 일이니 너무 속상해 하지는 마시오. 짐은 오히려 강변칠우라 부르던 그들이 부럽기조차 하오. 자신의 목숨을 잃을지언정 무고한 사람들을 거짓 고변해서 사지로 몰아넣지 않겠다는 그 정신이 바로 선비정신 아니오? 조선에서는 선비정신이 바닥에 떨어져 하나도 남지 않은 줄 알았더니 그렇지만도 않소. 정말 아까운 사람들이었소. 스스로 적손임을 자랑하며 서자라고 남들을 깔보는 이들은 선비정신은 고사하고 순 무뢰배 같은 언행을 일삼으며 남들을 해코지 하는데 온갖 신경을 쓰고 있건만, 그들에게 서출이라고 무시당하면서 양반 취급도 받지 못한 이들이 진정한 선비정신을 이어오고 있다니 무언가 역설적이지 않소? 이 나라 조선의 기조가 선비정신이라 말하면서 관직에 앉아 있는 이들은 정작 선비정신을 실종시키고, 그들이 탄압하고 깔보는 이들이 선비정신을 지켜 나가니 조선의 꼴이 이 모양인 게요.

    아니지. 그나마 서출이라 불리는 그들만이라도 선비정신을 간직하고 있으니 조선이 이렇게 버틸 수도 있는 것이겠지. 그들마저 없었다면 조선은 이미 사라진 전(前) 왕조가 되었을지도 모르지."

광해가 한탄하듯이 하는 말에 허균은 충분히 공감했다. 강변칠우의 일을 기억하면 너무나도 모순 덩어리다. 서자로 태어나 온갖 설움을 받고 살다가 겨우 혁명의 불씨를 만나 뜻을 펼까 했는데 너무 앞서가는 바람에 변만 당하고 말았다. 그들은 목숨을 유지할 기회가 주어졌는데도 거절했다. 떳떳하지 못한 삶을 살기보다는 떳떳한 죽음을 택했다. 그들이 바로 몇 안 남은 조선의 진정한 선비다. 그런데 살아있을 때는 선비 취급은커녕 양반도 아니고 상민도 아니라서 받아야 하는, 인간의 모습 중 가장 초라한 반 쪼가리로 생을 살아야 했다. 이 얼마나 커다란 모순이라는 말인가?

"그들의 죽음에는 짐의 책임도 크다는 것을 통감하고 있소. 그들이 오죽 불안했으면 강도짓을 해서라도 군자금을 모으려 했겠소. 이럴 줄 알았으면 진작 그들에게 어떤 수단을 이용해서라도 자금을 내려 보낼 것을 잘못했소."

"전하. 그리 생각하지 마시옵소서. 그 일은 신의 잘못이 무엇보다 크다는 것을 절감하고 있사옵니다. 신이 그들에게 좀 더 믿음직하게 이야기했거나, 그도 아니면 아예 군대 이야기는 빼고 말했더라면 이런 일은 없었을 것이옵니다. 이번 일은 신이 좀 더 심사숙고하지 못해서 벌어진 일이옵니다. 하오니 전하께서는 상심을 거두심이 마땅하옵니다."

"아니오. 그렇지도 않소. 그렇게 바르고 충직한 이들을 과소평가한 짐에게 더 큰 책임이 있소. 대감이 그들에게 혁명 이후의 정책을 입안하게 했다는 말을 들었을 때 솔직히 짐은 긴가민가했었소. 과연 현장 경험도 없는 그들이 그런 큰일을 해낼 수 있을까 의심이 들었다는 표현이 맞을 것이오. 아니 솔직히 말하자면 그들의 신분이 서출이라는 것이 더 마음을 쓰이게 했을 것이오. 서출이 제대로 학문이나 연마했겠느냐는 선입견을 아무리 떨치려 해도 쉽게 떨쳐지지가 않더라는 말이요. 그렇다고 뾰족한 수가 없기에 잘 되기만 바랐을 뿐이오.

현장에 몸담은 경험이 있는 이들은 지금 관직에 있든, 물러나 앉았든 간에 모두가 어떤 붕당인가에는 속한 자들이니 그들을 시켰다가는 금방 소문이 퍼져 양반 사대부들이 일시에 치고 들어올 것이 빤하기에 그저 대감을 믿어 보는 수밖에 없다는 판단이었던 것이오. 대감을 믿는 만큼 그들을 믿었다면 이런 일은 없었을 것이라는 생각만 나면 후회가 막급하오.

그러나 아무리 후회를 한들 지나간 일을 되돌릴 수는 없는 일 아니겠소? 짐과 대감이 꿈꾸고 그들이 이루고자 했던 때가 훗날 온다면 그들의 명예를 회복시켜 주고, 그들이 얼마나 훌륭한 선비들이었나를 만방에 알리겠지만 그게 그들에게 무슨 큰 의미가 있겠소. 그들의 죽음을 진정 헛되지 않게 하는 방법은 이제부터라도 그런 실수를 저지르지 않는 것이 그들의 뜻을 받드는 것이라는 생각이오.

그래서 말인데 부안에서 진행하는 일에 혹시 돈이 더 필요하다면 언제든지 말씀하시오. 짐과 중전의 패물을 처분해서라도 아끼지 않고 지원할 것이오. 또 승군을 확보하는 데에도 공연히 자금 문제로 일을 그르치지 않게, 하시라도 필요한 것이 있으면 말씀하시오. 그 말씀을 드리려고 입궐하라고 한 것이오.

참, 그리고 한 가지 더 있소. 앞으로는 대감이 자주 명나라에 사신으로 가도록 짐이 명할 것이오. 그것은 혹시 이번 같은 일이 일어나더라도 대감이 이 땅에 없었던 까닭에 대감을 연루시키지 못한 이번 일을 경험삼아 생각해 낸 것이오. 짐의 뜻을 이해하리라고 믿소."

허균은 광해의 깊은 마음을 헤아릴 수 있었다. 허균이 공연히 역모에 연루되어 행여 일을 그르칠까 봐 틈만 나면 이 나라를 떠나 있게 하고 싶은 것이다.

"짐에게 대감 같은 신하가 둘만 더 있어도 이미 세상이 바뀌었을 것이오. 짐이 부덕한 탓인지 아니면 진정으로 필요하다는 것을 느끼고 난 후 맛을 보라는 것인지 현실은 그렇지가 않구려. 그렇다고 하늘을 원망하는 것은 아니오. 짐에게 대감 같은 신하가 있다는 것만으로도 하늘에 고마워해야 할 것은 확실하오.

그러고 보니 대감이 백성들을 그리도 아끼는 것은 아마도 집안 내력 같소. 대감의 선친이신 초당(草堂) 대감께서도 백성들을 위해 일하시다가 억울한 일을 많이 당하신 것으로 알고 있소."

허균은 어릴 적 생각이 났다.

허균은 강릉 초당동에서 태어났다.

아버지는 초당동에서 군수와 동지중추부사를 지내신 초당(草堂) 허엽(許曄)으로 허균은 3남 3녀 가운데 막내로 태어났다. 허엽은 경상도 관찰사까지 지냈고, 동인을 창당한 일원 중 한 사람으로 동인의 영수까지 지내며 훗날 허균이 대북의 일원이 될 수 있는 바탕을 깐 사람이다.

허엽은 전 부인이 1남 2녀를 남기고 세상을 떠나자, 허균의 어머니인 예조참판 김광철의 딸 강릉 김씨와 재혼하여 2남 1녀를 두었다. 허균의 동복형인 허봉은 이이(李珥)를 탄핵하다가 축출되었고 동복 누나인 난설헌 허초희는 문장이 뛰어나기로 소문난 여인이다. 그런 가정에서 태어난 허균이 문장을 접하는 것은 아주 손쉬운 일이었다. 그런 까닭에 허균은 열 살도 되기 전부터 글을 잘 지어 주변을 놀라게 하였다.

허균이 열 살도 되기 전부터 글은 잘 지었지만 그렇다고 세상 물정 돌아가는 것을 알 수는 없었다. 다만 허엽이 동인을 창당하고 동인의 영수까지 되었지만, 붕당과는 상관없이 백성들을 애틋이 생각했었다는 기억만이 남아 있을 뿐이다. 한때나마 허엽이 백성들을 위해서 일하다가 오히려 상대 붕당의 공격을 받아 어려워하던 일을 지금도 기억하고 있다.

허엽이 강릉 군수로 재직하던 시절이다.

강원도라는 땅의 특성상 벼농사를 짓기가 힘들어 백성들은 콩 같은 밭작물을 많이 재배했다. 똑같은 노력을 들여도 주식인 쌀을 농사짓는 것보다 밭작물은 그 가치 면에서 상대적으로 낮은 평가를 받았다. 허엽은 자신이 군수로 있는 지역 주민들이 똑같은 농사를 지으면서 상대적으로 빈곤한 것이 몹시 마음에 걸렸다. 어떻게든지 밭농사를 짓는 주민들의 삶을 윤택하게 해주고 싶었다.

고심 끝에 생각한 것이 바로 두부였다. 초당 맑은 물로 빚은 두부는 전국 어느 곳에서 먹었던 두부보다 맛있다는 사실에 착안한 것이다. 허엽은 강릉 백성들에게 초당 맑은 물로 두부를 빚게 했다. 그리고 관에서는 그 두부를 판매할 수 있는 길을 열게 하라고 명했다. 처음에는 관헌들이 두부장사를 시킨다고 투덜거렸으나 초당두부의 명성이 한양까지 알려져서 찾는 사람이 많을수록 그 불평은 수그러들었다. 백성들은 허엽에게 감사한 마음을 감추지 못하고 연일 고맙다는 인사를 하러 몰려들었다. 그러나 그런 백성들의 마음을 정녕 모르는 건지, 아니면 허엽이 백성들을 위해서라면 장사꾼이 되어도 좋다는 마음으로 헌신하자 백성들이 추앙하는 것이 시기가 났던지 중앙에 있던 관료들이 그를 탄핵하기 시작했다. 탄핵의 이유는 간단했다. 관리로서 해서는 안 될 짓을 한다는 거다. 관리가 부를 탐해 장사를 하니 당연히 탄핵해야 한다는 것이다.

허균은 어느 날 아버지 허엽이 어머니께 힘든 표정으로 말씀을 꺼내던 일이 다시금 떠올랐다.

"정말이지 세상이 엉뚱하기 그지없소. 백성들이 잘 살기 위한 길을 열어 주기 위해서 두부장사도 마다하지 않은 것이거늘 그게 죄가 되어 내가 탄핵을 받아야 한다니 어처구니없는 세상 아니오?"

"그럼 어이 되시는 겁니까?"

"모르지요. 나에 대한 탄핵 상소가 빈번하다는 말을 듣고 나 역시 해명하는 상소를 올렸으니 상감마마께서 판단하시지 않겠소?"

"무슨 상소에 어찌 해명을 하셨는데요?"

"관리가 재물을 탐한 나머지 백성들에게 두부를 만들게 해서 그 이득을 취해 부를 늘리려고 한다는 상소가 빗발친다고 하오. 그래서 나는 두부로 인해서는 한 푼 이득 본 것도 없고, 오로지 백성들이 힘들여 농사지은 콩이 제 값어치를 못하는 것이 안타까워서 벌인 일이라고 했소. 초당 맑은 물로 두부를 만들어 팔라는 충언을 하고 판로를 만들어 주는 가교 역할을 했을 뿐이라고 해명했소. 상감께서 어떤 판단을 하실지는 나도 모르겠지만 그냥 넘어가지는 않을 것 같소. 백성들의 행복보다는 유학이라는 학문에 얽매여 그 구절 외우는 것을 더 중요시 생각하는 이들이 신료라는 자들 아니요?

굶주리는 백성들이 배불리 먹고 행복할 수 있다면 장사가 아니라 더 한 일이라도 한다는 생각만 할 수 있다면 좋으련만, 대개의 관료들이 그렇지 못한 것이 문제가 아니겠소? 설령 그런 생각을 하더라도 그 말을 공공연하게 못하는 것도 문제요. 그런 말을 했다가는 나처럼 탄핵을 당하지 않을까 두려운 거지요. 그러니 나를 변호해 줄 사람도 없을 게요.

지금 조정에는 자신들을 개혁적인 인물이라고 하면서 사림이라 칭하는 이들이 많소. 하지만 그들이 과연 사림이라는 칭호를 들어도 좋은지가 의문이요. 그들 자신이 권력의 옷을 입자마자 자신들이 추구해 온 개혁이라는 글자를 버렸다는 것을 스스로 알고 있는지가 궁금할 뿐이오. 그들이 권력의 틈바구니에 들어가기 전에는 훈구세력들을 향해 백성들을 돌보지 않고 권력 잡기에만 눈이 멀었다고 욕을 했었소. 문제는 그러던 그들이 자신들도 모르게 어느 순간엔가 권력의 그늘에 가려 스스로 훈구세력이 되어 가고 있다는 것을 아는지나 모르겠소. 개혁의 의지는 집어던지고 자신의 출세에만 눈이 멀어 있는 자들이오. 저들이 나에게 재물을 치부하기 위해 장사를 한다고 몰아붙인다면 나는 당연히 탄핵을 받겠지요.

그렇다고 내가 탄핵을 받는 것이 두렵다는 말은 절대 아니오. 정말 두려운 것은 앞으로 지방 수령들이 자신이 다스리는 지방을 잘 살게 만들기 위해 노력하는 자체를 꺼리지 않을까 하는 것이요. 무언가 일을 만들어 백성들을 잘살게 하기 위해 노력하다가 탄핵을 당하는 선례를 남기는 것이 더 무섭다는 거요."

"짐도 한성부에까지 자자한 명성을 얻은 초당두부를 만들어서 백성들을 잘살게 하려던 부친께서 탄핵 당하신 이야기를 훗날 들어서 알고 있소. 짐은 허 대감을 보면 대감의 아버지께서 초당두부를 만들어서 탄핵 당하신 일이 생각나고, 그러자니 자연히 대감도 아버지를 닮은 것이 아닌가 하는 생각이 드오."

광해는 허균이 어릴 적 추억에 사로잡히는 것을 보고는 마음 아파할 것을 염려해 먼저 말을 꺼냈다.

"소신은 아버님의 절반에도 채 미치지 못한다는 것을 잘 알고 있사옵니다. 다만 지금도 아쉬운 것은 그때 아버지를 변호하는 누군가가 없었다는 것이옵니다. 백성들을 잘 살게 하려는 일을 한 자를 탄핵해서는 안 된다고 말할 수 있는 용기를 가진 신료들이 그리도 없었는지 그게 아쉬울 따름이옵니다. 설령 그것이 양반이나 관료의 체통을 떨어트리는 일이라고 할지라도 백성들을 잘 살게 하자는 일 아니겠사옵니까? 백성들을 잘 살게 하는 것보다 체통이 더 중요하다고 생각하는 관료들의 사고방식이 궁금할 뿐이옵니다."

"그들의 사고방식이야 주자학의 구절을 자신들 입맛에 맞추겠다는 것 아니겠소? 주희(朱熹) 선생께서 유교를 학문으로 체계화시키실 때야 당연히 백성들을 위해서 그리하셨겠지요. 주자학이 문제가 아니라 그 학문을 배우고도 올바르게 사용하지 못하는 이들이 문제요. 학문을 자신들 유리한 대로 해석해서 자기 속에 가둬 두는 거요. 학문을 배워 그것을 백성들을 위한 몫으로 쓰려는 것이 아니라 자신들을 합당화하고 자신들의 품위를 높이는 데 사용하려는 욕심이 낳은 결과 아니겠소? 정작 학문을 배우는 목적이 백성들을 위해서 사용하기 위한 것이라면 절대 그럴 까닭이 없을 것 같은데…. 그건 경도 잘 알지 않소?

그런 부류들이 세우는 자기들만의 논리를 보면 웃음도 나오지 않소. 그들은 양반이나 관료라는 신분을 내세워 비록 밥을 굶더라도 체통을 지켜야 한다는 논리로 일반 백성과 다르다는 것을 보여 주자는 것이오. 일반 백성들과 자신들을 차별화하자는 것이오. 그럼으로써 백성들에게 자신들은 고귀한 존재라는 것을 각인시키자는 거요. 그러니 백성들을 위해서 체통을 버리고 무엇인가를 한다는 것이 말이 되겠소?

결국 그들이 백성들을 위한다는 것은 진심이 아니라는 것이오. 정말 백성들을 위한 정치를 하는 것이 그들의 진심이라면 어찌 백성들을 위하는 일에 체통을 들먹이면서 탄핵을 할 수 있소? 어쩌면 그 안에는 백성들을 위해 한 일이니 체통보다 일이 더 중요하다고 말하고 싶은 사람도 더러는 있겠지요. 하지만 그런 말을 하고 싶은 사람보다는, 대다수가 백성들은 안중에도 없고 오로지 자신의 출세를 위해 줄이나 잘 서고 손뼉이나 잘 쳐서 장단을 맞추고 싶어 하는 자들이오. 그런 말을 하면 자신은 외톨이가 될 것이 빤한데 그런 말을 하겠소?"

허균 역시 모르는 바가 아니다. 그런데 막상 그 말을 광해의 입에서 들으니 신하인 자신이 부끄럽기 그지없었다. 군주가 저리 생각할 때는 오죽 백성들이 안쓰럽고 중신들이 한심스러웠으면 저런 말을 할까? 허균은 쥐구멍이라도 있으면 들어가고 싶은 심정이었다.

광해의 침전을 나오는데, 한밤중인데도 불구하고 새벽 여명이라도 되듯이 밝다. 아직 여명이 오려면 멀었다는 생각을 하면서 하늘을 올려다보았다. 휘영청 밝은 보름달이 방긋이 웃으면서 하늘 한가운데 걸려 있다. 이전에 보이던 별들은 어디로 다 갔는지 보이지 않는다. 하늘에는 별도 많고 달도 있건만 초승이나 그믐에 보이던 그 많은 별들이나, 달 없는 맑은 밤이면 서로 더 빛나려고 반짝이던 그 많은 별들은 하나도 보이지 않는다.

지금 이 나라의 백성들이 별이라면 양반 사대부라는 이들은 저 보름달이다. 저마다 반짝이는 재능을 갖고 있는 백성들에게 그 기회마저 주지 않는 이 나라 사대부들은 바로 저 보름달이다. 초승달이나 하현달일 때는 달과 별이 어우러지면서 그 빛을 뽐내고 뜨고 지는 시기도 서로 다르다. 최소한 반달이라도 별과 달은 어우러진다. 그러나 저리도 밝은 보름달이 하늘을 지배한다면 별들은 빛을 발할 기회조차 얻지 못한다. 낮에는 군주가 태양처럼 지배하고 밤에는 양반 사대부들이 저 보름달처럼 지배하는 하늘이라면 별처럼 빛나야 하는 백성들이 설 자리는 어디라는 말인가?

# 12. 실패의 서곡

　허균이 처음 광해와 일을 시작할 때, 완성까지 대략 적어도 5년
에서 길게는 10년을 잡았다. 긴 세월 동안 이뤄야 할 일이라는 것
을 잘 알기에 두 사람 모두 무엇보다 비밀을 유지하는 일에 우선
했다. 욕심 같아서야 빨리 끝내면 좋은 일이다. 백성들도 하루빨
리 살기 좋은 세상에서 살고 비밀을 유지하기에도 좋다. 그렇다고
준비도 안 된 일을 할 수는 없기에 최대한 서두르며 보안에 신경
쓸 뿐이었다.

　그러나 아무리 조심을 해도 비밀은 새 나갈 구멍이 있다. 비밀
이라는 것이 그 비밀을 알고 있는 당사자 중 누군가가 말을 한다
고 해서 새어나가는 것만은 아니다. 누군가의 행동을 보거나 말을
듣고, 그 사람이 자기도 모르게 하는 행동과 무의식중에 튀어나오
는 말투로 잡은 감 때문에 비밀이 공개되기도 한다.

　누군가가 둘이서 맺은 언약을 염두에 두고 자신만의 머릿속에
그리는 세상을 자기도 모르게 이야기를 하거나 티를 내면 주변의
눈치 빠른 자가 나름대로 해석한다. 그리고 옆 사람에게 '이렇고

이런 것이 아닌가?' 하는 의구심을 제시한다. 그 의문을 들은 이는 옆 사람에게 '이렇고 이렇다는데?'로 확대된 사실형 의문을 전하며 확인하고자 한다. 그 이야기를 들은 이가 또 전할 때는 '이렇고 이렇다더라.'로 의문이 아니라, 추측형 사실로 바뀐다. 점점 그 범위가 넓어지면서 '이렇고 이렇다.'는 확실한 사실이 된다. 종국에 그 생각을 하고 있는 이의 귀에 되돌아 들어올 때는 '이렇게 했다.'는 완성형 사실로 확장되어 돌아오는 것이 바로 비밀이라는 것이다.

누구에게 이야기하지 않아도 새 나가는 비밀을 유지하기 위해서는 되도록이면 발걸음을 줄여야 하지만 그렇다고 무작정 앉아 있을 수도 없는 일이다. 다시 명나라 사신으로 가기 전에 점검해야 할 일은 점검해야 한다.

허균이 무언가 일을 꾸미는 것이 드러나지 않게 하기 위해서라도 자주 명나라에 사신으로 보낸다는 것은 처음에 광해와 했던 약속이다. 그 바람에 명나라 사신 파견이 있을 때는 거의 빠지지 않고 다녀왔다.

3년 반이라는 세월을 뒤로하고 다시 찾은 송악산의 정취는 하나도 변한 것이 없었다.

강변칠우 사건으로 친구들이자 혁명동지들 다섯을 한꺼번에 잃어버리고 엊그제 지낸 명절까지 하면 명절이 벌써 네 번이나 돌았다. 행여 누구 눈에 띌 새라 제사상도 마련하지 못하고, 혼자서 그들을 그리며, 부안으로 미리 피해 있던 박치의에게 조문을 지어 보내 제사상 앞에서 읽게 하는 것이 고작이었다. 자신의 마음을 담아 글을 지어 보내고 박치의가 조문을 읽을 시간이 되면 머릿속으로 함께 그려 보았다. 가슴이 저리고 눈물이 앞을 가렸지만 자신이 할 수 있는 일이라고는 아무것도 없다는 것이 더 답답했다.

송악산 중턱에 서니 그 답답했던 모든 것들이 일거에 걷히는 것 같았다. 차가운 겨울바람에 마음마저 시원해지는 것이, 역시 송악이라는 탄사가 저절로 나왔다.

음력 정월 중순의 아침.

동쪽에서 퍼져나가는 햇살을 받은 개경의 모습을 송악산 나무 아래서 바라보면 정말 장관이다. 이 절기의 송악산은 잔설 아래서도 파란 솔잎에 반사하는 햇빛과 함께 어우러져 포효하기 직전에 웅크린 호랑이의 모습과 진배없다. 그런 송악산에 둘러싸이듯이 남으로 펼쳐진 개경의 모습은 품안에 끌어안은 자식의 모습처럼 올망졸망해 보이지만 한때는 고구려의 후예임을 자처하던 고려의 기상이 넘치는 곳이다. 어젯밤에 이 산에 오를 수도 있었지만 굳이 산 아래 주막에서 하룻밤을 보내고 오른 것이 주막거리 40대로 보이는 주모가 미모의 과부라는 이유만은 아니었다. 아직도 개경에 감도는 고구려의 혼을 마주하고 난 다음날 아침, 바로 이 산에서 개경의 아침 모습을 보고 싶었다. 아무리 겨울이라지만 오늘처럼 맑은 날 개경의 아침에는 고구려의 기백이 서린 안개가 피어오른다. 저 기상을 잔뜩 머금은 관음사에서는 지금 승군들이 한참 훈련 중일 것이다.

다행이라는 표현을 쓰기에는 적당하지 않은 일이지만, 임진년에 왜놈들이 이 강토를 침략했을 때 휴정이나 유정 같은 스님들께서 승군을 일으켜 이 강토를 구한 덕분에 승군들이 훈련하는 것을 크게 문제 삼지 않는다. 그 점을 백분 이용해 때가 되면 일제히 봉기할 승군들을 양성하고 있다. 그것은 비단 이곳 관음사에서의 일만은 아니다. 관음사 주지인 보덕 스님의 밀명으로 가까이에서는 휴정이 머물던 금강산과 멀리 치악산에서도 동시에 벌어지고 있다. 또 박치의가 내려가 있는 부안과 강릉, 수원에서도 승군들이 열심히 훈련을 하고 있다. 그 모두가 허균 자신이 파직을 당해 가면서도 선 수행을 위해 절을 드나들던 덕분이다.

거사를 위한 준비가 완성되면 이곳 관음사 보덕 스님의 지시에 의해 북한산에 모여 거사에 참여할 것이다. 승군이 거사에 참여할 때, 관군은 이미 상감의 어명에 의해 시한부 무장해제를 한 뒤라 모르는 척 하는 사이에 양반 사대부들 중에서 나대는 이들에게 철퇴를 내린다. 그리고 어명으로 반상을 타파한다. 반상을 타파한다는 어명이 내리면 최후의 발악을 하느라고 보유한 사병과 자신이 부리던 왈짜패까지 동원하고 연줄이 닿는 관군을 움직이려는 세력가들이 분명히 나올 것이다. 그런 이들을 잠재우는 것 또한 승군이 할 일이다. 뿐만 아니라 반상을 타파하는 것이 마치 이제껏 지배하던 양반을 멸하라는 것으로 곡해되어, 천민과 노비는 물론 평민까지 합세해 평소 감정이 있던 양반집을 노략질하거나 죽여 없애자고 나설 수도 있다. 그런 만일의 폭력 사태를 진압하는 일 역시 승군이 할 몫이다. 거사의 시작과 함께 상감의 친위대를 제외하고는, 도성 안의 모든 관군이 시한부 무장해제 상태로 있는 관계로 빚어질 치안 공백 상태를 초래할 수 있는 것에 대비하자는 것이다.

그림대로만 성사된다면 백성들이 살기 좋은 세상이 반드시 온다. 새로 관리들을 등용한다고 해도 어차피 처음에 당장 조정을 움직이는 것은 지금의 양반 사대부들이다. 하지만 반상을 타파하고 노비들을 해방하고 나면 차츰 상민이나 노비들 중에서도 재능이 있는 이들은 과거를 통해서 관직에 등용되고, 그리된다면 정말 백성들을 위해 일하는 조정이 될 것이다. 허균은 다가올 그날을 생각만 해도 입가에 미소가 떠올랐다.

"오랜만이십니다. 대감."

"스님. 그동안 무탈하셨지요?"

얼굴을 마주보면서 누가 먼저랄 것도 없이 마치 속세에서 오랜만에 만난 지인들끼리 하듯이 인사를 건넸다.

"대감 덕분에 나날이 즐겁습니다. 속세를 떠난 지가 수십 년이 되었는데도 이렇게 보람 있는 일을 할 수 있다는 것이 얼마나 즐거운지 모르겠습니다. 득도를 한답시고 속세를 등졌으나 하릴 없이 세월만 보내고 있다고 스스로 탓하고 있었는데, 그 모든 것이 오늘 같은 날을 맞으라는 부처님의 뜻이라고 생각하니 기쁘기 그지없습니다. 무릇 사람으로 환생한다는 것이 중생의 가장 큰 기쁨이거늘, 이 나라에서는 노비나 상민으로 환생하는 것은 차라리 양반 사대부 가문의 개로 환생하는 것만도 못했지 않습니까? 헌데 이제까지 보지 못한 새 세상이 온다니 이 얼마나 가슴이 벅찬 일입니까? 사람으로만 환생한다면 그것이 바로 극락인 세상이 오고 있다는 생각만 해도 마음이 시릴 정도로 기쁘기 그지없습니다. 이제야 비로소 빈승이 출가한 것이 참 잘한 일이라는 생각이 듭니다. 전에는 간혹 마을에 갔다가도 비천한 신분이라는 한 가지 이유로 곤혹을 치르는 사람들을 볼라치면 오히려 제 낯이 부끄러워 얼굴을 마주하지 못하곤 했었는데 이제는 누구를 만나도 부끄럽지 않습니다. 요즈음에야 비로소 속세에 사는 분들이 보람 있는 일을 한다고 말하는 것을 새삼 이해할 수 있겠습니다. 소승이 미약하나마 보람 있는 일의 한 자락을 잡고 있다고 생각하니 말입니다."

"그리 생각해 주신다니 너무나도 고맙습니다. 스님께서는 보람 있는 일의 한 자락이 아니라 그 중심에 계신 것 아니겠습니까?

승군의 성패가 이번 일의 성패니까요."

"승군의 성패 여부 역시 대감의 부지런하심 덕분에 모든 것이 순조롭게 되어 가고 있지 않습니까? 아직 시간이 더 있기에 차분하게 준비하면서도 되도록 오랜 훈련을 한 군사들로 승군을 만들기 위해서 나름대로 더 많은 노력을 기울이고 있습니다. 좋은 일을 위한 것이니 부처님의 자비가 함께하시겠지요."

"저도 그리 생각을 하고 있기는 합니다만⋯."

서로 마주보며 인사말을 주고받던 허균이 말꼬리를 흐리면서 고개를 오른쪽으로 황급히 돌렸다. 허균뿐만이 아니었다. 맞은편에서 인사를 주고받던 보덕 스님 역시 거의 동시에 같은 쪽으로 얼굴을 돌렸다. 두 사람이 같은 방향 같은 곳을 향해 시선을 고정시켰으나 아무런 이상 징후도 발견하지 못하자 도로 마주보았다.

"무언가 있는 것 같은 기분이 들었는데⋯."

"대감께서도 그리 느끼셨습니까? 소승 역시 무언가 있는 것 같아서 그 쪽을 쳐다보게 되었습니다. 그럴 리가 없겠지만 무언가 숨어 보는 것만 같은 기척이 느껴졌습니다."

"저도 그랬습니다. 스님께서도 그리 느끼셨다면⋯?"

확실히 무언가 이상하다는 것을 동시에 느끼고 두 사람이 시선을 동시에 향한 것이다. 물론 당장 눈에는 아무것도 보이지 않았다. 그러나 이대로 모른 척 할 수는 없는 일이다. 수도로 맑은 정신을 가지고 무예로 공을 쌓은 보덕 스님의 감각은 뛰어났다. 허균역시 그 감각은 남 못지않게 매우 발달해 있었다. 비록 무예를 닦거나 정신수양을 하지 않은 속세에 물든 사람이라고 하지만, 예술적인 그의 감각은 뛰어난 것으로 거의 동물적인 감각이라는 말까지 들을 정도였다.

보덕 스님은 지체 없이 훈련 중인 스님들을 불러서 지시를 내렸다. 그리고 두 사람 역시 자신들이 무언가 숨어서 보는 듯이 여겨지던 곳으로 가 보았다. 그러나 이상한 징후는 없어 보였다. 다만 무언가 지나가거나 멈췄던 것 같은 기분이 자꾸만 들었다.

"공연히 쓸데없는 곳에 신경을 썼나 봅니다."

"그러게 말입니다. 저도 알게 모르게 긴장이 되어서 일부러 길을 멀리 잡아서 개성까지 와 놓고도 하루 더 마을에서 하릴 없이 시간을 보냈는데 아무런 이상한 징후는 없었습니다. 공연한 걱정이었나 봅니다. 이런 문제 때문에 이번에도 오지 말까 하다가 3년이 넘도록 발걸음을 안 했기에 찾아왔던 것인데 공연히 온 것 같습니다. 앞으로는 보안을 위해서 더 조심해야겠습니다."

지시를 받고 나갔던 승군들 역시 아무런 이상 징후를 포착하지 못했다는 보고를 받으면서 보덕 스님과 허균은 대화를 주고받았지만 마음은 영 개운치 않았다. 두 사람이 서로 말은 하지 않았지만 무언가가 자신들을 보고 있다는 것처럼 여겨지던 자리에 갔을 때는 분명 무언가 머물렀던 기운을 느낄 수 있었다. 그것이 사람이라는 보장도 없고 또 반드시 무언가 그 자리에 있었다고 할 수는 없지만 그런 기운을 느낀 것은 사실이다. 다만 두 사람 모두가 육안에 들어온 것은 아무것도 없이 그저 기운으로만 느낄 뿐이기에 말을 못할 뿐이었다.

"어쨌든 보안에도 더 많은 신경을 써 주시면서 다른 지역에서도 이상 없이 훈련이 되도록 신경 써 주십시오. 이곳으로 모두 모여서 훈련을 할 수 있다면 좋겠지만 어차피 현실이 허락하지 않으니 그건 생각하나마나 아닙니까! 말이 흘러나가지 않게 조심하면서 훈련을 하는 수밖에요."

"그렇지요. 만일 이곳으로 모두 모여서 훈련만 한다면 일사분란

하게 모든 것을 할 수는 있겠지만 절에 중이 너무 많다는 것도 주목거리가 될 것이 틀림없을 테니까요. 하지만 너무 걱정하지 마십시오. 지금 나뉘어서 훈련을 하고 있지만 어차피 저희들 모두가 휴정 스님 문하에서 가르침을 받은 이들입니다. 서로 소식을 전하는 그 자체가 호흡을 맞추고 있다고 보시면 될 겁니다."

"물론 알지요. 다만 걱정이 되어서 드린 말씀입니다. 그리고 보내드리는 군비가 부족할 것이라는 것은 당연히 알지만 이 일이 조정에서 공식적으로 벌어지는 일도 아니고 전하께서 어렵게 마련하시다 보니⋯."

"하하하⋯. 대감께서 이제는 별 걱정을 다 하십니다. 절에 사는 중이 무슨 돈이 필요하겠습니까? 그저 밥 세끼 먹는 거야 시주를 해주시는 신도들께서 알아서 해주시고 또 우리 중들도 밭에 나가 일도 해서 푸성귀는 우리가 해결합니다. 중이 군사 훈련을 한다는 핑계로 소 잡고 돼지 잡아 고기를 먹을 수는 없는 일 아니겠습니까? 군사 훈련을 해도 중은 중입니다. 훈련을 하지 않을 때와 먹는 것이나 입는 것이 모두 똑같습니다. 그러니 아무 걱정 마십시오. 먹을 것이 해결이 되는데 과외 돈이 들어오니 그건 무엇에 쓰느냐? 그걸로 아무도 몰래 무기만 구입하면 될 일인데 부족할 것이 무엇이 있겠습니까? 그렇다고 중 숫자가 한꺼번에 왕창 늘어나는 것도 아니고 사람 수는 어쩌다 한둘 늘 뿐이니 소모성 무기만 구입하면 될 일인지라 그 정도 돈이면 무기 구입에도 충분합니다. 오히려 전하께서 이렇게 자금을 마련하시느라고 노심초사하시지 않는지가 걱정이 될 뿐입니다.

정말이지 저희들은 백성들을 위해서 모든 것을 걸고 앞만 보고 나가시는 전하와 대감의 건강과 안위가 더 걱정이 될 뿐입니다."

"말씀이나마 그렇게 해주시니 정말 고맙습니다. 아무리 스님들

이라 해도 훈련을 하자면 먹는 것도 더 자셔야 하고 입는 것도
더 쉽게 해질 텐데 아무런 애로 사항이 없는 듯이 말씀해 주시니
일단 듣기에는 편안합니다."

"빈말이 아닙니다. 정말 먹고 사는 것은 아무 걱정이 없습니다.
대감께서는 혹시 중이 먹을 것이 없어서 굶어 죽었다는 말을 들어
보신 적이 있으십니까? 절대 없지요? 그러니 아무 걱정 마시고
일을 진행하는 것에만 정진하십시오. 그저 일을 벌일 날이 하루빨
리 다가오기만 바라면서 저희들도 열심히 훈련하고 있겠습니다."

허균은 보덕 스님의 위로가 섞인 말을 들으면서 관음사를 나왔
다. 올라올 때의 기분으로는 점심도 먹고 하산을 할 계획이었으나
보덕 스님과의 대화중에 겪은 석연치 않은 일에 자꾸 신경이 쓰였
다. 자신이 산에 오래 머무는 것이 하나도 좋지 않을 것 같았다.
허균의 그런 마음을 아는지 보덕 스님도 떠나겠다는 허균에게 점
심 공양을 하고 가라고 붙잡지도 않고 순순히 배웅해 주었다.

개경 시내로 내려온 허균은 주막에 들려 일부러 방을 잡고 하루
를 묵기로 했다. 딱히 볼 일도 없는데 하루를 묵으려고 하는 것은
분명히 누군가가 자신을 뒤따르고 있다는 생각을 지울 수 없어서
다. 한양에서 올 때 그리 조심을 했건만 누군가가 자신을 뒤쫓았
다면, 이미 눈치를 챈 이상 더는 당하지 않을 수 있다. 오늘밤을
개경에 묵으면서 관찰하면 그 진위 여부를 파헤칠 수도 있을 것
같았다.

허균은 점심으로 국밥 한 그릇을 먹고 저자거리를 향했다. 장사
를 하러 온 것도 아니고 그렇다고 딱히 무엇을 살 것도 없다. 누군
가가 자신을 뒤따르고 있나 보려면 가장 좋은 곳이 저자거리를
돌아다니는 거다. 장사들이 벌려 놓은 자판 앞에 서서 자판에 있

는 물건을 고르는 척하면서 좌우, 앞뒤를 살피는 것도 좋다. 지나는 척 하다가 갑자기 옆에 있는 가게로 들어가서 누가 뒤를 따라왔는지를 살펴보기에도 좋다. 갑자기 길을 바꾸거나 방향을 바꿔서 다른 가게로 향하는 척해도 이상하게 볼 사람이 없다. 누군가가 자신을 뒤따르는지 아닌지를 구분하기에는 저자거리 이상으로 좋은 곳은 없다.

저자거리에 들어서자 사람 사는 냄새가 물씬 풍긴다.

장사들은 서로 소리 높여 자신의 물건을 홍보하며 지나치는 손님들을 자판 앞에서 멈추게 하려고 안간힘을 쓴다. 손님이 자판 앞에 멈춰서야 흥정도 되고 물건을 팔 수 있는 근거를 마련할 수 있다. 어느 장사든 간에 자신이 가지고 있는 물건이 가장 좋은 물건이다. 생물은 누구든 자신의 것이 최고 신선한 것이고 가공되어 나온 공산품은 자신의 것이 가장 튼튼하고 실용적인 물건이다. 백성들은 장사들의 말이 자신들에게 물건을 팔기 위한 것임을 알면서도 일단은 믿어보고 싶어 한다. 그 말을 바탕으로 물건을 고르는 기준을 삼는다.

이렇게 백성들의 눈앞에서 펼쳐지는 현상들이 바로 삶이다. 그리고 어떤 물건이든지 저 장사들이 없으면 백성들 앞에 펼쳐지지 못한다. 그런데 자신들에게 가장 가까이 다가서서 자신들에게 편의를 제공해 주는 장사들을 이 나라에서는 평민 중에서는 가장 낮은 신분으로 취급한다. 사농공상이라는 신분을 매겨서 자신들에게 물건을 제공하고 공업에 종사하거나 농업에 종사하는 사람들의 물건을 백성 앞으로 내놓는 사람들을 천하게 취급한다. 그뿐만이 아니다. 실생활에 가장 중요한 물건을 만들어 주는 공업인 역시 천하게 취급한다. 농사를 짓는 데 필요한 농기구를 만드는 대장장이나 당장 옷을 넣을 옷장을 만드는 장인도 그저 장이일 뿐이다.

그나마 평민은 그래도 낫다.

기생집에 앉아서 고기를 안주로 술을 마시며 흥청거리는 양반 관료들이나, 주막에 앉아서 국밥을 먹고 탁배기 한 사발을 들이키는 평민들이나, 똑같이 백정들을 천대한다. 자신들이 먹을 고기를 만들어 주는 이는 천시하면서 고기는 귀하게 여긴다. 그 일을 해주는 사람이 귀한 것이 아니라 농민들이 키웠지만 이미 생명을 잃고 밥상에 올라온 고기가 더 귀한 세상이다.

그런 반면에 앉아서 책이나 읽는 양반이라는 인간들은 사람 위의 사람이다. 자신의 능력이 있든 없든 그저 죽치고 앉아서 책만 읽으면 그게 다다. 무슨 탁월한 능력이 있는 것도 아니고 아비를 누구를 만나느냐로 정해진 귀천이 사람의 앞날을 정해준다. 태어나는 순간 자신의 앞날이 정해지고 만다.

이제는 그렇게 황당무계한 일들이 벌어지던 세상은 없어질 것이다. 부모에게는 생명을 받은 것 하나만을 고마워하면서 열심히 일해서 스스로 살아 나갈 길을 여는 그런 세상이 올 것이다. 열심히 일하는 자만이 살아나갈 수 있는 그런 세상이 반드시 올 것이다.

허균은 그런 생각을 하면서 입가에 미소를 띠다가 갑자기 정신을 가다듬었다. 지금 자신이 저자거리에 나온 이유는 세상사는 사람 냄새를 맡으러 나온 것이 아니다. 주변을 둘러보며 신경을 써야 하는데, 미처 그럴 겨를도 없이 사람 냄새 맡는 데 정신이 없었다.

정신을 가다듬고 옷감을 저자거리에 펼쳐 놓고 팔고 있는 곳에 잠시 머물러 섰다. 옷감 장수는 옷감을 팔에 걸쳐 보이면서 그 색감과 무늬가 조선 천지 어디에서도 볼 수 없는 것이라고 열을 올리면서 자신의 상품을 홍보하고 있다. 허균은 허리를 굽혀 옷감을 만져보는 척 하면서 주변의 기색을 살폈다. 아무런 느낌도 감지되지 않는다. 누군가가 자신을 몰래 훔쳐볼 때 느껴지는 섬뜩한 감도 오지 않는다. 일부러 감을 느끼려고 노력해서인가 아무런 느낌이 오지 않는다.

허균은 자리를 옮겨 보려고 허리를 펴서 주인에게 가격을 물어본 후 다시 오마라는 말을 남기고 발걸음을 옮겼다. 우측으로 돌아 발걸음을 옮기기 전에 좌측을 보았다. 특별히 눈에 띄는 사람이 없다. 하기야 자신을 살펴보려면 보이지 않는 곳에 숨어서 보고 있겠지만 그래도 무언가 눈에 띌 것 같아서 보았는데 아무 것도 눈에 들어오지 않는다.

저쪽에 서점이 보인다. 천천히 그 앞까지 가다가 갑자기 서점으로 들어갈까 아니면 서점을 지나쳐서 더 나가다가 무언가를 잊은 듯이 황급히 뒤돌아 서점으로 다시 들어갈까를 생각해 봤다. 순간적인 생각이지만, 뒤도 확인할 겸 지나쳤다가 홱 돌아서서 서점으로 들어가는 것이 훨씬 효과적일 것 같았다. 걸음을 빨리 했다. 마치 무언가 약속에 쫓기듯이 서둘렀다. 양반은 서둘러도 뛰지 않는다는 것을 겨우 지키는 정도의 빠르기로 걸음을 옮겼다. 마음같아서는 뛰어가고 싶다. 그러나 자신의 복장이나 모든 것을 평민처럼 위장했건만 뛰고 싶은 마음을 행동이 쫓아가지 않았다.

서점을 지나쳤다. 스무 발자국 정도 더 나갔다. 그리고 갑자기 몸을 홱 돌리더니 되잡아 걷기 시작한다. 걸음은 걷는데 눈은 자신이 오던 방향을 아주 세세히 훑어보고 있다. 서점 앞에 다다르자 서점으로 들어선다. 서점에 들어서서 마치 찾던 책이 있었거나 하듯이 책장에 바짝 붙어 서서 제목을 쭉 훑어보는 것 같더니 한 권을 빼들었다. 그러나 그 책을 훑어보는 모습이 정작 책을 보고자 하는 것이 아니다. 책장에 붙어 서서 책을 훑어볼 때부터 지금까지 눈은 줄곧 옆으로 비켜 뜨고 서점 밖을 지나치는 사람들에게 가 있다. 마치 지나치는 사람들 중 누구라도 아는 이가 나타날 것이라 기다리고 있는 것 같았다. 그러나 허균의 생각과는 다르게 아무것도 나타나지 않자 손에 들고 건성으로 훑어보던 책을 제자리에 놓고 서점을 나왔다.

다시 저자거리를 거닐기 시작하면서 이것저것 둘러보고 심지어는 엿장수에게 다가가서 엿 한 가락을 사서 먹기도 하고 만두 가게에 들러서 만두를 사 먹기도 했다. 그리고도 아무런 낌새도 눈치 채지 못했는지 저녁 무렵이 되면서부터 허탈한 표정이 묻어나오기 시작했다.

해가 저물고 주막으로 다시 돌아와서 방으로 들어선 허균은 벌렁 누웠다. 옷도 벗지 않고 누웠다가 겉옷 자락이 몸에 깔려 불편하자, 일어나 벗어서 한쪽 구석으로 던져 놓고는 두 팔을 베개 삼아 다시 누웠다. 정월의 밤바람은 차갑기 그지없어 불을 땐 지 얼마 지나지 않은 초저녁 주막이라지만 방안에 찬바람이 도는데도 관계치 않고 벌렁 누웠다.

'너무 예민한 것일까? 공연히 신경 쓰이는 것이라면 거사를 위해서 지난날 이룬 것보다 앞으로 할 일들이 더 많은데? 내가 이리도 대가 약한 사람이었다는 말인가?

진정으로 백성들을 위한 정치를 할 수만 있다면 무엇이든 할 수 있을 것 같았는데…?

양반, 상민도 없고 천민, 노비도 함께 웃으면서 가진 능력만큼 일해서 백성들 모두가 잘 사는 나라를 만들기 위해서라면 목숨을 내놓아도 아깝지 않다고 생각했었는데…?

거사를 성공하는가 아닌가 하는 것 하나로 나 하나의 목숨이

오가고가 아니라 전하와 백성 모두의 앞날이 걸린 일이라 이리도
신경이 쓰이는 것일까…?'

혼자서 이 생각 저 생각을 하면서 머리를 베었던 팔이 아파 팔
을 빼면서 이내 잠이 들었던가 보다. 한기가 느껴져 눈을 뜨니 깊
은 밤인 것 같은데 자신은 이불도 펴지 않고 등도 끄지 않은 채
맨 바닥에 잠들어 있었다. 저녁에 술도 한 잔 하지 않고 낮에 저자
거리에서 이것저것 주전부리를 한 덕분에, 배고픈지도 모른 채 잡
념에 휩싸이다가 자신도 모르게 잠이 들었던 까닭에 한기와 함께
시장기까지 느껴졌다.

허균은 슬그머니 방문을 열고 밖을 내다보았다. 주막 술청은 아
무도 없고 주막 입구를 밝히는 등만이 한지로 만든 사각 초롱 안
에서 불을 밝히고 있다. 술 주(酒) 자가 어두운 밤에 불빛을 받아서
인지 더 선명해 보였다. 주 자를 보니 어제 저녁 한양에서 와서
하룻밤을 묵으며 이 주막에서 마신 탁배기 한 사발의 맛이 새삼
생각났다. 시원하면서도 달콤하기도 했던 맛으로 기억된다. 그 맛
이 생각나자 자신도 모르게 입맛을 다셨다. 시장기를 느끼던 배에
서는 꼬르륵 소리까지 났다.

"일찍 주무시는 것 같더니 일어나셨나보네요? 아직 새벽이 오
려면 멀었는데….

지금껏 손님들이 술청에 있다가 막 가셨습니다. 저도 이제 그만
잠자리에 들어야 내일 또 장사를 하지요."

부엌문이 열리면서 개숫물 그릇을 들고 나오던 주모가 방문을
열고 밖을 내다보는 허균을 보더니 묻지도 않은 말에 대답을 했
다. 미리 저 말을 하는 이유가 혹시 이제 장사를 그만 두고 나도
쉬어야 하니 저녁을 달랄 생각을 아예 하지도 말라는 소리로 들리

기도 했다. 그 소리를 들으니 뱃속에서 다시 한 번 꼬르륵 소리가 났다.

"시각이 얼마나 된 거요?"

"글쎄요? 정확한 시간은 모르겠지만 이경 중간은 되었겠지요? 오늘따라 손님들이 늦게 가서 저도 늦었습니다."

"늦기는 늦었구려. 늦었으니 하는 수 없지…."

허균은 차마 밥을 달라는 말을 할 수가 없어서 말꼬리를 흐리면서도 미련이 남아 찬바람이 들어오는 문을 닫지 못했다.

개숫물을 우물가에 쏟아 붓는 주모의 뒤태가 너무 고왔다. 다 낡은 무명 치마저고리인데도 뒤태가 저리 아름다운 것을 보면 비단 치마저고리로 치장을 하면 더 아름다울 것이라는 생각이 들었다. 이제까지 숱한 기생들을 경험해 본 허균이건만 저리 고운 자태를 보지 못한 것 같았다.

어제 저녁, 하룻밤을 묵고 아침에 송악산에 오르려고 주막에 들어설 때, 다 낡은 치마저고리지만 깨끗이 차려 입고 손님을 맞이하는 미모가 너무 곱다고 생각했지만 뒤태까지 저리 예쁘리라고는 상상도 못했었다. 미모는 물론 뒤태도 저리 고운 것을 보니 젊었을 때는 아주 예뻤으리라.

"시장하신가 보네요?"

허균이 잠시 주모의 미모와 뒤태를 생각하는데 개숫물을 쏟아 붓고 부엌을 향하던 주모가 멈춰 서서 고개를 돌려 물었다.

"그, 그렇기야 하지만 시간이 그리 늦었다는데 별 수 있겠소? 어험."

주모의 갑작스런 물음에 허균은 지레 마음이 뜨끔했다. 마치 주모의 뒤태를 훔쳐보다가 들킨 것을 탓하는 듯싶었다. 순간적으로 밀려오는 미안함과 자책감에 말도 더듬고 헛기침까지 했다. 배가 고프다는 생각보다는 마음에 품었던 생각이 들킨 것 같아 문을 닫아야겠다는 생각이 들었지만 주모의 예쁜 자태를 조금이라도 더 보고 싶어 하는 마음 한 구석 때문에 문으로 손이 가지 않았다.

"늦기야 했지만 손님을 굶겨 재울 수야 없지요. 오죽 시장하시면 이 찬바람에도 문을 안 닫고 계시겠어요. 귀찮더라도 어차피 국밥 국물이야 솥에서 끓고 있는 것이니 후딱 한 그릇 퍼 올리죠. 나도 저녁 생각이 없어서 안 먹었는데 마침 잘 됐네요. 국밥에 깍두기 퍼서 손님하고 겸상하지요."

허균은 귀가 번쩍 뜨였다.

"그럼 내가 나가리까?"

"날도 추운데 술청으로 나와서 어쩌시려고요? 그리고 공연히 술청에 불 밝히면 술 취해 지나가다가 들어와서 술 내놓으라고 하는 손님들 있으면 귀찮기만 하니 그냥 방에서 기다리세요. 내가 한 상 가지고 들어가리다."

"미안해서 그러지요. 좌우지든 간에 고맙소. 그리고 기왕이면 술도 한 병 얹어 오구려."

"알았습니다. 말씀 안 하셔도 그리합니다."

주모가 부엌문을 열고 안으로 들어간 뒤에도 허균은 문을 닫지 않은 채 눈은 부엌으로 들어간 주모의 자취를 따라가고 있었다.


"왜 방문도 안 닫고 계세요?"

주모가 둥근 개다리소반에 국밥 두 그릇과 깍두기, 그리고 고기 점이 놓인 접시를 얹어 방으로 들어섰다. 허균은 그제야 문을 닫았다.

"이불을 개셨나보네요?"

"아니요. 펴지도 않고 잠시 눕는다는 것이 잠이 들었던 게요."

"방 다 식으면 새벽녘에 추울 텐데…."

개다리소반을 내려놓은 주모가 손바닥으로 방바닥을 쓰다듬으며 방바닥 온기를 재봤다.

"뭐, 하루 저녁인데 어떻겠소. 자, 어서 밥이나 먹읍시다."

허균이 오른손으로 숟가락을 들어 국물을 한 술 떠서 입에 넣으며 왼손 손바닥을 위로 향하게 해서 치켜 올리며 같이 먹자는 시늉을 했다.

"잔뜩 시장하셨나 보네요. 양반님도 그렇지, 그리 시장하시면 나를 보셨을 때 체면 불구하고 미안하지만 밥 좀 먹자고 하시지 그냥 주무시려고 했어요? 체면이 밥 먹여 주는 것 아닌데."

"그거야 미안해서 그런 거지 체면은 무슨 체면? 그리고 나 같은 것이 무슨 양반이라고…."

허균은 자신의 신분을 드러내지 않으려고 일부러 갓도 안 쓰고 겨울을 핑계 삼아 벙거지를 썼다. 옷도 낡은 무명 솜옷에 허름한 무명 두루마기를 입었는데 양반이라고 불리니 또 무언가 들킨 것 같아서 말꼬리를 흐렸다.

"무슨 사연이신지 모르지만 그리 차려 입는다고 양반이 상민 되는 것은 아니지요. 사연이야 내가 알 바 아니지만 양반도 아주 지체 높은 양반이 틀림없어 보이네요."

"그리 말해 주니 고맙구려. 듣기라도 좋아. 내가 양반이라는 생각은 왜 했소?"

"태가 나잖아요. 그냥 되는대로 살지 않고 격식을 갖추며 사는 태가 줄줄 흐르는구만요."

"그래요? 듣기 좋으라고 해주는 말일지라도 듣기는 좋소. 나야 그렇다 치고 그리 말하는 주모도 자태를 보니 이렇게 주막이나 할 자태는 아닌 듯싶소만?"

"주막 할 자태는 따로 있답디까? 팔자가 사나우면 다 그런 거지."

"그리 말하는 걸 보니 무슨 사연이 단단히 있기는 있는 것 같구려."

"공연히 사연 타령 마시고 어서 한 잔 드시고 잔이나 주세요. 이년도 팔자타령 나온 김에 한 잔 해야겠어요."

주모의 말을 듣던 허균은 자신이 주모의 얼굴을 보며 밥을 먹느라고 술잔을 따라놓고 마시지 않았던 것을 그제야 깨달았다. 주모에게 단단히 반해 버린 자신이 부끄러워 얼른 잔을 들고 술 한 잔을 단숨에 비웠다.

"저야 좋든 싫든 간에 어차피 주막거리 주모로 자리 잡았으니 그렇다 치고, 양반님 네는 무슨 사연이 있기에 신분을 숨기세요?"

주모가 허균이 마시고 넘긴 후 따라주는 술잔을 아무런 거리낌도 없이 받으며 지금 당장은 그쪽 사정이 더 딱하다는 듯이 물었다.

"글쎄올시다. 신분을 숨기고 말고 할 것도 없는데 신분을 숨겼다고 하시오?"

"벌써 주막집에서 일해 입에 풀칠한 지가 삼십 년이요, 그중 주모 짓거리로 밥 먹고 산 지가 스무 해요. 이제는 손님 옷자락은 고사하고 짚신 끄트머리 지푸라기 한 조각만 보아도 알 건 다 알 것 같더이다. 다만 말을 안 하고 모르는 척 할 뿐이지."

"그럼 조선 천지 주막거리 주모들이 다 그렇다는 말이오? 그건 아니겠지. 주모가 특별난 거겠지? 그러니까 내 말은 주모도 사연이 있는 주모라는 거외다."

"말씀하기 싫으면 그만 두세요. 자꾸 말 돌리지 말고. 나는 혹시나 해서 여쭌 거니까….

사람이 말 못하고 풀지 못하는 사연이 있어서 가슴이 답답할 때는 그냥 말만 해도 가슴이 트일 때가 있지 않습니까? 혹 양반님께서 말씀만이라도 하면 답답한 마음을 풀 수 있지 않나 해서 도와드리려던 것인데 아니면 그만 두세요. 이년이 잘못 짚었다고 하더라도 답답한 심정이 아니라면 다행이지요."

허균은 주모가 하는 말을 들으면서 자신도 모르게 말할 뻔했다. 왜 가슴이 답답하지 않겠는가? 하지만 모든 것은 설사 죽는 한이 있더라도 묻고 갈 일이다. 공연히 잠시 마음이 놓이는 상대를 만났다고 헛소리를 지껄일 수는 없는 일이다.

"아무튼 그리 봐 주셔서 고맙소이다."

"고마울 것 없습니다. 내 눈이 틀리지는 않을 것이니까? 암튼 어서 마저 드시고 푹 주무셔야지요. 내일은 또 어디론가 가실 것 아닙니까?"

"그렇지요. 내일은 또 어디론가 가야지요. 사람의 발걸음이라는 것이 건강하게 살아 있는 한 멈출 날이 있겠소? 아주 살기 좋은 세상을 맞이하는 그날을 위해서라도 살아 있는 한 잰 발걸음을 옮겨야겠지요."

순간, 허균은 주모의 낯빛이 변하는 것을 확연하게 읽었다. 살기 좋은 세상이라는 말을 할 때 아주 짧은 순간이나마 변하는 그 얼굴빛은 그리움과 분노가 일시에 교차하는 그런 빛이었다. 사람이 말 못하고 풀지 못하는 사연이 있어서 가슴이 답답할 때는 그냥 말만 해도 가슴이 트일 때가 있지 않냐 던 그 말을 할 때 확실히 무언가 말 못할 깊은 사연이 있는 여인이라고 단정 지었었다. 자신이 풀지 못하는 사연으로 답답함을 느끼기에 상대도 그러리라는 것을 아는 것이다. 그런데 정작 허균 자신의 답답한 마음 때문에 반은 실수로 나온 '살기 좋은 세상'이라는 말에 너무나도 민감하게 반응하는 것 같았다.

"제 말이 틀립니까? 사람이 살아 있는 한 발걸음은 옮겨야 하고 살기 좋은 세상을 위해서라면 더 재게 옮겨야지요."

허균은 일부러 다시 한 번 '살기 좋은 세상'이라는 말을 강조하면서 주모의 눈치를 살폈다.

"어서 드시지요. 저는 다 먹었습니다. 아니면 제가 먹은 그릇만 들고 나갈 터이니 마저 드시고 상을 문 밖에 내놓으시든지요."

허균이 일부러 다시 한 번 한 말을 듣던 주모의 얼굴이 굳은 표정으로 바뀌면서 자신이 먹은 그릇에 수저를 집어넣는 척하며 표정을 감추기 위해서 얼굴을 숙였다. 분명히 깊은 사연이 있는 여인임에 틀림이 없어 보였다.

"걱정하지 마시오. 누구를 잡아가거나 혹은 벌하기 위해서 다니는 사람이 아니오. 정말로 살기 좋은 세상을 만들기 위해서 노력하는 사람일 뿐이오."

"저 역시 잡혀갈 일을 하지도 않았고 잡혀가더라도 그만인 사람입니다. 다만 저녁을 먹는다는 것이 공연히 이런 자리를 만든 것 같아서 그만 일어서려는 겁니다."

"왜요? 살기 좋은 세상을 만든다고 하니까 걱정이 앞서시오?"

"저같이 천한 계집이 살기 좋으면 얼마나 좋고 살기 나쁘면 얼마나 나쁜 세상을 살겠습니까? 그저 생긴 대로 사는 세상이지 뭐가 더 있겠습니까?"

"천하고 귀한 것의 기준이 무엇이오? 천한 사람, 귀한 사람 없이 모두가 같은 사람인 세상이 살기 좋은 세상 아닙니까?"

여인이 자신이 먹은 그릇을 챙겨 자리에서 일어나려는데 허균이 한 마디를 붙였다. 자리에서 몸을 주춤하고 한 손을 짚으며 일어서려던 여인은 그 자리에서 굳은 듯이 일어서지도 다시 제대로 앉지도 못하고 잠깐이나마 그대로 멈췄다.

"앉으시오. 도대체 무슨 사연인지는 모르지만 나보다 주모가 더 깊은 사연이 있는 것 같으니 그 말이나 들어봅시다. 사연을 풀지는 못해도 말만 해도 시원해질 사람은 주모인 것 같구려."

"일 없습니다. 살기 좋은 세상을 말하는 사람치고 정말 살기 좋은 세상 만드는 사람 못 봤습니다. 살기 좋은 세상 만든다고 해놓고는 살기 좋은 세상 오기 전에 자신은 물론 처자식 모두 저승으로 보내지요. 그네들이 말하는 살기 좋은 세상이라는 것이 저승을 말하는 것 아니던가요?"

순간, 허균의 머릿속에는 정여립이라는 세 글자가 떠오르며 자신도 모르게 무의식적으로 입이 열렸다.

"홍길동을 아시오?"

주모가 손을 짚으며 다시 일어서려고 할 때, 한 마디 던지자 주모는 잔뜩 굳은 표정의 얼굴을 들어 허균을 쳐다봤다. 저건 홍길동을 안다는 말이다. 홍길동을 모르면 난 그런 사람 모른다고 잘라 말하며 일어설 기세였던 그녀다.

"내가 그 언문소설을 쓴 허균이…."

"가세요. 그리 지체 높으신 분이 이런 누추한 곳에는 어인 일이며 살기 좋은 세상 타령은 왜 늘어놓는 건지는 모르겠지만 그만 가세요. 오늘 방세 낸 것 되돌려 드릴 터이니 제발 내 주막에서 나가세요. 나는 이제 그런 말에는 진저리가 쳐지는 여편네라는 말이오."

허균의 말이 채 끝나기도 전에, 어느새 손에서 그릇을 내려놓은 주모는 헛손질로 진저리가 나서 못 견디겠다는 시늉까지 덧붙이며 나가 달라고 애원했다. 그 목소리는 비록 작았지만 단호하기 그지없었다. 순간 허균에게 한 가지 확신이 들었다.

이 여인은 정여립 사건과 반드시 연관이 있는 여인이다. 살기 좋은 세상 이야기를 하면서 사람의 귀천이 없는 세상이 살기 좋은 세상이라고 했을 때 아주 순간적이나마 굳은 듯이 있었다. 살기 좋은 세상은 저승에서나 있는 것이라고 했다. 살기 좋은 세상을 만든다는 사람은 자신은 물론 처자식까지 저승으로 보내는 사람이라고 잘라 말했다. 게다가 『홍길동전』을 읽고 허균 자신에 대해서도 저 정도까지 알 정도라면 새로운 세상에 대한 동경이 강한 여인이다.

"살기 좋은 세상이라는 말에 왜 그리 혼절할 듯이 난리를 치시오? 혹 죽도(竹島) 선생을 아시오?"

"죽도인지 죽도 밥도 안 되는지 내 알 바는 아니오만 살기 좋은 세상이라는 소리만 들어도 내가 왜 이러겠소? 대충 아실 것 아니오? 더더욱 『홍길동전』을 쓰신 분이라면 모를 리가 없지 않소? 그러니 더 이상 말을 마시오. 이 밤중에 당장 나가라고 한 이년이 미친년이라고 생각될지 모르겠지만 그게 이년의 마음이라는 것만 아시오. 그저 아무 말 말고 주무신 후 가실 길이나 가시오. 제발 더 이상 아무 말도 마시오."

주모는 그릇을 들고 나가려던 생각도 잊었는지 잔을 들어 술병에서 술을 따르더니 단숨에 비웠다. 그리고 거푸 따랐다.

"왜 갑자기 그리 술을 급하게 드시오? 기왕 드시려거든 천천히 드시오."

"지금 내가 천천히 들 상황입니까? 어쩌다가 이리 되었는지 모르지만 삼십 년이 다 된 이 판국에 왜 또 생각나게 해야 하는 겁니까?"

"그리 마음이 아픈 사연이 있었다면 내 진심으로 미안하오. 내가 그것을 알 리가 있겠소? 난 단지 주모처럼 자태가 고운 여인과 같이 앉아 밥을 먹는 것만 해도 좋은데 주모가 귀천을 이야기하기에 한 번 해본 소리였을 뿐이오. 귀하고 천한 것이 어디에 있느냐고 해본 소리였는데 의외로 주모의 반응이 예민하기에 너무 미안한 나머지 달래주려고 말을 한다는 것이 주모의 아픔을 더 기억나게 하는 것이었구려. 정말 미안하오. 내 더 이상 아무것도 묻지 않으리다. 자, 천천히 술이나 들며 마음을 달랩시다. 실은 나도 오늘 아주 마음을 불안하게 하는 일이 있었던 터라 긴장한 탓에 일찍 잠이 들었던 것이고 그 바람에 이렇게 주모와 마주한 것이라 그런지는 몰라도 무언가 불안한 마음을 다른 방법으로라도 털려 했던 것 같소이다. 미안하오. 내 더 이상은 아무런 말도 묻지 않을 것이오. 술이 마음을 달랠 수 있다면 천천히 드시고 마음을 푸시구려."

허균은 자신이 잠시 주모의 미모에 마음이 끌려 그녀에게 환심을 사고 싶었던 터에, 자신도 모르게 답답한 마음을 털어 놓고 싶어서 한 말이 주모의 마음을 후벼 파 아프게 한 것 같아서 너무나도 미안했다. 그녀가 범상치 않고 자태가 곱다는 생각만 했지 주막집 삼십 년에 주모 이십 년이라고 했을 때 눈치를 챘어야 했다.

올해가 1617년이니 1589년 죽도 정여립의 난으로 기축옥사가 일어난 것이 28년 전이다. 필시 그녀는 그때 화를 당한 가문의 여식이거나 며느리 중 하나였을 것이다. 그런데 그 눈치를 채지 못하고 살기 좋은 세상을 만드느니 어쩌느니 했으니 그녀의 마음에서 삼십 년 동안 자신도 모르는 사이에 성장하던 설움이 일시에 북받친 것이다.

"대감 정도면 이제 알 것 다 알았으니 묻고 싶은 것도 없으시겠지요. 이년도 그렇지. 기왕 포기하고 살던 세상 무슨 호기심이 생긴다고, 대감께선 예사분이 아니신 것 같은데 차림이나 모든 것을 숨기시는 것 같아 그걸 알아보겠다고 생각한 것이 미친 짓이지….

하기야 지금도 행여 하는 마음을 버리지 못하고 호기심이 발동하는 것을 보면 살아 있다는 것이 호기심이라는 말이 맞는 말 같네요. 정말 모든 미련을 버리고, 죽어도 그만 살아도 그만이라는 생각으로 사는 세상이라면 왜 그놈의 호기심을 못 버리겠습니까? 행여 무슨 좋은 소식이라도 들을 것인가 하는 호기심을 하루도 버려본 적이 없으니, 미련을 버리고 포기하고 살던 세상이라는 말 그 자체가 거짓이지요. 더더욱 대감같이 눈에 띄게 신분을 속이려는 분은 처음인지라 그놈의 호기심이 아주 꼭대기까지 치달았던 것이지요. 아니, 어쩌면 지금쯤은 좋은 소식이 올 때도 되지 않았나 하는 욕심이 새록새록 피어나던 중에 대감께서 우리 주막에 오신 건지도 모르는 일이지요."

"좋은 소식이라면, 혹시…?"

그러나 술 두 잔을 연거푸 마시고 타령하듯이 말하던 주모는 허균이 묻는 말은 듣는 척도 않고, 다시 술을 따라서 단숨에 마시고는 한 잔 더 따르려고 했으나 술병에 술이 남아 있지 않았다.

"한 병 더 가져 올 테니 대감께서도 한 잔 하실 겁니까?"

"그러시오. 술이 마음을 달랠 수만 있다면 얼마든지 대작해 드리리다."

"동이 째 먹는다고 마음이 달래 지겠습니까? 마음을 달래는 것이 아니라 당장 머릿속에서 어지럽게 흐트러진 마음을 가슴으로 다잡아보겠다는 겁니다."

주모가 남긴 말이 허균의 마음을 아프게 했다. 머릿속에서 흩어진 마음이 자신을 괴롭히는 것을 가슴으로 다 잡기 위해 술을 마신다면 얼마나 가슴이 아플 것인가? 아픈 사연은 머리로 생각해 봐야 해결되지 않는다. 마음이 아플 만큼 아프고 나야 그나마 안정을 찾는다. 그렇다고 기억 속에서 잊힐 수는 없는 것이고 그저 어느 정도 마음을 진정하는 것뿐이다.

그렇게 삼십 년을 살아온 여인이다. 그러니 그 아픔이 얼마나 성장했을까? 차마 드러내지 못하고 마음속에서 성장할 만큼 성장한 아픔이 일시에 드러날 말을 허균 자신이 그녀에게 하고 말았다. 그녀가 아팠던 만큼 참을 수 있는 마음도 함께했기에 지금까지 참을 수 있었는데, 참을 수 있는 그 마음을 건드리고 만 것이다. 정말로 미안하기 그지없었다.

"안주 거리가 마땅치를 않은데 마침 설날 차례 상에 올렸던 북어가 그냥 있기에 시원하게 국을 끓였으니 안주삼아 한 잔 하세요."

어느새 북엇국을 끓여서 가지고 들어온 그녀를 보자, 취기가 오르기는 했지만 정말 아름다운 여인이라는 생각이 새롭게 들었다.

"자, 한 잔 드세요."

그녀는 하나 더 들고 들어온 잔을 내밀며 허균에게 술을 따랐다. 그리고 자신의 잔에 술을 채우더니 거침없이 마셨다.

"한 동이를 마셔도 시원치 않지만 오늘이 서럽고 슬프다고 내일이 안 오는 것이 아니니 이 큰 병으로 한 병만 마시려고요. 이런 날에는 다른 방법이 없어서 이 술로 마음을 다스린다는 것이 더 마음을 아프게 하지만, 그나마 위안을 삼을 수는 있으니 방법이 없지요?"

거침없이 한 잔을 마신 그녀가 미처 허균이 따라줄 시간도 허락하지 않고 다시 술잔을 채우면서 말을 이어갔다.

"대감께서도 조금 전에 불안한 일이 있었던 날이라고 하지 않으셨습니까? 어제 우리 집에 묵으실 때만 해도 하룻밤을 묵으실 거라고 하더니 다시 오실 때 무언가 이상했습니다. 우리 주막이 저자거리에서 가까운 것도 아니고 먼 곳에 떨어져 있는데 굳이 이곳을 다시 찾아오신 것이 필시 사연이 있다고 생각했지요. 그렇지 않아도 어제 처음 오실 때 지체 높은 양반 티가 나는데 차림이 초라해서 '신분을 숨기는구나' 하고 생각하던 터였거든요. 그런데 오늘 낮에 들어서실 때는 무언가를 살피시는 기색이더라고요. 두리번거리지는 않았지만 무언가 살피고 계신 것이 틀림없었어요. 그리고 저녁에 다시 들어서더니 기척도 없기에 정말 이상하다고 생각하던 차였는데….”

“미안하오. 내가 공연히 일을 만들었나보구려.”

“그렇지요. 지금 공연한 일을 만들고 계신 거지요. 천하고 귀한 것이 없는 세상을 어찌 만드신다고 공연한 일을 만드시는 겁니까? 대감께서 쓰신 『홍길동전』을 읽으면서도 똑같은 생각을 했습니다. 아니, 솔직히 표현하자면 공연한 일이라기보다는 소설 속에서나마 그런 세상을 만날 수 있다니 기뻤습니다. 더더욱 대감께서는 평민이나 상민도 아닌 지체 높은 양반으로 누구라도 부러워하는 분인데 그런 소설을 썼으니 얼마나 감명을 받았겠습니까?

하지만 그게 소설이 아니라면 가능하겠습니까? 역대 어느 왕조에 그런 세상이 있었는지는 모르겠지만 양반들이 자신들의 끈을 어찌 놓게 할 것이라고 그런 말도 안 되는 일을 도모하시는 겁니까? 저승에 가서 할 일을 왜 이승에서 하려고 하십니까?”

“아니요. 분명히 말하지만 이승에서 할 수 있는 일을 우리가 아니 하고 있을 뿐이요. 왕도 백성도 다 원하는 일을 양반 사대부들이 틀고 앉아서 못하게 하는 일들일 뿐이요.”

“왕도 백성도 다 원한다고요? 하기야 왕도 허수아비처럼 앉아만 있기에는 백성들 보기가 민망할 수도 있겠지요? 왕이 원한다는 말은 생소하기 그지없지만 언제는 백성들이 원하지 않아서 못했습니까? 불과 삼십 년 전에 그 많은 목숨을 앗아 갔으면 되었지 또 무엇이 아쉬워 피 잔치를 열려고 하십니까?”

“피 잔치가 아니라 백성들이 흘린 눈물을 닦아주고 백성들을 위한 잔치를 열려고 하는 것이오.”

"그게 가능하다고 생각하십니까? 죽도 선생께서는 임진왜란을 대비해서 십만 병사를 양성하자고 하다가 뜻이 받아들여지지 않자 스스로 군대를 육성해서 왜구들을 쳐부수며 백성들을 지키는 데 앞장섰습니다. 그리고 만인이 평등한 세상을 만들겠다는 꿈 이상의 것은 꿔보지도 않은 분입니다. 그렇게 나라를 위하고 백성을 위해 일하려는 분 역시 역모로 휘말려 천여 명의 목숨이 사라졌습니다. 그때 다행히 목숨을 구한 그 식솔들은 청상과부로 살아가면서 젊디젊은 나이의 남편과 핏덩이 자식의 무덤을 가슴에 안고 살아야 했고요. 도대체 대감 같은 분이 뭐가 아쉬워서 또 그런 일을 벌이신다는 겁니까?"

"누군가가 할 일이라면 하는 사람이 있어야 하지를 않겠소. 누군가는 해야 할 일인데 내가 해서 안 될 일은 또 무어요?"

"정말 답답하기도 하지만 장하십니다. 대감 같은 분이 한 분만 더 있어도 이 나라 조선이 정말 살기 좋은 세상이 되겠지요? 정말 답답하고도 장하십니다."

주모는 연거푸 마신 술 덕분인지 취기가 올라 혀가 조금 꼬여 있었다.

"정말 장하십니다. 익히 존앙하고 있었지만 대감께서 이리도 훌륭한 분이신지는 정말 몰랐습니다. 『홍길동전』을 그저 소설로 쓴 분으로만 알았는데, 소설이나마 그런 글을 써주신 것이 고마웠는데, 그걸 현실로 옮기려 하신다니 정말 대단하십니다. 그런데 왜 제 앞에는 훌륭한 분들이 한꺼번에 나타나서 힘을 합치지 못하고 이렇게 떨어져 나타나는 겁니까? 왜 그런 분들은 뜻을 못 이루고 내 남편과 아이까지 데리고 가는 겁니까? 남부럽지 않은 양반 가문에서 태어나 부러울 것 없이 살다가, 왜 제 남편만 죽도 선생의 숭고한 뜻을 따라나서야 하는 겁니까? 따라나서는 사람이 많았다면 지금 이년의 가슴이 이리 찢어지지 않아도 될 일인데 왜 그래야만 되는 겁니까?

그래도 원망스럽지 않습니다. 그래도 자랑스럽습니다. 죽은 내 남편이 자랑스럽고 죽도 선생이 자랑스럽고 대감이 자랑스럽습니다. 그런데 이 가슴은 왜 이리도 저리고 시리고 쑤시도록 아픈 겁니까? 모두가 자랑스럽기만 한데 왜 이렇게 아픔이 크다는 말입니까?”

주모는 자신이 들었던 잔을 다 마시지도 않고 상위에 내려놓고는 가슴에 두 손을 포개 대고 너무 아파 눌러서라도 통증을 없애겠다는 듯이 가슴을 눌렀다.

“대감, 이년이 술에 취하니 꼴불견이지요?”

“아니요. 그렇지 않소. 미처 모르고 말을 했던 내가 그저 미안할 뿐이오.”

“미안해하실 필요 없습니다. 누가 시켜서 한 일도 아니고 자신들이 좋아서 하다가 제 갈 길 갔다고 생각하면 그만이지요. 다만 옳은 일 하려다가 주변 모두에게 역적이라고 손가락질 당하며 명예를 짓밟히는 것이 아쉽기만 합니다. 그러나 아쉬우면 아쉬운 만큼 자랑스러움은 더해만 갑니다.”

주모는 상 위의 술잔을 집어서 다 마시고는 한 잔을 또 따랐다.

“저는 이 잔만 마시고 가겠습니다. 대감을 그만 귀찮게 하고 가서 쉬겠습니다. 그런데 가기가 싫습니다. 새로운 세상이니 모두가 사람인 세상이니 하는 이야기들이 원수 같으면서도 듣기 좋으니 이 일을 어찌 해야 한다는 말입니까?”

새로 따른 잔을 입으로 가져가면서 쉬고 싶다고 하던 여인은 술잔을 다 마시지도 않고 내려놓더니 그 자리에서 앞으로 스르르 쓰러지듯이 눕고 말았다.

허균은 난감했다. 그러나 지금으로써는 저 여인을 자신의 방에서 재우는 수밖에 없다고 판단했다. 허균은 상을 한쪽으로 치우고 이불을 깔았다. 그리고 여인을 안아서 이불로 옮기려고 하자 여인의 정신이 돌아와 자신을 움직이려는 것을 아는지 손으로 허균의 목을 감았다.

"그 귀한 뜻 꼭 이루세요, 대감. 이년의 삼십 년 한을 꼭 풀어 주세요. 나이 열넷에 시집와 열여섯에 과부가 되면서 어린 핏덩이까지 가슴에 묻고 마흔넷이 된 지금까지 살아온 이년의 한을 꼭 풀어 주세요. 죽은 제 낭군이 역도가 아니라 정말 자랑스런 이 나라 백성이었노라고 세상에 꼭 알려주세요."

술에 취해 혀는 꼬였지만 술주정하는 목소리는 결코 아니다.

"그래야지요. 꼭 풀어야지요. 주모의 한만이 아니라 이 나라 백성들의 한을 꼭 풀어야지요."

허균은 여인에게 하는 것은 물론 자기 스스로에게도 다짐했다.

"대감께서 이년에게 그리 다짐해 주시니 마음이 다 푸근해집니다. 이 푸근해진 마음을 버리기 싫습니다. 오늘은 대감 품 안에서 지금보다 더 푸근하게 쉬고 싶습니다. 삼십 년을 앓아오던 가슴속의 그 모든 한을 대감 품 안에서 털어버리고 싶습니다. 이제 이년은 대감만 믿고 삼십 년 지켜 온 수절과 함께 그 모든 한을 던져버리고 싶습니다."

두 사람은 이불 속으로 자리를 옮기자 누가 먼저라고 할 것도 없이 옷을 벗어 던졌다. 마치 젊은 두 남녀가 벌이듯이 서로의 비밀에 아주 짙은 행위까지 곁들였다. 그리고 의례히 마지막 행동은 그렇게 하는 것으로 여인의 가장 깊은 곳에서 사내의 가장 돌출된 것이 힘이 빠지면서 그 길이를 스스로 줄일 때까지 한껏 땀 흘리고 소리치면서 함께 정상에 올랐다. 정상에 올랐다가 내려서면서 사내가 스스로의 풀에 죽어 여인의 몸에서 내려 옆으로 눕자 여인은 허균의 가슴에 얼굴을 묻었다.

"대감. 저를 수절하지 못한 화냥년이라고 욕하는 것은 아니겠지요?"

"화냥년이라니 그게 무슨 소리요? 내 꼭 좋은 세상을 만들고 나면 반드시 함께 갈 방법을 만들고 말 것이요.

이렇게 황홀한 몸매는 내 처음 안아보는구려. 이 몸의 모든 것이야말로 왜 사람이 아름다운 것인지를 증명하는 그 자체요. 애처로우리만치 가냘프면서도 인간이 지닐 수 있는 최고의 곡선을 지녀서, 풍만할 곳은 금방 터지기라도 할 듯이 풍만한 이 몸매를 누가 40대 중반이라 하겠소? 이제 갓 서른이나 되었음직한 성숙하면서도 유연한 몸매 그 자체요. 탱탱한 가슴에서 풍만하면서도 퍼지지 않은 둔부로 이어지는 이 잘록한 허리며, 그 아래 우거진 수풀과 그 안에 숨어 굳게 닫혔다가 아주 오랜만에 열린 귀하고 황홀한 옥문이며, 정말 말로 표현이 안 되는구려. 얼굴만 아름다운 것이 아니라 이렇게 구석구석 아름다운 몸매라니 이걸 말로 한다면 누가 사실이라고 믿겠소? 나도 글줄이나 쓴다지만 이것만은 글로도 묘사를 할 수 없소. 그 아름다움이 오로지 가슴과 머리를 오가며 맴돌고 있을 뿐이오.

내 임자를 위해서라도 반드시 좋은 세상을 만들고 말 것이오."

"제발입니다. 이년을 거둬 달라는 말씀은 드리지도 않겠습니다. 좋은 세상이라는 말이 이년의 가슴에 다시 한 번 못만 박고, 말로 끝나지 않기만 축원드릴 것입니다. 이번에 대감마저 좋은 세상을 만드신다면서 혼자 떠나 버리시면 이년은 더 이상 살 수 없을 것입니다. 대감께서 저를 찾지 않으시고 저를 거두지 않으셔도 오늘이 밤을 평생토록 간직하고 살 것이니 제발 좋은 세상을 만들었다는 소식만 듣게 해주십시오."

"그런 걱정은 마시오. 이번 일은 전과 다르게 시작되고 진행되는 일이니 아무 걱정 마시오. 그리고 그런 세상을 만든 후 반드시 임자와 함께 가리다."

허균은 힘주어 말하면서 그녀를 다시 한 번 와락 끌어안았다. 그녀의 가슴이 허균의 가슴에 와 닿는 순간 풍만한 크기가 느껴져 뭉클 하는가 싶더니 그 탄력에 의해 당장이라도 터져 그녀의 몸이 튕겨나갈 것 같았다. 허균은 자신도 모르게 '헉!' 하고 잠시 숨이 멈추는가 싶더니 이내 아랫도리가 다시 빳빳해지고 그 아랫도리는 그녀의 몸을 향했다. 빳빳해진 허균의 아랫도리를 감지한 그녀의 몸은 어느새 옥문에서 용수를 넘치게 흘리기 시작했다.

그러나 광해라는 임금과 뜻을 같이하는 일이니 탈이 나지 않을 것이라는, 그것은 그 밤의 불안함을 황홀함으로 메우며 각오를 새롭게 하던 허균 혼자만의 생각이었다.

# 13. 흉격사건(兇檄事件)

"그게 정말 틀림없다는 말입니까?"

"그렇다니까요. 내가 사람을 붙여서 직접 확인한 일입니다.

얼마 전부터 허균의 행동이 아무래도 이상하다는 생각이 들더란 말입니다. 전에는 천추사로 명나라에 다녀오라는 것을 거부하다가 파직되기도 했던 자가 명나라로 가는 사신만 있으면 앞장서서 떠나려고 하는 것부터 매사가 이상했으니까요. 그래서 사람을 붙였더니 역시 예상한 대로입니다. 상감의 총애를 이용해서 기회만 되면 명나라에 눈도장 찍으러 자진해서 다녔던 겁니다."

"하지만 확인된 것은 단순히 승군이 훈련하는 것이고, 허균이 그 절에 갔던 것이지, 그게 역모를 위해 훈련을 시키는 것이라는 증거는 없지 않습니까? 허균이야 원래 절에 드나들다가 파직도 여러 번 당한 인물이 아닙니까? 혹시 대감께서 허균과의 사사로운 감정 때문에 그리 보시는 건 아닌지요?"

이이첨이 영의정 기자헌을 찾아가 허균이 관음사에 갔던 일을 말하면서 역모를 꾸민다고 했다. 기자헌 역시 허균을 탐탁하게 여기지 않던 터에 잘 됐다 싶으면서도 허균을 감싸자는 것인지 아니면 신중을 기하자는 것인지 애매하게 대답했다.

기자헌도 이이첨과 허균의 사이가 벌어졌다는 것은 소문을 들어서 알고 있다.

이이첨의 외손녀인 세자빈 밀양 박씨가 아들을 갖지 못하여 세자빈의 후궁을 간택하여야 한다는 의견이 일고 있는데 그 가운데에 허균이 있다는 것이다. 당연히 지금으로서는 허균의 여식이 유력하다는 풍문이다. 이이첨의 외손녀가 세자의 후사를 보지 못하여 후궁을 간택하는데 허균의 여식이 들어가서 손을 보는 날에는 당연히 허균이 이이첨보다 앞서게 된다. 그렇지 않아도 상감이 허균을 끼고 도는 것은 누구라도 아는 판이다. 겉보기에는 그렇지 않은 양 하느라고 두 사람이 부단히 노력을 하지만 상감의 말투나 허균의 행실에서 묻어 나오는 일이다. 당장 눈에 거슬리는 것도 속 터지는데 세자의 후궁문제까지 겹친다면 이이첨으로서는 당연히 허균을 멀리 할 수밖에 없는 일이다. 단지 멀리하는 것뿐만 아니라 제거해야 할 대상이다.

그러나 그러한 사실들이 당사자인 허균이나 이이첨, 누구에게서도 직접 확인된 바가 아직 없다. 공연히 들려오는 풍문일 수도 있는데, 거기다가 이이첨이 가지고 온 소식을 얹어 아전인수 격으로 해석하고 받아들였다가는 큰 코 다칠 수도 있다. 언제 어떻게 역공을 당할지 모르니 누군가와 무슨 일을 도모한다는 것은 신중해야 한다. 특히 역모로 몰아넣는 일에는 더더욱 신중해야 한다. 자칫 잘못하여 섣부르게 마음을 드러내 놓는 것은 절대 금물이다. 상대가 자신을 떠보려는 것을 모르고 마음을 드러냈다가는 백이면 백, 역공을 당한다. 마음을 떠본다는 것은 이미 옭아맬 준비가 되어 있다는 말이다. 말대답 한 마디 잘못해서 역모로 역공을 당하면 그건 곧바로 죽음이다. 다시 회복할 기회가 없다. 단순한 정권다툼이라면 훗날을 기약한다지만 역모에 대한 대응은 신중하지 않으면 가문이 초토화가 될 일이니 조심하고 또 조심해야 한다. 그렇다고 그냥 나는 모르는 일이라고 내칠 수도 없는 일이다. 만일 허균이 역모를 꾸미는 것이 사실이라면 이런 말을 듣고 함께 역모를 밝히자고 하지 않으면 안 된다. 이런 역모의 음모를 듣고도 모른 척 하다가는 역모에 동참하고 있다는 오해를 받게 된다. 그리고 지금 이야기한 역모가 사실로 밝혀지는 날에는 동참자로 낙인이 찍혀 죽거나 아니면 최소한 유배를 당해야 한다. 그 역시 회복할 수 없는 가문의 몰락으로 이어질 수 있다.

기자헌은 짐짓 사실을 알기 위해 노력하는 척이라도 해야 한다고 생각을 고쳐먹었다.


"대감께서는 허균이 역모를 꾸미는 증거가 승군이라 하셨는데 관음사 승군이 얼마나 되는 겁니까?"

생각을 고쳐먹은 기자헌이 내심 심각한 표정을 지으면서 되물었다.

"확실하게는 파악이 안 되었지만 대략 이백여 명은 족히 된다고 합니다."

"이백여 명이라…?

그건 관음사가 원래 큰 절이다 보니 그 안에 있는 승려 수만 해도 그 이상 되는 것 아닙니까? 게다가 그들은 이미 임란 때 왜놈들로부터 나라를 구하는데 보탬을 준 이들이오. 그래서 조정에서도 그들을 정식 군대는 아니지만 승군으로 이미 인정을 하고 있는 터잖습니까?"

"그건 그렇습니다만 승군이 이백여 명이라면 그들을 키우기 위한 장비며 식량을 위한 비용도 만만치 않을 겁니다. 그런데 관음사 승려들은 탁발을 일체하지 않는다고 합니다. 누군가가 비용을 대 주고 있다는 말 아닙니까?"

"그게 허균이라? 대감께서는 허균의 삶을 모르십니까? 그 아비가 청렴하여 자식들에게 이렇다하게 물려준 재산도 없고, 자신도 걸핏하면 파직을 당해서 변변한 재산이 없지 않습니까? 그런데 승군의 뒷돈을 어찌 댈 수 있겠습니까? 내 판단으로는 허균이 그런데 돈쓸 여력이 없습니다. 그리고 승려들이 탁발을 하지 않는다고 절에 시주가 안 들어옵니까? 관음사 같은 경우에는 송악에 위치해서 그냥 앉아 있어도 시주가 많이 들어오기로 유명한 곳 아닙니까? 게다가 고작 이백여 명의 중으로 어찌 나라를 뒤집을 수 있습니까? 좀 과한 말씀 같습니다. 아무리 승군이 용맹하고 무예가 출중하다고 해도 최소한 천은 되어야 하는 것 아닌가요? 설령 관군과 내통이 되었다고 해도 오백이라도 되어야 무언가 해보지…."

"말씀 잘 하셨습니다. 바로 그겁니다. 승군이 관음사에만 있는 것이 아닙니다."

"그야 당연한 일 아닙니까? 지난 번 왜란 때에도 전국 각처에서 승군이 일어났습니다. 왜놈들이 직접 발을 딛지 않았던 땅에서도 승군들이 일어나 나라를 구했는데, 전국 각처에 승군이 있는 것은 당연한 일이지요."

"물론 그리 볼 수도 있겠지요. 하지만 제가 말씀드리는 것은 그런 의미가 아닙니다. 수원과 강릉, 부안과 치악산 등 몇 곳이 관음사와 긴밀하게 협조를 하면서 서로 교신을 한다는 겁니다. 그들이 서로 협조하면서 교신하는 내용까지는 모르겠지만 이게 다 허균과 연관이 있다는 정황이 포착된다는 겁니다. 서로 협조하며 긴밀하게 연락하는 절들의 주지나 혹은 영향력 있는 중들이 모두 허균과 교분이 있는 자들이라는 겁니다."

"대감의 말씀에도 일리가 있기는 합니다. 그러나 만일 그들을 역모로 몰아넣고자 할 때 그들이 부인하고 나서면 어찌 할 겁니까? 그들이 허균과 상관없이 자신들만의 교분으로 연락을 주고받는 것이라고 발뺌을 한다면 무슨 대책이 없지 않습니까?

할 말은 아니지만 솔직히 말씀드리자면 중들이 누굽니까? 우리와 같은 사람이면서도 우리와는 근본적으로 생각이 다른 사람들입니다.

정치하는 우리들이야 역모에 엮여 주리를 틀고 어쩌고 하면 없는 말도 불어냅니다. 설령 불지 않더라도 주변에서 누구를 만나고 누구에게 무슨 말을 했고 등등 행적을 추적해서라도 엮어 넣을 방법은 많습니다. 하지만 중들이라는 것이 산 속에만 살다 보니 행적을 가지고는 엮을 수가 없어요. 일을 도모했다손 치더라도 서로 자주 만난 사람도 없을 뿐만 아니라, 주위의 누구에게도 말하지 않았을 것이니, 누가 그런 말을 들었다는 식의 이제까지의 방법은 소용이 없다는 말입니다.

오로지 자백뿐인데 중들이 자백을 하겠습니까? 제 목숨을 다하면 했지, 목숨이나 구걸하려고 마음먹고 벌인 일을 실토하겠냐구요? 설령 허균과 역모를 준비했더라도 나름대로 목적과 이유가 뚜렷하다면 절대 입을 벌리지 않을 것입니다. 오히려 허균을 살리기 위해서 자신들의 목숨을 내던지는 것을 영광으로 알 사람들입니다. 더더욱 상감께서 허균을 총애하시는데, 증거도 없이, 그것도 허균이 갔던 절에서 승군이 훈련을 한다는 한 가지 이유로 허균을 역모로 몬다? 어림없는 말 같습니다. 물론 대감께서는 허균이 역모를 꾸미는 무슨 징후를 읽으셨으니까 그런 말씀을 하시는 거겠지만 현실이 그렇게 녹녹치 않다는 겁니다."

기자헌의 말을 듣던 이이첨은 얼굴 표정이 굳어져 갔다. 기자헌이 하는 말에 가끔 고개를 끄덕일수록 더 어두워졌다. 그러더니 결국에는 상감이 총애한다는 말이 나오면서는 낙담하는 기색이 역력했다.

"그렇다고 역모를 꾸미는 것을 알면서도 가만히 있으면 안 되잖습니까?"

낙담하는 표정을 짓던 이이첨이 안타까워 안달이 난다는 표정으로 말했다.

"그렇지요. 정말 역모를 꾸미고 있다면 이 나라 종묘사직을 위해서도 그렇고 우리 붕당을 위해서도 가만히 두고 볼 수는 없지요. 정말 역모를 꾸미다가 발각이 되는 날에는 우리 붕당 모두가 함께 휩싸일 수 있는 일인데 모르는 척 할 수는 없는 일이지요. 다만 지금 상황으로는 심증만 가지고는 어찌 할 수 없으니 확실한 물증을 잡아야 한다는 말씀입니다."

확실한 물증이라는 말에 이이첨은 크게 낙담하는 모습이 역력했다. 이이첨의 표정을 보면서 기자헌은 나름대로 자신이 하는 말에 자신도 모르게 빠져들어 가고 있다는 것을 느꼈다. 허균이 역모를 꾸미고 있다는 말을 듣고 증거를 찾아야 한다는 말을 하다 보니, 허균이 정말 역모를 꾸밀 수도 있고 그렇다면 모르는 체 할 수만은 없는 일이라는 생각이 들기 시작한 것이다.

'허균이 상감의 총애를 방패막이 삼아 정말 역모를 꾸밀 수도 있다. 이이첨이 무엇인가 징후를 포착했으니까 저리도 심각해지는 것이다.'

생각이 거기에 미치자 기자헌에게 문득 떠오르는 것이 있었다. 허균이 무언가 일을 꾸민다는 것이 역모가 아니라, 상감의 총애를 이용해서 자신들을 일거에 제거하고 최고 실력자가 되기 위해서 힘을 키우는 것이라면? 정말 그렇다면 이건 보통 일이 아니다. 충분히 그럴 수 있다. 상감은 대신들이 자리를 차지하고 앉아서 백성들을 위한 정치를 하지 않고 자신들을 위한 정치를 한다고 공공연히 힐책했던 왕이다. 그런 면에서 허균을 좋아하는 사람이다. 그런데 허균과 아무도 모르게 그 일을 꾸미고 있다면?

기자헌은 자신도 모르게 생각이 급해졌다. 그러나 이 말을 섣부르게 꺼낼 수도 없는 일이다. 이이첨 역시 그 일에 가담한 입장에서 혹시 자신을 떠보려고 찾아온 것인지도 모르는 일이다.

"대감, 아무리 생각해도 이 일은 어느 일순간에 답을 내리기는 힘든 일이고 시간을 가지고 좀 더 자세하게 알아볼 필요가 있는 일 같소이다. 그렇다고 마냥 시간을 허비할 수는 없는 일이니 우리 둘 다 지혜를 모아봅시다. 우리가 함께 지혜를 모은다면 무슨 방법이 생기겠지요. 오늘은 일단 오랜만에 오셨으니 술이나 한 잔 하면서 지난날의 회포나 풀고 힘을 내서 깊이 생각해 봅시다. 빠른 시일 내로 무슨 방법이 생기지 않겠습니까?"

"제 생각도 그리하는 것이 옳을 것 같습니다. 더 이상 끙끙 대느니 차라리 술이나 한 잔 하면서 머리라도 식히지요."

두 사람은 일어나서 기방을 향했다.

이이첨과의 술자리에서 이런저런 이야기로 마음을 떠본 기자헌은 나름대로 결론을 내렸다.

이이첨이 자신의 마음을 떠보려고 온 것은 아니다. 술자리에서도 그 생각을 떨치지 못하고 전전긍긍하는 모습을 읽을 수 있었다. 옆에 찰싹 붙은 기생이 온갖 애교를 떨 때 평소 같으면 헤벌쭉했을 텐데 얼굴이 굳은 채 묵묵히 술잔만 입에 델 뿐이었다. 그 모습을 보니 기자헌 자신도 이건 일이라는 생각이 절로 들었다.

이이첨과 헤어져 집으로 돌아온 기자헌은 깊은 생각에 잠겼다.
'모름지기 허균은 역모를 꾸미지는 않을 거야. 임금이 저를 그
리 감싸고도는데 굳이 역모를 꾸밀 필요가 있나? 역모를 하는 이
유가 뭔가? 말로는 새로운 임금을 세워 새 정치를 해서 백성들이
잘사는 나라를 만들겠다는 거지. 하지만 그건 단순한 핑계잖아.
언제 백성들을 위해서 역모를 한 적이 있나? 권력에서 소외된 이
들이 자신들이 총애를 받아 권력을 휘두를 수 있는 임금을 세우겠
다는 것인데 허균은 그럴 이유가 없어. 겉으로 보기에는 서열이
한참 밀리는 것 같아도 허균이 최고의 권력을 누리고 있다는 것은
누구라도 아는 일이지. 그런데 역모를 한다? 그건 절대 아닐 것이
고. 그렇다면 자신이 권력의 일인자이면서도 겉으로 드러나지 못
하는 것이 싫어서 나나 이이첨 같은 이들을 제거한다? 그거야. 충
분히 그럴 수 있어. 자기가 상감의 총애를 가장 많이 받으면서도
그걸 모르는 이들에게 최고의 대우를 받지 못하니 드러내고 싶을
수 있지. 게다가 지금은 상감이 자신을 총애하지만 언제 어떻게
변할지 모르니 아예 우리들을 제거하고 자신의 자리를 굳힌다?
그래. 바로 그거야. 자기 힘이 있을 때 주변의 군더더기들을 말
끔히 정리하고 제 사람들로만 채우자는 거야. 승군을 양성하는 것
은 만약의 경우를 대비하서겠지. 무력을 써야 할 날이 오면 그날
써먹자는 거야.'
기자헌은 자기 방식대로 허균을 해석하고 있었다. 그러다가 문
득 아들 생각이 났다.
지난 해 겨울 등과하여 자신의 보호막 아래 출세 가도를 달리기
시작한 아들을 생각하니 앞이 캄캄해졌다. 만일 허균이 자신들을

제거하고 일인자로 올라앉으면 자신들의 가솔들까지 모조리 역적으로 몰 것이다. 그리되면 아들의 미래는 없다. 미래는커녕 목숨이나 보존하여 대만 끊이지 않아도 다행이다. 자기 방식대로 온갖 생각을 정리하며 잠 한숨 이루지 못한 기자헌은 이튿날 이이첨과 마주 앉았다.

"아무리 생각해도 이해가 안 되는 부분이 있소이다."
"무슨 말씀이신지…?"
어제 기자헌에게 허균의 역모 이야기를 해놓고 이이첨 역시 잠 한숨 이루지 못한 터였다. 기자헌이나 이이첨이나 서로 경쟁자이자 동반자다. 혹시 기자헌이 이이첨을 동반자보다는 경쟁자라고 생각한다면, 자신이 한 말을 가지고 권력의 실세인 허균에게 붙어서 자신을 제거하려 할 때 꼼짝없이 당해야 한다. 공연히 이야기를 했다 싶기도 하고 증거도 없이 섣부르게 덤빈 자신을 탓해 보기도 했다. 그런데 이해가 안 되는 부분이 있다니 그야말로 좌불안석할 수밖에 없는 형편이었다.

"허균이 왜 역모를 하겠습니까? 지금 상감의 총애가 그에게 쏠린 것은 만조백관이 다 아는 판인데."
이이첨은 아차 싶었다. 드디어 자신이 거짓으로 역모를 고변한 것으로 몰리는 것 같았다. 기자헌이 자신을 경쟁자라고 생각하고, 경쟁자 하나를 손도 대지 않고 물리칠 수 있는 절호의 기회를 잡았다고 생각한 것 같았다. 이이첨은 등골에 식은땀이 흘렀다. 밤새 잠 한숨도 못 잔 덕분에 몽롱하던 정신까지 번쩍 들었다.

"그렇지 않아도 어제 대감과 그 일을 상의하면서 대감의 말씀을 듣고 나니 제가 잘못 생각한 것이 아닌가 하는 생각을 하기는 했습니다만…."

이이첨은 재빠르게 발을 빼는 것이 상책이라는 생각이 들었다. 그러기 위해서는 무슨 말인가를 어떻게든 해야 하는데 너무 긴장한 탓에 말을 얼버무리고 말았다.

"그렇습니까? 대감이 생각하셔도 무언가 아니라는 생각이 드셨습니까?"

"예. 그렇다니까요. 제가 이야기를 해놓고도 이건 무언가 내가 잘못 짚었구나 하는 생각이 들더라는 말씀입니다. 그래서 오늘 대감을 만나 뵈면 말씀을 드리려고 했는데 대감께서 먼저 저를 찾아 주신 겁니다."

"그렇소이다. 이건 역모가 아니라 대감과 나를 비롯한 우리들을 제거하자는 꿍꿍입니다."

어떻게든지 자신을 변명하려고 또 무슨 말을 할까 궁리하는 이이첨에게 기자헌이 한 말은 귀가 번쩍 뜨이는 말이었다.

"그, 그렇다면?"

"그렇소. 이건 틀림없이 우리를 제거하기 위해서 꾸미는 일이오."

기자헌은 연신 우리라는 말을 강조했다. 이이첨은 내심 한숨을 쉬었다. 적어도 자신이 역모를 거짓 고변한 것으로 몰리지 않을 것이 확실하다. 게다가 기자헌은 허균이 꾸미는 꿍꿍이가 역모가 아니라 권력투쟁이라고 생각했다면 가만히 있지 않을 것이다. 어떻게든 허균을 낙마시키기 위한 수를 낼 것이다. 그러면 된다. 어차피 목적은 허균을 제거하는 것이었으니 역모든 뭐든 허균만 제거하면 된다. 역모로 몰든 권력투쟁으로 밀어내든 꿩 대신 닭이라도 잡으면 된다. 게다가 우리라는 말을 강조하는 것을 보면 함께 가자는 소리다.

"사실 저 역시 그 경우도 생각해 보기는 했습니다만, 그럴 경우 과연 군대가 필요할까 하는 의구심이 들어서 역모로 단정 지었던 겁니다."

"그건 대감이 너무 단순하게 생각한 것입니다. 대감도 알다시피 지금 군부 요직에 있는 사람들이 우리 사람들 아닙니까? 아무리 상감을 등에 업었다지만 허균이 우리를 제거하려 한다는 것을 알았을 때, 여차하면 군부에서 반란까지는 아니더라도 반발하고 나올 수도 있지 않겠습니까? 무력시위를 벌여 상감을 침묵하게 함과 동시에 허균을 제거할 수도 있는 일입니다. 그럴 경우를 대비하자는 겁니다. 허균이 보통내기가 아니라는 것은 대감께서도 잘 아시잖습니까?"

"그 말씀을 듣고 보니 그렇습니다. 허균이 보통 여우가 아니지요. 그런데 대감께서 지적하신 그대로라면 어찌 대응해야겠습니까?"

이이첨은 어떻게든 기자헌의 비위를 맞추려고 즉각 응답하면서 자신이 미처 어리석어 깨닫지 못하는 척 질문까지 했다.

"수를 내야지요. 엮어 넣을 수를 만드는 겁니다."

"수를 만드는 것은 저도 알겠는데 저는 도통 그 수가 생각이 나지를 않아서 말입니다."

"일단 내가 먼저 몸을 던지는 수밖에요."

"대감께서 몸을 던지신다니 그게 무슨 소리이신지…?"

"내 수를 들어보시겠습니까?"

기자헌은 이이첨을 다가앉게 한 후 나지막한 소리로 속삭여 말했다.


그로부터 이틀 후.

소성대비(인목대비)가 머무르는 경운궁에 흉서를 묶은 화살, 흉격(兇檄)이 하나 떨어졌다. 익명의 흉서에는 기자헌을 중심으로 반정을 일으킬 것이니 대비께서 허락해 달라는 내용이었다.

"대감께서 스스로 이런 일을 만드시고 뒷감당을 어찌하시려고 그러십니까?"

이이첨은 입궐하자마자 소식을 듣고 기자헌을 찾아가 은밀하게 속삭이듯이 말했다.

"무릇 호랑이를 잡고자 하면 호랑이 굴에 들어가야 한다고 하지 않습니까? 또 낚시를 하는데 미끼를 끼지 않고 어찌 고기를 낚겠습니까? 허균을 잡으려면 그에 합당한 미끼를 끼고 내가 그 굴 안으로 들어가야 하지 않겠습니까?"

"하지만 대감께서 반역을 기도하고 있다는 흉격을 던지고 그 뒷감당을 어찌 하시려고 그러십니까?"

"뒷감당이요? 이미 활시위를 떠난 화살입니다. 날아가는 화살을 어찌 멈추게 할 수 있겠습니까? 그 화살을 어느 곳에 떨어지게 조준했느냐가 더 중요한 것이겠지요."

"그게 무슨 말씀이십니까?"

"나 스스로를 던지겠다고 엊그제 이미 말했잖습니까? 내가 반정을 하려고 한다면 상감이나 다른 이들이 어떻게 받아들이는 지가 더 중요한 겁니다. 내가 반정을 꾸민다면 누가 믿겠습니까? 허균이 모함하기 위해서 흉격을 날린 것으로 일을 만들어 가자는 겁니다. 그리되면 상감께서 아무리 허균을 감싸고돌고 싶어도 쉽지 않을 것 아닙니까? 상감이 허균을 내치지 않고는 배길 수 없게 만들자는 겁니다."

"만일 그러다가 역공을 당하시면 어찌하시렵니까? 상감께서 허균을 감싸고돌기 위해서 흉격을 사실로 만들면 어찌하시렵니까?"

"절대 그럴 리가 없지요. 대비의 허락을 받기 위해서 흉격을 날린다는 것을 상감께서 믿는다? 아니, 그 이전에 대감부터라도 그런 것을 믿겠습니까? 반정을 도모하는 사람이라면 그 중요성에 비춰볼 때 비밀리에 서로 만나서 이야기하기도 힘든 것 아닙니까? 그런데 내 이름을 넣은 흉격을 날려 모든 이가 알게 한다? 그것도 소성대비에게 허락을 받기 위해서? 이미 폐비론이 나오고 있는 판인데 소성대비에게 허락을 받고 반정을 한다면 그걸 누가 믿겠습니까? 누군가가 나를 음해하기 위한 것이라고 생각하지 않겠습니까? 게다가 내가 한술 더 뜨는 겁니다. 사직 상소를 내고 낙향하는 겁니다."

"아니, 여기서 일을 해결하지 않고 낙향을 하신다면 뒷마무리는 누가 합니까?"

"내가 영의정 자리를 차지하고 앉아서 변명만 하고 있으면 일에 휘말릴 수도 있지 않겠습니까? 차라리 영의정을 사직하고 낙향하면 그게 오히려 내 결백을 주장하는 방법이 되는 겁니다. 내가 영의정을 4년이나 했으니 누군가 그 자리를 탐하느라고 반정 운운하는 것을 알기에, 누군가가 흉격을 이용해서 나를 뽑아내기 위한 방법을 쓴 것에 대해 나 스스로 결백을 주장하는 방법이 되는 겁니다. 또 그 흉서에는 상감께서 서자로 왕위에 오르신 것을 지적하고 있습니다. 나를 제거하기 위해 상감께 불충한 언사를 쓴 것은 바로 내가 상감을 욕보인 것과 마찬가지라고 하면 상감께서도 그만큼 감복하실 것 아닙니까?"

"그렇지만 누군가 흉격이 허균의 짓이라고 단정을 지어줘야 하는데 그걸 할 사람이 없지 않습니까?"

"그러니까 더더욱 사직 상소를 내야지요. 내가 일부러 그 흉서를 허균의 문체를 최대한 본떠서 만들었습니다. 웬만한 문장 실력을 가진 이로서는 그렇게 쓸 수 없는 아주 명문으로 만든 겁니다.

우리가 주변에서 만날 수 있는 사람들 중에는 허균을 제외하고는 그런 명문장을 쓸 사람이 없습니다. 사직 상소에 그 말을 넣는 겁니다."

"그건 정말 위험한 방법이잖습니까? 허균은 서자인 상감께서 즉위하신 것을 합당화시키기 위해서 『홍길동전』까지 썼습니다. 그런데 허균이 서자 운운했다면 누가 믿겠습니까?"

"그러니까 나를 모함하기 위한 것이지요. 상감이 서자의 몸으로 즉위한 것을 합당화시키기 위해서 『홍길동전』까지 썼고 임해군과 영창대군을 죽이는 데에도 앞장선 인물이니까 그 문제를 거론하면 자신이 한 짓이 아니라고 판단할 것이라는 점을 이용했다는 겁니다. 나를 모함하기 위해서 음모를 꾸몄지만 누가 보아도 허균이 한 짓으로 보이지 않게 했다는 거죠."

"그러니까 허균이 자신이 한 짓이 아닌 것처럼 꾸미기 위해서 일부러 상감을 욕하면서 대감을 끌어넣은 것으로 하자는 말씀이네요."

"그렇습니다. 그리고 나는 사직 상소에 그런 운을 띄울 테니까 나머지는 대감과 다른 대신들이 처리해 주시면 되는 거지요."

"이게 성공할 수 있겠습니까?"

"성공할 겁니다. 아니 반드시 성공시켜야 합니다. 이번 기회에 허균을 좌절시키지 못하면 우리는 영영 기회를 잡지 못할 겁니다. 만일 이번 기회를 놓치면 허균은 무력으로라도 우리들을 제거하고 말 겁니다."

기자헌과 이이첨은 굳은 표정으로 서로를 바라보았다.

이튿날 기자헌은 자신이 말한 대로 사직 상소를 냈다.

〈지금 간사한 자가 화살에 글을 묶어 투서하였는데, 비록 누가 한 짓이라고 지적할 수는 없지만 허다한 내용이 문장가(文章家)가 아니면 지을 수 없는 것입니다. 그 구상을 해내고 말을 엮은 것이 역적이 하는 것인 양 하였으니, 이것은 참으로 대역(大逆)이 한 짓입니다. 심지어는 역적에게 강제당할 대상으로 신의 이름이 쓰여 있으니, 신하의 죄로서 이보다 더 큰 죄가 없습니다. 그러니 장차 어떻게 천지간에 얼굴을 들고 보통사람과 같이 할 수 있겠습니까. 흉서의 끝에 '대신에게 부(符)를 내어 준다.'는 말이 있는데, 이것은 오로지 신을 공격하는 말인 듯합니다.

신은 외람되이 차지해서는 안 될 자리를 차지하고 있는지 이미 4년이나 되었는데도 스스로 물러갈 줄 모르고 있으니, 이렇게까지 심하게 사람들이 꺼리고 질시하면서 죽이고자 하는 것이 괴이할 것이 없습니다. 삼가 바라건대 성상께서는 속히 신의 직을 파하여 신으로 하여금 물러갈 수 있게 하고, 다시 덕이 있는 사람을 뽑아 나랏일을 중하게 하소서.〉

광해는 기자헌의 사직 상소를 보면서 그가 무언가 일을 꾸미고 있다는 것을 알면서도 모르는 체 할 수밖에 없는 현실이 답답했다. 빤히 눈에 보이는 짓이다.

문장가가 아니면 지을 수 없다는 말 자체가 이미 당대 최고 문장가인 허균을 정조준하고 있다. 그렇다고 당장 그만두라고 할 수도 없다. 무엇보다 기자헌이 왜 그런 일을 꾸미는지를 알아야 하고 또 누구와 함께 작당을 한 것인지도 알아야 한다. 기자헌이 응원군 없이 일을 벌이지는 않았을 것이다. 일을 벌여 놓고 자신은 사직 상소를 내는 판인데 누군가가 남아서 응원을 해줄 사람과 같이 저지른 행동임에 틀림이 없다.

그런데 그들이 왜 허균을 정조준해서 저런 일을 벌이고 있을까? 혹시 자신과 허균이 도모하는 일을 눈치 채고 자신마저 제거하고 싶지만 아직 준비가 덜 된 터에 일단 허균만 제거하려는 것일까? 허균을 제거함으로써 자신과 허균이 벌이고 있는 일을 멈추게 한 후 반격을 가하려는 것은 아닐까? 그렇다면 보통 일이 아니다. 자신이 허균과 같이 하고자 하는 일을 알고 있다면 머지않아 양반 사대부들이 벌떼처럼 들고 일어나 반정도 불사할 것이다.

광해는 일단 시간을 벌어 진상을 파악하는 것이 더 중요했다.

"짐은 이런 흉격에는 괘념치 않으니 다른 소리 말고 국사에 전념하라."

마음 같아서는 이 기회에 뽑아 버리고 싶지만 지금은 때가 아니다. 왕이 신하의 눈치를 살피며 개혁을 하는 것을 훗날 역사가 우습게 여길지라도 어쩔 수 없는 일이다. 광해 자신이 어떤 판단을 받는가보다는 자신이 스스로 던진 개혁을 이루는 일이 더 중요하다.

그러나 기자헌은 영의정 사직을 굽히지 않았다.

그로부터 이틀 후 이번에는 더 간교한 사직 상소를 올렸다.

〈간사한 자가 흉서에서 신의 성을 들먹이면서 강제할 것이라고 말하였으며, 또 '대신에게 부(符)를 내어 준다.'고 말을 하였기 때문에, 신은 황공스러워 죽고 싶을 뿐 몸 둘 곳이 없어서, 이에 감히 태연스레 직에 있지 못하고 부득불 물러나서 멀리 떠나려고 하는 것입니다. 밀부를 도로 내려 보내었기에 더욱 몸이 떨리고 두려우며 가슴이 떨리고 편치 않음을 이기지 못하겠습니다. 신은 기력이 다 떨어져서 잠시만 말을 하면 입이 타 흙을 씹는 듯하고, 가슴이 말라서 먼지가 나는 듯하여 죽을 기일 역시 멀지 않으니, 몹시 답답하고 염려됩니다. 삼가 성상

께서는 속히 신의 직을 체차하고 다시 어진이를 뽑아서 국사를 다스려 나가소서.〉

사직 상소를 받아 든 광해는 이번에도 서둘러 사직을 말리는 답변을 내렸다.

〈지금 이 흉격(兇檄)은 고변하는 글이 아닌 듯하다. 간사한 자가 하는 짓을 경이 만약 상세히 안다면 어찌하여 곧장 그 사람이 누구라고 말하지 않는가? 그리고는 이처럼 위급한 날을 당하여 수상(首相)으로 있으면서 국은을 후하게 받은 것은 생각지 않고 한갓 번거롭게 사직만 하면서 난에 임하여 도피하려고만 하는가? 이것이 과연 대신이 나랏일에 온 힘을 다하는 의리인가? 굳이 사직하지 말고 속히 들어와서 온 정성을 다해 역적을 토벌해 사직을 편안케 하는 것이 마땅하다.〉

생각 같아서는 기자헌을 잡아들여 국문이라도 하고 싶었다. 감히 어디서 이런 음모를 꾸미고 혼자서 충신인 척 하느냐고 따져 묻고 목이라도 베어버리고 싶었다. 그러나 그렇게 화풀이 한 번 한다고 해결될 일이 아니다.

광해는 일을 그르치지 않기 위해서 치미는 울화를 억누르며 허균을 기다리고 있었다.

"전하. 이번 일의 목표는 단순히 제게 향한 것이 틀림없는 듯하옵니다. 얼마 전부터 기자헌이 이이첨을 만나 둘이서 무언가 일을 꾸몄다고 하옵니다. 그런데 그것이 소신이 송악에 갔던 그 다음날부터라고 하옵니다. 전일 신이 관음사에서 누군가 신의 뒤를 밟은 것 같다고 전하께 말씀드렸었는데, 그것이 사실이었나 보옵니다.

신이 승군들이 훈련하는 관음사에 갔던 것을 저들 나름대로는 신이 저들을 권자에서 내치기 위해 만일의 경우를 대비해서 승군을 훈련시키는 것으로 판단한 것 같사옵니다.”

“저들이 그리 쉽게 판단할 리가 있겠소?”

“아니옵니다. 저들은 전하와 제가 혁명을 계획하는 것까지는 미처 생각 못하고 있는 것이 확실하옵니다. 다만 제가 자신들을 내치려는 것이 전하의 어지를 입은 것인지 아닌지만 중요하게 생각하는 것 같사옵니다. 저 혼자서 승군의 도움을 입어 관군의 반란이 있으면 그들을 무력으로 제압하기 위한 것으로 알고 있는 것이 거의 확실하옵니다.”

“그렇다면 일단은 안심이구려. 그러면 앞으로는 어찌 하는 것이 좋겠소? 저들은 지금 허 대감을 정조준하고 있는데?”

“신의 생각으로는 일단 전하께서는 영상의 사직 상소를 막으시는 것이 옳을 것 같사옵니다. 영상이 제 이름을 꼭 찍은 것이 아니라 문장이 뛰어난 자라고만 했으니 모른 척 지나가시는 것이옵니다. 그러다가 때가 되면 저를 파직하고 유배를 보내신 후 잠잠해지면 무고하다고 하면서 다시 부르시는 것이 시간을 벌기에는 더 없이 좋다는 생각이옵니다.”

“시간을 번다? 그런데 이 일이 시간을 번다고 해결될 일은 아니잖소? 근본적인 해결책을 찾아야 하는데?”

“시간을 벌면서 소신이 대책을 간구해 기자헌을 제거하겠사옵니다. 본디 이이첨은 권력의 향배에 민감한 자인지라, 머지않은 시간에 기자헌이 제거되면 금방이라도 권력의 향배를 가늠하고 머리를 조아릴 것이옵니다.”

“정말 기자헌 대감만 뽑으면 더 이상 탈이 없을 것 같소?”

“그렇사옵니다. 이이첨이라는 사람이 권력의 향배를 정확하게 가늠하는 자라는 것을 해바라기 같은 중신들은 모두가 아는지라, 이이첨이 머리를 숙이는 쪽으로 모두가 머리를 조아릴 것이니 걱정하지 않으셔도 될 것이옵니다. 특히 이번 일이 소성대비로 인하여 벌어진 일이니 만큼 하루 속히 소성대비를 폐하시면 이 일도 잠잠해질 것이옵니다. 모름지기 소성대비를 폐하자는 말을 신이 공식적으로 떠올리면 기자헌은 반드시 반기를 들고 나올 것이옵니다. 그때 기자헌을 제거하는 것이옵니다. 그에 따른 준비는 제가 다 할 것이오니 전하께서는 어려운 용단을 내리시듯이 제 손을 들어 주시면 되는 것이옵니다."

허균의 계산은 자신의 순박한 마음에 이이첨이나 기자헌의 간교한 마음을 얹어 계산한 것이다. 그러면서 순박하고 백성을 사랑하는 자신의 마음이 이길 것이라고 생각했다. 그러나 세상은 순박함보다는 간교함이 더 앞서가기에 항상 불의가 정의를 앞서간다. 백성들은 정의가 이기기를 모두가 바라고 있지만 세상은 그렇지가 않은가 보다.

# 14. 백성은 짓눌리는 껍데기

허균의 말대로 잘 흘러가는 것 같았다.

기자헌은 다시 영의정 자리에 앉고 허균은 잠시나마 유배를 다녀왔다. 그리고 허균은 자신이 말했던 대로 폐비론을 앞세워 기자헌을 뽑아낼 고삐를 당기기 시작했다.

"그게 정말입니까?"

이이첨이 화들짝 놀라면서 묻자 기자헌은 자신도 미처 짐작 못한 일이라는 듯이 난감한 표정으로 대답했다.

"그렇다니까요? 내가 확실히 알아봤습니다. 이 대감께서 말씀하셨던 그대로입니다. 이건 역모가 틀림없습니다. 그렇다고 허균혼자 꾸민 일이 아니에요. 분명히 상감과 무언가 교감을 이루면서 함께 만든 작품입니다."

"그렇다면 상감이 스스로 반정을 일으킨다는 말씀입니까? 허균이 우리들의 권력까지 차지하려고 밀어내려고 한다는 것은 이해할 수 있겠습니다만 상감께서 직접 반정을 하려 하신다니 납득이가지를 않습니다. 상감께서 대신들이 싫으면 하나씩 제거하면 될 일인데 왜 스스로 그런 일을 꾸미시겠습니까?"

"그게 바로 우리들의 허를 찌르는 겁니다. 게다가 이번 일은 단순히 반정이라는 표현이 어울리는 것이 아닙니다. 이번에 상감이 하고자 하는 것은 혁명입니다."

"혁명이라니요?"

"상감은 자신이 서출로 당한 설움을 아는지라 과감히 신분을 타파하겠다는 겁니다. 그것도 반상을 없애고 우리 같은 양반 사대부들을 일거에 자리에서 내치겠다는 겁니다."

"반상을 없애요?"

"그렇지요. 양반과 상민의 구별은 물론 천민이나 노비들까지 모두가 같은 신분으로 사는 세상을 만들겠다는 겁니다."

"그렇다면 왕도 없을 것 아닙니까?"

"왕이야 있겠지요? 선왕으로부터 적통장자가 세습하던 종래의 방식이 아니라, 자신이 능력이 있으면서도 서자로서 당한 설움을 바로 세우겠다는 취지로 새로운 전통을 만들 수도 있지요. 서열이 어찌되든 간에 왕자 중에서 가장 능력이 있는 자를 왕으로 세운다든가, 아니면 왕가에서 꼭 당대의 왕자가 아니더라도 능력 있고 덕망 있는 자를 세운다든가 뭐 그런 방법을 쓸 수도 있겠지요. 그도 저도 아니면 정말 요순시대처럼 덕망 있고 능력 있는 관리 중 하나가 왕이 될 수도 있고요. 물론 그거야 꿈같은 전설의 시대에 일어난 일이니 믿을 수도 없고 현실에서 일어날 수도 없는 일이겠지요.

그건 왕에 관한 문제니 차치하고, 지금 우리에게 중요한 것은 관료들을 뽑을 때가 문제입니다. 신분 고하에 관계없이 관료가 될 수 있는 기회를 주어 능력 있는 자를 선출하고, 정말 백성들을 위하여 일을 하게 만들고, 백성들도 스스로 열심히 일하는 만큼 잘

사는 그런 세상을 만들겠다는 겁니다."

"그게 말이 됩니까? 신분이 없으면 소나 개나 모조리 벼슬을 하겠다고 덤벼들 텐데 그게 말이 안 되는 일이지요."

"그러니까 백성이라면 누구든 간에 능력 있는 자가 벼슬을 하라는 겁니다. 학문을 해서 등과를 하는 자는 벼슬을 하고 그렇지 않은 이들은 어느 산업에 종사를 하더라도 신분 차별을 받지 않는 세상을 만들겠다는 겁니다. 백정을 하든 대장장이를 하든 농사를 짓든 관리가 되든 신분은 같다는 겁니다. 그게 정말 가능하고 또 그렇게만 된다면 굳이 관직에 나가지 않고 자신이 할 수 있는 일을 해도 잘 살 수 있겠지요. 그렇게만 된다면야 상민들 입장에서는 정말 살기 좋은 세상이 되기는 되겠지요. 지금처럼 재미있게 살던 우리 양반 사대부들 입장에서는 엄청난 손해를 보겠지만….

종도 노비도 없으니 사람을 부리려면 머슴이나 소작을 주듯이 대가를 지불해야겠지요. 지금처럼 양반이라는 이름을 내세워 일을 시키고 헐값을 주거나 거저로 부리지도 못할 겁니다. 신분이 없고 귀천이 없다면 양반에게 짓눌릴 일이 없으니 서로 자신의 생업에 충실할 수 있겠지요. 일하는 만큼 대가를 받아서 부를 누릴 수 있다면 오로지 벼슬하려들지도 않을 테니 세상이 제대로 돌아간다는 거겠지요."

"이론은 그럴 듯합니다. 백성들이 들으면 좋아하겠어요."

"그렇지요. 허균과 상감은 바로 그걸 노리는 겁니다. 백성들이 좋아하는 일이니 그리 말하고 선동을 하면 천민과 상민들은 물론 평민까지 날뛰듯이 좋아하겠지요. 우리 양반 사대부들이 누리던 권리를 함께 나눠 갖는다는데 얼마나 좋아하겠습니까? 아니 어쩌면 관직에 나가지 못하는 양반 사대부들도 덩달아 날뛸 겁니다.

솔직히 말이야 바로 말하자면 실력이 있으면서도 줄이 없어 관

직에 나서지 못하는 이들이 어디 한둘입니까? 또 뛰어난 재능을
겸비해서 관직에 입문해도 청렴결백을 내세우면서 꼿꼿이 제 갈
길만 가다가 붕당의 희생물이 되는 이들이 어디 한둘입니까? 아
마도 그들의 마음을 움직여 잡고 나가겠다는 뜻일 겁니다. 그들을
모으면 가히 혁명을 하고도 남을 겁니다. 허나 그리되면 지금 자
리에 앉아 있는 우리 양반 사대부들은 무엇이 되는 겁니까? 결국
꽝이 되는 겁니다. 신분만 철폐하고 권리만 나눠주겠습니까? 우
리 양반 사대부들이 가지고 있는 토지며 재산이며 모조리 나눠주
어야 할 겁니다. 우리의 토지를 강제로 나눠주지 않는다고 해도
우리 양반들이 제 풀에 가지고 있던 토지를 내놓게 될 겁니다.
　노비도 종도 없다면 어떻게 우리들이 차지하고 있는 농토를 경
작할 수 있겠습니까? 품삯을 주고 농사를 짓거나 소작을 주어야
농사일이 되는데 신분 차별이 없는 세상에서 지금처럼 거둬들일
수 있겠습니까? 지금처럼 대충 어거지로 시키면서 부려먹으면 일
을 안 할 테니 품삯을 올려주고 일을 시키고, 소작을 줘도 지금처
럼 마구잡이로 거둬들이지 못하고 제 몫을 챙겨줘야 할 텐데 무슨
수로 농사를 짓겠습니까? 결국은 우리들의 재산마저 나눠주라는
말과 무엇이 다르겠습니까? 실로 입에 담을 수도 없고 절대 담아
서도 안 되는 소리지요.”
　“그렇다면 정말 보통 일이 아닙니다. 그런데 대감께서는 그런
사실을 어디에서 아셨습니까? 말로 하기는 쉽겠지만 그 정도 일
을 꾸미려면 보통 힘든 일이 아닐 겁니다. 그렇게 어려운 일을 상
감이 허균 하나를 데리고 할 수 있겠습니까? 일선의 무장들이 안
다면 가만히 있지 않을 텐데요. 무장들이 동요하면 막을 수 있는
방법이 없을 것 아닙니까? 정말 그런 일이 있을 수 있겠습니까?”
　이이첨은 자신이 주장할 때는 아니라고 하더니 뒤늦게나마 깨

달은 기자헌이 더 상세하게 알고 있는 것이 궁금했다. 궁금함을 떠나 기자헌의 말에 의구심마저 들었다. 자신은 허균이 반정을 하려 한다고 했는데 기자헌의 말은 그게 아니다. 허균과 상감이 나라를 송두리째 뒤바꾸려 한다는 것이다. 믿기지 않았다.

"그래서 승군을 훈련하는 것 아니겠습니까? 무장들이 반발할 것에 대비하자는 거겠지요. 그리고 말이야 바른 말이지만 우리 문신들이 무신들을 우습게보고 업신여긴 것이 사실 아닙니까? 게다가 우리 군대라는 것들이 국경과 궁궐을 수비하는 군대 말고는 대개가 문서로 존재하는 것들 아닙니까? 그들 대부분은 일상생활에 종사하다가 유사시에야 군인이 되는 것이니까요? 또 우리 양반 사대부들의 가문에서는 자식들이 어떻게든 병역 의무를 지지 않게 하려고, 자식들을 빼돌려 병영 근처에는 가지도 않습니다. 그러니 군 문제는 상감이 조절할 수 있겠지요. 다만 일부 반발하는 무장들과 그들을 따르는 무리들의 동요에 대비해서 임진왜란 때 활약하던 승군들을 재단련시키는 거겠지요."

"그리 중요한 일이라면 조정 모두가 알아서 우리 관료들이 힘을 합쳐 대처해야 하는 것 아닙니까?"

"물론 그래야지요. 하지만 이건 상감이 직접 개입된 일입니다. 어떻게 조정에서 드러내놓고 이야기를 할 수 있겠습니까? 그렇다고 우리끼리 모여서 수군대다가는 상감을 몰아내려고 수작을 부린다고 당장 역모로 몰릴 테니 그럴 수도 없고."

"그렇죠? 이 일을 가지고 수군대다가는 역모로 몰리겠지요? 그럼 어떻게 해야 좋다는 말입니까? 공식적으로 드러내놓고 말도 못하고 그렇다고 앉아서 당할 수는 더더욱 없는 노릇 아닙니까?"

"앉아서 당하다니요? 그동안 나나 대감이나 가문이 쌓아온 영화와 명예를 한꺼번에 허물어트릴 수는 없는 노릇이지요. 가문의 명예를 실추시키면 우리 후손들은 어찌 살 것이며 죽어서 선조들은 무슨 낯으로 대할 겁니까?"

"그나저나 이 일을 어이 아셨습니까? 정말 실체가 있는 말입니까? 대감께서 거짓을 말씀하셨다는 것이 아니라 그런 일이 벌어진다는 것 자체가 도저히 믿기지가 않아서 말입니다."

"그렇지요. 믿기 어려운 말입니다. 나 역시 처음에는 어리병병했습니다. 당연히 믿기지 않았지요. 하지만 사실이니 어쩔 수 없습니다. 저도 이런 일이 벌어지고 있다는 것을 말씀 드린다는 것 자체가 어렵습니다. 자칫 잘못하면 역모가 되는 마당이니 여간 고민을 하지 않을 수 없었습니다. 그렇다고 나 혼자서 알고 있다고 해결할 수도 없고요.

혼자서 고민하다가, 그래도 가장 신뢰가 두터운 대감과 도모해야 일을 해결할 수 있을 것 같아서, 결국 이렇게 어렵사리 말씀을 꺼낸 것입니다. 기왕 꺼낸 말이고 또 대감께서도 믿어 주시는 것 같으니 제가 좀 자세히 말씀을 드리리다."

기자헌은 차마 할 수 없는 말이지만 이이첨과의 신뢰를 바탕으로 이야기하는 것이라는 전제를 달았다. 그 안에는 이이첨과는 이제 동지로서 함께 길을 가자는 제안을 담은 것이다. 만일 이 이야기를 이이첨이 모두 듣고 기자헌에게서 등을 돌리는 날에는 기자헌의 목숨은 이 세상 것이 아니다. 기자헌 한 사람에게서 끝날 일이 아니라 상감을 능멸하고 역모를 꾸미기 위해서 선동을 했다는 죄목으로 삼대가 멸할 것이다. 그러나 기자헌이 이이첨을 택한 이유가 있었다. 그는 자신이 가진 것을 내놓게 된다면 목숨을 걸고도 막을 인간이다. 한 가지 더하자면 바로 이 음모 속에는 자신의 피붙이가 섞여 관여하고 있다는 것이다. 겁 많은 그로서는 그런 일이 드러나는 것 자체를 두려워할 것이다.

기자헌은 흉격사건 이후 상감에게 사직 상소를 내고 잠시 쉬는 동안 의구심을 떨칠 수 없었다. 아무리 자신들을 제거하고 싶다지만, 허균이 승군까지 육성한다는 것이 도저히 납득이 가지 않았다. 허균의 집안은 대를 이어 청렴하여 물려받은 재산도 없다. 허균 자신도 청렴한데다가 술과 여자를 좋아하는 한량 끼가 있어서 스스로 모은 재산도 없다. 그런데 승군을 양성한다? 그렇다면 누군가와 손을 잡은 것이 틀림없다. 누군가가 군자금을 대고 있으니까 그게 가능한 일이다. 누군가와 손을 잡고 일거에 대북을 쳐 버리고 새로운 파당을 만들겠다는 것이다. 돈은 있지만 현재 권력에서 밀려나 있는 세력과 손을 잡았을 것이다.

　기자헌은 문득 남인들이 떠올랐다. 남인이야말로 그게 가능한 인물들이다. 일찍이 임진왜란에서 공을 세운 유성룡을 비롯하여 뿌리 깊은 파당이다. 그들은 재력도 탄탄하다. 무엇보다 중요한 것은 바로 남인들은 개혁적인 성향이 짙다는 것이다. 그것은 적서의 차별을 중요하게 생각하지 않고 천민이나 노비와도 허물없이 지내며, 마음이 맞는 사람이라면 가리지 않고 친분을 나누면서 학문을 논하고 글을 짓고 술잔을 기울이는 허균의 사상과도 근접하는 것이다.

　기자헌은 자신의 추측이 틀림이 없다는 확신을 가졌다. 그리고 그 의구심을 증명하기 위해서 몇 가지 방법을 실행에 옮겼다.

　자신의 심복 중 둘을 골라 시차를 두고 관음사로 거짓 출가를 하도록 했다. 아울러 다방면으로 줄을 대어 남인의 움직임과 전일 이이첨이 이야기하던 관음사와 다른 사찰과의 연결 동태도 자세히 살피게 했다. 그리고 남인 중의 누군가와 허균의 만남이 있을 것이라는 점을 주시하여 면밀히 관찰하도록 했다. 그러던 중 관음사 승군 훈련대장이 바로 이억정이라는 것을 알아냈다.

이억정이 누구인가?

이이첨과는 그리 멀지 않은 친척이면서도, 서자로 태어나 관직 근처에는 얼쩡거리지도 못하던 인물이다. 권력의 핵심에 머무르며 시대를 주무르는 이이첨의 친척이니 웬만하면 한 자리 차지할 만도 하건만 서자라는 장벽이 그를 가로막고 있었다. 그는 관직에 나가지 못하는 것을 한탄하면서 무예 연마로 그 화를 풀었다. 본래 무예에 기질이 있던 터라 그런지 가슴속에 응어리진 화를 얹어서 연마하는 무예는 나날이 도에 가깝게 되었고 그 출중함은 누가 보아도 금방 눈에 띄었다.

그러던 중 임진왜란이 났다. 이억정은 마침 자신의 무예가 출중하게 빛난 터이면서 가슴의 분을 풀 곳을 찾고 있던 중인지라 아무 망설임 없이 스스로 승군에 가담했다. 승군에 가담한 그의 무예는 누가 봐도 영락없는 장군감이었다. 비록 서출이나마 양반 집안에서 이미 글을 익혔던 덕에 공부한 병법까지 겸한 터라 정규군의 장군들 못지않게 작전도 수립할 줄 알았다. 지휘부 몇 사람을 제외하고는 오합지졸이라는 표현이 딱 들어맞는 승군에게 누가 보아도 필요한 사람이었다.

단박에 서산대사의 눈에 들었다.

서산대사는 자신과 사명대사는 훌륭한 무예와 병법을 갖춘지라 상대적으로 병법과 무예가 약한 관음사 주지 보덕 스님에게 그를 보내고 싶었다. 고승이시며 백성과 나라를 사랑하는 것이 몸에 배었던 스님인지라 나라를 구하는 것에만 급급했다. 평소 같으면 그의 인감됨됨이까지 살피고 결정할 일이었지만 전쟁 중인지라 사람 욕심을 내고 만 것이다.

서산대사와 사명대사는 이미 정여립 사건으로 투옥 당했던 전력이 있는 분들이다. 나라와 백성을 위해서라면 두려울 것이 없다. 나라가 바로 서고 백성들 모두가 행복할 수만 있다면 더 이상 바랄 것이 없는 분들이다. 그런 분들이 왜놈들의 말발굽에 나라와 백성들이 짓밟히는 모습을 보고 가만히 있을 수 없는 일이었다. 하지만 세상 모두가 그분들의 마음처럼 순수하지 못하다는 것을 미처 생각지 못했던 것이다. 사람은 누구든지 자기 관점에서 세상을 본다. 그분들 스스로가 나라와 백성을 사랑하는 마음밖에 없다 보니 스스로 승병을 자원하고 나선 이억정 역시 나라와 백성을 사랑하는 마음에 나선 순수한 백성 중 하나로 무예가 출중하고 병법에 능숙한 욕심 없는 사람으로 보였을 뿐이다.

서산대사의 소개로 이억정을 만난 보덕 스님 역시 이것저것 따질 겨를이 없던 터였다. 두 분 모두를 스승으로 모신 보덕 스님이기에 불심이나 기타 여러 가지 면에서는 부족할 것이 없었다. 다만, 굳이 스승님들과 비교하자면, 다른 방면이 뛰어났지 무예나 병법까지 그분들의 경지에 도달하지 못하고 있던 터였다. 그러던 터에 이억정을 큰 스승께서 보내주셨으니 여간 고마운 일이 아니었다. 보덕 스님은 이억정에 대해 검증할 틈도 없이 그를 자신들 군영의 좌장으로 삼았다. 역시 이억정은 스승님께서 믿고 보내주실 만한 인물이었다. 그의 병술에 의해 벌이는 전투는 백전백승일 뿐만 아니라 이억정 스스로 혁혁한 전공을 세우고 있었다. 말을 타고 달리는 그의 검 앞에 왜적들이 부지기수로 쓰러져 갔다.

비록 전쟁이 남긴 상처는 컸지만 어쨌든 전쟁은 끝이 났다.
이 나라 강산이 핏빛으로 물들고 피에 젖은 농토들은 다시는 농작물을 품을 수 없을 정도로 신음했다. 칠 년이라는 기나긴 세월동안 왜놈들에게 유린당했지만 나라를 빼앗기는 치욕은 면한 채 전쟁이 끝났다. 백성들의 가슴은 멍들고 아녀자들은 겁탈당하고 집은 불타 사라졌지만 왜놈들이 이 땅에 머물러 지배하는 것만은 막을 수 있었다. 그 모든 것이 관군도 관군이지만 그보다는 의병과 승병들의 공이 더 컸다. 원군이라고 온 명나라 군사는 차라리 안 오느니만 못했다. 오로지 나라를 지키려는 일념으로 한겨울 엄동 설한에도 홑바지 저고리 차림으로 논밭을 가로지르며 목숨 바치는 것을 두려워하지 않던 의병과 장삼에 가사를 걸쳐 입고 목탁대신 창검을 잡고 염불 대신 구국을 외친 승병들이 나라를 지켰다고 해도 과언이 아니었다. 그러나 전쟁이 끝나고 그들에게 돌아 온 것은 아무것도 없었다. 단지 나라를 지켰다는 그것뿐이었다.

조정에서 일본과 강화를 위해 사신을 보내려고 해도 앞뒤를 계산하여 득실만 따지느라고 선뜻 나서는 이가 없었다. 강화를 잘못하면 문책을 당할 것이다. 적국에서 원하는 것을 다 들어 주고 귀국하는 날에는 모든 잘못을 자신에게 뒤집어쓴다. 원래 전쟁 후 강화를 위해 보내는 사신의 책무를 맡는다는 것은 얻을 것보다는 잃을 것이 많은 직책이다.

조정에서 국록을 먹고 있는 양반 관료들은 그 자리가 어떤 결과를 가져올 것임을 누구보다 잘 아는지라 서로 그 자리를 고사하고 있었다. 어쩔 수 없이 명예와 자리에 연연하지 않고 오로지 백성과 나라 사랑에만 온 힘을 바치고 있는 승군 중에서 강화를 위한 사신을 임명하기로 했다. 그리고 그중에서도 학문과 기개가 조선 천지의 그 누구보다 뛰어나며 나라와 백성을 위해서라면 목숨도 초개처럼 버릴 수 있는 사명대사를 사신으로 보내기로 했다. 사신으로 보내려니 자연히 벼슬을 내려야 했다. 결국 강화를 위한 사신으로 보내기 위해서 사명대사에게 벼슬을 내린 것 말고는 의병에게나 승군에게나 이렇다 할 보훈이 없었다.

의병들과 승병들이 나라를 구했건만 그 공은 유생들과 양반 사대부들이 모조리 가로채고 앉았다. 양반 사대부들은 전공을 단순히 자신들의 공으로 돌리는 것에 만족하지 않았다. 전공을 자신들이 독식하기 위해서 행여 의병이나 승군들의 전공이 드러날까 봐 전전긍긍하며 감추기에 급급했다. 혹시 드러나는 전공이 있으면 상감의 귀에 들리지 않고 눈에 보이지 않게 하기 위해서 철저하게 막았다. 어쩌다가 드러나는 전공이 있으면 그것을 폄하하기 위해 온갖 수단을 동원했을 뿐만 아니라 그것에 대해 보상을 하려고 하면 상소를 올려서라도 가로 막았다. 전쟁에 나서는 백성의 당연한 도리에 상을 내린다면 이 나라 백성 모두가 상을 받아야 한다고 하면서 극구 말렸다. 자신들만의 영역에 행여 누군가가 들어설까 봐 어떻게 하든 상감의 눈과 귀를 막는 것은 물론 그 손과 발마저 철저하게 묶었다. 최후의 뒷마무리마저 승군이 했지만 그건 그거요 공은 별개로 치부되었다.

가슴의 한을 씻으려고 스스로 승군이 되었던 이억정에게도 당연히 돌아올 것이 없었다. 전쟁 중에는 혁혁한 공을 세운 그였지만 전쟁이 끝나고 나니 딱히 갈 곳도 없었다. 다행히 전쟁 중에 승군의 도움을 톡톡히 본 조정에서 승군을 폐하라고 하지 않은 덕분에 관음사에 머무르면서 승군들의 훈련을 도와주고 있었다.

"가슴에 품은 한을 털어내지 못해 괴로우냐?"

허균이 혁명에 필요한 승군 문제를 논의하기 위해 처음 다녀간 날 저녁, 분을 삭이지 못해서 잠 못 이루고 나와 앉아 있는 이억정 곁으로 다가온 보덕 스님이 물었다.

"한은요? 어차피 태어나기를 서출로 태어나 그런 것을 누구를 원망하겠습니까? 그저 이곳에서나마 밥술이나 먹고 사는 것을 다행으로 알 뿐입니다. 중도 아닌 저를 이렇게 거둬주신 것만 해도 고마운 일이지요."

"이놈아! 중이 어디 따로 있더냐? 부처님의 가르침을 깨닫기 위해서 정진하면 그게 다 중이지? 그리고 서출로 태어나 그런 것이라니? 서출은 불알이 없다더냐? 아니면 이마빡에 서출이라고 딱지라도 붙였다더냐? 그런 소리 말거라. 애초 부처님 앞에는 서출도 양반도 없고 중이나 속세의 백성들이나 모두 같은 몸이다. 이깟 몸뚱이 기껏해야 칠십인데 그 몸뚱이에 무슨 신분을 먹이고 지랄들인지 부처님 보시기에는 우스울 뿐이다. 네 놈이 그리 말하는 것을 보니 지난 왜란 때 세운 공을 가지고 무언가 한자리하고 싶었는데 그게 안 되니 속이 뒤틀리는 게로구나. 내가 왜 그것을 모르겠느냐?"

"솔직히 그때 공을 세우면 이 한 많은 신분을 벗어날 수 있을지도 모른다는 생각을 했었는데…."

"그게 안 되어 속이 뒤틀린다?

네 놈 말대로라면 네 놈 혼자만 그 신분을 벗어나면 그만인 게로구나. 그렇다면 이 땅에 서출이 너 하나뿐이더란 말이냐? 너처럼 무예가 뛰어난 서출도 너 혼자고? 왜란에서 나라를 구하기 위해서 스스로 전쟁에 뛰어들어 목숨 바쳐 싸운 서출도 너 혼자고?

네 놈이 왜란에 몸을 던진 것이 나라를 구하기 위해서가 아니더란 말이냐? 그놈의 껍데기를 갈아입으려고 목숨 걸고 싸웠던 게로구나?"

"나라를 구하려고 목숨을 걸었던 것은 사실이지만 저도 사람인데 어찌 욕심이 안 생기겠습니까?"

"속물이로다. 부처님 곁에서 먹고 자고 한 것이 얼마이거늘 아직도 그놈의 껍데기에 연연하느냐?"

"제가 정식 중이 되지를 못해서 그런가 봅니다. 수계라도 하면 생각이 바뀌려나요?"

"대가리에 난 터럭 밀고 장삼자락이나 걸친다고 생각이 바뀐다면 누군들 수계를 안 하겠느냐? 신분이나 옷차림이나 어차피 껍데기가 아니더냐? 껍데기에 연연할 것이 아니라고 했지 않느냐?"

"그럼 어찌 하면 좋겠습니까?"

"어찌하긴? 네 놈의 생각이 바뀌어 스스로를 구하든지 아니면 세상을 바꿔야지. 지금 네 놈이 생각하는 일은 스스로 생각을 바꿔 자신을 구하든지 아니면 세상이 바뀌어야 이루어질 일이 아니더냐? 그런데 네 놈은 생각을 아무리 바꿔도 도로 제자리로 돌아오기를 반복할 뿐이다. 그러니 그 생각을 이루려면 세상을 바꾸는 수밖에. 더더욱 너 같은 많은 중생들이 염원하는 일을 너 혼자 생각을 바꿔 자신만 구한다고 중생이 구해지는 것도 아니니 세상을 바꾸는 수밖에?"

"세상을 바꿔요?"

"그래. 시간이 좀 걸리기는 하겠지만 세상은 반드시 바뀔 것이다. 상감께서 영민하셔서 세상을 바꾸려고 부단히 노력하시는 구나. 너 같은 이들이 어디 한둘이라야 어쩌다 세우는 공을 가지고 구제를 하지. 가진 자들이 행여 자신들이 가진 것이 축날세라 아예 접근을 못하게 하는 세상이니 방법이 없지를 않더냐? 게다가 자기들끼리 연대를 해서 대를 이어 서로 권세와 부를 주고받으면서 아무리 재능이 뛰어나고 올바른 사람이 나타나도 아예 그 축에 들지도 못하게 만들고 있지를 않더냐? 없는 이를 수탈하여 곡간에 곡식이 썩어나야 양반 사대부 축에 드는 것으로 아는 저들이니, 속속들이 썩은 냄새가 진동하는 세상이 아니더냐?"

보덕 스님은 이억정을 믿고 있었다. 그의 무예뿐만이 아니라 그가 정말 진실 되고 의리 있는 사람으로 보였다. 자신은 서출이라는 단 한 가지 이유로 차별대우를 받으면서도, 자신을 차별대우하는 나라를 구하기 위해 목숨을 걸었다는 사실만으로도 그를 좋게 볼 수밖에 없었다.

"그게 소인처럼 별 볼 일 없는 신분을 가진 자들에게도 혜택이 돌아온다는 말씀입니까?"

"신분은 단지 껍데기라니까? 상감께서는 그걸 아시는 분이시다. 그 껍데기를 보지 않고 알맹이를 보는 세상을 만드시겠다는 분이시다."

이억정은 보덕 스님의 말에 귀가 번쩍 뜨였다.

"도대체 그런 세상이 어찌 가능하다는 말씀입니까?"

"이놈아. 껍데기 벗어던지는 일이 뭐가 어려우냐? 네 놈 옷 갈아입는 것이 그리도 어렵더냐? 신분이라는 것을 벗어던지는 것과 옷 갈아입는 것이 무엇이 다른데?"

"그럼 그런 세상은 언제나 오나요?"

"오기는 뭐가 와? 만들어야지."

"만들다니요? 상감께서 만드신다면서요?"

"그러니까 우리가 도와 드려야지."

"그럼 제가 할 일은 무엇입니까?"

"지금보다 더 열심히 승군들을 훈련시켜야 한다. 유사시에는 우리 승군들이 상감을 도와야 한다. 지금 이 나라에서 신분을 벗게 만들려면 양반 사대부 놈들이 가만히 있지 않을 것 아니냐? 여차하는 날에 양반 사대부들을 옭아맬 것은 세상 욕심 저버린 우리 승군들밖에 더 있겠느냐? 상감께서 하시는 일이니 관군이 할 수 있지 않겠느냐는 기대는 버려야지. 관군에게 명령을 해도 양반 사대부들과 서로 얽히고설킨 것들이 있어서 쉽게 말을 듣겠느냐?

관군들은 그저 가만히 있어만 주어도 고마운 거지. 양반 사대부들은 우리 승군들이 맡는 수밖에 없다는 말이다."

"그럼 저도 수계를 하고 정식 승군이 되겠습니다."

"네 놈이 지향하는 것이 중이 아니거늘 수계를 한다고 중이 되는 것은 아니다마는 일단은 신분도 그렇고 여러 가지로 수계를 하는 것이 좋기는 하겠지. 마음이 껍데기를 벗는 것에 가 있으니 그 역시 도를 닦는다는 의미로 본다면 마찬가지이기는 하지만."

그날 이후로 이억정은 가사와 장삼을 걸치고 승군을 본격적으로 훈련시키기 시작했다.

## 15. 목숨보다 더 소중한 것

"아니? 억정이 그놈이 그런 짓을 하고 다녔다는 말입니까?"

기자헌의 말을 들은 이이첨은 자신도 모르게 흥분해서 화를 감추지 못했다.

"대감은 대감의 피붙이가 어디서 무슨 짓을 하는지도 모르셨다는 말씀입니까?"

"피붙이라니요? 그깟 서출자식이 무슨 피붙입니까? 적손이라면 제가 왜 모르겠습니까? 그깟 서출 자식이야 뒈지든 말든 내가 어찌 알겠습니까?"

"누군들 서출자식들을 챙기려고 근황을 알아보나요? 그놈들은 항상 불만에 차 있으니, 바로 이억정이마냥 엉뚱한 짓거리를 할까봐 감시를 하는 거지요."

"그럼 그 이억정이가 대감댁에 있다는 말씀입니까? 내 이 놈을 당장이라도 요절을 내고 말아야지. 그깟 서출 자식 하나 요절낸다고 문제 생길 것도 없고, 당장이라도 다리몽둥이, 아니지 대갈통을 바숴버려야지 그깟 서출 놈 때문에 내가 죽게 생겼습니다."

이이첨은 제 분을 못 이겨 씩씩대며 기자헌에게 물었지만 기자헌은 침착하게 대답했다.

"누가 우리 집에 있다고 했습니까? 그자는 관음사에 그냥 있지요. 그자를 우리 집으로 데려오면 이 일이 모조리 탄로가 났다는 것을 상대에게 알려주는 것밖에 더 됩니까? 이억정이 모든 것을 불어서 비밀이 탄로 났다는 것을 알게 하는 것과 무엇이 다릅니까?

그렇게 흥분하실 일이 아닙니다. 이억정 하나 죽인다고 해결될 일도 아니고요. 이미 벌어진 일을 가지고 우리가 어떻게 대처해야 우리 유리한 대로 사용할 수 있는지를 연구하는 것이 중요한 것입니다."

"그거야 대감 말씀이 맞지만 내가 하도 억울해서 드리는 말씀입니다. 사람 같지도 않은 서출 자식 하나 때문에 집안이 망할 판이니 당장이라도 죽여 버리고 싶은 거지요.

그나저나 대감께서는 어디서 이억정을 만나 그런 말을 들었습니까?"

"내가 며칠 전에 송악에 다녀왔습니다. 아까 말씀드린 대로 지난번에 영의정 사직 상소를 내고 한양을 잠시 떠나 있던 중에 이미 관음사에 사람을 심어 두었다고 하지 않았습니까? 그동안 정보를 수집하면서 이억정이 송악에 주기적으로 내려왔다가 간다는 사실도 함께 알아냈거든요. 점심 이후에 내려와 볼일을 보고 난후 하룻밤을 묵고 이튿날 저녁 무렵에 다시 올라간다는 것을 알아낸 겁니다."

"아, 그래서 그 틈을 이용해서 이억정을 만나신 거군요? 이억정이가 술술 불던가요?"

"술술 불 리가 있습니까? 하지만 이억정이 왜 관음사에 머무르고 그가 승군을 훈련시키는지 그 목적을 우리가 아는 이상 그를 설득하기는 쉬웠습니다. 그자가 허균처럼 백성들을 위하는 것도 아니고 그렇다고 상감을 위해서도 아니고, 그자는 단지 자신의 서자 신분을 뛰어넘을 무언가를 원했던 것 아닙니까? 서출로 태어나 뛰어난 무예를 지니고도 제대로 서지 못하는 자신의 신분 상승만 원하던 자입니다. 그러니 타협하기란 어렵지 않은 일이었죠."

이억정이 송악에 일을 보러 내려온다는 날에 맞춰 기자헌도 송악에 도착했다. 그가 항상 같은 곳에 머무르는 것은 아니지만 송악에 내려오는 이유 자체가 필요한 물건들을 구입하기 위한 것이다 보니 낮에 물건을 구입하는 순서대로 숙소에 서너 번 가져다 놓는 관계로 숙소를 알아내는 것은 어려운 일이 아니었다. 이틀에 걸쳐 물건을 구입하고는 둘째 날 저녁 무렵 물건의 양이 많지 않으면 저 혼자 등짐을 꾸려서 지고, 물건이 많으면 짐꾼 하나를 사서 같이 관음사로 향한다는 것은 이미 입수된 정보다. 그가 지닌 물건들은 꽤 값나가는 것도 있지만 송악에서는 이미 이억정의 무예에 대해 입소문이 난 후인지라, 그의 물건이라는 것을 알면서 노리는 도적도 강도도 없다는 것 역시 이미 전해진 정보였다.

첫날 구입할 물건 구입을 마치고 주막 뒤쪽에 자리 잡은 숙소로 돌아온 이억정이 물건을 방에 내려놓았다. 저녁을 먹으려고 주막 앞쪽에 있는 술청으로 가기 위해, 주막 초가 옆 벽면 뒤쪽 모퉁이를 도는데 너덧 걸음 앞을 기자헌이 막아섰다. 누가 보아도 무예로 단련된 사내 셋이 기자헌의 뒤에 자리하고 있었다. 그 정도로 기가 죽거나 위축될 이억정이 아니다.
"나를 알겠느냐?"
그런 분위기를 짐짓 모르는 체하면서 스쳐지나가려고 발걸음을 재촉하는 이억정을 기자헌이 불러 세우듯이 물었다. 그러나 이억정은 그 말이 자신에게 한 것임을 듣지 못한 체하며 가던 길이나 간다는 듯이 다시 한 걸음을 떼었다.

"네가 이이첨 대감의 가까운 일가 이억정이라는 것을 이미 알고 왔느니라. 나는 이 대감과 가장 가깝다면 가까운 영의정 기자헌이다."

기자헌이 자신이 영의정이라는 것까지 밝히면서 이억정을 멈추게 하려 했지만 이억정은 무슨 말인지 모르겠다는 듯이 다시 걸음을 떼었다.

"장삼 안에 감춘다고 감춰지는 것이 아닌 것을 왜 굳이 숨기려 하느냐? 네가 정녕 이억정이 아니더냐? 어려운 일이 있으면 이이첨 대감을 찾을 일이지 왜 절을 찾아 굳이 장삼을 걸쳐야 했더란 말이냐?"

기자헌이 장삼까지 꺼내자 그제야 이억정은 기자헌을 한 번 흘끗 보고는 발걸음을 멈췄다.

"굳이 사람을 잘못 보셨다고 하지는 않겠습니다. 하지만 대감께서 아시던 이억정은 이미 이 세상을 떠난 지 오래 되었습니다. 소승 비록 껍데기는 이억정으로 보이실지 모르지만, 이미 세상을 떠나 부처님 품 안에서 무덕이라는 갓난아기로 다시 태어난 몸입니다. 어쩔 수 없이 껍데기를 빌린 것은 사실이지만 이억정은 몸뚱이만 있을 뿐이옵니다. 지난날의 한 많은 이억정은 이미 부처님께서 거둬 가시고 지금 이 몸뚱이 안에는 무덕이라는 철없는 부처님의 자식이 자라고 있을 뿐이옵니다. 부디 혜량하여 주시기 바라옵니다. 나무관세음보살."

이억정은 손을 합장해서 인사까지 한다.

"부처에게 귀의한 몸이라니 다행이구나. 하지만 내가 보기에는 그 장삼 안에는 아직도 야망이 꿈틀대는데? 출가가 아니라 출세를 하고 싶어 하는 사내의 가슴속에 끓던 피가 식지 않은 채 그대로 꿈틀거려…. 쉽게 얻을 수 있는 것을 왜 그리 어렵게 얻으려 하는고?"

기자헌은 자신은 이미 죽었노라고 말하는 이억정에게 알아들을 만 하게 말했다. 네 속셈을 이미 알고 있으니 대화를 하자고 청했다. 그러나 이억정은 자신은 할 말을 다했노라는 듯이 다시 한 번 손을 합장해서 인사를 하고는 기자헌의 옆을 지나치려 했다.

순간 기자헌은 피가 역류하는 것처럼 화가 치밀어 올랐다. 저건 완전히 자신을 무시하는 행위다. 감히 서출 놈이 아무짝에도 쓸모 없는 장삼자락 하나 걸치고 이 나라 최고의 재상인 영의정을 모독하고 있다. 스님의 흉내를 내느라고 한껏 겸손하게 행동한다고 했지만 기자헌이 보기에는 무례하기 이를 데가 없었다. 이 나라 최고의 재상인 영의정이라는 것을 밝혔으니 무릎을 꿇고 다가와도 시원찮을 판에 이억정의 껍데기뿐이라는 둥 실로 방자하기 그지 없어 보였다. 그의 모습에 배알이 뒤틀려 당장이라도 철퇴를 내리고 싶었다. 자신을 호위하는 무사들로 하여금 그를 강제로 멈추게 해서 끌고 갈 수도 있다.

그러나 뒤틀려 꼬이는 속을 달랬다. 소문에 들리는 대로 그의 무술 실력이 뛰어나서 자신의 호위무사들이 쉽게 제압하지 못할 것 같아서가 아니다. 그를 무력으로 제압하기 위해서 주변을 시끄럽게 하는 것도 조금도 두려울 것이 없다. 다만 자신이 목적하는 바를 이루기 위해서는 속이 꼬이더라도 참아야 한다.

"속세를 떠나고 부처님 앞에서 다시 태어난 스님이 무에 그리 바빠서 중생의 말도 아니 듣고 갈 길만 가려고 하느냐? 속세를 떠난 중이 되면, 쉽게 얻을 수 있는 것도 목숨까지 걸고 얻어야 된 다더냐?

허균이 상감을 등에 업고 꾸미는 역모에 동참해서 얻을 것이 있을 것 같더냐? 목숨만 잃을 뿐이다. 차라리 그 역모를 고변하고 그에 해당하는 공을 얻으면 벼슬은 물론 무엇은 얻지 못하겠느냐? 허균이 상감을 등에 업었다고 그 힘이 그리도 커 보이더냐?"

기자헌은 자신의 옆을 지나치려는 이억정에게 작은 소리로 말했다. 그러면서 지켜 본 이억정의 표정은 확실하게 흔들리고 있었다.

"조용히 따라오너라. 네게 손해될 일은 없을 것이다."

흔들리는 이억정의 표정을 읽은 기자헌이 앞장서서 걸음을 옮기자 이억정은 그의 뒤를 따랐다. 그러나 막상 자신이 도착한 곳이 기방이라는 것을 알자 그 앞에 서서 들어가기를 머뭇거렸다.

"괜찮다. 이곳은 한적한 곳에 위치한 덕분에 사람들의 눈에 띄는 일이 없을 것이다. 일찍이 내가 송악에 근무할 당시부터 자주 이용하던 곳으로 지금도 내가 송악에 출장을 오면 이용하는 곳이다. 네가 오늘 이곳에 다녀간 것을 누구에게 발설하지도 않을 뿐만 아니라 아무 일도 없을 것이다. 조용히 이야기하기 위한 장소로는 이런 기방보다 더 좋은 곳이 없어서 택한 것이니 달리 생각은 말거라."

기자헌이 앞장서서 들어가자 장삼을 입은 이억정이 머쓱한 표정을 지으며 뒤를 따랐다.


"이미 말했다시피 허균이 상감을 등에 업고 역모를 꾸민다는 것은 다 알고 있다. 다만 응징할 시기와 방법을 저울질하는 중일 뿐이다. 그렇다면 내가 왜 굳이 너를 찾았겠느냐?"

기자헌은 속으로 쾌재를 불렀다. 아까도 그랬지만 기자헌이 상감과 허균을 입에 올리면서 역모 이야기를 꺼내자 이억정은 아무 말도 못하고 표정만 굳어갈 뿐이었다.

"이미 다 아는 이야기를 가지고 내가 왜 너를 찾았겠느냐? 아까도 이야기했지만 나는 이이첨 대감과는 동지이자 벗이다. 그런데 하필이면 이번 역모에 네가 관여되어 있다. 너는 비록 서출이라고는 하지만 이이첨 대감과는 멀지 않은 일가다. 그런 네가 역모에 깊숙이 관여한 것이 알려지는 날에는 어찌 되겠느냐? 이이첨 대감은 그 화를 면치 못할 것이다. 당연히 동지이자 벗으로 함께해 온 우리 붕당에도 좋을 리가 없지. 그렇다고 내게 무슨 커다란 화가 미친다는 것은 아니다. 다만 함께 힘을 모아 나라를 다스려 온 이이첨 대감이 목숨을 잃고 패가망신하는 꼴을 앉아서 볼 수는 없다는 거지. 그래서 내가 너를 찾은 것이다.

이번 역모에 대해 아는 것이 있으면 그대로 고하거라. 네가 말하는 것은 네가 사전에 고변한 것으로 하마. 그리되면 이이첨 대감을 구할 뿐만 아니라 너는 역모를 고변한 특별한 공을 인정받아 서출의 신분을 벗을 것이다. 약조하건대 신분을 양반 사대부로 해 주는 것뿐만 아니라 흡족한 벼슬을 내릴 것이다. 나라와 종묘사직을 해치는 역모를 미리 막게 한 공을 돌려주려는 것이다. 비록 우리가 이미 알고 있는 일이지만 그 첫 고변자를 너로 만들어 주면 그 공을 차지하는 게다. 그러니 숨김없이 이야기하여라. 이것이 네게 주어지는 마지막 기회라는 것을 명심하고 말해야 한다. 만일 조금이라도 허투루 이야기했다가는 이미 알고 있는 이야기이니 단박에 들통이 날 것이고, 너 역시 역모에 가담한 것으로 치부해 버릴 것이다. 그리되면 네 목숨은 이미 이 세상 것이 아니라는 것쯤은 알 것이다.

선택은 네가 하기에 달렸다. 아무리 상감을 등에 업었다지만 이 많은 양반 사대부들을 허균 혼자서 당해낼 성 싶더냐?"

이억정은 말이 없었다. 다만 겉보기에는 멀쩡한 것 같아도 자세히 살펴보면 분명히 떨고 있었다. 그 모습을 본 기자헌은 내심 웃었다. 한 번 깊이 찔러본 것이 딱 들어맞았다. 그러자 일부러 아량을 베푸는 체 하면서 너그러운 목소리로 말을 이었다.

"그렇다고 없는 말을 꾸미라는 것은 아니다. 있는 그대로 네가 아는 그대로만 이야기하면 된다. 그리고 지금 당장이 아니라도 좋다. 아직은 오늘밤이 많이 남았으니 배부터 채우면서 이야기하자. 아니 단순히 배만 채울 것이 아니라 너와 나의 마음도 서로 채우면서 이야기하자꾸나. 네가 비록 서출이라고는 하지만 공을 세우면 서출이라는 딱지는 없어질 것이고, 내게 마음을 열면 그것은 나를 믿는다는 것이니 나 역시 너를 믿고 한평생인들 같이 못 가겠느냐? 우리가 서로를 믿고 의지한다는 그런 믿음으로 마음을 채우면서 이야기해도 좋다는 말이다. 솔직히 네가 불심이 얼마나 깊어서 그 장삼을 걸쳤는지는 모르겠지만 한낱 옷 한 장에 지나지 않으니, 너는 장삼을 벗어 던지고, 나는 이 갓과 도포를 벗어 던지고, 한 잔 술로 목을 축이며 이야기해도 좋다는 말이다."

기자헌의 이야기가 끝나자 미리 준비라도 했다는 듯이 금방 술상과 기생이 더불어서 들어왔다. 기자헌은 자신이 한 말을 솔선해서 지키기라도 하겠다는 듯이 갓과 도포는 물론 저고리마저 벗고 앉아 술잔을 비우기 시작했다. 단순히 자신의 술잔을 비울 뿐만 아니라 이억정의 잔을 채우고 같이 건배를 하면서 마셨다. 게다가 계집 냄새 맡은 지 오래된 분이니 잘 모시라는 말을 기생에게 해 대면서 자신이 먼저 기생을 주물러 대었다. 옆에 앉은 기생의 온갖 교태에 기자헌이 따르는 술잔을 마시면서 이억정은 자신도 모르게 마음이 헤벌쭉 풀리고 말았다. 술은 취하지 않았는데 마음이 취하기 시작했다. 그런 이억정의 모습을 보면서 기자헌은 속으로 아주 만족했다.

'천한 것들은 어쩔 수 없다. 아무리 무예가 뛰어나고 어쩌고 해도 별 수 없다. 기본적으로 가진 것이 없다 보니 작은 것만 가져도 기뻐하다가 그것마저 잃게 될 수도 있는 상황에 처하면 뺏기지 않으려고 절절맨다. 그러나 그 작은 것보다 조금이라도 더 큰 것을 얻게 해준다면 제 가진 것을 다 내놓는다. 속이라도 비우라면 비울 것이다. 그래서 바탕은 속일 수가 없는 것이다. 천한 것들은 못 배워서 무식하다 보니 그저 조금만 띄워주고 가까이 해주면 그게 진짜인 줄 알고 넘어온다. 이제 멀지 않아 저 인간이 입을 열 것이다. 그리되면 저 인간을 앞세워 허균을 옭아맬 날만 잡으면 된다.'

이억정을 손아귀에 넣었다고 판단한 기자헌은 언제 그의 마음을 꿰차고 스스로 불게 해야 하는지 그 시점을 보기 시작했다.

이억정이 술잔을 조심성 없이 상에 내려놓는 동작이 반복되자 기자헌은 때는 지금이라고 생각했다. 이제껏 잔을 내려놓을 때 조심스러웠는데 그렇지 않다는 것은 마음이 풀렸다는 것이다.

"너희들은 잠시 나가서 화장을 고치고 다시 오너라."

기생들은 기자헌이 이 정도 말을 하면 무슨 이야기인지 알아듣는다.

"이제 이야기를 하겠느냐?"

"대감마님. 소인은 정말 이번 일이 상감께서 백성들을 생각해서 주창하시는 일인 줄만 알고 협조한 것입니다. 정말 허균 대감이 역모를 꾸미는 것인 줄은 꿈에도 몰랐습니다."

이억정의 입에서 나온 첫마디에 기자헌은 숨이 막히는 것 같았다. 상감이 백성들을 위해서 주창한 일이라니 이건 상상도 못할 일이었다. 그러나 여기서 자신이 흐트러지면 안 된다는 생각에 마음을 다잡고 태연하게 말했다.

"그래? 어쨌든 지금은 네 죄를 묻자는 것이 아니니 네가 아는 그대로만 이야기하면 된다고 하지를 않았더냐? 계속하여라."

기자헌은 보덕 스님이 이억정에게 했던 말을 전해 듣자 정신이 번쩍 들었다. 그제야 무언가 정리가 되는 것 같았다.

'그렇다. 이건 상감이 우리 양반 사대부들을 내치기 위한 혁명이다. 어쩐지 이상했었다. 허균이 자신들을 내치고 새로운 이들과 손을 잡기 위한 것이라면 그리 많은 승군을 양성할 필요가 없었다. 더더욱 상감을 등에 업고 하는 일인데 그 많은 군사가 무슨 소용이란 말인가? 군사가 필요하다지만 이건 너무 많은 숫자다.'

이억정의 말을 들으면서 상황을 정리한 기자헌은 다시 태연하게 입을 열었다.

"보덕인지 무언지 하는 중도 그렇고 너도 허균의 농간에 놀아난 것이다. 상감이 어찌 그런 일을 하시겠느냐? 이 나라가 누구의 나라냐? 상감 혼자의 나라더냐? 백성들이 있고 그 백성들을 이끌면서 상감을 보좌하고 나라를 함께 다스리는 양반 사대부들이 없었다면 이 나라가 지금처럼 존속할 수 있었더란 말이냐? 어디 가서 그런 말은 입도 뻥끗하지 마라. 만일 그런 말을 하면 그건 상감을 욕되게 하는 것으로 역모 이상으로 다스림을 받을 것이다. 그러니 당분간은 그 모든 것이 허균의 농간이라는 것을 너만 알고 있어라. 훗날 내가 보덕이라는 중도 허균의 농간에 놀아난 것임을 밝혀 억울함이 없도록 해줄 것이다. 다만 네가 증언을 하게 되는 날에는 허균이 상감을 팔아서 일을 꾸몄다고 해야 한다. 물론 그 전에 네가 어찌 말해야 하는지 상세하게 알려줄 것이다.

참, 허균이 보덕이라는 중에게 상감에 대해 이야기하는 것을 직접 들은 적은 있더냐?"

"예. 자세히 듣지는 못했지만 상감께서 신경을 아주 많이 쓰고 계신다는 이야기는 얼핏 들었던 것 같습니다."

"허균이 아주 제대로 일을 꾸미려고 작정을 했구나. 상감을 팔아서 역모를 하려 했으니 그게 간이 배 밖으로 나온 것이야."

"정말 소인은 그 말이 진심인 줄 알고…."

"그래. 알았다. 이제 자초지정을 모두 알았으니 너나 보덕이라는 그 중이나 죄가 없다는 것도 밝혀진 바다. 허균이 일을 못되게 꾸몄으니 그 놈과 함께 일을 꾸민 이들만 색출을 하면 될 일이야. 대신 너는 역모를 막은 일등공신이 되는 것이고.

자, 이제 마시던 술이나 마저 마시자."

기자헌이 신호를 보내자 조금 전에 나갔던 기생들이 다시 들어왔다. 화장을 고친 것은 물론 옷도 바꿔 입었다. 속이 훤히 드러나 보여 젖퉁이가 둥실 뜬 보름달 같은데 그 가운데 자리 잡은 젖꼭지는 젖꼭지대로 짙은 갈색이 드러나 보이고, 여인만이 가지고 있는 계곡이 울창한 검은 숲으로 덮여 있는 모습까지 그대로 보이는 옷이다.


"건장한 사내가 속마음은 그렇지 않으면서 겉껍데기만 장삼을 걸치고 있으려니 여북 힘들었겠습니까? 도를 구하는 스님이라면 모르지만 마음 가득 든 것이라고는 불평불만과 출세하려는 야망으로 포장된 욕망뿐인 인간이 욕정 역시 발출할 곳을 찾고 있었을 것 아닙니까? 내 일찍이 송악에 있을 때 알던 기생년 초선이가 한몫했지요. 당장 눈앞에서 계집의 속곳을 벗기고 욕정을 푸는 것은 물론이요, 그런 생활을 계속할 수 있게 관직까지 준다는데 그런 속물이 넘어가지 않겠습니까? 어차피 제 놈이 무슨 깊은 뜻이 있어서 가담했던 일도 아닌데 제 놈 얻을 것을 준다고 하니 마음이 돌았겠지요. 성공할지 실패할지도 모르는 혁명이라는 것에 가담을 해서 목숨을 버리느니, 제 놈의 가슴에 맺힌 한만 풀면 되는 일인데 마다할 리가 없었던 겁니다."

"그렇다면 더 말할 것도 없지 않습니까? 확실한 증인이 있는데 빨리 손을 써야지요?"

"무슨 손을 어찌 쓴다는 말씀입니까?"

"우리와 뜻을 같이 하는 양반 사대부들, 아니 우리 대북 붕당만이라도 모여서 이억정의 이야기를 듣고 그에 대한 대응책을 세워야지요. 우리 양반 사대부들이 가진 것을 모조리 빼앗기게 생겼는데 가만히 있을 수는 없는 일 아닙니까?"

"물론 세워야지요. 하지만 섣부르게 할 일은 아닙니다. 그렇지 않아도 지금 실권을 잃고 있는 남인은 물론 서인들까지 호시탐탐 정권을 탐하고 있는 판인데, 만일 상감이 이 일을 주창한 것을 알았다고 합시다. 목숨 걸고 반정을 할 겁니다. 그리되면 반정은 당연히 성공을 할 것인데 우리는 무얼 얻게 됩니까? 지금 손아귀에 쥔 이 권력을 모조리 내놓고 유배를 가거나 목이 잘릴 것 아닙니까? 그러니 그들이 눈치 채게 할 수는 없는 일입니다. 그렇다고 우리 대북끼리 수군거리다가는 역모로 몰린다니까요?"

"그럼 어찌 해야 합니까?"

"일단 허균만 제거하는 겁니다. 상감이 관여된 것은 모른 체하면서 허균이 역모를 꾸민 것으로 몰아세우는 겁니다. 허균만 뽑으면 상감이 누구를 믿고 일을 하겠습니까?"

"허균을 상감이 감싸는데 역모라고 한다고 쉽게 먹히겠습니까?"

"그거야 허균의 목을 조이고 들어가면 허균 스스로 이번 일이 탄로 난 것을 알겠지요? 그리고 자신이 죽는 한이 있더라도 상감을 보호하려 들 겁니다."

"만일 안 그러면 우리들이 다치지 않습니까?"

"아니요. 절대 그럴 리는 없을 겁니다. 대감은 아직도 허균을 그리도 모르시오? 그자야말로 의라면 자신의 목숨 정도는 초개같이 여기는 자요, 백성이라면 하늘처럼 떠받드는 자입니다. 하물며 백성들을 위해서 같이 일을 도모하던 상감이 곤경에 빠지고, 잘못하면 상감의 목숨이 위태로워질 판인데 자신의 목숨을 돌보려할 것 같습니까?"

"하지만 상감이 관여하여 시작한 일인데 허균을 없애고 난다한들 상감이 이 일을 멈추지는 않을 것 아닙니까?"

"그래서 내가 미리 말하지 않았습니까? 허균을 뽑아 버리는데 상감이 누구를 딛고 이런 일을 도모하겠습니까? 더더욱 승군이 반정에 이용될 수 있다는 사실적인 증거가 있으니 이 기회에 승군을 폐할 수 있습니다. 그리되면 어디서 군사를 얻어 양반 사대부들을 제거한다는 말입니까? 아니 우리 양반 사대부들 중에 허균 같은 바보 천치가 또 있겠습니까? 백성들이 잘 살 수만 있다면 제가 가진 모든 것을 내놓겠다는 사람이 또 있겠느냐는 말씀입니다. 허균만 잘 제거한다면 오히려 이 기회가 우리 대북에게는 더없이 좋은 기회가 될 것입니다. 상감의 허물을 눈감아주었으니 상감을 우리 손바닥에 올려놓는 거지요."

"하지만 상감이 그런 생각을 가지고 있는 한은 좀 그렇지 않겠습니까? 내친김에 상감을 몰아내는 반정으로 가야 하는 것 아니겠습니까?"

"쉿, 누가 듣겠소이다."

이이첨이 반정을 해야 하는 것이 아니냐고 묻자 기자헌은 놀란 토끼눈처럼 동그랗게 눈을 뜨면서 검지를 입에 대었다. 마치 바로 옆에서 누가 듣기라도 할 새라, 낮은 목소리로 이이첨에게 주의를 주면서 말을 이었다.

"반정이라는 소리는 아예 입에서 꺼내지도 마세요. 누가 들으면 어찌 하려고 그런 말씀을 하십니까?

반정을 해서 왕을 바꾸면? 그게 우리 손아귀에 들어오는 왕이라는 보장이 있습니까? 공연히 그 바람에 남인이나 서인이 우리 자리를 넘어 들어오는 날에는 자리만 잃어버리는 것이 아니라 모든 것을 잃어버릴지도 모르는 일입니다. 왜 그런 불확실한 일을 하려고 하십니까? 허균을 몰아내고 상감을 꽁꽁 묶어놓으면 됩니다. 상감이 다른 곳에 한눈팔지 않게 하면 된다는 말입니다. 지금 우리 수중에 상감이 있으니 우리가 이렇게 태평스럽게 권력을 독식하는 것 아닙니까? 그런데 이걸 왜 스스로 버립니까? 누구는 상감이 좋아서 같이 가려고 하겠습니까? 그래도 다른 줄보다는 저 줄을 잡는 것이 생기는 것이 많으니 잡으려고 하는 것 아닙니까? 그 모든 것이 허균만 몰아내면 걱정할 것 하나도 없이 태평해질 일입니다. 우선은 허균을 제거하는 것이 목적이니 그 일에만 초점을 맞춥시다.

대감께서도 이미 각오한 바가 있으시겠지만, 만일 이번 일이 잘못되는 날에는 나나 대감이나 죽은 목숨이나 진배없는 것 아닙니까? 허균이나 상감이나 우리를 그냥 놓아두겠습니까? 더더욱 비록 서출이라고는 하지만 대감의 일가인 이억정이 깊이 관여된 혁명이었습니다. 그런데 이 일이 탄로 난 것이 이억정으로 인해 일어난 것이라는 것을 상감이 아는 날에는 대감은 어차피 무사하지 못할 터입니다."

기자헌은 은근히 이이첨에게 당신은 선택의 여지가 없으니 나를 따라야 한다고 압박을 가하고 있었다.

이이첨은 난감했다.

혁명이 성공을 하면 더 말할 것도 없지만 당장 상감과 허균이 함께 벌이려던 혁명의 꼬투리가 이억정으로 인해서 드러난 것임을 상감이 알게 되어도 문제다. 이억정이 서출이라고는 하지만 자신의 혈육이다 보니, 이 일을 처음 알아낸 것이 기자헌이 아니라 자신이라는 의심을 받고도 남을 것이다. 그리되면 상감은 어떤 트집을 잡아서 자신을 제거할지 모르는 일이다. 혁명이 성공해서 모든 것을 잃는 것보다는 낫다고 할 수 있을지 모르지만 자신으로서는 그것도 아주 못마땅한 일이었다. 어차피 이 일은 이이첨 자신을 생각해서라도 상감과 허균이 함께 벌인 혁명이라기보다는 허균이 상감의 총애를 등에 업고 혼자서 벌인 반정으로 몰아가는 것이 최선일 것 같았다.

"그럼 이억정은 잘 보호하고 있는 것입니까?"

이이첨은 이억정이 잘못되는 날에는 자신이 잘못된다는 생각이 들자 마치 그를 걱정하는 양 물었다.

"그거야 여부가 있겠습니까? 그자가 관음사에 올라가지 않으면 일이 들통 난 것을 누구라도 직감할 것 아닙니까? 그러니 관음사로 가서 성실하게 다시 훈련에 임하라고 했지요. 하지만 우리 곁에 있는 것과 진배없습니다. 머지않아 사람을 보내 미리 벼슬을 내리며 하산할 날을 알려주겠다고 했습니다. 벼슬을 하고 싶어서 목말라 하는 놈에게 벼슬을 내린다고 했으니 다른 짓이야 하겠습니까?

벼슬 내리는 거야 어려운 일이 아니지 않습니까? 이 대감의 집 안이겠다, 반정을 사전에 막은 공신이겠다, 대감과 내가 힘만 합친다면 간단한 일이지요. 벼슬 하나 내려서 곁에 두면 평생 목숨 바쳐 충성할 인간 아닙니까? 더더욱 허균을 뽑아 버린 후에는 자리를 공고히 하기 위해서라도 그런 자를 곁에 두는 것이 손해 볼 것은 없으니까요.

그러면서도 행여 하는 마음에 한 마디 붙여두었죠. 하시라도 술이나 계집이 그리우면 산에서 내려오는 날 무조건 초선이년 집에 들러 마음에 드는 기생년 만나 마시고 즐기고 하고 싶은 짓 다해도 된다고 했지요. 그 모든 뒷돈은 걱정 말라 하였습니다. 아마도 지금쯤은 어느 기생년 속곳 벗기고 제 놈 거시기와 그년 그것과 짝 맞추기나 하고 있는지도 모르지요. 중이 고기 맛을 알면 절간에 빈대가 남지를 않는다는 말도 있지 않습니까? 사내가 계집 맛을 알면 세상 무엇보다 더 깊이 빠져들게 마련인데 안 그러라는 보장이 없지요."

"그건 보호하는 것이 아니잖습니까?"

"그럼 이억정을 한양으로 데리고 와야 됩니까? 당장 관음사에서 허균에게 연통하고 상감이 그걸 눈치 채게?"

"그렇기야 하지만 혼자 두어서야 마음을 놓을 수가 없지 않습니까?"

"혼자 놓아둔 것이 아니지요. 우리 애들 중 믿을 만한 애들 둘이나 미리 관음사에 보냈다니까요? 그 덕분에 정보도 얻은 것 아닙니까? 출가하는 것처럼 들어갔으니 이억정과 함께 생활하면서 일거수일투족을 보고해 올 겁니다."

"그래요? 하지만 이억정을 일일이 감시할 수 없을 텐데 그것이 걱정입니다."

이이첨은 기자헌의 식솔들 중 믿을 만한 사람들 둘이 관음사로 거짓 출가를 했다는 소리를 다시 한 번 듣자 한편으로는 안심이 되었지만 그래도 걱정이 되었다.

그때다.

"대감마님. 송악에서 소식을 가져왔습니다."

"그래? 알았다."

기자헌이 보란 듯이 이이첨을 한 번 쳐다보고는 일어나 밖으로 나갔다. 이이첨은 내심 기자헌은 정말 대단한 사람이라는 생각이 들었다. 이렇게 수시로 소식을 전해 올 정도면 이건 그야말로 일급 첩보체계다. 전쟁할 때 적국에 대한 첩보활동도 이보다 민첩하지는 못할 것이다. 임진왜란 때 이 정도의 첩보망을 활용했다면 왜놈들과 지긋지긋한 칠 년 동안의 전쟁도 없었을 것이다.

하기야 나랏일은 나랏일이고 개인일은 개인일이다. 지금 권력과 목숨이 한꺼번에 오락가락하는데 나라가 전쟁에 처했을 때보다 더 긴밀해야 한다.

이이첨은 당연한 듯이 전쟁에 처한 나라 앞에서는 발휘하지 않던 첩보망을 자신들의 이익을 위해 발휘하는 것에 대해 합리화시키고 있었다.

"뭐라고! 이억정이 자진을 해?"

갑자기 기자헌의 놀라는 소리가 들렸다. 이이첨은 자신도 모르게 자리에서 일어나 밖으로 나갔다.

"그래? 이억정이 자진한 것에 대해서 관음사 주지인 보덕은 뭐라 했다더냐?"

"별 말 없었답니다. 가슴의 한을 부처님께 풀 일이지 왜 제 목숨에 푸느냐고 한 마디 했을 뿐이랍니다."

기자헌은 그 말을 듣자 일단 보덕에게는 특별한 말을 하지 않고 죽은 것이 확실한 것 같았다. 그러나 자신이 기방에서 이억정과 술을 마시면서 증언을 듣기 위해 마음에도 없는 말로 그를 구슬렸던 것이 억울하기조차 했다. 천한 것에게 마음에도 없는 말을 해대며 얻어낸 것인데 이리도 허무하게 없어진다면 말도 안 되는 소리다.

"밥통 같은 자식, 다 된 밥에 왜 재를 뿌리고 지랄이야? 그저 천한 것들이란…!"

기자헌은 하나만 알고 둘은 모르기에 자신이 자신을 옭아맨 것을 모르고 있었다. 그가 미처 깨닫지 못했던 것들 때문에 당연한 결과를 맞은 것뿐이다.

기자헌은 기방에서 이억정을 천한 것이라 어쩔 수 없다고 생각했었다. 가진 것이 없기에 조금만 준다고 하면 속도 비운다고, 근본은 속이지 못한다고 했었다. 그러나 그것은 그가 자신의 입장에서 자신을 보고 한 말일 뿐이다.

가진 자들은 더 얹기 위해서 모든 것을 던진다. 그것이 권력이든 재물이든 물불을 가리지 않는다. 더 얹기 위한 것이라면, 심지어 자신이 인간이라는 최후의 자존심마저도 팔아버린다. 하지만 갖지 못한 이들은 가진 자들이 조금만 나눠주어도 고마워하고 감사할 줄 안다. 없는 것을 채우려고 노력은 하지만 자신을 팔지는 않는다. 설령 몸은 어쩔 수 없이 누군가에게 구속되는 신세가 될지라도 그 마음만은 순수하게 지키고 싶어 한다. 그 순수한 자신의 마음을 순간의 욕심에 의해 팔았다는 것을 아는 순간 그들은 목숨도 아깝지 않을 정도로 부끄러워한다. 없는 이들이 천하고 근본이 없는 것이 아니라, 그들이 가지지 못해서 부족해 한다는 것을 이용해서 제 뱃속을 채우려는 인간들이 인간의 근본을 갖추지 못한 것임을 깨닫지 못하는 것이다.

기자헌 역시 그런 실수를 저지른 것이다. 아울러 그는 자신의 그런 못된 습성을 버리기 전에는 끝까지 자신을 해하는 실수가 따라다닌다는 것을 몰랐다.

없는 이들이 천한 것이 아니라 인간이 그런 모습으로 살아서는

안 된다는 것을 모르는 것이 천한 것이다. 없는 이들이 못 배워서
천하고 무식한 것이 아니라 사람이 인간이 아닌 모습으로 산다는
것을 들여다볼 줄 모르고 산다는 것이 무식한 것이다. 겉으로는
아무리 화려한 권력과 부를 누리고 있을지라도 그 무식함은 자신
을 끊임없이 갉아먹고 있는 것이다.

## 16. 권력은 백성이 아니라 나를 위해 잡는 것

"전하! 이제 용단을 내리셔야 할 것 같습니다."

어제가 추석이라 그런지 보름달마저 풍성하게 보였다. 궁궐 정원 하늘에 휘영청 뜬 보름달빛 아래서 광해와 허균은 하늘을 올려다보고 있었다. 상궁나인은 물론 상선까지 두 사람이 하는 이야기가 들리지 않을 정도로 멀리 떨어져 있다. 해마다 이맘때가 되면 달구경을 하는 것은 여염집이나 궁궐이나 마찬가지다. 그들은 아무런 말도 하지 않고 하늘을 올려다보면서 달구경을 하는 것 같았다.

"용단을 내리라? 짐에게 용단을 내리라는 것은 그대가 죽음으로 모든 것을 해결하겠다는 말 아니오?"

"그렇습니다. 더 이상은 아니 되옵니다. 이대로 가다가는 전하의 안위까지 위태롭습니다. 소신 오죽하면 지난 10일에 현응민을 시켜 포악한 임금을 치러 하남 대장군이 온다는 격문을 남대문에 붙이게 했겠사옵니까?"

"그럼 짐에게 허 대감을 죽이고, 짐은 왕이라고 이 자리나 지키라는 겁니까? 짐에게는 상의 한 마디 없이 격문을 떨렁 붙여 놓고 죽음으로 모든 것을 덮어 쓴다는 것이 말이나 되는 소리요? 짐은 이 자리에 앉아서 호의호식하고 허 대감은 죽게 내버려두라는 말이오?"

"전하! 전하께서 용상을 보존하셔야 신과 함께 이루고자 하셨던 뜻을 이루실 것 아니옵니까? 비록 신과 함께는 이루지 못했지만 그 뜻은 언젠가는 반드시 이루실 수 있사옵니다. 만일 지금 전하께서 저에 대한 사사로운 정에 얽매여 조치를 취하지 않으신다면, 이는 필시 양반 사대부들에게 빌미를 제공하는 것으로 전하의 옥체마저 위험할 수 있사옵니다. 전하의 숭고하신 뜻을 펴시기 위해서 용단을 내리셔야 한다는 말씀이옵니다."

"아무리 그렇다 하더라도 내 어찌 대감의 죽음을 지켜만 보고 있으라는 말이오?"

"전하! 소신 이미 죽을 준비를 마치고 입궐했사옵니다. 비록 보잘것없을지 모르오나 소신이 죽고 나면 소신이 쓴 글들을 모두 멸할 것이 두려워 조치를 취했사옵니다. 무릇 소신의 글이 가치가 있는 것일지는 모르오나 후대에 전해 전하의 숭고한 뜻을 알게 해야 할 것 같아서이옵니다. 오늘 낮에 소신의 저작들을 큰 여식의 집으로 옮겨 놓았사옵니다. 소신의 누이 작품도 함께 옮겼사옵니다. 소신에게는 그것이 가장 중요한 자산이요, 아울러 전하와 소신의 뜻을 후대에 전할 수 있는 유일한 방법이라는 판단에서였사옵니다.

다만 아뢰옵기 황송하오나 불충한 소신 마지막 청이 있사옵니다.

소신 어차피 혁명을 도모한 반역 죄인으로 죽임을 당할 것이니 아들이야 무사할 까닭이 있겠사옵니까? 스스로 알아서 피한다 한들 대역죄인의 아들이 조선 천지 어디 가서 숨을 수가 있겠사옵니까? 숨을 수 있다면 다행이지만 만일 그렇지 못해 대가 끊긴다 해도 누구를 원망하겠사옵니까? 그거야 제 타고난 복 아니겠사옵니까? 하오나 소신의 여식들만은 그 여죄를 묻지 말아주십시오. 역적의 딸들이라고는 하지만 이미 출가한 자식들이니 남이라 할 것이옵니다. 게다가 소훈마마로 간택된 셋째 여식은, 정실은 아닐지라도 엄연한 전하의 며느리이옵니다. 아들이나 다른 여식은 어찌 피하기라도 할지 모르지만 그 여식은 그런 상황에서 피할 수도 없는 노릇이옵니다. 그렇다고 제 여식이 변을 당하는 것이 안쓰러워서만은 아니옵니다. 만일 역적의 자식들이라고 제 여식들의 여죄까지 추궁하다 보면 자칫 세자마마께도 그 여파가 미치지 않을까 하는 두려움에도 제 마음이 쓰이옵니다.

그리고 이건 제 욕심이기도 합니다만 제 여식들마저 변을 당한다면 요절한 누이의 문집과 작품은 물론 소신의 모든 작품들이 사라지고 말 것이옵니다. 작품이 사라지는 것도 안타까운 일이지만 작품이 사라지면 그 작품의 행간에 숨은 전하와 소신의 뜻도 함께 사라지는 것이기에 거듭 청을 드리는 것이옵니다.

아울러 한 가지 덧붙이면, 제 자식들도 자식들이지만, 막상 일이 벌어지고 나면 이 기회에 자신들의 정적을 제거하려고 서로 물어뜯고 파헤치고 난리를 칠 것이옵니다. 공연히 없는 죄도 만들어낼 뿐만 아니라 생전 듣도 보도 못한 일로 올가미를 쓰는 사람들이 나타날 것은 자명한 일이옵니다. 또 올가미를 씌우기 위해 날뛰는 무리 역시 창궐할 것이옵니다. 이 모두가 전하께는 해가 되는 일들이옵니다. 그 점 각별 유념하시어 최대한 그 범위를 작게 만드셔야 합니다. 그러기 위해서는 소신과 함께 이번 일에 자발적으로 연루되기를 결정한 이들의 공초 기간을 짧게 하시는 것도 중요할 것이옵니다. 소신은 물론 소신과 뜻을 같이 한 이들이 아무리 마음을 독하게 먹는다 한들 국문을 하면 그 고통을 이겨내기 힘들 것이옵니다. 무언가 대답을 하지 않으면 고통을 참지 못할 때도 올 것이옵니다. 그때 자칫 잘못하여 진실을 말거나, 진실을 말하지 않기 위해서 없는 말을 지어내다 보면 자연히 죄 없는 이들이 연루되기 십상이옵니다. 기실 이번 일에 깊이 관여한 자들은 소신과 소신의 측근 몇몇이라는 것을 전하께서 더 잘 아시니 현명하게 마무리하시리라 믿지만 소신 행여 하는 마음에 아뢰는 것이옵니다.

어지신 성심으로 이뤄보고 싶어 하시는 일을 마무리도 못하고 가는 소신이 무슨 염치로 드릴 말씀이 있겠사옵니까만, 소신의 마지막 가는 길에 짐만 하나 더 지워드리고 가나이다. 전하 부디 통촉하시어 허락해 주시기 바라나이다."

"짐이라…?

대감은 지금 그것을 과인에게 짐을 지우는 것이라 했소? 대감은 죽을 길을 가는데 대감과 과인의 뜻을 전할 수 있는 작품을 후대에 남기기 위해 여식들에게는 여죄를 추궁하지 말라 한 것이 과인에게 짐을 지우는 것이라?

대감은 참 무정하오. 그렇게 하는 말이 과인의 가슴에는 더 큰 짐을 지고 죽는 날까지 가게 만든다는 사실을 정녕 모르시오? 내어찌 대감의 여식들의 죄를 물을 수 있다는 말이오? 대감이 그리 부탁을 안 했다면 내가 여식들의 여죄를 물었을 것 같소? 만일 그럴 일 같았으면 대감이 역적모의를 한다는 상소가 빗발치는 와중에도 대감의 여식을 소훈으로 간택했겠소? 어찌 사람의 마음을 그리도 모른다는 말이오."

광해는 저 깊은 가슴으로부터 북받쳐 오르는 감정을 추수를 길이 없어 어찌 할 바를 몰랐다. 하늘을 올려다보는 군주의 눈에서 이슬이 맺히며 이 상황을 힘없이 받아들여야 하는 자신의 처지를 그 이슬 안에 담고 말을 이었다.

"대감. 오죽하면 대감이 이리 말을 하겠소만 정말 다른 방도는 없다는 말이오?"

"없사옵니다. 정말 다른 방도는 없사옵니다. 이 길만이 전하의 안위는 물론 전하께서 이루고자 하시는 꿈을 이룰 수 있는 발판을 남기는 길이옵니다.

지금 기자헌과 이이첨 등이 어떻게든 이번 일을, 저를 제거하는 선에서 마무리하려 한다는 것이 그나마 위안이 되는 것이옵니다. 그들이 왜 혁명의 근원을 캐려하지 않고 이번 혁명을 반정으로 축소해서 저만 제거하려 하겠사옵니까? 자신들의 밥그릇을 지키겠다는 것이옵니다. 자신들의 밥그릇을 나누려는 자들이 더 많아질 것이 두려워 전하께서 이번 일에 연루된 것을 빤히 알면서도 짐짓 모르는 체 하는 것이옵니다. 그나마 다행으로 알고 받아들여야 하옵니다. 그들이 원하는 것이 저라는 것을 안 이상 저 하나면 끝나는 일을 굳이 키울 필요는 없는 일 아니옵니까?

전하. 통촉하시옵소서.

만일 양반 사대부들이 이번 일에 전하께서도 연루되셨다는 것을 안다면, 하나로 뭉쳐서 전하의 보위를 찬탈하는 것은 물론 자신들의 꼭두각시를 보위에 앉힐 것이옵니다. 아무리 훌륭하고 백성을 사랑하시는 총명한 제왕이라도 백성을 위한 뜻을 펼 수 없게 될 것이옵니다. 양반 사대부들의 횡포는 더 심해져서 그들의 권력과 부 앞에서 맥없이 쓰러져가는 보통 백성들은 더 심한 고통에 직면하게 될 것이옵니다.

전일에도 한 번 말씀을 드린 바와 같이, 때가 다가왔다는 생각에, 제가 혁명을 도모한다고 하면서 친분이 있던 자들, 특히 권력의 중심에서 소외된 양반 사대부들이나 변방에 있는 것을 불만으로 여기는 무인들에게 다가서서 이야기를 하다 보면 그들의 속내가 빤했사옵니다.

　처음에는 반정으로 자신이 무언가를 얻을 것 같아 참여할 의사를 비치다가도, 막상 혁명을 꿈꾸는 목적이 단순한 반정이 아니라 반상의 구분 없이 신분이 철폐되고, 능력 있는 이들은 신분고하를 막론하고 자신의 능력을 마음껏 발휘할 수 있는 기회를 가질 수 있는 세상을 만드는 혁명이라고 하면 많은 이들이 고개를 저었사옵니다. 심지어는 일부 서얼들도 그나마 자신들이 누리는 반쪽짜리 양반이 아까워 발을 슬그머니 빼고는 했사옵니다. 그들은 비록 권력의 중심에도 서지 못하고 언저리를 돌지언정 상민들이나 종들보다는 낫다는 그들만의 관념에 사로잡혀, 그나마 가진 것을 잃기 싫어했사옵니다. 하물며 지금 권좌에 앉아 권력을 누리고 있는 자들이야 어떻겠습니까? 그들이야말로 절대 잃어서는 안 될 것을 잃는다고 생각하지 아니하겠사옵니까?

　저에게서 혁명이야기를 들은 자들이 자신은 반정을 도모하는 줄로 알고 이미 동참의사를 밝힌 뒤라 발설을 못해서 그렇지, 그렇지 않았으면 벌써 사단이 날 일이었습니다. 불만을 가진 자든 소외당한 자든 간에 반정으로 자신이 권력의 중심에 서기만 원했지, 그나마 자신이 지배하고 다스리는 자들을 해방시켜 주는 것에는 너무나도 인색하기 그지없었습니다. 그런데 제가 그들이 가장 싫어하는 바로 그런 세상을 만들겠다고 나섰으니 이런 형국이 되는 것은 당연한 일이옵니다. 오히려 지금껏 버텨 온 것이 용한 것 같사옵니다. 이제는 뒤처리를 하고 훗날을 기약하는 수밖에 없을 것 같사옵니다. 전하의 시대가 아니면 훗날 성군이 나타나기만을 기다리는 방법 이상은 없다는 생각이옵니다.”

　“허 대감. 설령 지금 허 대감이 하는 말이 진심이라고 할지라도 제발 내 앞에서는 그런 말은 하지 마시오. 그렇지 않아도 찢어질 것 같은 마음이 아프기만 하오. 일이 이렇게 꼬일 줄 알았다면 어찌 되든 간에 진작 승군을 풀어서 양반 사대부들을 감금하거나 제거해 없애버리고 새로운 시대를 열었어야 했소. 너무 긴 시간을 보내다 보니 저들이 눈치 챈 것 같다는 생각이 자꾸 드오."

"아니옵니다. 승군을 푼다고 해결이 될 문제도 아니었습니다. 자칫 승군을 잘못 푸는 날에는 왜놈들과의 전쟁에 지겹도록 시달려 왔던 백성들이 이번에는 내전에 휘말릴 수도 있었사옵니다. 전하와 소신은 모든 것을 내려놓은 상황이니 잃을 것이 없었고, 백성들도 그것을 이해해 주고 따라줄 수는 있었을지 모르지만 창검 앞에서야 어찌 당해낼 수 있었겠사옵니까? 주인이라는 양반 사대부들이 백성들을 움켜쥐었을 것이옵니다. 저희들 편을 들고 싶어도 아비와 자식과 아내를 볼모로 잡고 있는 양반 사대부들을 등지는 것이 쉬운 일은 아니었을 것이옵니다. 승군과 정부군, 나아가서는 정부군끼리의 내전에 백성들만 녹아날 수도 있었사옵니다. 무엇보다 먼저 백성들이 준비가 되어 있었어야 하는데 그걸 못한 것이 문제였습니다. 백성들은 물론 우리 모두가 준비가 되었어야 했다는 것이 맞는 말씀일 것이옵니다."

"준비가 되었어야 한다? 듣고 보니 그렇소. 막상 양반 사대부들을 몰아내고 무언가를 하려 했더라도 그것을 할 수 있는 능력을 갖춘 이가 당장 없으니 그도 문제가 되었을 것 같구려. 하기야 지금 그런 이야기들을 한들 무슨 소용이 있겠소. 다만 아쉬운 것은 한 번 힘이라도 써 보고 주저앉더라도 앉았어야 하는 것이 아닌가 싶다는 말이오."

"전하, 황공하옵니다. 그런 점에서라면 소신 역시 억울하기 그지없사옵니다. 하오나 그 모든 것이 소신의 판단 착오에서 벌어진 일이니 누구를 탓하겠사옵니까? 이번 일은 전적으로 소신이 상황을 잘못 판단한 데에서 기인된 것이옵니다.

기자헌이 증인인 이억정을 졸지에 잃고 새로운 증인을 확보하기 위해서 머뭇거린다는 것을 눈치 채지 못하고 그를 아예 뽑아버리려고 했던 소신의 불충이 극적으로 이번 일을 그르친 것이옵니다. 또한 이억정이 스스로 자진을 했을 때 그가 스스로 죽음을 택한 원인을 의심해 봤어야 했는데, 그 역시 해보지 않은 것 또한 소신의 불찰이옵니다. 하오니 모든 불찰을 소신에게 넘기시고 마음을 편히 하시옵소서.”

허균은 어떻게 하든 광해의 마음을 편하게 해주고 싶었다. 지금 이 마당에서 편할 수야 없겠지만 할 수만 있다면 조금이라도 더 편하게 해주고 싶었다.

저리도 백성을 사랑하는 왕이 어디에 있더란 말인가?

자기 스스로 용상에서 내려와도 좋다는 일념으로 반상을 타파하여 백성들이 살기 좋은 나라를 만들어 주겠노라고 나서는 왕이 그 어디에 있다는 말인가? 그런 왕과 함께 일을 도모하다가 죽을 수 있다는 것만 해도 행복하다는 표현을 써도 좋을 것 같았다.

“모든 불찰이 대감 탓이라? 말을 그렇게 한다고 실제가 그리되는 것도 아닌데 어찌 그런 말씀을 하시는 게요?”

“실제로 그렇사옵니다. 그때 무조건 기자헌 대감을 조이고 들어갈 일이 아니었사온데 소신의 판단이 흐렸던 것 같사옵니다.”

이억정이 기자헌을 만나 자신도 모르는 틈을 보이고 모조리 털어놓은 후 관음사로 돌아가서 자진을 한 뒤에도 허균은 기자헌이 이억정을 만났던 사실을 까맣게 몰랐다. 다만 이억정이 가슴의 화를 다스리지 못해 스스로 목숨을 끊었다는 보덕 스님의 말씀을 그대로 믿었을 뿐이다. 그런 상황을 모르는 허균은 그렇지 않아도 벼르던 기자헌의 목조르기에 박차를 가하기 시작했다.

반면에 기자헌은 전전긍긍하고 있었다. 마침내 허균을 몰아낼, 아니 허균을 몰아내고 더불어 상감의 목줄까지 움켜쥘 절호의 기회를 잡았는데 놓치고 말았다. 관리 소홀인지 아니면 하늘의 뜻인지 모르지만 이런 절호의 기회는 다시 오지 않을 것 같았다.

두 사람이 날이면 날마다 조정에서 마주칠 때면 서로에게 세운 날카로운 칼날을 피부로 느낄 수 있었다.

그 칼날을 먼저 들이댄 것은 허균이었다. 기자헌은 이미 한 번의 기회를 놓치고 새로운 증인을 찾는 중이었기에 날만 세우고 공격은 되도록 자제하고 있었다.

허균에게는 소성대비 폐비론이라는 더 할 것 없이 좋은 무기가 있었다.

기자헌은 평소에 폐비론을 반대해 오던 사람이다. 비록 계비라 할지라도 왕가에서는 선왕의 부인이니 친모와 다름이 없다는 이론이었다. 기자헌이라는 사람은 자신이 주장한 이론이 불리해진다고 해서 말을 바꾸거나 뜻을 굽히는 그런 사람이 아니다. 그 두 가지 점을 이용하여 흉격사건이 결국은 기자헌이 꾸민 역모의 한 부분이라는 여론을 앞세워 폐비론도 성사시키고 기자헌도 몰아낼 수 있는 좋은 방도가 있었다.

흉격사건이야말로 소성대비를 앞세워 반정을 꾀하려 하던 인물들이 벌인 반정미수사건이다. 그런데 기자헌에 의해 그 사건을 주모했다고 몰렸던 허균은 소성대비를 폐비해야 한다고 주장한다. 반대로 허균이 자신을 모함하기 위해서 꾸민 일이라고 주장하던 기자헌은 대비를 폐비하는 것은 인륜을 어기는 일이라고 극구 반대를 한다. 아무리 친모가 아니라고 하지만 궁중의 법도라는 것이 선왕께서 후비로 간택하신 분이라면 그건 당연히 친모와 진배가 없다는 이론이었다.

이론은 맞는 말이다. 하지만 이미 소성대비는 세자로 책봉되었던 광해가 서자이면서도 둘째라는 이유로 그를 폐 세자하고 적자인 영창대군을 추대하려던 유영경의 사건에도 연루된 바가 있다. 또 전일 일어났던 강변칠우의 사건 역시 소성대비의 아버지인 김제남이 그들을 사사하여 영창대군을 왕으로 옹립하기 위해 벌였던 사건으로 마무리된 지 오래된 일이다. 그렇다면 소성대비는 두 차례에 걸쳐서 왕을 해하려는 반정에 중심인물로 가담했던 사람이다. 당연히 폐비가 되어도 할 말이 없다. 그러나 광해의 어진 마음 덕분에 대비 자리를 유지하고 있었던 것이다. 그런데도 불구하고 반성을 하기는커녕, 자신의 아들 영창대군은 이미 죽어서 왕위에 오를 수도 없건만 또 다른 반정을 일으키기 위해서 준비를 한 것이 바로 흉격사건이다.

그 사건이 정말 기자헌이 하지 않고 허균이 꾸민 일이라면 기자헌이 폐비론을 반대할 이유가 없다는 것이 허균의 주장이었다. 허균은 기자헌이 소성대비와 함께 무슨 일을 도모하지 않는다면 왜 옹호하고 나서는지 이해할 수 없다고 주장했다. 기자헌에게 단순한 폐비론을 떠나 그가 진짜 역모를 주동하려 했던 사람으로 옭아맬 수도 있다는 압박을 보냈다. 비단 기자헌에게 뿐만 아니라 모든 중신들에게 폐비론에 반대하는 것은 기자헌과 함께 역모에 합류한 것으로 옭아매겠다는 무언의 암시까지 보낸 것이다. 그러는 한편 이이첨에게 응원을 청했으나 이이첨은 자신은 폐비론에 찬성한다는 말만 할 뿐 적극적으로 나서지 않았다. 허균은 내심 이이첨의 진의가 궁금했다. 그러나 기자헌을 제거하고 난 후에는 어차피 이이첨 역시 제거의 대상이기에 크게 마음을 두지 않았다.

결국 많은 중신들은 역모에 얽히는 것이 두려워서 폐비론에 찬성하게 되었고, 소성대비는 폐비가 되어 서궁에 감금되었다. 끝까지 폐비론에 반대하던 기자헌 역시 유배를 가는 신세를 면하지 못했다.

그러나 기자헌이 그렇게 주저앉을 사람이 아니다.

기자헌은 아들 기준격을 자신의 유배지인 길주로 불렀다.

"허균이 역모를 한다는 상소를 올리거라. 자세한 내용은 내가 여기에 적어 두었다. 물론 사실인 것도 있고 아닌 것도 있다. 하지만 그건 중요하지 않다. 일단은 허균이 역모를 주모하고 있다는 것을 강조하는 것만이 중요할 뿐이다."

"하오나 상소를 올리면 상감이 상소를 보게 될 것이고 역모사건이라면 국문에 붙이지 않겠습니까?"

"그런 걱정은 할 필요 없다. 너는 알고 있는 일이니 있는 그대로 말하마.

지금 상감이나 허균은 자신들이 꾸미고 있는 일이 세상에 드러날까 봐 아주 비밀리에 일을 만들어 가고 있다. 그런데 허균이 역모를 한다는 상소가 올라간다고 치자. 행여 그 일이 드러날까 봐 걱정을 할 뿐이지 그 진위 여부를 밝히려 하겠느냐? 상감은 허균을 절대 국문에 붙이지 않을 것이다. 잘못 국문을 여는 날에는 허균이야 당연히 입조심을 하겠지만 엉뚱하게 다른 놈이라도 입을 잘못 열어 일이 엉뚱한 방향으로 나갈 수도 있는데 그런 짓을 하겠느냐? 한동안 네가 아무리 상소를 올린다고 해도 그에 대한 답이 없을 것이다. 그동안 우리는 새로운 증인을 만들어야 한다."

"아버님. 허균과 상감이 양반 사대부들을 몰락시키려 하고 있는데 차라리 그것을 드러내놓고 공개하여 양반 사대부들에게 알리는 것이 낫지 않겠습니까? 그리되면 양반 사대부들은 물론 천민과 상민이 없어진다고 하니 무인들은 물론 평민들도 상당수가 전국 각지에서 들고 일어나 합세를 해줄 것인데 상감인들 버티겠습니까?"

"상감이 못 버티면?"

"다른 왕을 세우고 우리는 다시 양반 사대부로 돌아가면 되지 않습니까?"

"다른 왕? 어떤 왕? 그 왕이 우리 대북의 손을 들어 준다느냐? 자신이 속한 붕당의 손을 들어줄 왕 하나를 세우기 위해 얼마나 많은 공을 들이고 목숨을 거는지 몰라서 하는 말인 게냐? 서인이나 남인이 세운 왕이 우리 대북을 그대로 살려둘 성 싶더냐?

지금 허균과 상감이 엄청난 일을 꾸미고 있으니 종묘사직을 지키기 위해서 양반 사대부들이 뭉쳐서 난을 일으켜야 한다고 나섰다고 하자. 대북이 세운 왕을 대북 스스로 폐하겠다는 것이다. 그렇다면 대북이 아닌 서인이나 남인 등등 여러 파당이 모여들 것이고 결국 새로운 왕을 세워야 하는데 누구를 왕으로 세울 것이냐? 우리 대북은 그동안 광해 임금에게 모든 것을 걸었기에 누구를 왕으로 해야 할지도 막막하다. 그러나 호시탐탐 기회를 노리는 서인이나 남인은 나름대로 준비해둔 왕손이 있을 수도 있어. 그 왕이 누구의 손을 들어줄 것 같으냐? 자신들 스스로 세운 왕을 폐한 우리 대북의 손을 들어줄 것 같으냐?

광해는 우리 대북이 세운 왕이다. 그 왕을 몰아내고 다른 왕을 세운다는 것은 다시는 우리 대북의 왕을 세우지 않겠다는 것과 진배없는 짓이다. 결국 서인이나 남인이 세운 왕이 들어서는 거지. 왜 모든 것을 한꺼번에 잃을 길을 택하려고 하느냐?

이미 말했다시피 광해는 우리 대북이 세운 왕이다. 광해를 지키는 것이 우리 대북을 지키는 것이고 그 길이야말로 우리 가문을 지키는 길이기도 하다. 허균만 뽑아내면 발톱 없는 호랑이 상감인데 무엇이 두려워서 스스로 죽을 길을 택한다는 말이더냐?

게다가 자칫 잘못해서 상감이 신분 차별을 없애고 백성들을 편히 살게 해주려는 것을 양반 사대부들이 막는 것이라고 민란이라도 나는 날에는? 천민이고 노비고 다 잘 살게 해준다는데 싫다고 할 놈 있겠느냐? 그 바람이 불어서 백성들 모두가 들고 일어나 설쳐대면? 그리고 그런 난에 의해서 우리 양반 사대부들이 몰락을 하게 된다면?

그렇지 않아도 왜놈들과의 전쟁 통에 강산이 들끓는 바람에, 곳곳에서 못살겠다고 아우성치면서 들썩이는 바람에 민란이라도 날 것 같아서 조마조마한 참인데 먼저 불을 붙여? 쓸데없는 짓 하지 말고 이 아비가 시키는 대로 하거라."

기준격은 아비의 말을 들으면서 넋을 놓았다. 역시 이 나라 최고의 재상까지 가졌던 분은 달랐다. 권력을 지키는 법을 안다. 들어온 권력을 절대 놓치지 않는 법을 안다. 백성들의 문제는 나중이다. 우선 내가 권력을 쥐어야 무엇을 하든 할 수 있는 일이다. 그런데 그 권력을 나누지 않고 움켜쥐는 법을 안다.

"그럼 소자는 상소만 올리면 되는 것입니까?"

"아니지. 상소만 올린다고 될 일이 아니지. 이미 말했지만 새로운 증인을 만들어야 한다. 양반 사대부들 모두에게 광고할 일이 아니라고 해서 증거도 없이 섣부르게 덤빌 일도 아니다. 그럴수록 철저하게 준비를 해서 상대를 압박하고 들어가야 한다. 허균이 제 풀에 나가 떨어져서 상감을 보호하기 위해 혼자 죽어 나자빠지게 만들어야 한다.

허균은 일을 섣부르게 취급할 사람이 아니다. 상감과 함께 혁명을 도모할 때는 많은 준비를 했을 것이다. 승군만 준비하는 것이 아니라 승군을 동원해서 혁명을 이루고 난 후에 백성을 다스릴 수 있는 방법 역시 함께 만들고 있었을 게다. 나라 이름만 조선으로 남을 뿐이지 모든 것이 뒤집어지는 나라가 되는데 승군만 육성했을 리가 없다. 분명히 신분을 철폐하고 난 후에 나갈 방향을 설정하는 정책자 역할을 하는 이들이 있었을 것이다.

애비가 이곳에서 곰곰이 생각해 본 결과 한 가지 감이 잡혔다. 지난 번 강변칠우 사건 때는 이런 일을 몰랐기에 우리가 미처 눈치 채지 못한 것이 있다. 원래 허균이 그들과 친했고 그들은 학문을 해도 주자학이 아니라 백성들을 위해서 필요한 학문을 한다고 하던 놈들이니 분명히 그놈들과 이번 일이 연계가 있을 것이다. 그들 중 박치의라는 놈이 미리 도망치는 바람에 모든 것을 놓친 것이다. 그때 아무런 증거도 남지 않고 오로지 은만 700냥 남았었다. 분명히 그놈이 자신들이 만들었던 정책에 대한 골격을 가지고 도망친 것이다. 지금쯤은 그 골격에 살을 많이 붙였을 것이다. 그놈 주변에 허균의 사람들이 모여 함께 만들고 있을 것이다. 그놈을 찾아야 한다. 그놈이 가지고 있는 그 정책이라는 것을 찾아야 한다. 거기에 허균이 상감을 끼고 이루겠다는 혁명의 모든 내용이 들어 있을 것이다. 그것만 손에 쥐면 더 이상 좋은 증거는 없다. 그 놈과 그 증거만 손에 넣고 모른 체 입 다물고 있으면 허균 스스로 상감을 보호하기 위해 혼자 이 일에 대한 책임을 지고 죽어 나자빠질 것이다.”

“그자를 어디서 찾아야 합니까? 양반 사대부들이 모르게 해야 하니 소문을 내도 안 되는 일이잖습니까? 관가를 통해서 방을 붙이고 공개적으로 찾을 수도 없지 않습니까? 그렇다고 전국방방곡곡을 뒤지기에는 인력이나 시간이 허락하지 않고요.”

"그거야 그렇지. 소문 안 나게 찾아야지. 전국방방곡곡을 무작정 뒤질 일이 아니라 있을 만한 곳을 중심으로 찾아야지. 내가 유배생활을 하다 보니 시간이 남아 정리를 해봤다.

우선 강릉이나 공주 아니면 부안 정도를 중심으로 찾아보면 무슨 단서를 잡을 수 있을 것이다.

허균이 강릉 출신으로 그곳은 기반이 되는 곳이다. 제 아비도 강릉 군수를 하며 평이 좋기로 유명했으니 그를 두둔하는 이들이 많을 것이다.

공주는 그곳 목사 시절 얼손들과 어울려 호형호제하며 지내다가 파직을 당한 곳이다. 많은 얼손들이 그와 함께 학문을 논했었다고 들었다.

공주목사에서 파직을 당하자 산천을 유람한다고 내려간 곳이 부안이다. 그곳에서는 계생이라는 기생과도 아주 깊은 사이였고 유희정이라는 천민 놈이 시줄 좀 읊는다고 그놈과도 친하게 지냈다. 그 외에도 신분고하를 막론하고 지식 있는 많은 이들과 함께 어울렸던 곳이다. 그 시절에는 관직도 없었으니 오죽했겠느냐? 관직에 앉아 있을 때도 신분이고 뭐고 가리지 않고 사람다운 사람이라면 기꺼이 어울리던 허균이 아니더냐?

한양으로 돌아가거든 이이첨 대감을 찾아뵈어라. 지금으로서는 이 일을 함께 도모할 사람은 그 사람밖에 없다. 그분에게 내 이야기를 전하고 함께 힘을 합쳐 잃어버린 증인을 다시 만들어야 한다. 사람이 좀 간교해서 그렇지 똑똑하고 지식은 충분한 사람이니 해낼 것이다."

"알겠사옵니다."

기준격은 자신의 아비가 권력을 지키는데 얼마나 대가인지를 다시 한 번 감탄하면서 한양으로 돌아와 그해 섣달 스무나흘 첫 상소를 올렸다.

그러나 그 상소에 대한 대답은 해가 바뀌어도 없다.

반복해서 또 올리고 또 올려도 아무런 대답이 없다.

다른 것도 아니고 역모 사건을 고변하는 상소임에도 불구하고 대답이 없다. 이이첨을 통해서 들은 바로는 양사가 상소에 대한 국문을 제안해도 상감이 거절한다는 것이다.

기준격은 다시 한 번 기자헌이 한 말을 생각하면서 자신의 아버지는 역시 대단한 분이라고 감탄했다. 자신의 몸에 기름기를 바르기 위해서, 그런 정신을 가지고 하는 정치 밑에서 녹아나는 백성들은 털끝만큼도 생각하지 않았다. 대단한 아버지가 시킨 일인지라 증인을 찾아내는 일에도 고삐를 바짝 조였다.


"지난 해 섣달 스무나흘 기준격의 첫 상소가 올라왔을 때, 그들이 이미 눈치를 채고 이억정을 대신할 증거를 찾고 있다는 것을 알아챘어야 했는데 소신이 그만 불찰을 저지르고 말았습니다. 이억정의 죽음에서 첫 실수를 했다면 그것이 두 번째 실수이니 하늘이 주신 두 번의 기회를 모두 놓치고 만 것이옵니다.

그 후 연거푸 상소가 올라왔을 때라도 진의를 파악했다면 강변칠우가 기획했던 안을 가지고 부안에 가 있던 박치의를 그들이 짐작도 못할 곳으로 피하게 할 수 있었는데 그걸 못한 게 아쉽사옵니다. 그 많은 상소를 올리는 동안 단 한 번만이라도 감을 잡았다면 모든 증거들을 숨기거나 시기를 앞당겨 정리했어야 했는데 그러지 못한 것이 한스러울 뿐이옵니다. 박치의만 피하게 했어도 강변칠우의 안을 연구해서 적은 기록들이 저들의 손에 넘어가지 않아 극적인 증거가 없게 되었을 것이옵니다. 극적인 증거가 없었다면 일이 쉽게 마무리될 수도 있었을 텐데 그조차 막지를 못했으

니 하늘이 주신 세 번째 기회마저 놓쳐버린 것이옵니다. 전하, 소
신의 불충을 탓하신다 하여도 드릴 말씀이 없사옵니다."

기준격이 처음 상소를 올리고 난 후 양사는 물론 여론은 추국을
해야 한다고 들끓었다. 그럼에도 불구하고 광해는 기다리라는 대
답으로 시간을 끌었다. 하지만 왕으로서 역모의 고변을 모르는 척
하는 것도 한계가 있었다.

허균은 일의 고삐를 당겼다. 처음 혁명을 계획할 때 예측한 준
비기간으로는 최단 기간이지만 그렇다고 여유를 가질 수가 없었
다. 앞으로 벌어질 일은 아무도 모른다. 여론의 압박에 못 이겨
혁명을 진행하는데 차질을 빛는 일이 생길지도 모른다. 막바지에
달한 일을 망칠 수는 없다. 조금만 더 시간을 끌면 마무리될 수
있다. 허균은 물론 그를 돕는 이들은 자신들이 할 수 있는 한 최선
을 다해 일을 서둘렀다. 그 덕분에 일은 막바지에 달하고 마무리
할 시간만 두면 결행할 수 있게 되었다. 특별한 이상이 생기지 않
는 한 백성들이 추수를 끝내는 9월에서 10월경에는 거사를 결행
할 수 있을 것 같았다.

그러나 그 역시 간교한 기자헌을 얕본 처사였다.

지난달 열닷새 늦은 저녁.

허균이 막바지에 달한 혁명의 결행을 위해 날짜 등을 구상하고
있는데 현응민이 급히 들었다.

"대감마님. 일이 났습니다. 닷새 전 밤에 부안에 있던 박치의와
일행이 일련의 사내들에게 제대로 저항 한 번 못해 보고 끌려갔다
고 합니다."

"끌려가다니? 그게 무슨 소리냐? 일련의 사내들이라면 관군을

말함이더냐?"

"관군은 아닌 것 같습니다. 기별을 가지고 온 정찬민의 말에 의하면 관군은 아닌 것 같은데 칼로 무장하고 있었고 그동안 하던 일에 대한 모든 자료들까지 샅샅이 챙겨갔답니다."

"도대체 관군도 아니면 누가 그런 짓을 했다는 말이야."

갑작스런 보고를 받은 허균은 금방 얼굴이 창백해지고 식은땀이 나며 몸이 굳어오는 것 같았다. 그러나 지금 자신의 몸이 문제가 아니다. 허균은 정찬민을 직접 들라 해서 자초지종을 들었다.

마침 한지가 떨어지려 해서 장에 다녀오는 길에 지인을 만나 주막에서 탁배기 한 잔하고 돌아오는 길은 저녁 어스름이 내려앉은 뒤였다. 컴컴한 길을 서둘러 그들만이 작업하는 집 앞에 거의 당도했을 때다. 갑자기 대문이 열리면서 칼을 칼집에 꽂은 채로 무장한 이들에게 같이 일하던 일행이 포박은 당하지 않았지만 포위당한 형국으로 끌려나왔다. 일행은 겨우 여섯인데 칼로 무장한 이들은 열도 넘어 보였다. 정찬민은 깜짝 놀라며 일행에게 다가서려는데 마침 눈이 마주친 박치의가 고갯짓을 했다. 모르는 체 하고 지나치라는 신호다. 분명 무언가 일이 잘못되었다는 것을 직감하고 짐짓 모르는 체 지나치면서 곁눈질로 그들을 쳐다보았다. 칼로 무장한 이들 중 둘의 손에는 한지 뭉텅이가 잔뜩 들려 있었다. 저것은 분명히 그동안 자신들이 작업하고 써 내려온 종이들이라는 것을 직감할 수 있었다.

이 일을 어찌 해야 한다는 말인가? 판단이 서지 않았다. 저들을 쫓아가야 할 것인가? 아니면 집안으로 들어가야 할 것인가? 저들을 쫓아가서 가는 곳이 어디인지 알고 싶은 마음도 굴뚝같지만 뒤를 밟으면 분명히 들통 날 것은 빤한 일이다. 집안에 들어가서 상황을 보고 싶지만 집안에 남은 잔당이 없다는 보장도 없다. 일단은 집 모퉁이를 돌아 조금 더 가다가 멈춰서 아무리 생각해도 어찌 해야 하는지 판단이 서지를 않았다.

한참을 서성이다가 집 안에 아무런 기척이 없는 것 같기에 살그머니 집 안으로 들어갔다. 집 안에는 아무도 없는 것이 확실하다는 것을 파악한 뒤에 작업을 하던 방으로 들어가서 등잔불을 켰다. 크게 헝클어지지는 않았지만 작업을 했던 중요한 것들은 하나도 남아 있지 않았다. 너무 놀라서 당장이라도 뛰쳐나오고 싶었지만 일행이 아무런 단서도 남기지 않고 끌려가지는 않았을 것이라는 생각이 들었다. 작은 단서라도 찾으려고 눈을 크게 뜨고 여기저기를 둘러보는데 평소에는 없던 것이 눈에 띄었다. 박치의가 쓰던 책상 밑에 찢어진 한지 조각이 떨어져 있었다. 일행은 절대 한지를 바닥에 떨어트린 채 방치하지 않는다. 실수로 떨어트리더라도 반드시 주워 올린다. 더더욱 찢는다는 것은 있을 수 없는 일이다. 조금이라도 아끼기 위해 잘못 적은 한지는 씻어서 다시 쓴다.

"이것이 그 한지 조각이라는 말이냐?"

허균은 정찬민이 가지고 온 한지 조각을 펴들었다.

"파기(破奇)? 이걸 남겨 놓았다면 무얼 의미하는 것이냐? 기이함이 깨졌다? 뛰어남이 깨졌다? 기습으로 깨졌다? 그건 아닌 것 같고…."

잠시 생각에 잠겼던 허균의 얼굴이 갑자기 굳어졌다.

"그럴 리가? 그렇다면 기자헌(奇自獻)의 일당이 덮쳤다는 것이냐? 기자헌이 깨트려서 파기(破奇)라?"

박치의라면 기자헌이 부리는 사병들 중 하나라도 알 수 있다. 아무리 서자라지만 상산군(商山君) 박충간(忠侃)의 아들이니 가능한 일이다. 그들 역시 박치의를 잡기 위해 그의 얼굴을 아는 놈들을 보냈으니까 서로 얼굴을 알 수 있다. 글씨체도 그의 것이 확실하다. 일부러 한지를 찢어서 쓸모없는 것처럼 만들어서 떨어트린 것임에 틀림이 없다. 그렇다면 보통일이 아니다. 기자헌이 모든 것을 알고 부안을 덮쳤다면 더 이상 움직일 틈이 없다.

"그게 닷새 전 밤에 일어난 일이라는 거지?"

"예. 그렇사옵니다. 이튿날 장에 가서 남은 돈으로 말을 장만해서 타고 달려왔지만 제가 말 타기에 능숙하지 못한지라 이제야 겨우 도착했사옵니다."

"아니다. 밤낮으로 달렸을 것이 분명한데 네 탓은 아니다. 다만 이상한 것은 그런 일이 있었는데 이이첨은 물론 아무도 내게 이상한 눈치를 보내지 않았다는 말이다. 기준격도 마주쳤는데 아무런 눈치가 없었어. 저들이 원하는 것이 도대체 뭐란 말이냐?"

말을 그리했을 뿐이지 그들이 원하는 것이 무엇인지는 짐작이 갔다. 천하의 허균도 손을 가느다랗게 떨고 있었다.

다음날부터 허균은 아주 비밀리에 백방으로 박치의를 비롯한 일행을 수소문했다. 드러내 놓고 할 수 없는 일인지라 비밀리에 움직여서 그런지 전혀 진척이 없었다.

그로부터 열흘이 지나던 날 허균은 편지 한 장을 받았다.

〈박치의가 살아 있던데 허 대감은 아시었소?〉

누가 보낸 것이라는 발신인도 없고 청지기 말에 의하면 편지만 전하고 금방 되돌아가는 바람에 어느 댁에서 심부름은 온 것이냐고 묻지도 못했다고 했다. 그러나 필체가 대답해 준다. 그 편지의 주인은 기자헌이었고 자신에게 무엇을 원하는지는 이미 사건을 접하던 날 짐작한 대로다.

허균은 무엇을 어찌 정리해야 하는지 스스로 알 수 있었다. 저들은 허균이 박치의를 비밀리에 수소문하는 것도 알고 있기에 서신을 보낸 것이다. 그를 찾으려면 기자헌과 맞대면을 하면 찾을 수 있다. 하지만 지금에 와서 그를 찾으면 무엇 한다는 말인가? 광해와 함께 혁명을 했다고 할 것인가?

어차피 광해를 보호하려면 자신이 단독으로 꾸민 역모가 되어야 한다. 기자헌 역시 광해까지 물고 늘어지고 싶지는 않은 것이다. 그랬기에 박치의와 함께 모든 증거를 손에 넣고도 쥐죽은 듯 조용하게 서신 한 장만 보낸 것이다.

허균은 자신과 몇몇이 이 일의 책임을 지고 형장의 이슬로 사라지는 것만이 가장 현명한 선택이라고 스스로 결론을 내렸다.

허균은 광해에게 조짐이 좋지 않으니 만약의 사태에 대비를 해야 할 것 같다고 운을 띄웠다. 그리고 상의도 없이 8월 10일 현응민을 시켜 남대문에 격문을 붙이게 했다.

허균이 하늘이 준 세 번의 기회를 놓쳤다고 하면서 자책하는 말에 대답이 없던 광해가 무겁게 입을 열었다.

"아니오. 그리 따지자면 짐 역시 기준격의 상소를 받아들고, 어린나이에 단순히 제 애비의 원수를 갚으려는 것이라고 생각하고 쳐다보지도 않았으니 더 이상 무슨 말을 하겠소? 대감 말씀대로 하늘은 우리에게 세 번 아니, 그 이상으로 여러 번 기회를 주셨는데 그것을 모두 알지 못했으니 짐이 백성을 사랑하는 마음이 아직도 많이 부족한가 보오이다.

다 지난 것을 이제 와서 탓한들 뭐하겠소.
짐의 부덕만이 아쉬울 뿐이오!"

하늘을 올려다보던 두 사람의 고개는 어느새 땅을 향해 있었다.
허균의 어깨는 들썩이고 있었고 광해는 곤룡포 소매 자락으로
눈가를 훔치고 있었다.

보름달이 하늘 한가운데를 지나 서쪽으로 기운 것을 보니 밤이
꽤나 깊어간 듯싶었다.

이튿날 허균은 의금부에 하옥되었다.
허균이 하옥된 지 일주일이 지난 8월 24일, 그는 저자거리에서
능지처참을 당했다.

제목만 『인조반정사(仁祖反正史)』지 인조반정이 일어나는 장면 은커녕 그에 대한 언급도 일절 없이 멈춘 책이다. 그래서 혹자는 미완성된 작품이라고 했다. 어떤 이들은 날조된 것이라고도 했다. 기록을 정리하는 중에 작가에게 갑자기 무슨 변고라도 생긴 것인 지는 모르겠지만, 누가 보아도 광해와 허균이 함께 추진하던 혁명 에 대한 아쉬움만 남긴 글이다. 다만 인조반정이 왜 일어났는지를 정리하는 데에는 상당한 도움을 준다. 백성을 극진히 사랑하는 광 해가 또 다른 방법을 통해서라도 양반 사대부들을 몰락시킬까 봐 일으킨 반정이라는 것을 누구라도 짐작케 해주는 책이다.

그런 의미에서 본다면 과연 이 책이 미완성된 것이라고 단정 지을 수 있을까?

날조된 것으로 치부할 수 있을까?

그렇기에 이 책은 허균이 살아 있던 시절에 기록되었던 것을 훗날 누군가가 허균의 죽음에 관한 기록 몇 자를 첨언 한 후, 인조 반정이 일어난 원인을 규명한 기록이라는 의미에서 『인조반정사』 라고 제목만 붙인 것이 아니냐는 추측을 했고, 그 추측이 상당한 무게를 갖기도 한다.

어쨌든 우리에게 무한한 연구 과제를 남긴 의문의 책, 『인조반정사』가 점점 세간에게서 잊혀가는 것은 사실이다. 진정 백성들을 사랑하는 정치를 하는 이들을 만나기 전까지는 계속 잊혀갈 수도 있다.

『인조반정사』가 잊혀져가는 것도 아쉽기 그지없지만, 박치의가 정리한 그 기록들은 존재조차 확인되지 않는다. 『인조반정사』에 기록되어 있으니 분명히 어디엔가 있을 만도 하건만 나타나지 않는다. 그 시절에는 백성들이 골고루 잘사는 세상을 만들기 위해서 어떻게 반상을 타파하고 토지제도와 조세제도를 비롯한, 부를 재분배하는 대개혁을 구상했는지 한번쯤은 관심을 가지고 연구해볼 가치가 충분히 있는 자료임에도 찾으려는 의지도 없다.

하기야 그건 쉽게 이뤄질 일이 아닌지도 모른다. 그런 대대적인 작업을 하려면 위정자들이 발 벗고 나서서 나라가 지원해줘야 하는데 그게 힘든 까닭이다. 입으로는 백성들을 위한 정치를 한다고 떠들면서도 자신들의 사리사욕 채우기에 급급한 그 모습이 변하지 않는 한 『인조반정사』와 그 기록이 세상의 전면에 나타나는 날은 오지 않을지도 모른다.

끝으로 잊혀가는 그 책과 숨겨진 기록에 대한 아쉬움을 달래기 위해 후대 두 왕을 통해 전해져 오는 짧은 행적을 사족처럼 남긴다.

『인조반정사』의 마지막 쪽을 넘긴 효종(孝宗)의 눈에는 눈물이 글썽였다. 그리고 유형원을 불러 미완성된 기록더미를 전해 주며 부안으로 가서 『반계수록(磻溪隨錄)』을 저술할 것을 권했다.

효종이 유형원을 부안으로 보낸 날로부터 140년 후.

『인조반정사』의 마지막 장을 닫은 정조(正祖)의 눈에서 눈물이 볼을 타고 흐르며 정약용을 입궐하라고 명했다.

정조는 정약용에게 『반계수록』과 함께 규장각 구석에서 먼지가 쌓인 채로 발견된 미완성 기록더미를 넘겨주었다.

그날 정조가 넘겨준 『반계수록』과 그 기록더미가 1799년 정약용의 『전론(田論)』을 낳게 하였다고도 한다.